空山

阿來

【下】

目次

第四卷　荒蕪

一

剛剛解放，駝子就成了機村黨支部書記。因為他當過紅軍。

紅軍長征經過附近草原時，駝子負傷流落下來。他在草原上流浪了一些時候，很快，深秋的寒風就把他從草原逼向稍微暖和一點的山區。隆冬時節，他流浪到了機村，從此就在這裡待了下來。他並不是天生的駝子。當年，他左邊肩胛被炸傷了。受了傷，又沒有地方治療。傷口潰爛，化膿，長蛆。直到冷天來臨，寒冷使細菌們不再活躍，他的傷口才慢慢癒合了。

跟人們在電影裡看到的那種個個英勇堅強的紅軍不一樣，他是一個特別經受不住疼痛的人。他的駝子也跟自身的軟弱有關。他歪著腦袋，走路時小心翼翼地佝僂著腰，為得就是不牽扯到肩胛上的傷口。傷口癒合後，長攏的肌肉牽扯著使他的身體永遠保持著那樣一種奇怪的，讓人看起來十分吃力的姿態。這個可憐人，他的傷口裡還殘留有炸彈的碎片。天氣不好的時候，這些碎片常常使他肩背紅腫疼痛。每到這時，他就會可憐巴巴地像一個女人一樣大聲呻吟。

機村人一直都把駝子當成他正式的名字。

但從過去土司的領地上成立了鄉政府，他也成為機村支部書記那一天，誰再叫他駝子，他就不愛答應了。他第一次對機村人說出自己的大名：林登全。也是從那天起，他隨身多了兩樣東西：半節削好的鉛筆夾在耳朵上，貼身的舊軍裝口袋裡裝著個小本子。有人再叫他駝子，他就露出不高興的神情。一把拉住人家，把鉛筆放在舌頭上舔舔，每一筆都寫得非常使勁，最後小本子上終於出現三個歪歪斜斜的漢字。他把本子伸到人家鼻子跟前：「我的大名叫林登全！」

大部分機村人都叫不好這個漢語名字。

於是，大家就叫他新得的官銜。官銜加上姓也不好叫，就叫書記。這麼一叫，駝子聽了，可真是眉開眼笑。他一笑起來，平常總含著擔心或提防神情的眼睛裡，就會露出孩子般天真的喜氣洋洋的神情。

就是看了這個眼神，機村人都說，其實，這個人是個心地不壞的人啊。

解放前，他在機村老老實實做人，從來不提自己的經歷，現在解放了，做了村支部書記，情形總還是有些不一樣了，看到地裡莊稼長勢好，天氣也不錯，傷口不作怪，他的心情就好，他就會吹吹牛了：「知道我為什麼當紅軍嗎？就是為了當家作主。」

他的意思是，機村如果是個家，他就是這個家的主人了。

但是效果往往適得其反，他一提起這個話頭，機村人倒把這個人當初那可憐巴巴的，連魂魄都快聚攏不到身體裡來的樣子記起來了。他來到機村那麼多年，先是給頭人家當馬夫，侍弄那些漂亮的駿馬。修理蹄鐵，刷洗皮毛，晚上起來，往馬槽裡添料加草。某一年，頭人從土司官寨議事回來，給他帶回來一個漢族女人。這個女人叫駱氏，在土司官寨附近那個夏天聚攏冬天消失的帳篷市場上幫著丈夫打理一份小生意。夏天，他們進山到藏區來，深秋，又回到漢區去。但是，這一年，流年不利，他丈夫生意受了大損失，躺在帳篷裡不吃不喝，死了。這個女人，安葬了丈夫，卻不敢回鄉，因為出來做生意，本錢都是借來的。於是，這個叫駱氏的女人就隨頭人來到機村成了駝子的老婆。女人年紀比駝子大。具體大多少，並沒有人去深究。一男一女合在一起過日子，年紀的大小不是一個太值得關心的問題。

真的，要是駝子不說那些什麼早就想著要當家作主的話，大家都不會討厭他。但他不小心露出這麼一種得意來，倒讓大家把這個可憐人的一切都記起來了。

大家記得，駝子到機村不久，傷口就癒合了。他盤旋著死神灰色陰影的臉上，慢慢泛出了紅潤的光芒。他也慢慢學會了機村的語言。當他磕磕巴巴地回答主人的詢問，和村裡別的人的問候的時候，他臉上的紅潤，彷彿是種羞怯的光色。機村這一帶地方，人們見了面，除了互相問候，都要做一個「告訴」。這個「告訴」相當漫長。兩人從上次見面到本次見面之間這段時間都做了什麼事，碰到了什麼樣人，都要一一歷數。這個人說，那個人聽。這個人說完了，又聽那個人說。

駝子在做「告訴」與聽「告訴」的時候，總是特別地耐心。這樣的耐心是一種特別的禮數。所以，他有一個好名聲，就是聽「告訴」時，禮數特別周全。當然，他做「告訴」有些單調。他會講本地話，但那些本該生動的話，經他的舌頭講出來，就成了一種沒有表情的東西。他的「告訴」內容也特別單調。他不走親戚，不做小生意，不上山打獵，不到別的村子去遊走，也不跟任何人發生任何糾葛。他「告訴」的內容，永遠是牲口，還有土地。他談土地，是頭人給他帶回來一個女人以後的事情了。

開始，他拒絕頭人給他的女人。

頭人想，這可能是出於漢人某種客氣的緣故。頭人聽說，漢人也是像藏人一樣很講客氣的。客氣也是他們的重要的禮數。但頭人想錯了，這個一向低眉順眼的傢伙在合適的時候提出了接受這個女人的條件：「要這女人可以。那我要自己的地。」

「地?! 難道你替我做事，而我作為主子沒有給你吃喝嗎？難道不是看著你可憐才給你找來一個同族的女人嗎？」

他提出這樣的條件，使一心以為自己是個好主子的頭人感到了委屈。

但他第一次顯出他的堅定：「反正沒有土地就不能要女人。」

頭人也接受這樣的道理，卻沒有現成的地可以給他。

「我不要你給我，我只要你答應我開荒，開出自己的地來。」

頭人哈哈大笑。

「我還要一座房子。」

頭人說：「我既然給了你一個女人，當然也會給你一座房子。」當然，給下人的房子低矮窄小，跟機村其它那些高大氣派的寨樓無法相比。但是，一個馬夫，還能幻想些什麼呢？

駝子莊重地說：「不，我是說我會自己造一所房子。」

這時候的駝子模樣已經不太像是下人了。他發胖了。侍弄十幾匹馬，實在是一件輕鬆的事，大多數時候，他閒著無事，吃得也不壞，就只好長肉了。要不是傷口的疼痛時時來折磨他，他都能胖得像個老爺了。

頭人看看天，又看看激動得臉孔一片潮紅的他，說：「媽的，好吧，你想怎麼樣就怎麼樣吧。」

駝子立即就開始行動了。

冬天，他砍掉一叢叢的灌木，堆積起來。大地解凍的時候，他就放起一把大火，把這些灌木燒成一片灰燼。他揮動著一把沉重的鋤頭，一整天一整天地開墾土地。他不是個身體強壯的人。但不管颳風下雨，他都會下到地裡，有些吃力地揮動著鋤頭，翻開那些黑油油的森林黑土。黑土鬆軟而肥沃，下面盤曲糾結的樹根卻太難對付。與這些樹根的搏鬥使他變得黝黑而消瘦。他本不是個堅強的人，春天正是他傷口容易發作的時候，要在過去，他早就躺在馬棚邊的乾草堆裡哼哼唧唧地自怨自憐了。但現在，不管傷口腫脹成了什麼樣子，他手裡的活卻並不停下。他咬牙揮動著鋤頭，把深埋土中盤曲的樹根刨出來，用斧子砍斷。一邊砍，還一邊哼哼，那痛苦的呻吟中，未嘗沒有包含著一些快意的成分。

有人開玩笑說：「駝子有了女人，學會像女人一樣哼哼了。」

就這樣，他居然趕在播種之前，開出了一塊地。播種時節到了，他沒有耕牛也沒有犁杖，在他第一次播種時，他只有女人和麥種。

駝子用鋤頭在地裡刨出一條淺溝，他的女人相跟著，彎著腰從手指縫間，把麥種細細地撒播到溝裡。他們播完了一條溝。他又開了一條溝，開這條溝時，刨出的浮土正好把上一條溝的麥種薄薄地蓋住。他們又播了一條溝。突然，他雙腿一軟，跪在鬆軟肥沃的潮潤黑土中，放聲哭了起來。他哭道：「老天爺，這麼肥的土，這麼肥的土啊！」

女人憐惜地抱住他的頭，他就把頭埋在了女人的兩腿之間，他又很放任地哭了一陣，他仰起臉來，眼窩裡蓄滿了淚水：「我參加紅軍是為了土地，他們說要分地給窮人。要早知道這裡有這麼多地，我就自己找來了。那樣就不用打仗受傷，遭這份大罪了。」

這個女人倒是有點男人氣的，眼睛只是淺淺地濕了一下，說：「這不就有自己的地了嗎？」

他還把頭人請到地頭。

頭人說：「啊，真開出一塊地了。」

「我要你保證這是我的，而不是別人的地。」

駝子說話從來沒有這麼斬釘截鐵過，頭人看看他，再看看他，看見他眼睛裡甚至放出了從未有過的凶狠的光芒。

頭人揮起鞭子，重重的抽了他一下，說：「媽的，這個地面上的事情，還不是老子說了算嗎？」

鞭子抽在身上火辣辣地痛，但駝子破天荒沒有因為疼痛而哼哼，他跪下去，趴在地上，說：「我，還有你賜我女人感謝主子的厚恩。」

爬起來，又拿起鋤頭，繼續和女人一起播種了。

播完種，他休息了一段時間。據說，也是這段時間，他才真正接受了頭人賜他的女人。讓女人懷上了他們的第一個孩子。青青麥苗出土的時候，機村人看到，每天駝子一侍弄完主子的牲口，馬上就扛著鋤頭下到地裡去了。他以剛剛播種的麥地為起點，繼續開墾。

不知飛到什麼地方去過冬的布穀鳥又飛回來了，暮春深密的樹蔭深處，傳來了牠們悠長的叫聲。

咕——嘟！

咕——嘟！

機村人相信，每年第一次聽到布穀鳥叫時，你在幹什麼，那麼，在這一年裡，你幾乎都會一直幹這件事情。如果這時你心情不錯，那麼，這一年你也會過得很好。

因此，過路的人說：「駝子，這一年你會很辛苦啊。」

駝子直起腰來，臉上掛滿了汗水，把手放在額頭上，遮住陽光，望著站在坡上邊那個身影答道：「可是我的心情很好啊！」

「駝子啊，你的主子心腸好，給你飯吃，給你衣穿？你這麼辛苦是為了什麼啊？」

駝子往手心裡吐口唾沫，又握住鋤頭揮動起來。每一鋤下去，都有新鮮的黑土翻湧起來，同時，一股肥沃土壤才有的醉人氣息也同時湧起。那個人影走遠了，聽不見了。駝子才直起腰來，說：「我想自己有很多很多的土地。」

夏天，又一塊地開出來了，這時，再種麥子已經來不及了。女人提議種一些蔬菜。此前，機村人種植的蔬菜最多不超過五種。女人還說，要種這裡沒有的蔬菜。女人居然拿出了蕃茄和萵筍的種子。駝子大感吃驚，女人說：「駝子，我也是跟你一樣是苦命人，我沒有想過來這裡享福，我是來跟你一起吃苦過日子的。」

駝子伸出手，憐惜地撫摸女人的臉，這是他第一次對自己的女人有這樣親暱的舉動。雖然女人肚子裡已經有了他的孩子，但這是他第一次撫摸她的臉。女人笑了，但眼裡的淚水唰唰地落下。

駝子說：「不要傷心，莊稼人，地就是命，有了地，就什麼都有了！」

一向堅強的女人這時卻多愁善感起來：「駝子啊，我給你多生幾個兒子，他們大了，你就是老太爺，讓他們種地開荒！」

這個前景讓駝子幸福地沉醉了：「天呀，這麼寬的地方，你就是生一百個兒子也有開不完的地啊！」

當他老婆肚子大起來的時候，紅紅的蕃茄掛在了藤蔓之上。他老婆腆著肚子，走到每一家人面前，從撩起的圍裙裡拿出紅彤彤的蕃茄，在每家人面前都放上幾個。這種果子真比秋天結出的蘋果還要好看。她說：「請鄉親們嘗個鮮，多謝你們，多謝你們了！」

她走出院門的時候，背後就有人誇她，說：「他男人悶聲不響，這女人倒是個熱心腸的人哪！」駱氏都走出去一段了，又返身回來，說：「要是大家喜歡，就來我家取種子，讓駝子教你們怎麼侍弄吧。」

機村人嚐了蕃茄，有人喜歡，也有人不喜歡。但沒有人想到要去取種子，要試著自己播種一些，他們的土地是土司的。村裡的頭人也不過是替土司代管，到時收取佃糧與稅銀罷了。沒有人想過自己開出一塊地來，種一些駱氏帶來的那些新鮮的東西。

還有人替駝子擔心，說：「你不要再開地了，你再開，土司就要不幹了。」

駝子很可惜地說：「這麼多的地，就是再活十輩子也開不完啊！」

說這話的時候，哪裡會想到，僅僅過了不到三十年，機村會沒有足夠的土地，而且有的土地也打不出足夠的糧食，要到別的地方去尋找出路了。

也沒有人想到駝子有一天會一字一頓地告訴機村的鄉親們他的大名：林、登、全！

二

沒有想到的事情還多著呢，沒有人想到開荒地開到解放時差一點把自己開成了地主。

準確地說，要不是他流落紅軍的身分，他就是機村的地主。機村的土地，除了相距遙遠的土司所有，剩下的，都要歸在駝子的名下。快解放的那些年裡，駝子已經在機村開出幾十畝土地了。沒有人明白這人病弱的身子裡怎麼會藏著不可思議的巨大能量：他開出了那麼多的地，那麼多地裡的莊稼都是自己來侍弄，他地裡的莊稼長得比機村所有的莊稼都好。

當他停止開墾荒地，又張羅著要蓋一座屬於自己的房子了。

他從山崖邊，從河岸上，揹回來一塊塊石頭。沒有人覺得這個人能自己弄回來足夠蓋一座房子的石頭。但什麼事情也架不住一個人天長日久地幹。不曉得過了兩年還是三年。他揹回來的石頭，已經堆得高過他居住的小屋很多很多了。大家不忍看他一邊負著重，一邊痛苦地哼哼唧唧的樣子，都說可以了，足夠蓋一座跟大家一樣的房子了。但他看看那些大家讓他當成標準的房子，眼裡閃爍著堅定而又驕傲的神色，轉身又去尋找石頭了。

大家有些不滿了：「媽的，難道這傢伙想蓋一所比頭人房子還大的房子？」

有一天，土司突然巡遊到機村來了。在土司轄地上，機村是一個偏遠的地方。已經有三世土司沒有來過了。但這個土司突然就來了。土司是個年輕人，他去看了駝子準備蓋房子的巨大的石料堆，又去看了他開墾出來的土地，看他土地上侍弄得很好的莊稼。土司抬眼看一下躬身垂手站在面前的這個歪斜著腦袋，佝僂著腰桿的傢伙，垂下了眼皮，說：「知不知道未經允許開我的土地，是什麼罪？」

他喃喃地小聲低語，夢醒了一般問自己：「什麼罪？」

「那你說，是砍頭還是斬手之罪？」

「那是你的王法，你說了算吧。」這個傢伙居然抬起了頭來，用自己的眼光去碰土司的眼光。

土司也碰了碰他的眼光，然後，看著遠山，轉了話題：「聽說，你是當年的紅軍？」

「是。」

「那支隊伍很多都是些跟你一樣固執，一樣不怕死的人哪！」

「那個隊伍裡的好多人跟我一樣，不怕死，就怕沒有自己的土地。」

「現在你有地了。」

「可你要殺死我，要是沒有地，我不如死了算了。我這麼大把歲數，就是有人再鬧紅軍造反，我也走不了那麼遠的路了。」

駱氏哀哀地哭著，擠進人群，跪在了土司面前。她牽開圍裙，拿出一隻罎子，打開，裡面是銀元和一些散碎的銀子。她說：「那些土地都是我們家駝子替土司開的，這些銀子，就算是這些年該繳的稅銀吧。」

土司沒有說可以，也沒有說不可以。土司只是說：「你這駝子，命好，攤上個這麼懂得事體的女人。」

這些銀子讓機村人，還有頭人都大吃了一驚，靠那些土地，駝子竟然攢下了這麼多的銀子！

土司待了兩天就離開了。土司本來還想去探訪一下機村南面山口外那個傳說中有著一個古王國遺跡的覺爾郎峽谷，但連日大雨，山口上濃霧密布，土司就帶著大隊的侍從，打道回府了。這兩天，駝子待在家裡，躺在火塘邊上，什麼都不幹了。他在等待。天放晴的時候，頭人派人傳他來了。他出門時，女人和兩個女兒在屋子裡哭起來。

駝子背著雙手快步行走，沒有回頭。

頭人說：「駝子，你連牲口也不來侍弄了，這兩天。」

駝子慘然一笑，說：「我勞累一輩子，要死了，也該休息兩天。」

「土司開恩，讓你繼續種好那些莊稼。」

駝子雙腿一軟，坐在了地上，淚水潸然流下了臉頰。

「土司還吩咐了，以後，你也不必來我這裡當差了，好好蓋你的房子吧。」

頭人沒有對他說的話是，土司說：「看看這個人吧，看看這個人有什麼樣的心勁，你就知道，共產黨為什麼要取勝了。這些人，一個個看起來都不算什麼，合起來可就了不得了。他們就要坐天下了。他們的人就要回來了，你還是繼續善待這個人吧。」

土司還說：「媽的，漢人這種勁頭真叫人害怕。」

頭人就講這個人如何缺少一個男子漢的風範，如何因為一點陳年傷痛就哼哼個沒完，如何當著人不知羞恥地張開嘴像個孩子一樣哭泣。

土司有些生氣了：「媽的，你是豬腦子嗎？但他有哪一刻停下來不勞作嗎？你說，這是軟弱還是堅強。」

「他就是那個勞碌的苦命吧，可能他不那樣幹，背後就有鬼撵著他。」

土司提高了聲音：「心勁，我們那些唯唯諾諾的百姓，誰有一點這樣的心勁嗎？」

山外世界震天動地的巨變，機村人卻一點也不得與聞。解放軍卻來得很快，土司巡遊回去才一年多一點。那些去掉了領章與帽子上的紅五星，還穿著解放軍衣服，揹著四方背包的工作組就進村來了。駝子的房子沒有來得及蓋起來。如果他的房子蓋起來，說不定，他就真是機村的地主了。

更關鍵的是，全村人都可以證明，土司的確收走了那罈銀子。那就可以理解為，駝子辛苦開出的土地，所有權已經收歸土司了。

工作組把土地平均分配給了村裡人。駝子只得到了他開出的那些土地的一部分。駝子還得到了頭人的房子。頭人一家，作為被打倒的對象，搬進了駝子一家住了多年的那座馬夫的矮房子裡。

據說，每天晚上，駝子的老婆等到夜深人靜後，悄悄下樓出門，把頭人房子裡一些值錢的東西悄悄送回給頭人一家。她送回去的東西有敬佛的純金燈盞，銀汁書寫的經書，一些上等的瓷碗。頭人家大部分值錢的東西早就被工作組抄走充公了。但那麼大一座房子，這裡那裡，總還有些遺漏，駱氏都還給了原來的主人。

駝子當上了支書，帶著村裡人，用他備下的那些石料，在村裡廣場邊上蓋起了一座新房子。那座房子最初只是用來開會。開動員群眾的會，開消算舊社會罪惡的會。合作社成立以後，那裡就變成了合作社的糧倉。後來，又從那座房子闢出一角建起了供銷社，收購社員們出售的藥材與羊毛，出售鹽、茶葉、鐵製農具、白酒和香菸。

共產黨來了，把天地打了個顛倒。把最下面的翻到上面，把最上面的翻到下面。機村人也當著命運接受下來。他們說，這就是命運啊。當這個字眼被所有人輕易說出口來的時候，所有的變化都能逆來順受了。駝子還和工作隊一起，努力培養村子裡的年輕的積極分子。合作社社長格桑旺堆就是他看中的人選之一。

工作組擔心，這個人什麼都好，就是有些軟弱。

他說，這個地方民風純樸，並不需要那種性格硬邦邦的傢伙。

私下，他把格桑旺堆叫到家裡來，他不開口，他的女人駱氏說：「工作組那麼說話是應該的，但你做了社長的人，要對鄉親們軟和一點，可不要傷了大家的心啊！」

格桑旺堆本是個心裡綿軟的人，所能做的就是拚命點頭。

女人又對男人說：「林登全，現在你是機村的頭人了，機村人待我們不薄，可不敢幹忘恩負義的事情啊！」

林登全說：「那我就帶著人多開荒地，給國家多交公糧！」

格桑旺堆說：「我帶年輕人上山多挖藥材，支援國家，得來的錢，年底還能多分一些給社員。」

林登全說：「好呀，再給每家女人扯一身洋花布，做點漂亮衣裳。」

「那兩年，嚯！」機村人說起合作社剛成立的那些時候，總是用這樣的口氣讚歎。那兩年，機村因為墾荒，土地增加了一百多畝，上繳了公糧後，新建的倉庫裡還堆滿了麥子。每到打開糧倉，一片奇特的香味就飄逸開來，那些堆積在幽暗的倉房深處的麥子發出甜蜜夢境一樣悉悉索索的細密聲響。合作社的牧場經營得也不錯，風調雨順啊，母牛好像都能多產奶，母羊好像都能多產羔。每年藥材的收入也有好幾萬。分到每家人，除了吃不完的糧食，那麼多的肉和酥油，還有幾百塊錢。

不要說普通的老百姓，就是晚上開會鬥爭頭人的時候，這個一直心中不服的傢伙說：「共產黨能耐大，我們過去就是沒有這樣的想法和本事，服了。」

林登全滿意地點頭，這兩年日子過得順，舒心，連他的傷口都少有發作了。上面還把他弄進城去檢查過一次。檢查結果證明他的傷口真的是要疼的，因為炸傷他肩膀的砲彈的三個碎片還在裡面。那是三塊稜角鋒利的鐵啊。聽說他因此還會得到國家每月幾塊錢的補助。

林登全說：「服了就好。我們共產黨就是以理服人，以事實說話。」

但頭人心裡還有不服：你憑什麼就住了我軒敞的高屋呢？

有年輕人比林登全敏銳，在下面喊：「你是口服心不服，時刻夢想變天。」

頭人也喊：「我服，也有不服！但我沒有想變天。天是想變就能變得了的嗎？」

每次鬥爭會都是這樣的結果，頭人終於又給自己弄了一頂抗拒社會主義改造的帽子戴在頭上。

頭人便自己弄一頂氈帽戴在原來的帽子上，他就這樣時不時頂著兩頂帽子四處走動。

駝子見了，看四近無人，一把給他拂到地上：「你這是做給誰看！」

「你！」頭人委屈萬分地喊。

駝子把他拉到僻靜處：「老天爺，你不要怪我，這都是黨的政策。」

頭人氣咻咻地：「我不相信你不救我。」

駝子跺腳罵道：「只有自己才能救自己！」

頭人就罵開了。罵了很多難聽的話。駝子也沒有還口，最後，他冷靜地說：「我最後叫你一聲頭人，這麼多年，我護著你，不叫人家太為難你，就是念在你收留我，讓我開荒地的情分上。現在，這份情已經還完了。好死還是賴活，就是你自己的事情了。」

以後，再有工作組下來，再有激進的年輕人要在鬥爭會上發狠，駝子就走開，不再阻攔了。頭人的反抗因此越加強烈。弄到後來，終於讓幾個民兵和公安押解著離開機村了。這一去，就再也沒有回來。過去，都感覺頭人家是個大家庭，但一解放，僕人們解放了，幫閒們一哄而散，這一家也就孤伶伶的三個人：兩夫婦，加一個什麼不會幹也不想幹的十多歲的小公子。頭人一押走，那女人穿著盛裝把自己吊死在一株梨樹上。那個小公子立即衣食無著。後來，叫鄰村的一個親戚接走了。

機村人再說起頭人一家的命運，就像提起上天的一種教訓。他們暗自嘆息，並且覺得是駝子對不起頭人。駱氏就四處找人哭訴，申明是頭人自己害了自己，而不是他們家的駝子。但這樣的事情有誰肯相信呢？真的是誰也不肯相信。倒是工作組找駝子談話了：「你是害怕同階級敵人展開階級鬥爭嗎？」

駝子有些生氣，看著這些穿著舊軍裝的年輕人，想起要是自己不負傷掉隊，如今該是多大的首長了，輪得上這些晚參加革命很久的傢伙來教訓自己。他說：「我怕階級鬥爭還會參加紅軍？」人家不在這樣的問題再跟他糾纏，而是單刀直入，說：「那你老婆就不要四處申辯了。不就是抓了一個反革命，反革命的老婆上吊自盡了嗎？」

「你幹革命不能搞燈下黑。」

「你該管管你的老婆了。」

等等，等等。

那天晚上，機村人又聽到了駝子自怨自憐的呻吟聲。大家想想，有兩、三年沒有聽到這種聲音了。駝子的傷口又紅腫發炎了。他背靠著捲起來的棉絮，半倚在火塘邊上。女人給他塗抹用熊油拌和的草藥。雖然在屋子裡望不到天空，他還是把臉仰起來，長聲夭夭地呻吟：

「哎呀——哎呀——呀——」

「哎呀——反動派呀，哎呀——呀——」

「哎呀——哎呀——呀——」

「哎呀——反動派呀，害死人了呀！哎呀——哎呀——」

油膏止不住傷痛，駱氏差大女兒從河邊沼澤邊的樹叢裡，捉來幾條螞蝗。這些軟嘰嘰的蟲子可是些貪婪的東西，爬上他紅腫的肩胛上就拚命吸血，乾癟的身子很快鼓脹起來，在火光的映照下，反射出濕漉漉的光。吸飽了血的螞蝗鬆開吸盤，落在地上。他們又把這些蟲子包在一張菜葉裡，送回沼澤。在駝子的肩背上，螞蝗叮過的地方，流出了烏血與黃水。

駝子扭頭去看這些烏血與黃水。看到後，更是要長聲夭夭地呻吟。過去的呻吟是：「老天爺呀，你造的人是多麼可憐呀！」

現在，他的呻吟不同了：「千刀剮的蔣該死啊，你的大砲把老子打得這麼慘，你狗日的倒好——哎呀呀——你狗日的倒跑到台灣享福去了！你狗日的蔣該死刮民黨啊！」

女人用一塊毛巾來揩那些烏血與黃水，他又呻吟著罵起來：「你想害死我啊！你不害死我你不甘心啊！你不是好心人嗎？你好心怎麼想害死自己的男人啊。」

無論如何，腫脹的傷口裡的血與黃水放出來後，那種火辣辣的脹痛立即就減輕了。他罵人的聲音慢慢小下去，腦袋慢慢歪到火光照耀不到的陰影裡，睡著了。

女兒悄悄對母親說：「工作組叔叔說，爸爸不堅強，不像個紅軍。」

駱氏狠狠地往牆角上啐了一口：「呸！」

「媽媽，你生氣了。」

駱氏不回答，又狠狠往牆角吐了一口，說：「不是人話！」

他那寶貝女兒卻是個實心眼，說：「我要告訴工作組叔叔。」

駱氏給了她一個重重的耳光。

機村人並不知道這家人家裡發生了什麼事情，當駝子停止了呻吟，他們說：「這個傢伙，怎麼像個女人一樣啊！」

過去，無論他怎麼呻吟，他們都說：「嘖嘖，這個可憐人啊！」

到了大躍進的時候，林登全支書就差不多成了機村人的敵人了。他去縣上開會，開會回來，帶回來兩首歌：

一首歌這樣唱：

總路線鼓幹勁！
爭取畝產到三萬！

這首歌，也是上面定下的畝產指標。他一傳達，會場上瞪著他的那些眼睛都泛出了綠光，他的感覺就像是自己落入了狼群一樣。

但他鎮定一下自己，叫跟他去開會的年輕的副社長教大家唱另一首歌：

咚咚嗆！咚咚嗆！
苦幹苦幹再苦幹，每人積肥六十萬。

駝子說：「有多少肥料，就有多少糧食，現在地裡打糧食少，就是肥料少。」

社員們說：「種了一輩子地，你見過莊稼需要那麼多肥料嗎？這不跟人把油當成水喝一樣嗎？」

他打開一張報紙，給大家看一張照片。照片上，地裡的什麼莊稼，穗大粒大不說，長得那麼密實，一個人咧著闔不攏的嘴，露著一口白白的牙齒，站在那些密實的穗子上面，腳板卻一點都沒有下陷。

人人都嘖嘖稱奇，傳看這張照片。沒有人相信自己的眼睛。駝子就站起來喊：「曉得這一畝地打多少糧食嗎？」

人們都仰起臉來看他。

駝子的臉脹得通紅，他伸出手，張開全部的指頭：「十萬！十萬斤啊！」

大家一起堅定地搖頭。其實，他的心裡也沒底。但他不可能把這種擔心說出口來。

恰好下面有一個人看著照片說：「說不定，這是個有法力的喇嘛穿上漢人衣服照的。」

社員們都為這種沒頭沒腦的想法哄堂大笑了。

這個人正色道：「因為有些法力高深的喇嘛，腳下什麼都沒有就可以站在虛空裡！」

說這話的是協拉頓珠，一個老實的莊稼人。他不相信地裡可以長出密到插不下腳的莊稼。所以，他想到了喇嘛們的法術。他覺得這張照片使用了喇嘛的法術。這個時候，聰明一點的人都知道把真正的想法藏在心裡，即使要說點什麼，也要四面八方仔細看清楚了才捲動自己的舌頭。口舌之罪也是一種罪過啊。放在土司時代，那是要被利刃割去舌頭的呀。麥其土司的書記官就兩次被割去了舌頭。

但是，過去那個時候，卻沒有一個小老百姓因言獲罪。能夠因言獲罪，都是書記官那種喇嘛裡的異端。但現在，這種可能性卻出現了。後來，有人搜集了一下協拉頓珠平常的言論，發現他還有議論呢。他說，看來新社會人人平等也不都是好事啊，以前上等人的福咱們還沒有享到，但他們領受的罪，可是要降臨到我們這些下等人的頭上了。

因此，他被揪起來鬥爭了好幾個晚上。

駝子真的是很恨這個人。大躍進的時候，時興晚上打著火把下地幹活。駝子是個苦幹的命。過去，他就喜歡乘著月光開自己的荒地，揹修房子的石頭。但那只是他個人自己的事情。但現在只要他舉著火把，把肥料送到地裡，所有人也就都得舉起火把，把肥料送到地裡。協拉頓珠說出了這些反動言論，晚上開會，可就耽誤了往地裡送肥的功夫了。上面講只要地裡有足夠的肥料，再有足夠的陽光照耀，那些肥料就可以變成豐收的糧食。上面說那是科學。共產黨相信科學，駝子是共產黨的支部書記，也願意相信這樣的科學。協拉頓珠其實不常說話，他沒有那麼快的腦子。但是，這個腦子卻常常冒出些奇怪的想法。這些想法說出來都像是格言警句。而且，他的嘴巴是直接跟腦子連著的，什麼想法，剛剛在腦子裡想起，嘴巴裡也就已經說出來了。

甚而至於，他說這一句的時候，腦子裡還沒有把下一句該說什麼，好好地想起。

鬥爭會開始了。

他那些沒有深思熟慮過的話，讓人愈分析就愈像是想了十天半月才說出來的一樣。

而這些晚上，下地還不用打火把，天空晴朗無雲，月光把大地照得一片明亮。這可真是幹活的好時候啊。駝子看著彎腰站在火堆邊的那個人，心裡氣得要命。前面人發言和喊口號的時候，他就已經因為捨不得時間而氣得渾身發抖了。而那些發言的人，卻繼續在那裡滔滔不絕，社員們也樂意這會就這麼永遠看下去，天天這麼捨命幹活，人真是太累太累了。他們都在會場上閉著眼睛，打起了瞌睡。

這種情形，真把駝子給氣瘋了。他衝到協拉頓珠面前，抬手就是一個響亮的耳光。這是平生他打出的第一個耳光。雖說他扛過槍，打過仗。但這麼面對著面，打人耳光，在他真是開天闢地的事情。耳光響起的時候，他自己都怔住了。那僅僅是一瞬之間的事情，他罵道：「你這個破壞分子，你就是想讓大家天天開會鬥爭你。你這個陰謀分子，你就是想用這種辦法不讓大家下地勞動，破壞生產！」

協拉頓珠的女人很傷心的哭起來了。女人一哭，他那幾個都叫做什麼什麼協拉的孩子也哭了。孩子們一哭，親戚中的那些女性和孩子們也都跟著哭了起來。很快，整個會場就哭成了一片。哭聲中，就有罵人的話說出口了。那麼多人哭得都變了聲，有一個止住了哭聲喊駝子的名字。

駝子答應了。

下面就罵道：「要不是機村人發善心收留你，你的骨頭都化成泥巴了，可你這個沒良心的，現在對付起人來，像條瘋狗一樣！」

駝子聽聞此言，好像身上又中了一顆子彈，搖搖晃晃，他本來就有些仰著的臉，仰得更厲害了。但他最終還是站穩了腳跟。這個傢伙，他也憤怒了：「總路線知道不知道！三面紅旗知道不知道！共產主義知道不知道！」

他那麼聲嘶力竭地一喊，下面立即就鴉雀無聲了。

駝子又喊：「老子也覺得這麼開會沒有意思，現在散會!下地積肥！」

那年積肥，真把機村來了個大掃除。每家人圈裡的糞都起得乾乾淨淨，起完，還用掃帚細細掃過一遍。合作社請人算過，每人積六十萬斤，機村的土地上差不多要鋪整整一尺厚。圈裡的糞肥沒有了。機村那些小巷子裡的土也被揭去了一層，送到了地裡。這些土也黑黑的，裡面也有人和畜牲們隨意拉在路上的大小便。到了雨天，村裡泥濘的小巷子就變得臭氣熏天。除了這些污穢的東西，每家人屋子後面多少年的垃圾堆也給清理乾淨了。這些含有肥力的東西都給送到地裡去了，把機村所有的土地都覆蓋上了。

協拉頓珠被鬥爭了那麼多次，仍然管不住自己的嘴巴。

那天，他把背上的肥料倒在駝子跟前，駝子把肥料細細地扒散了，勻勻地攤開。協拉頓珠腦子裡又升起了一個想法，而且，一如既往地，這想法馬上就從他嘴裡冒了出來：「這麼多肥料，會把麥子燒死。」

駝子抬起頭來看他，眼裡射出很凶的光芒：「你他媽是打好主意要說刺我心窩子的話？」

協拉頓珠用手捂住自己的嘴巴，一個勁地搖手。

「你他媽是莊稼把式，老子就不是好莊稼把式？」

協拉頓珠揹著空糞筐跑開了。

駝子慢慢蹲下身子，眼裡浮起了憂慮的神情，最後，他站起身來，四顧無人，便把手扠在腰上高聲罵道：「協拉頓珠，我日你媽！」

三

不管每個人積肥是不是到了六十萬斤，經過一個冬天的奮戰，機村角角落落裡的肥料，都給送到地裡去了。

機村的角角落落裡，幾百年積攢下來的髒東西都清除得一乾二淨了。

工作組表揚說，先不說積肥任務完成沒有，就是通過積肥運動把一個村莊打掃得這麼乾淨，也該得一面愛國衛生運動的先進錦旗。

機村確實變得乾淨了。年關將近，暖烘烘的太陽光裡，這個村子散發出來的味道跟以前大不相同了。過去那些髒東西，太陽一曬，就散發出一種叫人昏昏欲睡的味道。現在，這些味道都消失了，構成這個世界的那些基本的東西——水、泥土、石頭、樹木還有乾草的味道就瀰散開來。

在這種清新味道四處瀰漫的時候，忙碌差不多一個冬天的機村，終於可以停下來，喘一口氣了。

駝子袖著手，在村子裡到處走動，遇到每一個人都露出熱情的笑容。他想，自己可能會因為帶著大夥把機村收拾得前所未有的乾淨，而收獲一些感激的話語。但沒有誰有停下腳步來與他交談片刻的意思。過去，人們無論在哪裡相見都會停下腳步，用很客氣的方式彼此問候。最後，還是口無遮攔的協拉頓珠站在了他的面前。但他只是笑笑地看著他，並不說話。

「好太陽啊。」駝子說。

協拉頓珠也說：「是，好太陽。」

駝子就掀掀鼻翼，意思是村子裡的氣味可是好聞多了。他跟大多數人一樣，有想法，在心裡默一默就行了，不一定要說出口來。但是協拉頓珠不行。他已經聽出駝子的意思了。於是，話就從他口裡冒出來了：「村子乾淨了，人揹了一輩子都沒揹過的那麼多髒東西，可是要倒楣了。」

「那就把自己好好洗洗乾淨啊！」

協拉頓珠皺起了眉頭：「溫泉那麼遠，整整兩天路，你來我們這裡都這麼多年了，見過冬天洗溫泉的嗎？」

駝子沒有說什麼。

既然沒有什麼話說了，協拉頓珠就邁步離開。這個人都邁出兩三步了，又有話要往外冒，他回過頭來，說：「哎，你告訴我，你們漢人是不是就像夏天的螞蟻跟蜜蜂一樣，總是做事做事，想不到坐下來，想想心裡的事情？」

「心裡的事情？一個小老百姓，心裡需要想些什麼事情？」

協拉頓珠把手伸向天空，懊惱地說：「哈！」轉身就要走開了。

這時，駝子卻發話了：「這些事情都是上面號召的。上面也是為了老百姓過上好日子，為了早一點到共產主義。」

「上面，上面上面，上面是誰？」

「共產黨。」

「共產黨，共產黨，共產黨長得什麼樣子我們都沒有見過，卻要管我們的事情？」

駝子猛然吃了一驚，想自己怎麼跟著這個沒頭沒腦的人，陷到這樣危險的話題中來了。於是，他轉過身，急急地邁著步子，走開了。

協拉頓珠站在那裡，想了一陣，也明白過來什麼了，用手捂住了自己的嘴巴。

這是駝子一家在機村的最後一年。

這一年，駝子過得非常悲傷。地裡堆積了那麼多肥料，結果，播種下去的麥子，剛剛冒出嫩芽就給全部燒死了。在這個風調雨順年頭，地裡不見一點青碧，夏天的烈日直端端地照在乾燥的土地上，有小旋風捲起來時，就有一股塵土給高高地揚到天上。人們都帶著悲哀的神情，看著不見一絲青碧的土地。每一個人都一言不發，但駝子知道每一個人都在責問：「你不是那麼愛土地嗎？你不是好莊稼把式嗎？怎麼不知道肥料會燒死莊稼？」

他心裡在哭泣：「我知道，我知道呀。可是上面說，科學一來，老經驗就不管用了。」

他也不再催促人們下地了。

這時的他，傷口又來搗亂時，他也不再呻吟了。他一袋一袋從河灘裡往地裡背沙。他還把地邊上多年積累下來的肥沃的腐殖土挖開，把下面沒有一點肥力的生土深翻出來。挖出了那麼多的土，他帶著從合作社正副社長變成人民公社下面機村大隊大隊長和副大隊長兩個幫手，一個人一個人地去求大家下地，把那些瘦土運進地裡，好減掉土壤裡的肥力。

而工作組每晚上還召集村子裡的積極分子，開他的會。

因為這個人他軟弱了，沒有革命的進取性了。

他在會上哀哀哭泣：「後悔啊，後悔啊。」

「你是為了自己的軟弱而後悔嗎？」

他不答話，只是哭泣：「後悔啊，後悔啊！」

「那你是為了響應號召付出了一點小小的代價而後悔啦?!」

他還是不答話，他還是哭著：「後悔啊，後悔啊！我有罪，我有罪，我認罪。」

每天，這樣的會都開得很晚。但天一亮，他已經出現在地頭上了。挖土，揹土，把揹進地裡的生土和施了過多肥料的土攪和勻淨。幹活的時候，他又像過去一樣痛苦地哼哼了，讓人擔心，這個人隨時會倒下。他卻一直沒有倒下。大家又嘆息，說：「唉，這個人真是可憐啊！」

大家又都跟在他後面下地勞動了。

這樣，終於讓所有的土地都補種上了蘿蔔、蔓菁和蕎麥。蘿蔔下來的時候，他又教大家怎麼樣製作蘿蔔乾，怎麼樣挖地窖，儲存一些新鮮的蘿蔔。蕎麥即將收割的時候，他終於病倒在床上了。他嘆息一聲，說：「這樣，就不會餓死人了。」

他不再出門，每天晚上，整個村子又都聽得見他發出長聲夭夭的呻吟聲了。

駝子再出現在大家面前時，手裡拄上了一根枴杖。他對每一個人說：「我不行了，活著也沒有什麼用處，我再也幹不動什麼活路了。」

女人們會在這時用袖口去擦眼中的淚水，有些男人會點上一鍋菸，把一臉憂戚藏在不斷噴出的煙霧後面。但更多人還是恨他怨他，給他白眼。那一年，機村人靠一肚子的蘿蔔與蕎麥度過荒年。吃得不好，打屁都沒有臭味。機村人就開玩笑說，駝子真有能耐，把村子給打掃乾淨了，沒有了臭烘烘的味道，還怕我們身上髒，如今，我們身上也散發不出臭味了。所以，當他哀怨地訴說時，也有人會回應說：「你已經把我們裡裡外外可以發臭的東西，都清理乾淨了。你還需要再幹什麼呢？你什麼都不用幹了。」

以後，就是外面天氣再好，他也不肯出門了。

就在這年冬天，上面一紙通知下來，駝子林登全一家，就離開機村了。

接到通知時，他們一家人都痛哭了一場。第二天，就把家裡的罎罎罐罐，破衣爛衫裝上馬車，離開機村了。

駝子一家，去了一個叫做新一村的地方。

那地方離機村也就幾十里地。原先也是一個有著十來戶人家的小村莊。好幾十年前吧，一場瘟疫過後，那個村莊就再沒有人了。周圍的人，也忌諱去那樣一個地方。解放後，國家陸續安置了一些流民去那個地方開荒生產。從此，那個地方有了一個新的名字：新一村。意思大概是，這樣的村子還可以二號三號的排列下來。話說這一地區剛剛解放時，突然就出現了許多漢族流民。一些因為戰爭破產了的小生意人，國民黨的散兵游勇，更有些說不來歷的身分可疑的人。國家就把這些人集中收容了，安置在這個地方，讓他們開荒種地，自食其力。那個地方也面臨一個棘手的問題，從那樣的人群中產生不出來值得國家信任的人來擔當基層領導。

所以，上面想到了流落紅軍林登全。

因為他聲稱，在革命進程中所以軟弱，所以不堅定，都是因為機村人當年於他有恩，使他堅定不起來。領導馬上就問：「是不是換個地方你就能堅定。」

駝子立即挺起胸膛，說：「能！」

上面的領導就下定了決心。讓他這個前紅軍戰士在另外一個不需要背負著歷史舊帳的地方繼續革命。正式找他談話時，他又提出了一個條件。

「我不再積那麼多肥了，我領導大家開荒地，多開些地，一樣多打糧食！」

這個條件叫人聽了真讓人有些啼笑皆非。在新一村，正在安置一些釋放的勞改犯，這些人，都是國民黨時期的軍人和政府裡的小官員，因為一個舊政權的覆滅蹲了監獄，在裡面脫了胎換了骨，現在要成為自食其力的勞動者了。領導說，要的就是有人領著他們繼續改造。

「怎麼繼續改造？」

領導伸出雙手，說：「勞動，勞動，多開地，多蓋房。」

這在駝子聽起來，是個多麼美好的差使啊，又當領導，又能不斷地在山林中開出肥沃的土地，種出穗子碩大的麥子，而且，那些人只知道他當過紅軍，而不知道他在機村那些並不揚眉吐氣的事情，他也不欠其中任何一個人的情，想幹什麼都能放開手腳了。

駝子笑起來：「只要讓換個地方，只要讓我不斷開荒種地，我就不會再軟弱了。」

就這樣，機村的馬車拉著他，拉著他一家，在一個早晨離開了。除了幾個生產大隊的幹部，機村人只是遠遠地看著，看著他們把那些並不值錢的家當裝上馬車，看著駝子臉上閃爍著喜氣洋洋的光芒，看著他女人哭泣著不斷回望，看著馬車駛出了村莊。

然後，這一家人就消失了，就像從未在機村出現過一樣。此前消失了的頭人一家，也像是從未出現過一樣。

剩下那座機村最高大的漂亮的房子，矗立在那裡。沒有一家人想去擁有那座巨大的房子。沒過幾年，那座房子頂上就長出了瓦松甚至是大叢的蕁麻。房子裡面，雕花的欄杆，曲折的樓梯，拼出圖案的地板開始朽爛。冬天，西北風穿過這所窗戶空洞的房子時，發出野獸或鬼魂哭號一樣的嗚嗚聲響。

也就兩三年時間吧，在這座房子裡住過的兩家人都變成了一個故事，一個有些縹緲的傳說。人們口傳一個故事的功夫真是巨大。冬天，西北風呼呼吹過屋頂，吹過封凍的河面，人們說起這些過去的人與事。明明是昨天才發生的，已經像一百年前一樣遙遠，而說起一百年一千年前的故事，又像是昨天剛剛發生那樣地切近。

那感覺，真不知今夕何夕，斯年何年！

就這樣過了森林差點被大火燒光，到了機村建起伐木場，滿山的樹林不幾年，就被砍伐殆盡的那一年。

其間，發生的一件事情與這個故事還有點關聯，就是頭人被鄰村親戚接走的兒子穹若又回到村子裡來了。

穹若長成了一個壯實的覺默不語的小伙子。機村人不招惹他，他也不招惹別人。除了剛回來時，他曾引起人們話說當年舊事的一些感嘆，日子一長，他就跟沒有回來一樣。甚至大家聚會時講起當年頭人與流落紅軍的故事時，他也是一副與己無關的樣子，坦然地坐在一邊沉默不語。

協拉頓珠拍拍他的肩膀：「你想什麼啊？」

他有些羞怯的笑笑，埋頭玩弄手中的繩子。他手裡總是有一段牛毛繩子。他的手指總是不斷地翻動，把那段繩子打結打出不同的花樣。

「你比一個獵人還喜歡繩套，是想把誰勒死嗎？」

這話讓這個壯實憨厚的年輕人臉上露出吃驚的神色，翻動的手指也停了下來。他若有所思地盯著繩子看上一陣，好像是在問自己別人提出的那個問題，想必是也沒有想出什麼結果吧，他停了一陣的手指，又下意識地翻動起來，繩子又在他手指間旋轉，扭動，又結出各式各樣大小不一的繩套來。

本來，這是一個小孩們玩的遊戲。夏天，那些莖幹細長柔軟的草長起來後，孩子就會用那樣的草來玩這樣的遊戲。他們比賽，看誰的繩套結的快速，光滑，而又漂亮。那也是這些孩子成人後謀生時一個重要的技能。把牲口從山上牽回來要結繩套，架牛犁地要結繩套，在野獸來往穿梭的路上設置陷阱要結繩套，就是秋天收穫時，把割倒的麥子捆成把子也要會結不同的繩套。

這是一個重要的遊戲，但沒有人把這個遊戲玩到這麼複雜的一種程度。

有一天，協拉頓珠做了一個夢。

他說，他夢見自己祖先的那個王國了。

這傢伙夢見祖先坐在高高的黃金寶座上。從此，機村人又開始講那個湮滅許久的王國的故事了。這個傢伙，他居然拿出了一把多年沒有發出過聲音的六弦琴，說：「讓我來唱唱，我們榮耀祖先偉大王國的故事吧。」

他撥動琴弦，琴弦發出瘖啞的聲音，一段引子後，他仰著臉孔開始低沉地歌唱。協拉頓珠的歌喉，比那琴弦還要瘖啞。

四

協拉頓珠的歌可不是胡編亂造的。

他的祖先創造的那個王國就在那場大火曾經想燒過去，但終於沒有燒到的那個地方。

在同外的人看來，機村就已經是這道峽谷的盡頭了。其實，更準確地說，機村只能說是這道峽谷裡最後一個有人煙的地方。再遠，就只是獵人們才偶爾涉足了。

協拉頓珠歌裡唱的那個地方叫「覺爾郎」。

「覺」的意思是山溝。「爾郎」兩個漢字拼出來一個短促的聲音，就是深的意思。從機村出發，往這個峽谷的更深處去，就是協拉頓珠歌裡唱的一年四季裡三個季節都有鮮花飄香的地方。

這片群山所有的溝谷全都一點點向著西北方抬升，抬升過程中，雄峙的山脈變淺變緩，在海拔三千多米的高度上，最終化入了連綿寬闊的草原。但覺爾郎這個地方卻有些奇異之處。在那裡，一路升高的峽谷突然下陷。下陷處的斷崖上終日雲遮霧繞。針葉林下方重又出現幽深無比的闊葉林帶。叢林間的草地上，長滿了奇花異草。古歌裡傳說，數百年前，那裡曾經是一個神祕王國的腹心。傳說，那個王國的人精通各種奇怪的藥方。這個王國鼎盛時，其藤甲兵也曾威震四方。但是，這個王國終於是消失了。

現在的機村有好些人家，比如協拉嗄波家和協拉瓊巴家的人，眼含綿羊眼睛一樣的迷惘而哀婉的淡褐色，據信就是那個王國人種的遺存。

協拉瓊巴像他爺爺協拉頓珠一樣，眼睛也是灰褐色的，但沒有他們家人共有的那種近乎哀婉的迷茫。

他的眼神裡更多是一種接近於堅定的狂熱。

這是這個時代年輕人眼中標準的顏色。

協拉瓊巴在村子裡上小學時，眼神還是那樣哀婉而迷惘的，但打從縣農業中學回來，眼神就是今天這個樣子了。農業中學在機村東南方三百公里開外。那個地方，峽谷愈來愈幽深，河流愈來愈浩蕩，野外生長的闊葉樹和闊葉樹間的藤蔓，就跟青年突擊隊將去開墾的那個覺爾郎峽谷一模一樣。

他是機村最早的三個中學生中的一個。他那兩個同學，一個當了兵，一個保送去了省裡的民族學院。但他卻因為爺爺的什麼問題留在了村裡。他爺爺的問題就是用帶韻的典雅語體，吟詠那個早已消失了的神祕王國的故事。而且把那個舊時代的王國描繪得過於美好。在古歌裡，那裡樹冠高聳寬闊的幽深林子上，永遠飛翔著五彩的鳥群；王國的山溪流淌著金子與玉石，還有甘甜的蜂蜜。當然，這樣的故事裡還少不了勇敢而又仁慈的英明國王。甚至那個國王的滅亡也是因為那個國王過分的仁慈。照時下的說法，除了現在，怎麼可能存在那樣一個美好時代？只有現在，才是黃金般的時候，才是人民覺得生活在蜜糖中一樣甜蜜萬分的時代。

老人有一把六弦琴。他們要把六弦琴毀掉，協拉頓珠就宣稱，他自己把六弦琴扔到河裡去了。過去，閒來無事或者有特別鄭重的事情，大家都習慣了請老人唱上一段。老人還把那個漫長的說唱，分成了一些段落，在不同場合與不同情境——比如節日，比如婚禮，比如下雪天，比如悲傷，比如懷想時——來演唱。因為在那個故事中，那些古人也一樣經歷著與今人差不多同樣的事情。

但是，現在就是有了大致相同的情境，激起了心中類似的情懷，人們也不敢再請他來歌詠了。可他並不因此作罷，村裡不能演唱了，老人自己帶上乾糧，往峽谷深處去獨自歌唱。他並不走進覺爾郎峽谷。他只是在能夠看到覺爾郎峽谷氤氳霧氣的地方，坐在岩石上，展開早已嘶啞的嗓子曼聲歌唱。歌唱到聲嘶力竭的時候，他就倒在一棵老松下睡上一覺，再回到村裡。

他的孫子因此受了他的影響，被推薦去當兵，去上大學都被政治審查刷下來了。

協拉瓊巴說：「爺爺，你能不能不唱那些歌了。」

爺爺說：「我老了，是把這些歌教給你的時候了。」

「你想我像一棵沒有腳的樹一樣朽爛在這山谷裡嗎？」

老傢伙指著被砍伐得滿目瘡痍的山坡：「樹能朽爛在山谷裡，是樹的命好。你沒看到現在的樹想爛在山裡也不能夠了嗎？」

這個老傢伙，他是機村敢於對伐木場這麼毫無節制地砍伐樹木公開表達不滿的人物之一。伐木場剛剛開始採伐的時候，他好幾次溜到山上，藏在林子裡等工人們完成一天的工作下山休息。這時，他就從林子裡現身了。他把伐木工人放在山上的斧把砍斷，用石頭砸掉鋸子鋒利的鋼牙。伐木工人太多了。他們的工具也很多。有時，從夕陽下山的時候，伐木工人的背影還沒有完全從山道上消失，他就動手了，但直到天黑，他的破壞工作往往也只完成了很少一點點。

第二天，他就守在山下瞭望，看看自己的破壞造成了什麼樣的效果。

但是，山上的勞動號子聲仍然此起彼伏，參天的大樹仍然在熱烈的號子聲中旋轉著站立了千百年的龐大身軀，轟然倒下。

他看到山上跑下人來，從倉庫裡領出更多的斧頭與鋸子。他跟到倉庫邊上，看到那麼大的房子裡，整齊地排列著一個個高高的木架。木架的每一個格子裡都塞滿了斧頭和鋸子，塞滿了磨斧頭的油石與給鋸子開齒的銼子。

協拉頓珠知道，自己不可能毀掉這麼多的東西。

但他還是上山去，繼續他徒然的破壞工作。直到有一天，他被埋伏下來的工人抓住了。他們把他一雙手扭在身後，半推半扶地弄下山來。走到村外路口的時候，天還沒有黑盡，他們繞了好大一個彎子，把他偷偷地押進了伐工廠。

他很奇怪，他不害怕，他反而覺得輕鬆下來了，以後，再也不用上山去徒勞地破壞了。他的臉上因此出現了輕鬆的笑容。他的腦子裡甚至迴響著那首漫長古歌的片斷：

他們舉起了火把，
他們火鐮上黑色的鐵亮出了刃口。
黑的鐵撞上了白的石，
撞啊，撞啊！一直都在撞啊！
火星就飛起來了。
樹冠中的鳥群被驚飛起來，
樹枝上的鳥巢被震落下去。
倒下了，倒下了。
那些噴噴香的柏木，
那些樹葉嘩嘩響如銀幣的椴木。
國王要造一座宮殿，
國王要造一座城市。
可是，宮殿燃燒起來了，
城市燃燒起來了，

國王檀香木的寶座也燃燒起來了。

協拉頓珠沒有唱，只是那歌自己在他腦子中響著。工人們把他推到伐工廠領導面前時，他臉上還掛著淺淺的有些譏諷的笑容。不是他想譏諷什麼，而是這歌所帶的譏諷意味使他臉上顯現出了這樣的笑容。他沒有想到的是，那個領導並不氣惱，笑嘻嘻地看他半天，說：「老鄉，你知道不知道國家有多大？」

協拉頓珠說：「很大很大。」

「你說對了，國家想砍一點樹搞建設，還怕你弄壞幾把斧子嗎？」

協拉頓珠知道，他們倉庫裡有他毀不掉的斧子。但他沒有說話。

領導說：「老鄉，我就讓你參觀一下我們有多少斧子吧。」

協拉頓珠說：「我知道，你們倉庫裡有很多很多的斧頭和鋸子。」

走在頭裡的領導回身看了看他，手扠在腰上大笑起來：「媽的，你這個老頭真是好玩得很，知道你弄壞不完我們的東西你還要去弄。」

協拉頓珠說：「其實我也不想弄了。」

他說這話是真的，他弄壞那些斧頭是想叫這些人沒有辦法砍樹，但他們有三輩子人也使不完的斧子，他再上山去弄，自己都覺得自己是個傻瓜。

領導還是要叫他開眼。他叫工人拿來新式的鋸子。這東西鋸木頭的部分是一盤旋轉的鏈齒，後面是一台汽油發動機。一拉繩子，機器就嗚嗚地叫起來，帶著那盤鏈齒刷刷地飛轉。片刻之間，一陣碎末飛濺，一根粗大的木頭就被截成了兩段。領導說：「你看吧，我們有新傢伙了，我們要機械化，那些舊東西我們也不想要了。」

協拉頓珠伸手摸了摸那台安靜下來的機器，手被燙了一下。他猛然一下縮回手來，自己有些尷尬地笑了。領導特別寬宏大量，說：「老人家，你回去，好好種你的莊稼吧。工農一家，知道吧，」領導舉起兩隻手，伸出兩個大拇指，並在一起，不斷晃動，說，「工農是一家，團結起來建設社會主義啊。」

協拉頓珠蹣跚著腳步，慢慢回家。

好多天，他都在村子裡向人述說那台脾氣很大的厲害機器。

年輕人對他的宣傳有些不屑：「那是油鋸，不是什麼有脾氣的機器！」

其實用不著他來宣傳，不久，滿山谷裡都是這種機器的聲音了。

沒過多少年，機村周圍的山坡就一片荒涼了。一片片的樹林早已消失，山坡上四處都是暴雨過後泥石流沖刷出的深深溝槽，裸露的巨大而盤曲的樹根閃爍著金屬般堅硬而又瘖啞的光芒，彷彿一些猙獰巨獸留下的眾多殘肢。圍繞著村莊的莊稼地，也被泥石流糟蹋得不成樣子，肥沃綿軟的森林黑土消失了，留在地裡是累累的礫石。凶猛的泥石流還兩次沖進了村子，推倒了好幾戶人家的房屋。有兩戶人家，牆背後堆積著礫石與雜亂的樹根，牆的正面，用很多樹桿支撐著，才沒有倒下。

因為很多土地被泥石流毀掉，機村現在的問題是，每年打下來的糧食不夠吃了。

國家因此免掉了應該上繳的公糧。但是僅僅過了兩三年，一到雨季，洪水從失去遮攔的山坡上一瀉而下，毀掉更多的土地與莊稼，即使是免掉了公糧，機村人打下的糧食又不夠吃了。

還在初夏時節，機村人的糧櫃就空了。

地裡的麥子正在抽穗揚花，好多機村人拿著一隻空口袋，行走在去往別的村莊借糧的路上。四近村子裡的人就嘲笑說：「他們勤勞的駝子支書一離開，正該侍弄莊稼的時候，機村人就出來四處閒逛了。」

大躍進那一年，過多的肥料燒死了麥苗，機村人都度過了荒年。但現在，被泥石流沖毀的土地愈來愈多，機村的人口卻在慢慢增長。糧食夠吃的時候，人們想多生養兩個孩子都不能夠。現在，沒有糧食了，孩子卻一個接著一個來到人間。

有人甚至開始懷念駝子支書了。

其實，連懷念著駝子的人也都知道，他就是留在村子裡也是白搭，他不可能到那些砍光了樹林的山坡上去開墾土地，只要一場大雨，那些斜掛在山坡上的浮土就都被沖到大河裡，流到遠方去了。

大家都愁眉不展的時候，協拉頓珠卻又拿出了他的六弦琴，開始曼聲吟唱：

雄鷹乘上旋風向下，向下，
在覺爾郎峽谷，
就像看見天堂，
看見了國王的城堡，
看見了寺院的金頂，
看見了溪水繚繞，

看見了鳥語花香，
看見了，看見了
在我眼睛看得見的地方，
我看見祖先們高貴的容顏，
在我眼睛看不見的地方，
我的心看見了覺爾郎峽谷的美景，
就像看見夢中的幸福一樣！

五

協拉瓊巴聽著爺爺歌唱，不再那麼愁眉不展了。

他母親讓他拿一只空空的口袋去鄰村的親戚家借糧，他面子薄，不去，把空空的口袋墊在屁股下，坐在門口的台階上，聽爺爺歌唱。那麼漂亮的歌，讓他乾癟的嗓子唱得那麼憂傷而絕望。

這種憂傷與絕望，擊中了這個年輕人的心房。

他問：「這個世界上真正有過這麼一個美麗的地方？」

「這個世界上？瞧瞧你說的，年輕人，你是不相信這個世界上就應該有這麼一個美麗的地方？」

「就像故事裡說的一樣，這個美麗的地方就在山口那邊的雲霧裡邊？」

「那是我們祖先王國的中央，那是我們悲傷記憶的源頭。」協拉頓珠為了自己說出這麼韻律諧和的句子得意地笑了。

協拉瓊巴拍拍屁股離開了他。他是機村上學最多的人，但在這個時代，恰好是上學很多的人學會了蔑視文雅的東西。更何況，當這樣協於音律的話語出自於一個衣衫襤褸的農人口中之時，正好對文雅本身形成了一種強烈的譏諷。協拉瓊巴離開他爺爺的時候，就做出滿口的牙齒都被酸倒的難受的表情。

剛走出院門，他就碰到了駱木匠。駱木匠看著他難受的表情，拍掌道：「讓我猜猜，發生什麼事情了？」

「猜個屁，還不是我爺爺唱歌。」

「又唱峽谷裡的故事？」

「那他還會什麼？」

駱木匠拍著協拉瓊巴的肩膀在村子裡閒逛，逛了一陣，突然說：「我們該去看看那個地方。」

協拉瓊巴有些吃驚地看了他一眼。

駱木匠說：「怎麼，你害怕嗎？」

一件後來在機村變得很大的事情，就在這一刻，在兩個年輕人突發的奇想中開始了。協拉瓊巴說：「就我們兩個？」

駱木匠舉起手，說：「等等，讓我想想。」他摸著下巴，往左邊走出幾步，又往右邊走出幾步，那樣子，有點像電影裡英雄人物尋思什麼事情時，早已成竹在胸，還要表演一下自己在思考的那種樣子。說實話，協拉瓊巴並不喜歡誰擺出這個樣子。當然，如果是他自己擺出這種樣子的話，那就另當別論了。駱木匠放下了摸著下巴的手，說：「走，找索波去商量商量。」

不知道為了什麼，這人說話的口氣是愈來愈大了，跟大隊長講事情也是商量商量。

但他還是跟著去了。他是村裡的積極分子。大多數時候，積極分子都是他們這樣的角色。協拉瓊巴還知道，別人看自己，也是自己看駱木匠這種不舒服的感覺。他知道這是進步，但有些不明白的是，進步青年為什麼會給人怪怪的感覺。

進步的人，不是壞人，但也好像從不被人歸到好人堆裡去。

他把這個感覺對駱木匠說了。駝木匠站住，仔細想了想，搖搖頭，說：「我沒有這樣的感覺。」說完，又扭頭往前走。走了幾步，突然站住了，回過身來。這回，他細細地看著協拉瓊巴，盯著他的眼裡浮出了怪怪的神色。然後，他笑了，他的笑意裡有種掌握了別人內心祕密的欣然與得意。

就這一眼，就在這片刻之間，駱木匠從一個協拉瓊巴看不起的人，變成一個使他害怕的人了。路上，他們遇到了赤腳醫生卓央，駱木匠一把就把她抓住了，說：「走，我們去見大隊長！」

卓央也是進步青年，但她並不喜歡這兩個傢伙，進步青年們彼此依靠，但並不互相喜歡。所以，她還是相跟著走了。

兩個小時後，黃昏時分，三個人從索波家出來，各自走開時，協拉瓊巴因為心裡有了那個祕密而大膽的計畫而激動不已。回到家裡的時候，母親因為他不肯出門借糧而一直在不停地埋怨。他笑了，說：「沒有吃的，我怎麼上路呢？」

母親嘆息：「要是家裡還有吃的，我還要你出去借糧？」

「要是你兒子餓死在路上了呢？」

母親說：「那你就該早早上床，明天早早起床上路吧。」

他睡在床上，側耳聽到母親從什麼地方取出了麵粉，在案板上和麵，在平底鍋裡烙餅。當麥麵餅子散發出香味的時候，他就在這麥餅的香味裡進入了夢鄉。早上，他出門的時候，母親流著喜悅的淚水不斷地對父親，對爺爺說：「我說我們家兒子會懂事的。看，他現在肯出門借糧，他懂事了。他不再想著要離開我們到很遠的地方去了。」

協拉頓珠嘆著長氣，說：「可憐的女人，可憐的女人。」

協拉瓊巴心裡覺得特別酸楚，他抓起空糧袋趕快逃離了家門。按母親的邏輯，懂事，就是一輩子守在這窮鄉僻壤，不懂事的人才去到海闊天空的外面的地方。他甚至有些迷信地想，自己沒有能跟其他兩個同學一樣離開機村，也許就是因為母親要把兒子留在身邊的願望過於強烈了。

他走到村外，知道背後有人看著，便逕直往東邊去了。但一走出家人的視線，就繞了一個圈，走到村子西頭通向山裡的路上去了。急急地趕到約定的地方，駱木匠和卓央早就到了。他沒有料到的是，索波也揹上行李站在那裡。

他把詢問的目光投向了駱木匠，本來，昨天說的是三個人組成一個青年突擊小組，去那個傳說中的峽谷打探一番，目的是尋找適合開墾的土地。但現在，索波卻也置身到這件事情中來了。這個人一參加進來，如果此行真有收穫，帳可都要算在他頭上了。

駱木匠哼哼了一聲沒有說話，他不滿的神情也溢於言表。

索波故作爽快地哈哈一笑。

駱木匠這才開口說話：「大隊長你不該去，你一去，事情還沒有開始人人都知道了。」

索波認為，他們往覺爾郎峽谷去，是為了尋找新的可以耕種的土地，是正大光明的事情。而且，因為有了大隊領導參加，這件事就更是光明正大了。

駱木匠還是不同意，說這應該是一次祕密的行動：「等我們回來，帶回來好消息讓所有人都大吃一驚是什麼效果？」駱木匠說。

駱木匠還說：「萬一要是我們兩手空空地回來呢？」

這一下他的說服力就很強很強了。因為準備工作是悄悄進行的。

連帶去那裡的東西，都預先藏在村外了，他們出村的時候，除了卓央身上赤腳醫生的紅十字藥箱外，早都藏在村外了。他們從岩洞裡取出了早就準備好的東西：對付密林中藤蔓和猛獸的鋒利長刀，降下陡峭山崖的繩索，好幾盒分包在塑膠布裡的火柴，還有乾糧與白酒，每人一塊披氈，白天可以防雨，晚上裹在身上，睡覺用的被子與褥子就全都是它了。把長刀橫插在腰帶上，揹上東西，他們出發了。遠遠地，就看見那山口上升起薄薄的霧氣。長年累月，山口上每天都有雲霧升起。機村人從那片雲霧的濃淡厚薄就能判斷天氣的好壞。這天，那裡升起的雲霧非常稀薄，輕盈地一直向上，很快就化入了蔚藍的天空。

這就是說，等著他們的是一個大晴天。

走到中午時分，他們停下來打尖的時候，還是沒有看到那個山口，那片稀薄的雲氣依然懸浮在藍天的背景下。直到黃昏時分，他們才望見了那個山口。山口的外面，平緩的山梁，山梁上寬闊的草甸，草甸間一汪汪的水窪被夕陽照出一片耀眼的明亮。而在山口的那一邊，明亮的光線像是瀑布一樣跌落下去了。陽光只是照亮了上面的空氣，還有稀薄的山嵐中盤旋著的飛鳥。

在那光瀑跌落的虛空下面，是一片黑暗的深淵。

四個人站在那裡，夕陽從右前方照過來，把他們站在山梁上的影子拉得愈來愈長。前方的山口，潮濕的雲氣正嗖嗖地漫捲而上。

在他們駐足瞭望的時候，夜晚降臨了，他們生起了好大一堆篝火。在這樣的曠野中，這麼大堆的火，其實並沒有照亮什麼。既不能驅散這片荒野的黑暗，也不能把火堆旁的幾個年輕人的內心深處照亮，使彼此能夠看見。他們拚命靠近火堆，火光投射到臉上，手上和胸膛上的那點灼人的明亮與溫暖，反而使他們更清楚地感受到火光照耀不了的更寬廣的逼人寒氣與內心深處的黑暗。

他們是這個時代造就的追求光明的年輕人。但他們一輩子都想不明白，為什麼在這樣一個過程中，內心會同時產生這麼多的寒冷的黑暗，就像他們看不清楚山口下面那個黑暗的深淵中潛藏著什麼一樣，他們也看不清楚彼此的心靈。

卓央喃喃地說：「冷。」

駱木匠說：「乾脆說你害怕就是了。」

索波就說：「咦，我才想起，你不是機村人啊，怎麼連戶口都沒有就在機村待了這麼多年了，還像領導一樣對人說話。」

駱木匠在那年大火過後，來到機村。沒有人知道他來自哪裡。他離開機村的時候，也沒有人知道他去了哪裡。但大家知道，這是一個有來頭的人物，因為他每次來到機村，公社領導都給村裡打招呼，要好好待他。每年，他都到村裡來做一段時間的木工。最近兩、三年，他根本就沒有再離開了。

大家都弄不清楚，他怎麼就在小學校裡像老師一樣，有了一間自己的屋子。機村人覺得他是個外人，但他自己一點也不見外，對機村的很多事務，比很多機村人更加地當仁不讓。

現在，他馬上就把索波的話頂了回去：「我是中國人，只要是在中國，我想待在什麼地方就待在什麼地方，除非你敢說機村不是中國，那我現在馬上就離開。再說領導也不是天生的，你當得大隊長，別人未必就當不得大隊長。」

人們也弄不明白，從什麼時候起，過去那個殷勤小心的傢伙，什麼時候習慣了用這麼大的口氣說話。

在說話方面，村裡的年輕人，很少有人能勝過他。他只會漢話，不會藏話，要跟他對話，就必用漢語。這樣，機村人在口齒是先自輸了一著。再說了，這個時代人說話口氣一大，就有了放眼世界的意思，那氣勢就很壯大了。大部分時候，遇到這種情況，輸家總是氣咻咻地忍受了。也有忍受不了的，就要動手打架。可只要一動手，這小個子的傢伙，自己就先躺倒在地上，把整潔的衣服滾上許多塵土：「救命，救命！打死人了！」

這樣的行為，讓大家對他既感鄙薄又有些害怕。

有人因為害怕而對自己感到憤怒，最終卻發現，憤怒並不會克服這種害怕。

索波也懷有這樣矛盾的心情。此時此刻，他又對自己感到憤怒了。其實，這個人才是最不應該參加到這支隊伍裡來的，就是自己當時不假思索，就把這個人當成了這支隊伍裡一個當然的成員。要知道，這支隊伍承擔著的使命是多麼地光榮啊！如果真是像傳說中的那樣，那個雲遮霧罩的神祕谷地中，真的存在過一個王國，那麼，那個谷地裡肯定就有足夠多的可以開墾的土地。機村那些被洪水被泥石流毀掉的土地，就可以在那裡得到恢復。傳說中說，那個小王國向四方征討的軍隊都葬身於他鄉，沒有回來，然後，那個炎熱的谷地中老鼠們傳播了一種可怕的疾病，絕大部分人都讓可怕的瘟疫給消滅了，只有少數倖存者逃出谷地，遷移到了機村和鄰近的幾個村莊。幾百年後，輪到機村人為了生計又要向那個地方轉移了。

這樣一次偉大的回歸，怎麼會讓一個來歷不明的傢伙參加進來？想到這裡，索波真的憤怒了：「你說什麼？你說這麼大的中國，你想去什麼地方就去什麼地方？你是不受戶口管制嗎？一個人長時間在戶口不在的地方生活，就是犯法，你不知道嗎？」

駱木匠涎著臉笑了，說：「好，好，看來我跟卓央姑娘說話你生氣了，我不該跟你喜歡的姑娘說話。」

要在以往，索波也就借坡下驢了。但這次他不。他意識到了這次任務的重要性，心裡因為一種使命感而增加了十分的底氣：「我告訴你兩件事情，第一，回去我要看看你的戶口，如果沒有，就請你永遠離開機村。第二，明天早上，你就給我滾蛋。」

說完，他裹上牛毛披氈，在草地上躺下了。

卓央也裹緊披氈找了一個地方躺下。

駱木匠把討好的笑臉轉向協拉瓊巴。但他抬起了頭，仰臉去看天上的星光。灰藍色的冷凜天空中，奶白色的銀河帶著那麼多星星悄然而緩慢地旋轉。清冽的光，從天空深處傾瀉下來，把起伏綿延的曠野勾勒出一個隱約的輪廓。

「媽的，你不想理我是吧？」

協拉瓊巴一家特有的灰色的眼睛，本來就含著一種悲戚的味道，在這暗夜裡，這種味道加深了。他從天上收回了目光，定定地盯著駱木匠看了好一陣子，說：「我真的不喜歡你。」

「你肯定沒有想過，有一天你會落在我的手上？」

協拉瓊巴扭頭去看不斷有霧氣湧起的那個深淵，回過頭來時，眼裡的神色更加迷惘，悄然自語一般說：「那又怎樣？」

駱木匠提高了聲音：「大聲一點，不要像個膽小鬼一樣跟自己嘀嘀咕咕。」

「那又怎樣？」協拉瓊巴又說了一遍，但他還是沒有能把聲音提高。不知是因為什麼，當他一來到爺爺反覆吟唱的這道深邃的峽谷跟前，一種莫名而起的悲哀就把他牢牢地箝制住了。這個年輕人的內心還從未有產生過類似的情感。現在，悲哀使他不想說話，即使張口說話，也無法提高聲音。這個傢伙，卻一直得意洋洋。他把臉逼過來了，他張開的口裡，正在吐出挑釁的語言。於是，協拉瓊巴的拳頭猛然一下，擊打在那張還在逼近的臉上。

駱木匠像女人一樣尖叫一聲，仰面倒下了。倒下之後，他不再出聲了，在火堆旁蜷起了身子。協拉瓊巴把披氈扔在他的身上，自己又往火堆裡添了一些柴，睡了。

火堆暗下去，高曠的星空下，起伏綿延的山巒間，響起了野狼的嗥叫聲。

早上醒來，索波好像已經把昨晚所下的驅逐令忘記了。

駱木匠好像也把昨天晚上的一切都忘記了。雖然他的鼻梁旁有協拉瓊巴拳頭留下的一塊青腫。吃過早飯，他收拾起過夜的東西來，真是比一個女人還要利索。而且，他迎向每個人的表情都是那麼自然鬆弛，反而是索波跟協拉瓊巴，臉上的表情顯得僵硬而緊張。

太陽升起來，高處的曠野一片明亮，可在山口前面，猛然下沉的峽谷，浮滿了藍色的山嵐。

索波深吸了一口氣，率先往前走了。協拉瓊巴也跟了上去。卓央擋在駱木匠的面前，一動不動。駱木匠在他背後站立一陣，繞過她往前走。她緊走幾步，又攔在了他的面前。

但駱木匠又從旁邊繞到前面去了。

卓央就跌腳喊道：「索波隊長！」

索波沒有回頭，也沒有停下步子。

駱木匠笑著對卓央說：「你生氣有什麼用，大隊長心裡是同意我去的。」

卓央也就不再攔著他了。

六

剛靠近山口，風就呼呼地撲面而來。

風很強勁，像是一雙無形的大手要把這幾個冒險的年輕人推離山口。身材矮小的駱木匠走到了隊伍的前頭，他彎下腰，弓著腿，一步一步地往前走。大家也學著他的樣子彎下腰，風的推拒就沒有那麼有力了。當他們越過那個狹窄的隘口，風立即就消失了，水氣很重的空氣像件半乾的衣服一下子就緊裹在了身上。生活在山裡的人，眼睛總是習慣性地往上，看見樹木、岩石與山峰，但在這裡，當眼睛依然習慣性地向上，視野裡就只剩下空闊藍天，眼光猛然一下失去依憑，雙腳下面立即生出來懸浮的感覺，感到身子正在往某種虛無的空間裡慢慢下陷。

卓央甚至低低地尖叫了一聲。

然後，他們小心翼翼地垂下了眼睛，看到雙腳實實在在地站在柔軟的草地之上。再往前好幾步，才是峽谷深切的邊緣。邊緣下面，壁立著赭紅色斷崖。斷崖之上，有些小小的平台。上面長滿了樹冠巨大的喬木。斷崖上的樹也與機村山坡上那些樹大不相同。

駱木匠顯得十分輕鬆：「該讓達瑟也來，讓他告訴我們這些樹木的名字。」

其他三個人站在絕壁邊上，不禁頭暈目眩，感到只要稍大一點的風吹來，身子就會像一片輕盈的羽毛一樣飄蕩起來，墜入深淵。

駱木匠在懸崖邊上走來走去，表情輕鬆，他說：「有點頭暈是吧，坐下適應一會兒，我們就可以出發了。」

三個人都聽話地坐了下來。

駱木匠又說：「不要閉上眼睛，還得看，往下看，愈害怕愈要看。」

三個人忍住背梁上陣陣發冷發麻的感覺，往下望去。目光一點點往下，看到懸崖上，雪白的瀑布從一個巨大的山洞裡鑽出來，飛墜而下。一群羽毛在陽光下閃爍著彩虹般豔麗光芒的鳥盤旋在斷崖之間。盤旋的鳥群，不是上升，而是下降著，下降著，終於牽引著他們的目光下到了斷崖消失的地方。

那裡，深谷陡然下降的坡度一下放緩了，連綿的森林彷彿一片汪洋，順著山勢連綿而下，終止在谷底那亮閃閃的湖泊岸邊。這個深陷的谷地沒有出口，四面的溪流都向著那個湖泊匯集。

索波問協拉瓊巴：「古歌裡提到過這個湖泊嗎？」

眾水匯流而永不滿溢，
底下的孔道通到南瞻部洲的大海！

協拉瓊巴直接引用歌詞來回答。

「那就好。」索波說。

那意思好像是說，只要是古歌裡唱過的，那就是真實的存在，不然，美麗的湖泊就是一個虛幻映射了。駱木匠臉上掛著有些誇張的輕鬆表情，還在懸崖邊走來走去。起先，三個人看著他這樣行走，都有些頭暈，現在，這種感覺已經過去了。他們站起身，走到了懸崖邊上。索波找到一塊突出的堅固岩石，往上面纏繞繩子。意思是他們要從這裡順著繩子降到第一個長滿松樹的平台上去。

協拉瓊巴說：「不用，應該有一條道路。」

他知道，古歌裡唱過，那個遙遠王國的人們最初因為躲避戰亂進到了這個山谷，幾十年後，出產豐富的山谷使部落強大，他們的藤甲兵開始征伐四方。藤甲兵出征的時候，隊伍走在新開出的棧道上，特別地威武雄壯。協拉瓊巴想，這條棧道應該就在離山口不遠的地方。果然，他很快就在一片特別茂盛的杜鵑林中找到了那條古道的口子。陡峭的岩壁上，現在還可以看見盤旋而下的道路的隱約痕跡。用腳蹬開荒草，踢開因風化而破碎鬆動的岩石，一道一道的梯級顯現在腳下。中午時分，他們來到了第一個平台上。

抬頭望望，上面是壁立的岩石，岩石上面的天空中是被勁風吹拂著的旗幟般的雲彩。望望下面，谷底的雲霧升起來，在他們腳下不遠處平展展地瀰漫開來。

平台上，巨大的松樹下平鋪著厚厚的松針，松針間，是松樹露出地面的虯曲的根子四處盤繞。當他們進入林中，頭頂的天空和獵獵的風聲都消失了。林子裡寂然無聲。陰暗乾燥的空間裡流溢著松脂的香味。那香味如此濃烈，讓人以為整個林間的空氣就是一大塊透明的松香。他們在這遮天蔽日的松林間鑽來鑽去整整兩個小時才找到再次向下的路口。他們在裸露的樹根上砍下新鮮的印跡，標示出這個出口，才繼續往下。這時，懸浮在谷地上的濃霧散開了。但日暮時分那晦暗朦朧的光線正在淹沒深陷谷盆的底部，並從那裡慢慢升高。他們離下一個台地還有一半的時候，那從谷底慢慢升上來的晦暗光線就水一樣把他們淹沒了。

但這並不真正的黑夜。他們還能看見。被腳蹬掉的風化的浮石墜落下去，與岩壁碰撞著，發出巨大的聲響。一些已經棲息到岩上的大鳥驚飛起來，憤怒地尖叫著在天空中盤旋。

因為身陷在那晦暗的既不是白天也不是夜晚的光線中，大家都有些著急。駱木匠就差點隨著腳下的浮石一起跌下了山崖。是索波飛快地伸出手緊緊地攥住了他。駱木匠張開四肢，蜥蜴一樣緊貼在山崖上，蒼白的臉上很久都沒有一點血色。

卓央後來說，那時他的臉像是一張紙剪的月亮。

他們到底還是在真正的黑夜降臨之前下到了第二個平台上。

平台上照例是密集的樹林。他們好不容易才找到了一塊可以望見天空的空地過夜。這時，駱木匠已經從剛才的驚恐中平復過來了。坐在火堆邊上，他對索波說：「你不要用那樣的眼神看我。」

索波確實在用含有某種意思的眼光不斷看他。

他說：「我要是掉下去，會有人追認我是烈士，而你卻要負一定的責任。我沒掉下去，你也就沒有一點責任了。要是我是為了自己，我會感激你，但這是為了整個機村，你不要以為我會感謝你。」

這話聽起來特別地無情無義，但想想也不是沒有一點道理。

大家想不明白的是，這人剛來村裡的時候，逢人就是一臉謙恭的笑容，現在卻時不時地口吐狂言了。讓人更想不明白的是，大家心裡居然都隱隱地有點怕他。這傢伙他也非常清楚這一點，他為此感到非常的得意。他還悄悄對卓央說：「你用不著像他們一樣怕我。」

卓央說：「我為什麼要怕你。」

駱木匠說：「問題是我不要你怕我。我喜歡你。」

卓央覺得這樣一個沒有來由的人說出這樣的話來，簡直是對自己一種深重的侮辱。所以，她說：

「呸！」

去縣城裡受過赤腳醫生培訓，學過消毒與包紮，學過怎麼使用日常藥品，學過怎麼用聽診器聽腹腔裡各種聲音，能夠用銀針扎到人身上數十個穴位的卓央姑娘心裡喜歡的是索波。她愛上了機村這個並不招大多數人喜歡的先進青年。而這時，總是意志堅定的索波卻有些神情恍然。

卓央舉起手來在他眼前搖動，但他的眼光好像穿過了她的手掌。卓央在城裡接受赤腳醫生培訓時，在醫院裡看到過一種機器，這種機器可以穿過衣服，穿過皮肉。卓央還做過一次教學模型，醫生讓她站在那台機器面前，只聽得「咔嗒」一聲，說完了。大家就在充滿碘酒味道的醫院走道裡散開了。第二天，老師帶來一張黑色底片，後面用手電筒一照，說：「看，卓央的手！」

那是一隻沒有皮肉的手，只剩下白生生骨頭的手。

下面發出一聲聲驚叫。膽大的都扭頭去看卓央。血色充盈肌肉細膩的卓央同學活生生地坐在大家中間。

老師又說：「這也是我們大家的手！」

下面響起了有些遲疑的笑聲。

卓央把手伸到索波面前搖晃時，想起了把自己的手照成一把骨頭的那張X光片。但這個傢伙，他的眼光卻連這些骨頭都不存在一樣穿過去了。峽谷裡從下往上，濕漉漉的熱氣蒸騰而上。協拉瓊巴沉默不語，眼光比索波還要沉靜迷離。駱木匠說：「瘋了，要把人熱瘋了。」臉上卻沒有半點要瘋狂的跡象。

「嗨！」卓央再一次把手伸到索波的眼前去搖晃。

索波猛一下掉過頭來：「什麼？」

「你問我？是我問你在想什麼？」

索波臉上還是一派恍惚迷離的神情：「花，太多了，那些花。」

是的，在這麼黏稠的蒸騰而上的暑熱裡，那些蓬勃密集的灌木枝條上，一簇簇，一穗穗，盛放著那麼多的鮮花。沉甸甸的花朵壓彎了枝條。沉甸甸的花香就像一塊濕布一樣，緊貼在鼻子上。索波說：「太多了，這麼多花。」

協拉瓊巴喃喃地說：「真像是夢境一樣。」

「誰的夢境？」

村子裡都傳說，凡是叫什麼協拉的這些人，都會在某個時候，在夢境中見到祖先們在峽谷中生活的情景。

「你夢到過這些花？」

協拉瓊巴沒有回答。他說：「我們不該在這裡過夜，下面的熱氣還要上來，這裡熱死了。下去，下面涼快一些。」

駱木匠叫起來：「夥計，你瘋了！」

索波的表情猶疑不決：「下面真的會涼快一些？」

協拉瓊巴點了點頭。

駱木匠說：「你沒有去過下面，你怎麼知道？」

協拉瓊巴沒有回答。

索波說：「可是，晚上什麼都看不見。」

協拉瓊巴不說話，他的眼光四處逡巡，然後，臉上浮起神祕的笑容：「來，你們跟我來吧。」

大家就都跟著他動身了。他走在前面，身體僵直而腳步虛浮，那姿態彷彿夢遊的人一般。他並沒有埋頭看腳下，但在這懸崖峭壁上，他每一腳都找到了一個平坦而空曠的地方。每一腳都踩在堅實的岩石之上。甚至，他們感覺自己的雙腳踩在相當平整的岩石梯級之上。協拉瓊巴的聲音在前面，不要四處看，手摸著岩石，一步一步，就像走在家裡的樓梯上一樣。不要看上面的天空，也不要看下面的大地，夜半三更，反正什麼也看不見。對，對了，就像這樣，一步一步，一級一級，就是這樣，我說了，就像走在自己家樓梯上一樣，只是這樓梯很長很長……」

他們的腳步也就一步一步踏在堅實的梯級之上。

索波想看看四周，真的就像協拉瓊巴說的，什麼都看不見，上面，閃閃的星光消失了，下面，輝映著星空的寶鏡一樣的湖泊也消失了。甚至連風聲都消失了，四周只有濃重的黑暗，還有黑暗中協拉瓊巴巫師一樣的聲音：「不要張望，因為你什麼都看不見。」

協拉瓊巴用他父親吟詠古歌的腔調念叨：「那條路，不在眼前，而在心上。那條路，不通往地獄，也不通往天堂，通往我們偉大的故鄉！」這情形，恍然間猶如夢遊一般。就這樣，恍恍惚惚地走了半夜，草木的清香又撲面而來。協拉瓊巴說：「好吧，睜開眼睛吧！」

大家都不太記得此前是不是一直閉著眼睛的，但現在，他們非常清楚地又看見了滿天星光，看見自己站在一株巨大的松樹跟前。樹高舉著巨大的樹冠，也沒能遮去滿天星光。大家都長吁一口氣，坐在了滿地綿軟的松針之上。沒有人說話，所有的屁股都很舒服的沉陷在綿軟的松針裡面。協拉瓊巴端直地坐著，打起了輕輕的鼾聲。卓央推他一把，他就倒下去，鼾聲更加順暢而響亮。

卓央輕輕笑了一聲。咕咕的笑聲像是樹上那些野鳥的夢囈。她也倒在香噴噴的松針毯子上沉入了夢鄉。

七

除了協拉瓊巴，都不敢想他們自己怎麼能摸著黑從那懸崖峭壁上走將下來。

迷離恍惚的協拉瓊巴說：「那有什麼，先人指路。」

「仙——人——指——路！」卓央不禁叫了起來。

聽到那驚怪詫異的聲音，協拉瓊巴抬頭看看懸崖，又看看峽谷上方空洞洞的藍天，莫測高深地笑笑，只是說：「不是仙人，是先人。以前在峽谷裡的先人。」

駱木匠說：「你看見了你家的先人？」

「反正，我看見了一個人走在前面，反正我聽見了他對我說，來，跟著我來吧，不要害怕。反正，我在前面跟隨著他，你們也就跟著來了。反正，他對我說，踩著我的腳印走，我也這樣對你們說，踩著我的腳印走。結果，我們就平安地下到谷底了。」

卓央喊叫起來：「不要講了，我害怕！」

駱木匠卻是水上的野鴨，心頭軟了，嘴巴也不會軟：「我不相信！」他這麼說話，說明連他都明白，自己多少有些相信了。

還是索波因為承擔著更多的責任而保持著清醒：「下倒是下來了，可是回去呢？」

往上望去，赭紅色的峭壁幾乎就向著他們的頭頂傾壓下來，真不像是可以自己攀緣上去的樣子。崖縫間蚪曲著一些稀稀落落的松樹，松枝間隱隱約約飄浮著淡淡的霧氣。而在山谷的底部，植物瘋長。好些種樹的葉片不可思議地巨大，合抱粗的蚪曲樹幹上苔蘚潮濕鬆軟。苔蘚與樹幹之間是四處蔓延的藤蔓。還有一種花朵，竟然大如人面。

三個心中不安的傢伙，透過那些長相奇異的巨大樹冠之間的縫隙，不斷去回望身後高高的崖壁，即便懸崖上的來路也充滿神祕，但只要知道歸路在那裡，也能使他們感到心安。

協拉瓊巴臉上浮現出淺淺的笑意，再一次說：「跟我來吧。」

他在齊腰深的茂盛荒草中蹚出一條路來，走出一段，回過頭來說：「我帶你們去一個地方。」平常他們家特有的灰色的黯淡無光的眼睛這時煥發出一種特別的光彩。他轉身走在前頭，雙腳不斷地踏倒一叢叢荒草，手起刀落，懸掛在身前的藤蔓紛紛落地。四周的樹林中，有野雞驚飛起來，還有一些奔逃的野獸在林木深處弄出了更多的響動。潮濕悶熱的空氣，黏呼呼把汗濕的衣服黏在身上，這種感覺就像是被某種不愉快的東西糾纏住了。

每個人都想快點走出這令人窒息的處境。

但是觸眼處盡是瘋狂生長的荒草，是碩大的花朵，是糾結不清的藤蔓，是林中受到驚動後四處奔逃的動物。那些受驚奔逃的動物影影綽綽的影子在陰暗的樹林深處晃動。

「快到了嗎？」

「快到了吧？」

協拉瓊巴帶著他們在暗無天日的林子中穿行的時候，他身後的人總在發問，但是協拉瓊巴只是揮動著手裡鋒利的長刀，一路向前，偶爾他轉過身來，卻不答話。受驚的動物依然在林子中央奔跑。一種隱身在巨大樹冠中的大嗓門的鳥發出人一樣的聲音：「來了！」

一隻鳥這麼一叫，其它的鳥就發出同樣的應和：

「來了！」

「來了！」

卓央終於把心裡所想說了出來：「我害怕。」

協拉瓊巴停下了腳步，回身說：「不用害怕，故事裡講過，這裡就是有會說人話的鳥。」

這個故事，駱木匠這個不明來歷的人可能沒聽說過，但索波與卓央是知道的。很多年前的王，不知道是這個山谷古國的第幾個王得到一隻特別會說人話的鳥。這鳥四處飛行，晚上回到王宮，就把白天聽來的人話學說給宮裡的國王聽。國王以此為據拔擢或除掉手下的臣子。這個王因此成了一個公正的王。

回味這個故事的時候，密不透風的樹林前方透進了明亮了天光。天光盡頭，一處高聳的小丘上，巨大的樹木消失了。他們加快腳步向亮光那裡去了。這回，索波端著槍走在了前面。

協拉瓊巴想越過他，但索波一旦甩開了他的長腿，就沒有哪個機村人能夠趕上他的步伐了。他只好在背後喊：「要是看到狼，不要開槍！」

索波轉過身來：「看到狼還不開槍，要槍幹什麼？」

「故事裡說，那不是狼，是不甘心的王子。」

話音未落，一隻狼真的就出現了。牠在小丘的頂部站立著，整個身子的側面對著這幾個陌生的闖入者。修長的身軀，灰色的皮毛光滑明亮，牠站立在哪裡，以整個小丘主人的姿態。牠聽到了這幾個陌生來客的動靜，卻沒有轉過臉來，這個傢伙只是抖動著尖尖的耳朵。索波舉起了槍。而狼的要害部位幾乎都暴露在槍口下面：腦袋、頸子、肋骨下的胸腔。

沒有人說得清楚，是槍響在前，還是狼的消失在前。

槍聲並不巨大，使槍聲顯得巨大的是小丘四周突然忽啦啦騰身飛起來的五彩的鳥群，是五彩鳥群同時騰身時攪動了空氣的聲音，鳥群飛騰而起，數百隻五彩鳥羽同時被陽光照亮，煥發出奪目光彩那一瞬間，也彷彿在空中炸開了一聲巨大的聲響。

這些古歌中的五彩鳥真的曾經向過去的人學舌過，牠們盤旋在天上，還在驚叫：「來了！來了！」

牠們的聒噪聲震得人腦袋嗡嗡作響。

見多識廣的駱木匠笑了：「媽那個×，鸚鵡！」

「鸚鵡？」

「我從來沒有看見過這麼漂亮的鸚鵡！」

鸚鵡們並不特別善於飛翔，牠們又慢慢降落到樹上。

天空中沒有了牠們的影子，樹林裡也沒有了牠們的聲音。巨大的寂靜又籠罩住了這夢境一般的地方。

這時，大家才想起那頭漂亮的狼。

狼消失不見了。

「狼呢？」

索波說：「上去看看，肯定倒在草叢裡，死了。」

駱木匠就往小丘跟前奔去了。協拉瓊巴卻笑了：「你是等牠跑開才開槍的。」

「胡說！」

協拉瓊巴眼裡閃爍著迷離恍惚的神情，臉上浮現著莫測高深的笑容，嘴上卻不再爭辯。但索波心裡知道這個灰眼睛的傢伙說得對，他確實不可能打中那狼。他也知道這不是因為害怕，那麼，又是因為什麼呢？因為那狼太漂亮，太威風凜凜了，那狼太像狼了。所以，當他手指搭上槍機的時候，心頭卻猶豫了。就在那片刻之間，狼就是一道光一樣閃爍一下，就很快消失了。的的確確，順槍管指出的方向，從眼睛到缺口再到準星這三點一線瞄出去，即將被射殺的獵物身上都披著一層好看的光暈，特別是有太陽光籠罩的時候更是如此。獵人禁不住都要在心裡讚美一聲：多麼漂亮啊！然後，轟然一聲，美麗生靈終究還是被擊倒在血泊中了。但是，索波知道，這一回，他的確猶豫了更長一點的時間。槍響之後，那美麗的光暈不是轟然一聲炸開，而是閃電一樣飛掠而過，從什麼地方消失了。

大家都登到了小丘頂上，果然，在狼應該倒下，倒在一汪血泊中的地方，沒有狼的影子。陽光落在丘頂的花上草上與雜樹之上。

他們發現，腳下不是一座天然的丘崗，而是一個建築的巨大廢墟。腳下，盡是規整與不規整的石頭，石頭上面長滿了苔蘚與青草，石頭縫中，那些姿態虯曲的樹怕也生長了兩三百年，甚至更長的時間了。

現在，這幾個年輕人都相信，古歌中懷想的那個古老王國是真正存在過了。

更重要的是，幾個人待在這高大的廢墟上，心裡竟然沒來由地感到了隱隱的害怕。好像那些遮蔽了陽光的幽深的樹影中，真有遙遠縹緲的身影在無聲穿行。當他們來到廢墟下方，看到一塊石頭，乾乾淨淨地沒有長草也沒有長樹，上面赫然刻著一頭狼的圖像。協拉瓊巴眼裡的神情更加迷離恍惚：「剛才那頭狼是不真的，是狼神的魂魄。」

大家互相看看，都不言語，只是加快腳步要從這廢墟裡走將出去。走下這片小丘是容易的，但是，小丘並不是廢墟的全部。這片廢墟那麼廣大，從中走出去，真還費了他們不少的功夫。那麼多的雜樹與藤蔓，那麼多苔蘚叢生又濕又滑的石頭，還有樹冠深處那些聒噪不休的鸚鵡。一直在叫著：

「來了！」「來了！」

傳說中，這些鷓鴣偶爾有一隻是王者的奸細，更多的是王族的奴僕。王者一旦走動，牠們就振翅飛翔，盤旋在所有臣民的頭頂，喝令他們開道或迴避。而一旦有面孔陌生者出現，牠們更是大聲聒噪。立即，王座深垂的帷幕後，侍衛已然刀槍在手了。但現在，只有他們幾個人沉默著走在大片建築傾圮留下的大堆石頭中間。那鷓鴣們是在向過去的亡魂通報什麼嗎？

協拉瓊巴有些害怕了：「牠們為什麼一直這麼叫？牠們這麼叫是想叫誰聽到？」

駱木匠笑了：「叫鬼聽到！」

卓央用手指塞住耳朵：「你們都不准說話！」

這是七十年代的某一天，無產階級文化大革命正在進行，這場偉大的革命運動一開始，就宣布了所有鬼魂神靈都是不存在的。現在行走在這林間的都是這場運動中成長起來的新青年，都不再相信虛無的鬼魂與過去供在廟裡的偶像，而且，廟裡很多偶像就毀在他們戴著紅袖章的手上。但他們畢竟還是機村人，機村人在這個山谷王國的傳說中浸染了幾百年。一到這種情境之下，內心那些他們以為早已消滅乾淨的東西一下子就復活了。

復活的標誌，就是他們都感到害怕。

害怕使他們對時間的消逝感到麻木。他們只是汗流浹背地往前走，一直走到陰森的樹林終於落在了身後，鷓鴣們的叫聲也沉落在濃重的樹影中間。他們都沒有感到已經走出了古代王國的廢墟。直到清新的風撲面而來，把林子中的腐木敗草的氣味一掃而光。他們才發現已經來到了從絕壁上方曾經望見的碧草如茵的草地上，遠處，碧藍的湖水在陽光下微微鼓蕩。

四個人都腿一軟，跌坐在草地之上。

湖畔，幾隻鹿聽到了異樣的動靜，伸長了脖子，豎起了耳朵順風凝神啼聽。駱木匠突然伸手抓過索波的步槍，但他還沒有來得及向鹿群舉起，那些鹿就甩開四蹄跑開了。

鹿群並沒有跑遠，牠們順著湖岸跑出一段就停下來了。依然停在湖邊那些青碧的草地中間。

卓央說：「太漂亮了。牠們太漂亮了。」

機村的人都看到過鹿，但是那些鹿常常在獵人的槍口與陷阱的威脅之下，外出尋食時總是一副驚惶的模樣。而且，經過多年的獵殺，特別是經過了機村的森林大火，機村早就沒有鹿群了，偶爾出現在人們視野裡，也是形隻影單。但在這裡，鹿群因為一點異常的動靜就機警地跑開，但是牠們跑出去不過百步之遙，就停下來安詳地飲水吃草。駱木匠又想舉槍，但被協拉瓊巴舉手摁住了。

鹿群也沒有再受驚奔逃。

大家的目光都掠過風中起伏的草浪奔向那群安詳的鹿。

協拉瓊巴說：「鹿苑。」

「什麼？」索波皺起了眉頭，「你又在瞎叨咕什麼？」

「我說鹿苑。古歌裡唱的鹿苑。」

大家就想起來了，古歌裡確實唱過，這個王國沒有鹿，出征草原部落時，打了勝仗，戰敗的王敬獻了鹿，他們班師回朝後，就有了鹿苑。梅花鹿苑。這幾個機村的年輕人沒有見過梅花。因為此花本地不產。但遠遠看去，那些鹿棕褐的身軀上密布圓形的黃白色斑點，的確像是某種開放的花朵。鹿在他們視野中低頭吃草，甩動著短短的尾巴，漸行漸遠，最後，走入一片闊葉的樹林，消失不見了。

卓央說：「太美了。」

駱木匠說：「以後來開荒的人，只是帶上糧食，肉，這裡有的是。」

索波起身，在距湖邊不遠的地方找到一個有泉眼，還有幾株野生刺梨樹的地方，揮動長刀，芟去地上的野草。然後，他用勁踏踏鬆軟的黑土：「房子就建在這個地方。」

協拉瓊巴看看湖，再看看樹林那邊，在樹林深處，古國王宮傾圮形成的小丘隱約可見。他笑了笑，相跟著動手幹起活來。其實，他們並沒有真的建起一所房子。而是芟掉一塊草，然後學了修公路和水電站的樣子，在將來應該建上房子的地方，打上了一些木樁。木樁砍去了外皮，露出白生生的木質，修公路和水電站的人打下木樁後還會用紅色油漆在上面寫下編號與簡單的文字。但他們沒有紅色油漆，也不懂得那樣編號有什麼意義。索波還讓大家以此為中心，四散著走開，走完一千步，在那裡挖掘一些泥土帶回來。大家帶回來的都是黑油油的肥沃泥土。協拉瓊巴從他帶回的泥土中，還拿出了一塊堅硬的陶片。

索波把這些泥土鄭重其事地分裝好，說：「以後，機村人不會餓肚子了。」

這時，黃昏降臨了。湖上閃爍著夕陽最後一抹金光。吃東西的時候，協拉瓊巴一口也沒吃，他離開大家，把捏好的糌粑拋往林中廢墟方向，然後，他起身去到了湖邊，他蹲下身子，抱住了腦袋像他爺爺一樣開始輕輕吟唱。

駱木匠憤怒了：「隊長，這個人一直在裝神弄鬼，你要跟他鬥爭。」

索波用一根棍子撥弄眼前的火堆，他每動一下棍子，許多火星就飛舞起來，飛竄上夜空，招頭望去，那些火星很快熄滅了。

「鬥爭？」索波用疑問的口氣重複了一遍在這個環境中聽起來有些陌生，也有些唐突的詞：「跟誰鬥爭？走了這麼幾天，你還不累？」

「我想，隊長是不想回去了。」

索波很認真地看了一眼駱木匠，長嘆了一口氣，在草地上躺了下來。深藍的天空彷彿一個巨大的帳幕籠罩在頭頂，上面掛滿了一顆顆閃爍的星星。他又長嘆了一口氣，說：「我真是不想回去了。」

這話要是讓卓央聽見，卓央就要心疼了，但卓央不在，她到水邊清潔自己去了。她來到水邊的時候，協拉瓊巴停止了歌唱。一停止歌唱，寂靜立即就降臨下來，然後才是湖波輕輕拍擊湖岸的聲音，迴蕩在兩個人中間。兩個人站得很近，但那聲音一分隔，他們像是隔得很遠很遠。協拉瓊巴扭頭要往回走。這時，卓央卻說：「你站住。」

協拉瓊巴就站住了。

「你不能走，你走了我害怕。」

協拉瓊巴就回過身來。

「你轉過身去，不准看。」任何時代，這些漂亮姑娘的某種情境下，對於任何男人都有任性的權利。

「好，我不轉過身來。」

卓央沒有再說話，協拉瓊巴站在原地，聽見身後一片水聲響亮。後來，水聲停了。後來，水聲又響起來。協拉瓊巴回頭，是一片朦朧的肉光。他轉過身子，那水聲在腦子裡打雷聲一樣轟然作響。

不知過了多長時間，卓央站在他面前，露出一口白牙，笑吟吟地說：「你很聽話，我們走吧。」

那口氣比索波隊長的口氣還要理所當然。但是，一回到火堆旁，她燦爛笑容就朝向索波隊長了：「我們明天就回去嗎？」

「回去，回去了我們還要再來。」

「但是，這些懸崖我們怎麼上去呢？」

「睡吧，回得去也要回去，回不去也要回去。」

八

「覺爾郎！」

「覺爾郎！覺爾郎！」

說起這個名字機村的年輕人就臉上放光。猶如陰霾的天氣從雲縫裡漏出的一線陽光正好投射在了他們身上。過去，糧食充足的時候，人們總是抱怨美好的夏天過於短暫，但現在，因為青黃不接，大家都只盼著秋天快點到來，這個夏天就顯得太漫長了。夏天的白晝長，這對飢餓中的機村人來說，漫長的夏天差不多是該詛咒的了。而且，這個夏天還沒有過完，人們已經在擔憂怎麼熬過以後的夏天。

但是，現在，情形不一樣了。那個傳說中土地肥沃，氣候溫煦的地方真的存在！

索波帶著幾個人神祕地出走，又神祕地歸來，證實了古歌中那個輝煌王國的確存在過，儘管王國已經消失了，但那個比機村土地更肥沃，氣候更適合作物生長的地方確實存在！

那樣一個鳥語花香，土地肥沃的地方使因為饑荒而絕望的機村人又看到了一線生機。這使他們想起一些古老的傳說，想起這些古老傳說是為了想起一個久已遺忘的詞：遷移。這個地方被人自己糟蹋掉了，他們可以遷移去另外一個地方。在傳說中，機村人曾經數次遷移，以至於他們都不知道最初究竟是從哪裡出發，以至於沒有人能夠說出他們到底有過多少個故鄉。那些傳說不像寫在書上的歷史那樣清楚明晰，只是留下一些隱約的線索，告訴機村人，在來到機村之前，他們的先輩曾經為了生存數次遷移。因為戰爭，因為天災，因為瘟疫，因為不同的宗教派別對於宇宙與生命解釋中微妙的差別。現在，人毀滅了機村周圍的森林，自然之神伸出報復之手，要來毀棄這個村莊了。按照古老的傳統，遷移的時候，尋找新的家園的時候快要來到了。

這樣的時候，也是產生英雄般的領袖人物的時候。一群羊沒有一隻威武沉著的頭羊的帶領，去不到一個水草豐美的草灘，一盤散沙的百姓，各懷私心的百姓，沒有一個英雄般人物的率領，不可能有決心背棄一個遭到天譴的家園，更不可能找到一個被神祝福並加以佑護的家園。

那個古老的舊王國，也可能成為機村美麗的新家園！

這種可能性使年輕人感到歡欣鼓舞，但是，年紀大的人們，生活閱歷豐富的人們，對新社會總是半信半疑的人們，迅速跌入了絕望的深淵。因為他們想遍了機村的每一個人，都看不出有這樣一個人具有這樣的領袖氣質。傳說中有一個領袖因為做王的兄長懦弱而多疑，不能臨機決斷，毅然殺死了他，而帶領全族走出了絕境。還有就是那個古國最後一個王，陷入敵軍重圍時，讓一批年輕男女突圍，而自己帶領老弱殘兵戰鬥到最後一息，最後，自己舉火點燃宮殿火葬了自己。

但是，如今的機村，或者說如今的時代已經不是產生這種人物的時代了。這個時代，人們只是生活在絕望的心情中間，並不是生活真就到了無路可走的程度。

這不，就在幾個年輕人帶回來好消息的同一天，上面派發的救濟糧到了。運糧的卡車停在村中小廣場上，差不多整個村子的人都出動了，去領取每人三十斤的救濟糧。隨著救濟糧下來的，還有一個工作組。工作組在發放了救濟糧的當夜就召開了全體社員大會。但是，工作組並沒有看到期望中那種感激涕零的場面。人們依然愁容滿面，整個會場被一片沮喪的氣氛所籠罩。工作組長講了一大篇話，講完了，期待著下面有所反應，但被大瓦數的電燈照耀著的人們都把臉埋在自身的陰影中間。又沉默了一陣，大家就都抬起屁股來，紛紛走散了。

很快，人群就走光了。剩下一些灰塵，一些夏天裡總是非常活躍的蛾子飛舞在明亮的燈光中間。那些沉默的人，他們坐在下面時，陰鬱的表情和深色的衣服吸掉了很多光線，現在，他們沉默著走開了，把吸收掉的燈光還給了會場。於是，空蕩蕩的會場中光線變得異常刺眼。

「為什麼？」工作組長問。

「什麼為什麼？」代理著大隊長職務的索波反問。

「黨和政府這樣關心他們，他們為什麼沒有一點感激之情？」

索波嘆了一口氣：「沒有人想吃不是自己種出來的糧食。」

組長冷笑：「問題是你們沒有自己種出夠自己吃的糧食。」

索波說：「我們種得出夠自己吃的糧食。」

組長站起身來，闔上筆記本，拍打著落在自己身上的塵土。這些灰塵把索波嗆住了，他猛烈地咳起來。組長笑了：「看看，我們機村的代理大隊長讓自己說的大話嗆住了。」

索波把咳嗽憋了回去：「不是我們種不出糧食，是泥石流毀掉了土地。要是不毀掉森林，泥石流就不會毀掉我們的土地。」這些話出口的時候，索波自己也感到吃驚了。因為平常村子裡人們抱怨的話竟然從他口裡冒出來了。機村不會有人相信他會說出跟大家一樣的話。他索波從來說的都是和上面一致的話，而從來不願跟村裡人保持一樣的想法。

「你說什麼？你再說一遍，我沒有聽得太清楚。」

索波只是吃驚，但他並沒有感到害怕。他說：「如果換一個地方，我們還能種出很好的莊稼！」

「換一個地方？」

「就是遷移。」

「遷移？誰要遷移？你？」

「不是我，是我跟大家？」

「你說說清楚，大家是誰？」

這步步逼問顯示出一種壓迫人的力量，方法是熟悉的，但那力量並不因為熟悉這種方法而減輕他的力量，索波回答的中氣有些不足了：「就是……機村。」

工作組長大笑：「你是要我給機村全隊開一張遷移證明？」

聽了這句話，索波心裡湧起一股絕望的情緒，他應該知道，這個時代已經不是一個人人都可以隨意走動的時代了。村裡只要有人要走到公社管轄的範圍之外去，就要在他那裡交上一張申請，批准後，還要拿到公社審批，加蓋上一個鮮紅的印章。這張證明上還要注明出走的路線與回歸的日期，如果證明的持有者逾越了路線或超出了歸期，就是一種危險的行為了。人不是牛羊，隨自己高興就可以走到有水有草的地方。人要守各種各樣的規矩。老的規矩和新的規矩。新規矩當中最最重要的一條，就是人不能隨便走動。而他竟然腦子一熱，想出來這麼一個主意，要全村幾百號老小像傳說中那些人群一樣，離開舊的地方，走向新的地方。

索波聽到自己在為自己辯解，而且還特別地理不直氣不壯：「那樣，我們就不用坐等國家的救濟了。」

就為這個，工作隊接管了機村大隊的領導工作，宣布代理大隊長需要學習學習。索波去縣城學習這天。人們都出來送行了。索波沒有說話，人群默默地相跟著走在他後面。他們走出了村中的廣場，走過了伐木場新建的那一大片房子，走過泥石流毀掉的土地上新建的儲木場，那些堆積成山的杉木在太陽下散發出濃烈的松脂香氣，人群又走過了許久沒有磨過麵粉的磨坊，水閘口，被攔住的水流溢向兩邊的分水口時，因為強勁的衝力撐開一個亮晶晶的扇面，就像是水晶做成的開屏孔雀。

索波站住了。跟在身後的人群也站住了。

他走到那水扇跟前，覺得臉有些發燙，腦子也在嗡嗡作響，伸手戽了些清涼的水在臉上，他感覺舒服多了，索性把整個腦袋伸到了飛濺而起的水沫中間，讓一股清涼之氣籠罩了自己。後來，機村人說，那一天索波第一次在鄉親們面前顯出了可愛的樣子。他像牲口一樣打著噴嚏，他搖晃著腦袋，水花從頭髮裡四散開去時，像是一匹剛從重軛上解下來，痛飲了山泉的牲口。

送行的人們看到這情景都露出了笑容。

索波回過身去，帶著笑意，對送行的人群揮揮手，上路走了。

那些說這個時代不會有英雄出現帶領人眾走向生境的人揉揉發花的眼睛，看著這個年輕人遠去的背影，心上已經再度疑惑了：咦，難道他就是那個人嗎？

那個人瘦高細長的背影在他們眼前搖晃著遠去，那種搖晃裡的確有種承擔了某種使命，卻還有些不堪重負而猶疑不決的樣子。因此，那個背影也就多少暗含著一些悲情的色彩。英雄的傳說中總是飽含著這樣的悲情，就像帶來雨水的雲團中必然帶有蜿蜒的閃電一樣。

盯著索波的背影，一些覺得自己感到點什麼的人眼中湧上了閃爍不定的淚水。

但是，他一去兩個月竟然沒有一點消息。

工作隊在村子裡領著大家苦幹。幹什麼？農業學大寨。先治坡後治窩。泥石流不是毀壞良田嗎？與天奮鬥其樂無窮。那就攔住洪水猛獸，人定勝天！辦法十分簡單。在那些已經爆發過泥石流的溝壑上壘起一道厚厚的石牆。泥石流沖來的滾滾礫石正好作了修建石牆的材料。有人擔心，石牆抵擋不住威力巨大的洪流，這樣的人立即就會在大會小會上被「幫助」。這樣的幫助並沒有太大的效果。懷疑的論調依然在四下蔓延。直到一件事情的發生，才使人們緊緊地閉上了自己的嘴巴。

伐木場的一個工程師不請自來，拖著長長的捲尺把所有砌起的石牆都丈量了一遍。然後，他對著圍攏來的人們露出譏諷的笑容。他搖著頭說：「上面是什麼？」

「山！」

機村的年輕人學著小學校裡學生回答老師的腔調整齊地回答。

那個工程師臉上也露出了老師一樣，覺者一樣的笑容：「對，山，但是這些山沒有了樹木的遮蔽，還有什麼？」

「泥巴！」

「石頭！」

下面的回答踴躍，而又紛亂。

「是隨時都可以來到山下的泥巴與石頭。現在，這些東西沒有下來，因為它們在等待雨水。雨水一來，它們就會一瀉而下。」工程師伸手拍拍齊他胸高的石牆，臉上譏諷的神情更加鮮明了，「一道牆怎麼可能擋住整座山？」

他慢慢搖動手裡那個圓盤上的手柄，把長長的尺子一點點收進那個圓盤，把一群像被施了定身法一樣的機村百姓扔在身後，揚長而去了。當這個人身影消失時，所有人都一臉茫然的神情坐在了地上。

機村人都長在山裡，誰又不知道山的力量？在過去的宗教故事裡，就常常出現這樣的情形。大群的生靈被外來的魔力或內心的鬼魅所迷惑，所牽制，茫然勞作，徒然相愛或仇恨，不明目的地吃喝拉撒，直到雲頭上出現一個聖人，大聲斷喝，這些人才猛然醒悟，覺察到自己可笑的處境。

這一個晚上，整個機村都在議論這個人，整個機村都在熱烈的議論之後陷入了深深的沉默。

但是，沒有一個人知道別人心裡是否是想了些什麼？

達瑟用詢問的眼光看著協拉瓊巴。

協拉瓊巴說：「不要那樣看著我。以祖先的名義發誓，沒有人喜歡你這樣的眼光。」

達瑟笑了。他的笑容裡有著勝利的意味：「你說什麼？用祖先的名義起誓？」

這個時代，已經很久很久沒有人用神啊祖先的名義起誓了。他們起誓的時候也不說起誓了。他們說保證，向毛主席保證。這是最流行的誓言。

協拉瓊巴說：「我向毛主席保證，我沒說什麼？」

達瑟笑了。

協拉瓊巴也跟著笑了起來。

兩個人相與大笑。但是，笑過之後，沉默又降臨到了兩個人中間。這時，達瑟又說話了：「你真的看見了？」

「看見了什麼？」

達瑟說：「你知道你自己看見了什麼？」

「是的，我看見了。要是你去了，也許會看到更多。」

「那麼，下次你們會帶我去嗎？」

「我不知道。也許索波才知道。」

那該死的沉默又降臨了。它像一塊巨大的石頭橫亙在兩個人中間。他們看不見它，但知道這個東西就在那裡，在兩人之間，使兩顆心的距離彷彿遠隔了萬水千山。協拉瓊巴說：「伐木場那個人瘋了。」

第二天，伐木場那個人又出現了。

這回，他被五花大綁，被伐木場全副武裝的民兵押著站在一輛卡車頂上。卡車從伐木場開出來，停在機村的廣場上好一陣子。人們都圍了上來，工作組舉手喊了幾句打倒什麼什麼的口號，回應聲卻相當寥落。協拉瓊巴也跑到廣場上去了。卡車重新啟動的時候，車上那個人奮力掙脫了壓住他腦袋的手，抬起頭來，眼光對著下面的人群掃視一圈，白刷刷的臉上浮現出了慘澹的笑容。然後，卡車就開上了駛往縣城的大路，帶著這個破壞農業學大寨運動的反革命分子走了。人們四散開去，協拉瓊巴還呆呆地站在原地。卓央上來推了他一把：「嗨！」

協拉瓊巴臉上又浮現出恍然的笑容，他說：「他看見我了，他的眼睛在對我說話。」

卓央一臉正經：「告訴你，在那裡，你神神鬼鬼的沒什麼，但現在我們已經回到村子裡來了！」

協拉瓊巴說：「這裡和那裡，難道有什麼不一樣嗎？」

卓央說：「那裡，什麼人都沒有，有的就是過去的傳說，像是做夢一樣，但是，在這裡，我們都該醒過來了！」

協拉瓊巴覺得自己可能醒不過來了。卓央問：「索波大哥為什麼還不回來？」這個姑娘她並不要人回答她的問話，她只是因為思念而在自說自話，「他們說他回不來了。」

九

索波覺得自己在學習班上過得不錯。

他曾是一個內心躁動的傢伙，但在這個基層幹部的學習班上，一起學習的那些人一個個愁眉不展，他的心情卻空前的平靜。

班上都是跟不上形勢發展的基層幹部，據說，他們都有「革命到頭」的思想，「都躺在了過去的功勞薄上，放鬆了學習，失去了繼續革命的雄心與鬥志」，因此需要到這裡來，在組織的說明下自己對自己「展開無情的思想鬥爭」。這鬥爭是人人過關，被上面認為鬥爭通了，就打起被蓋捲回到鄉下繼續革命。每天上午，大家都集中在一個會議室裡學習文件，下午，是小組討論，在縣裡幹部的引導下開展批評與自我批評。這樣還不起作用，就要接受一對一的幫助教育了。

索波心情坦然，他主張機村來一次大遷移，正是為了帶領機村人繼續革命，但是，正因為他堅持認為自己沒有錯誤，他才成了這個學習班冥頑不靈的典型。

領導恨鐵不成鋼，說：「你曾經是一個多麼意氣風發的有為青年啊！」

第二天下午，他就被通知單獨接受一對一的幫助教育了。

一對一其實只是一種說法，而是三對一。三個人坐在桌子後面，他就那樣默然地站著。窗外，強烈的日光落在水泥地上，泛起一片白花花的光。那些光暗淡了一些的時候，桌上那個嚓嚓作響的鐘上的時針已經轉了大半圈。

這時，桌子後面發話了：「看來，你是準備頑抗到底了？」

索波當了多少年的基層幹部，當然知道這個詞的嚴重性，一旦用上這個詞情況就真的嚴重了。果然，桌子後面又發話了，「你這是在向黨示威！知道嗎？這樣一來，矛盾的性質就要轉化了。」

這之前，他們曾經用兩個半天聽一個人講一本叫《矛盾論》的書。這其中的最最重要的意思，索波是聽明白了。那就是天下的任何事情，任何人群裡，都能分出好壞。這就是矛盾。更可怕的是，即便天下只有你一個人，你的內心裡面也能產生出好與壞的對立，進步與落後的對立。進步與落後，是人民內部矛盾。好與壞，就是敵我矛盾了。所以，索波明白，他們的意思是，他再不有所表示，那就要從同志變成敵人了。學習班上有一個大隊黨支部書記，就因為這種矛盾的轉化，半夜裡在窗戶上用腰帶把自己吊死了。

他說：「我不是階級敵人。我想幹好工作。」

「沒有無產階級先進思想作指導，工作是想幹好就可以幹好的嗎？」

在這一刻，從這些誇誇其談的人身上，索波明白了自己在機村人眼裡其實也是這樣一種形象。唯一不同的是，他會幹活，但這樣不著邊際的話，自己並不明白的夾纏不清的話他這些年可沒有少說。村裡有老人說過他，說這個年輕人是個能幹的人，就是心裡生出了一個愛說大話的惡魔。他母親也相信這樣的話，趁他睡著了，悄悄找了人來作法，要驅走寄生在兒子心中的惡魔。他白天幹活很累，晚上睡著了，那些自己半懂不懂但聽起來總是義正辭嚴的話總在腦子裡打架，弄得他在夢中也煩惱不已。這天，他好像聽見一個聲音說：「讓心魔離開吧！」

他還呻吟著回應了：「他們太吵了，他們不肯離開。」

後來，他醒來了，看見屋子裡煙霧騰騰，彷彿房子著火了一般，煙霧還散發著強烈刺激的柏枝香。他母親正念念有詞揮動著衣服往窗口的方向驅趕那些煙霧。他又閉上了眼睛，他從來沒有問過母親為何要請了人來燃著這些柏枝作法驅邪，他也從沒有表示過自己發覺了這件事情。

現在這些空洞無物但又義正辭嚴的話同時從審判台一樣的桌子後面那幾張嘴裡同時噴射出來，反倒產生了一種驅邪儀式也沒有得到的效果。這些話寫在報紙上，文件上，由高音喇叭放送出來，從早到晚，在這個兩山夾峙之間的縣城上空迴蕩。現在，他們口沫四濺，漲紅了臉孔試圖把他籠罩在那個巨大的謊言形成的罩子裡。天空中滾過了隆隆的雷聲，聽到這雷聲，索波開口了：「這些話能讓機村不被新的泥石流淹沒嗎？」

「毛主席說：『要奮鬥就會有犧牲！』」

「餓著肚子的人寧願為什麼事情馬上犧牲，卻又沒有機會去死。」

索波有點被自己的話嚇住了。他下意識地做了一個縮回舌頭的動作。因為對自己說出的話感到恐懼，他感到舌頭上掠過一道清晰的痛楚。犯了口舌之罪的人會下到割舌地獄。他過去學著說這些人對他說的這些話，在機村人眼裡是該下到這個地獄中去的——當然，如果真有這樣一個地獄的話。而現在，他口中居然吐出了機村那些他一直與之鬥爭的那些落後分子口中才有的話。這在領導的眼中，也是該下割舌地獄的罪行了。

那麼，自己要因為不同的立場而兩次下到同一個地獄嗎？他笨拙地替自己辯解：「我是說，我不怕犧牲，但怕吃不飽飯。」

他的話使來幫助他的人臉上露出了吃驚的神情。他的害怕是在心裡，這幾個人的驚懼，卻明明白白地擺在臉上。他們叫起來：「反動，反動，太反動了！」

幾聲驚呼之後，那幾個傢伙從他面前消失了。

他們給這個房間上了鎖。但敞開的窗戶卻忘了關上。但索波並不想逃跑，他慢慢滑坐在地上，背靠著牆，閉上了眼睛。他心裡有著淡淡的悲哀。與此同時，他感到平時總是懸著的心這時卻穩穩地放下了。外面的天空慢慢黑下來了。高音喇叭裡播出的高昂的歌曲和那些空洞的話依然在整個縣城，在所有人的頭頂上盤旋，然後被風吹散。半夜裡，那些喇叭也休息了。索波感到了口渴。但他並沒有想去找水喝。後來就睡著了。他夢見身下的水泥地裂開了。他就這麼一直下墜下墜，很久都沒有落到一個具體的地方。剛開始下墜的時候，他是害怕的。但這麼一直不到底，這麼一直把人置於驚恐之中，使他終於憤怒了。

他大吼一聲醒過來。

這時，天剛濛濛亮，縣城裡那些懸掛在高樓、在大樹、在電線桿子上的喇叭又響了。早晨的峽谷裡有強勁的風吹過，把高音喇叭裡傳出的聲音撕扯得七零八落。他笑笑，又閉上了雙眼。他感到時間的遷延是因為感到了飢餓。已經是中午時分了，仍然沒有人出現。夜晚降臨的時候，他又醒過來了一次，胃餓得有些痛。他覺得，這是把懸浮著的心放下來必須付出的一點代價。然後，他就不太記得時間了。

索波恍然聽到一個熟悉的聲音喊：「喂，夥計！夥計，喂！」

他醒過來，露出迷糊不清的笑容，然後，他臉上的笑容僵住了：「老魏？」

「我是老魏。」他的面前綻開了熟悉的笑容。

「你不是也犯錯誤了嗎？」

老魏的聲音就憤然了：「我犯什麼錯了？搞生產就是不革命？搞團結就是不革命？」

索波對老魏說：「我腦子剛剛清楚一點，你的話讓我的腦子又要糊塗了。」

老魏嘆口氣：「要是我把所有知道的東西都告訴你，你可憐的腦子就要更糊塗了！不說了，我請你喝酒。」

索波不走：「那些幹部沒有回來，我不能走。」

老魏笑了，說：「看來，解鈴還須繫鈴人，要讓你徹底放下包袱，我讓他們來請你。」說完，就背著手顧自走了。

索波又靠著牆懶懶坐下，這回，他沒有閉上眼睛，他抬眼去看窗外，看到窗戶外寬寬的屋簷，上面懸掛著些細細的蛛網，網上一些小小的蟲子在微風中擺蕩。屋簷外面，是一株高大的白楊，寬大肥厚的葉片是閃爍著蠟光。這些密集簇擁的，在風中嘩嘩作響的葉片後面，是淡藍的天空。

然後，那三個人又出現了。這些傢伙，依然表情嚴肅，說：「魏副主任讓你前去談話！」

「你要向魏副主任好好地檢討你的錯誤！」

「站起來，跟我們走。」

他們出了院子，穿過了一個很大的操場，進了一座灰色的樓房。上了幾折樓梯，又穿過一道光線昏暗的樓道，索波進到了一間敞亮的屋子。老魏響亮地笑著，從裡面一間屋子裡走出來，拉著他的手一陣猛烈地晃動：「索波同志，搞糊塗了吧。」不等索波反應過來，他又轉身喊，「勤務員，上茶！去伙房搞點吃的！不，回來！先搞點餅乾，再去伙房，我的老夥計肯定餓壞了！」

老魏按著索波的肩頭，在沙發上坐下來。熱騰騰的茶水來了，表面上黏著砂糖裡面嵌著花生仁的餅乾來了。老魏沒有陪他坐下來，他不斷進到裡間屋子裡去跟人說話，屋子裡沒有人了，他又在電話裡跟人大聲說話。在這些間隙裡，他會來到索波身邊，用力地按按索波的肩頭，說：「吃吧，吃吧。」

完了，又一頭扎到裡間屋子裡去跟人或電話大聲說話。老魏在機村大火後不久，也被關到一個什麼地方學習去了，因為他犯了什麼溫情主義的錯誤。索波剛剛覺得自己的腦子清醒了，面對這種情形又有些糊塗。伙房送來了飯菜，甚至還有一瓶白酒。這座鬧哄哄的樓也安靜下來了。老魏終於坐在了他的面前。

老魏和他乾了一杯酒，看他木然的樣子，說：「哈，看樣子，機村人的強腦袋還沒有轉過來吧。」

是的，索波那機村人的腦袋，就像是拖拉機上掉了滾珠的軸承，無法轉動了。

老魏靠攏了身子：「不要操心，不要操心，形勢變化得我都有些招架不住了。知道嗎？我從學習班裡放出來，一下子就是縣革命委員會的副主任了。知道這是多大的官嗎？就是以前的縣委副書記！還是常務的。」

索波猛吃了一陣，舉著筷子呆呆地等他說出下文。

「你想知道為什麼？其實你知道。林副主席從飛機上掉下來，摔死了，知道嗎？」

「知道。」

「鄧小平同志又出來工作了，知道嗎？」

「開會說過。」

「我就是隨著小平同志一起出來的。」老魏說這話時表情很嚴肅，很鄭重其事，「現在要整頓，要搞生產，要改正過去那些亂彈琴的東西！」

要在過去，雖然並不真懂得上面傳達的種種精神是什麼意思，但只要是上面傳達一種新的東西，索波一定會感到歡欣鼓舞。現在，他卻意興闌珊，沒有一點興趣了。倒是把擺在茶几上的東西塞滿了嘴巴。老魏拿來兩只小茶缸，倒上酒，本來要說上幾句祝酒話的，索波卻已經把酒倒進了嘴裡。興頭上的老魏有些惱火了：「你不高興？」

索波點頭。

「他們亂彈琴，這不是已經把你放出來了，我不是正在糾正過去工作中的錯誤嗎？」

「那你能把伐木場搬走，不讓他們再砍機村的木頭嗎？」

老魏嘆息一聲：「看來，你的思想真有問題了。整頓工作以後，很多停頓的建設工作開展起來，木頭不是多了，是少了，怎麼可能停下來？」

索波也嘆息一聲：「那機村就完了。」

「什麼話？機村怎麼會完？」

「樹還沒有砍完，泥石流已經把土地快沖光了。機村人都開始餓肚子了。」

「人家說你造謠，說你在群眾中煽動不滿情緒我還不相信，現在看來並不是空穴來風啊！」老魏現在就不止是掃興，而是生氣了，「泥石流，泥石流，比起我們建設起來的新城鎮，犧牲一個機村算什麼？再說，國家發放了救濟糧，我親自批的，機村有人人餓死了嗎？」

索波在他的聲聲責問中頭慢慢的低下去，老魏滿意地長吐了一口氣，咣一下把一大口酒倒進口中，這時，索波猛然一下抬起頭來，已然是滿眼的淚光：「你們以為只要有點救濟糧讓我們不餓肚子，機村人就什麼都不想幹了嗎？」

這句話真的就把老魏給噎住了。眼前這個固執的傢伙的話有些道理，但他的確也太不給人面子，太讓剛上任不久的領導下不來台了。老魏的口風一轉，已經柔中帶剛：「你這樣的思想，這樣的情緒，難怪人家不讓你從學習班出來。」

索波差一點騰身站起來，但他終於沒有站起來，血卻陣陣上湧，口裡低聲說：「那我就不出來。」

他這種有點懼怕的樣子讓老魏感到滿意了：「那就談談你的想法嘛。」

「只有一個辦法，遷移。」

「遷移？」

「機村過去也是遷移好多次才到現在這個地方的。現在，森林毀掉了，泥石流會沖光土地，那就讓我們遷移吧。我一定帶著大家把這個工作做好！」

老魏緩慢而堅定地搖晃著腦袋。

「那我不想當大隊長了。」

老魏說：「看來，你也不適合當這個隊長了。」

「那我帶上村裡的年輕人去那裡開荒！」

老魏沉吟半晌，說：「名不正言不順，要叫青年突擊隊，農業學大寨這麼久了，你連青年突擊隊這個名字都沒有學會嗎？」

索波騰一下站起身來：「那我就連夜回去了！」

「等等，你要去那裡開荒？」

「你聽說過那個地方。」

「你們偷偷在歌裡唱的那個地方？」

「我已經帶人去勘查過了，機村有些人家確實是從那個地方遷移過來的。我願意帶人去那個地方。」

老魏沉吟半晌，說：「我看你還是再學習一段時間。」

十

機村人傳說：那天索波離開後，老魏獨自喝酒，有些醉意了，說：「媽的，你小子想把我拖下水，我才不上你的當呢？我好不容易解放出來，我還想好好工作呢。」

還是機村人的傳說：那天老魏繼續喝酒，終於把自己灌醉了，說：「媽的，一直批他們那些歌是封建迷信，原來真還有這麼檔子事情啊！」

就沒有人問一句，既然老魏是獨自一人喝酒，誰又能聽見他說了些什麼呢？

沒有人提出這個問題。

索波又在學習班待了一段時間。回到機村時已經秋天。磨坊裡的石磨又轉動起來。舅舅上磨坊守夜的時候，帶著表姐，也帶上了我。低矮陰暗的磨坊裡沉重的石磨嗡嗡轉動。石磨每轉動一圈，都有一些新麥粉從出面的槽口流洩出來。麥香彷彿心中暗暗的喜悅充滿了低矮幽暗的空間。舅母一直有病，舅母沒病以前，因為特別的吝嗇並不招村裡人喜歡。舅舅在舅母面前忍聲吞氣，而且，對所有人都特別和氣，因此，又特別招村裡人的喜歡。這回，舅母又病倒在床上了。所以，舅舅才能悄悄地把我也帶到了磨坊。

我們聞了一陣麥麵香，舅舅就一手帶著一個，把我跟表姐推到了磨坊外晴朗的天空下面：「這麼明亮的天空，我們就高高興興地待在它下面吧。」

十四歲的表姐在草地上坐下來，在下午的陽光下拿起針線，替家裡人補綴衣衫，這些本是舅母的活計。表姐也長著舅舅一樣的安靜的長臉，而舅母常帶著怒氣與病色的臉卻方方正正讓人害怕。我拿起一根細長的草莖，從一叢草上接引了一隻漂亮的蟲子過來。我把蟲子舉到表姐的鼻子跟前，通常，像表姐這麼大年紀的女孩，看到蟲子就會一驚一乍地尖叫。表姐只是停下了手中的針線，看了一會兒逼到眼前的蟲子，用很老成的樣子嘆了口氣：「弟弟，你也該懂事了。」

舅舅正在盆裡和麵，看著他稚氣女兒那老成的樣子，笑了，然後，叫我挖點野蔥的根子。秋天，百草正在枯萎，野蔥卻還帶著點綠意，但葉與莖都很老了，我挖來了野蔥的根子。表姐拉著我在磨坊白沫與涼氣四溢的水槽下洗去了蔥根上的泥土。

表姐說：「阿爸要給我們做一個好吃的新麥饃饃。」

黃昏的時候，饃饃做好了。一共兩個。舅舅在饃裡揉進了切碎的蔥根、酥油和一點點的鹽，還在火邊烤著的時候，我的胃裡就已經要伸出手來了。於是，我轉頭去看被夕陽燒得通紅的晚霞。

噴香的饃饃做好了。舅舅給我們磨坊門前的草地上鋪開柔軟的褥子，把面前的火堆替我們攏好，說：「吃吧，不是別人施捨的陳糧，是我們自己種出來的麥子，好好吃吧。」

然後，他就揣上了另一個饃饃往黃昏中正在亮起稀疏燈火的村子裡去了。他說：「我去看一看他。」

我拿著饃饃就要往口裡送，但表姐把我的手摁住了。這樣，一直看著舅舅在小路上搖晃著的背影消失在我們的視線裡，表姐才說：「餓死鬼，吃吧。」

我就狼吞虎嚥地吃起來。蔥香、油香和麥香在口裡瀰漫，同時充溢了黃昏中這個小小的世界，就像幸福溫暖的感覺充滿了心房。這個小小的世界，我和表姐安坐在中央。太陽落山了，夜晚稀薄的黑暗降臨在四周，火光就爬到了我們臉上。

饃饃把我噎住了。

表姐拍打著我的背，撫揉我的胸口，好一陣子我才緩過勁來。這時，我才發現，表姐只是嚐了很少的一點。表姐說：「你吃吧，我這一份給阿爸留下。」

我為自己面對好吃的東西無法自制而羞愧難當。

表姐笑了，四周沒有一個人，但她還是俯過身來，在我耳邊說：「知道嗎？阿爸是看望索波哥哥去了。」

表姐還說：「為了我們大家，他犯錯誤了。大人們都說，他變了，是一個好人了。」

舅舅回來後，好一陣子，坐在火堆邊上，點著一袋又一袋的菸為了索波長吁短嘆。表姐勸舅舅高興一點。舅舅收起菸袋，說：「你們小孩子不懂得，這麼複雜的世道人心，你們小孩子怎麼懂得？」

我說：「我不懂，但是表姐懂。」

舅舅就笑了，用憐愛無比的眼光看一眼女兒，眼裡那些憂慮的神情就一掃而光了。他的眼睛就像晴朗夜空一樣，那麼多的星星在悄然絮語一樣閃閃發光。表姐也高興了，她猛然抱住了我的腦袋，在我臉上狠狠親了一口，她的嘴裡咻咻地噴吐著熱氣：「你讓阿爸高興了，獎勵你一下！」

這時，舅舅已經在火堆邊為我們鋪好了床，讓我跟表姐腳衝著火，臉朝著星空並排著躺下。

過去，我在被子下面碰觸到表姐的身體時，她會咯咯地笑個不停。但現在，她刻意和我保持著距離，我也不敢輕舉妄動了。舅舅說：「你們都在長大，今晚以後，我不會再讓你們睡在一起了。」

我們又靜默了一陣，心裡突然生出一種很哀婉的情緒。我沒有作聲，表姐突然一下伸出手來，把我攬到了她的身邊。她的頭髮，搔著了我的頸子與耳根，那種癢癢的感覺讓我忍不住笑了起來。表姐對舅舅說：「我長大了，但是弟弟還沒有長大。」

表姐又說：「我也要參加青年突擊隊，到覺爾郎去開荒！」

舅舅沒有說話，他坐在夜空下面，瘦長的身子高聳在我們腦袋的上方，又點燃了一袋菸，他陷入了沉思中，煙火在菸袋中明明滅滅，和天上閃爍的星星混在一起。後來，當我成人，當我每每聽到一個嚴肅的字眼：思想，眼前就會出現星星的光芒。

而在四周的草木之上，夜露已經下來了。

半夜裡，舅舅把睡夢中的我和表姐搖醒，他讓麥姐背上新磨的麥麵，離開了磨坊。磨坊門前，新去磨麵的人家掛起了一盞明亮的燈。舅舅回過頭去，久久望著那團耀眼的燈光，說：「好久都沒有吃這麼新鮮的麥子了，讓每家人都先嘗上一點吧。」

這句話裡，暗含了機村人的一點抱怨。那就是國家發放的救濟糧都是在倉庫裡放了好多年的糧食，吃起來與新鮮的糧食比起來，口味上自然差了很多。所有人肯定都願意吃新鮮的糧食，願意吃自己親手種出來的新鮮糧食。更讓機村人委屈的是，不是自己種不出來糧食，而是沒有土地來親手收穫自己種出的麥子。

機村人因為貢獻出森林而失去了土地，因為泥石流毀掉了土地，種不出果腹的糧食而感到屈辱與憤怒。

這種憤怒很快就轉移到了伐木場工人的身上。機村的農民和伐木工人之間——也有人一定要把這說成是漢人和藏民之間——大大小小的衝突愈來愈多了。

十一

索波回來才幾天，就遇上了這樣嚴重的衝突。

那些天裡，磨坊裡一刻不停地磨著新麥麵粉，人們心中都暗含著喜悅。孩子們整天都在流經磨坊的溪流上下玩耍，因為在那裡，人人都能感染到一種喜悅的氣氛。村子裡已經好久沒有像這樣，有喜悅的氣氛在天朗氣清的日子四處蕩漾了。

那是伐木場的星期天。為什麼要說是伐木場的星期天呢？因為每星期七天中有一天的假日，農民並不能享受，享受這天假期的是砍樹的工人。工人是比農民高一等的人，所以，他們每七天就有一個不用做工的星期天。他們每七天就有一個可以去到鎮上下飯館喝酒的星期天。他們每七天就有一個可以把髒衣服在河邊洗得乾乾淨淨的星期天。他們每七天就有一個可以上山打獵或下河釣魚的星期天。為什麼要有一個星期天呢？伐木場那個被抓走的工程師講過一個故事。他說，有一個叫上帝的人創造天地萬物，創造形形色色的人。到了第七天，現在世界上所有的一切都造好了，他就規定，這一天他就休息了，他還規定，這一天大家都要休息一天。

「上帝為什麼叫伐木工人休息，但不叫機村人休息？」

這個看似天真的問題把好心的工程師難住了。他因此有些難過，最後，他對我們這些愛聽稀奇故事的孩子們說：「村子裡不是有學校嗎？你們要好好念書。念好書的人以後就有星期天了。」

我們拿這個問題去問在樹屋上放了很多書的達瑟。達瑟看著我們，臉上沒有一點表情，不肯說話。

我們逼問得急了，他說：「我們不是上帝創造的！我們是猴子變過來的！」

那個星期天，我們一群孩子從磨坊順著溪流而下採摘經霜而變軟變甜的野刺梨。這時，我們遇到了兩個在溪流上垂釣的伐木工人。

他們把肥碩的蚯蚓穿上魚鉤，拋到水裡，不多一會兒，就有肥碩的裸鯉頻頻上鉤了。大人們總是告誡我們要遠離這些釣魚人。這些釣者被看成冷血而殘酷的人。魚族生活在水中，當地人從來沒想過要把這柔軟而啞默的一族當成獵取的對象。老人們說，流落紅軍駝子剛到機村不久，曾下河捕魚烤食，結果被同情他的機村人當成妖魔驅逐。只因他一直在村外徘徊哀求，人們心生憐憫才讓他又回到了機村。

現在卻沒有一個人敢於把一個食魚者驅離機村了。

這不，那個戴頂寬大草帽的釣魚人，一使勁，把一尾魚從水中拖了出來，他一甩手中的竿子，魚在空中飛過，然後，啪噠一聲掉在了河邊的草地上。這條魚落在地上，不斷地翕闔著冒著血沫的大嘴巴。看著那魚，不止是我，整個這群機村的野孩子都感到背梁發麻，都發出了恐懼的叫聲。

我們剛到的時候，那個人還對著我們微笑不已，聽見我們的叫聲，正蹲在地上從魚嘴裡扯出魚鉤的他臉色一下就變了：「滾，滾！把魚給老子嚇跑了！」

本來，不用他驅趕，我們自己也要逃跑了。但他這一說，我們的膽子裡就生出些別的東西了。大家都站直了身子。不要說我們是群孩子就什麼都沒有想過。我們想，這麼殘忍地對付柔軟而無聲東西的人，肯定是一種妖魔。我們還想起大人們私下裡常常說的話，就是這些人——這些不知畏天敬地的傢伙毀掉了機村的森林，毀掉了我們肥沃的土地。於是，一顆一顆的石頭被我們投到河裡。壞事情總是這樣，一旦開始就很難收場了。一顆顆的石頭在水裡濺起一朵朵水花，水底下膽怯而靈活的魚早就逃得無影無蹤了。我們的心裡也綻開了快意的花朵。面對我們這群髒兮兮的野孩子，那傢伙眼裡露出了膽怯的神情。

他都準備離開了。他收起魚竿，從水裡拎出用柳條串著的十多條魚來。柳條從魚鰓穿進去，從嘴裡拉出來，那十多條魚一被提出水面，我們嘴裡又發出了驚懼的叫喊，一齊跑開了。那人又笑起來。而且，笑容裡有了一種很具威脅性的含意。他說：「媽的，你們這些野人，連魚都害怕！」

我們不害怕魚，我們害怕如此冷酷對待柔弱無聲生命的人！

他也看出了這一點，他提著手裡流著稀薄血水的魚來追趕我們。這情景確實太恐怖了。猴子一樣善於奔跑跳躍的山裡的野孩子，都因為這莫名的恐懼而一個個跌倒了。這個人哈哈大笑。突然有兩個孩子一貓腰從地上爬起來，狗一樣嗥叫著向他撲去，把這個人給撲到水裡去了。

看上去淺淺的溪水竟然把這個傢伙沖出去好長一段。

我們又一次感到了害怕，但是，看到這個人終於從水裡爬出來，臉上還掛上了淋漓的血跡時，我們都鬆了一口氣，歡呼著跑上了山坡。

我們不知道，很快，伐木場就集合起一幫人，來村裡捉拿我們這幫為非作歹的野孩子了。

闖下禍事的我們不在村裡，我們在山坡上追獵野兔。

前面說過了，上帝造的人有星期天，而猴子變來的人沒有星期天。青壯年們正在山坡上修築阻擋泥石流的石牆。

這些闖進村裡來的傢伙認為一定是那些在家門口曬太陽打發餘生的老人們把我們這些野孩子藏了起來。老人們自然無法把我們交給這些憤怒的感覺到受到了嚴重冒犯的傢伙。於是，他們的怒火升級了。他們認為這是一個事先謀畫的陰謀，是對工人階級崇高地位的蓄意挑戰。

他們因此帶走了兩個老人。

消息傳到工地上，人們心裡正窩著火呢。一者，明知道這些石牆無法擋住滾滾洪流，還要徒費精力去修築；二者，要是那些人不來砍伐樹木，機村怎麼會落到如此地步？憤怒的人們呼嘯而去。一大群人跑過收割過後的土地，在身後留下大片瀰漫的塵土。

等我們也在身後掀起一片的塵土，跑到伐木場的時候，一場混戰已經接近尾聲了。面對有組織且數量占優的工人階級，機村的烏合之眾已經受傷甚多，作潰散之勢了。問題是，在這時候，要想成功逃離也不容易了。伐木場有上千人眾，百分之九十都是身強力壯的男人。他們一擁而上，幾個人對付一個，村民不是頭破血流，就是乖乖就範，束手就擒。

那些家裡沒有我們這樣野孩子的人家不幹了，他們要求交出我們來平息事端。

惹下禍事的孩子們都嚇得哭了起來。

一直在阻止這場衝突發生的索波挺身而出了。

他說：「我是機村的大隊長，不要抓不懂事的娃娃，要抓，就把我抓起來吧！」

穿藍工裝的傢伙們立即一擁而上，利利索索地把他綁了。有棍子重重地落在他身上。他搖晃幾下身子，終於還是慢慢倒下了。剛才呼嘯而來的男人們沒有了一點聲音，退回了村子裡，女人們的哭聲響成了一片。

這個淒涼的夜晚，我們這幾個惹下禍事的孩子，都被拖回家去受了一頓飽打。

當夜，伐木場的人開上汽車，機村人開上手扶拖拉機上縣裡告狀去了。

第二天，幾輛吉普車開進了村中的廣場。一群公安和幾個穿著軍大衣的領導從車裡鑽出來，久違不見的老魏也在這些領導中間。有個領導發表了講話。講的是工農聯盟，藏漢一家。然後，索波被伐木場的工人帶過來了。老魏親自解開了他身上的繩索。鼻青臉腫的他搖晃幾下身子，昏了過去。

處理的結果，讓機村人感到自己取得了勝利。公安把那個釣魚的傢伙抓起來，塞進了吉普車裡。領導們要的就是這個結果，他們開著吉普車離開了。如今已經是縣裡頭頭的老魏多留了一些時候。他一直等到索波清醒過來。

他說：「我有些話要跟他商量。」

老魏走後，大家問索波老魏對他說了些什麼。索波並不回答。對他當大隊長，機村人是並不認同的，經過了這件事，大家都爭著稱呼他的官銜了。他笑笑，說：「我以前對不住大家，可是，大家再這麼叫我，就是鄉親們對不住我了。」

可一個稱呼一叫起來，要收口卻不容易了。索波乾脆說：「告訴你們吧，我不是大隊長了，我犯了錯誤，我不是大隊長了！」

機村人看他不像是在說假話，於是又心生憂慮了：「沒有大隊長，我們該怎麼辦啊！」

索波笑了，但他什麼都不說。說他什麼都不說也不對，他對卓央說：「媽的，人都是賤骨頭，沒有人管著還不舒服了！」

他對達瑟說的更有意思：「看看那些羊吧，有頭羊帶著時總想四處亂走，沒有頭羊了，又可憐巴巴地叫喚，看著腳下的路都不敢邁出步子了。」

你猜猜達瑟這個傻瓜是怎麼說的？他說：「你不要假裝說書上那種有哲理的話。」

索波說：「什麼叫哲理？」

「所以我叫你不要隨便說有哲理的話。」

「好吧，算你有道理。媽的，好像機村隨便哪個人都比我有道理，我真成了機村的罪人了。」

達瑟似笑非笑地看著他，沒有說話。這個人，跟書本有關的時候，他會說些似是而非的話，但是，任何話題只要不跟書本發生關係，他就無話可說了。

索波換了話題：「我帶你去一個地方，你敢不敢去？」

他還是笑而不答。

「你聽過唱覺爾郎峽谷的古歌，那些傳說你在書上看到過嗎？」

「我記了一些在本子上……」

「那有屁用。」

達瑟挺直了身子，一臉莊重：「那就是以後的書。」

索波表現出來了前所未有的耐心，與達瑟爭論兩個問題：第一，達瑟寫在本子上的字算不算書；第二，達瑟有沒有寫一本書的權利，因為在這個時代，沒有印刷的書都是叫手抄本，而手抄本往往就是反動與陰謀的代名詞。說到最後，索波自己都害怕了：「達瑟你不能再寫了，再寫你就是反革命了！」

達瑟並不害怕，他說：「再去覺爾郎，就帶上我吧。」

「我需要幹活的人，而不是看書並且發呆的傢伙。」索波還說，「不過，那裡的樹真大，建一個書屋的話肯定更加漂亮。」

「當然了，古歌裡說，那個輝煌的時代，護佑那個王國的神靈們都住在樹上。那些神靈他們從來腳不沾地，就從一棵樹上飄到另一棵樹上。」

「你再這麼說，我可真不敢要你了。」

「好，好，我就說神靈們都住在牛圈裡行了吧。」

這時，駱木匠來了，提醒索波大隊長要抓一抓當前的主要工作。索波笑了：「你是說怎麼修那石牆吧？」

「對。」

索波問達瑟：「你說修那石牆能擋住泥石流嗎？」

達瑟的回答很簡單：「我的書上沒有寫過。」

索波這才轉臉對駱木匠說：「還是等老魏回來安排吧，他會回來把一切都安排好的。」

駱木匠著急了：「人家是縣裡的領導了……」

「你跟駝子文書是什麼親戚吧？」

駱木匠反問：「這有什麼關係？我來到這裡把他抬出來過嗎？」

「沒有，沒有。」索波招招手，駱木匠就把頭湊近了，聽索波貼著他耳朵說了句什麼，然後，他就失聲叫起來：「真的，怎麼我一點都不知道？」

索波把指頭豎在嘴邊，說：「這事，暫時就你我兩個人知道。」

「那你怎麼辦？」

「你就帶著人修那些石牆，我要去那個地方。」

「我不幹，誰都知道，明年山洪一來，那些石牆……嘿！到時候上下都不討好，我不幹！」

索波眼裡出現了一種冷冰冰的譏誚的神情：「夥計，到時候你會幹的。」

「你怎麼知道？你是巫師，能掐會算？」

「你就像早幾年的我。要是早幾年，我什麼都會幹！」

「你以為我也跟你一樣是他媽個笨蛋？」

「我不是笨蛋，你也不是，所以，你會去幹！」索波的口氣斬釘截鐵，同時有種曾經滄海的悲涼意味了。

十二

沒過幾天，老魏確實又坐在吉普車在機村出現了。

老魏一到，人們都自動聚集在廣場上來了。如今，上面的幹部下來，能躲的人人都躲開了。但老魏畢竟是老魏，他是機村人的老朋友，是機村人眼中的好幹部。何況，老魏時來運轉，當上大官了。

老魏就說：「好啊，鄉親們，既然大家都來了，我就講幾句，免得再找時間開會耽誤農業學大寨，還是幹活要緊啊！用兩片嘴皮種不出糧食來，更不能戰勝自然災害，我就抓緊時間說幾句。」老魏停頓了片刻，眼光環視廣場半周。

下面響起了掌聲。

「我曉得大家有情緒，所以，掌聲都不如老魏我過去來村裡的時候了。」

掌聲就熱烈地響起來了。

老魏這才滿意了，看著一干圍著他的生產隊幹部：「國家建設需要砍伐森林，機村有那麼多森林貢獻給國家，這是大家的光榮啊。現在遇到小小的自然災害，大家都想不通了。索波同志到現在也沒有想通嘛！聽說好多人對戰勝自然災害沒有信心了，毛主席說，人定勝天。就是人一定能戰勝老天爺！但是，有些人不這樣想，社會主義建設剛剛開了個頭，大好的日子還在後頭，但他們的革命鬥志就鬆懈了。山上漲了一點水，沖下來一點泥巴和石頭，自己就嚇壞了。我還聽到更不好的消息呢，有人因此想要搬遷了。把機村人全部搬走。理由呢，是機村過去也不在這個地方，也是從別的地方搬來的。但是，我要提醒大家，那是舊社會。那不叫遷移，那叫做什麼？那叫做逃難，因為那是黑暗的舊社會！那也叫逃跑主義，這是毛主席說的，因為害怕困難。索波同志在學習班的時候，我就跟他談過這個問題了。我說得對不對，索波同志？現在你也該想通了？」老魏講到這裡，停頓了一陣，他的問題是對索波提出來的，但他並不去看索波，而是用炯炯有神的眼睛把面前的人群掃視了一遍。

站在他身邊的索波，沒有說話。

「我看，他已經想通了。他還提出了一個非常好的建議，讓縣裡安排你們的老支書，我們的老紅軍戰士回來繼續領導大家！」

與會所有的人都把眼光投射在了索波的身上。嘲諷的眼光，驚詫不解的眼光，還有一些帶著憐憫的眼光。

過去，索波是不害怕這些眼光的，但現在，他覺得這些眼光像是夢魘時覆蓋下來的那種沉重而又不具形體的東西，讓他一時間覺得都喘不上氣來了。於是，他說：「老魏，你講啊！不要讓他們這樣看著我。」

「索波同志的好建議還不止這一條，他還提出讓老支書帶領大家在機村與自然災害鬥爭，他自己擔任青年突擊隊隊長的職務，帶領一隊年輕人，到覺爾郎去開墾荒地，為國家多打糧食！」老魏號召大家向索波學習，並要索波也講幾句感想，但索波搖手不講。老魏說：「那我就再講幾句。」

他這幾句可是好大一篇話。

機村人說：「老魏以前不多話的，現在也這麼能說了。」

「索波這小子，整天想的就是邀功請賞，現在怎麼了？明白過來了，還是糊塗了？」

這樣的問題，連索波自己都還不夠明白。老魏臨走時還宣布，在老支書沒有回來之前，生產隊的一切事情，還是索波臨時負責。老魏坐進吉普車，車屁股後面揚起一陣塵土，等塵土散盡時，吉普車消失不見了。

人們還是站在廣場上沒有散去，他們都以為索波會說點什麼，但索波什麼也不說，看上去有些神色恍惚。

於是，就有人喊了：「索波你講幾句吧。」

索波說：「那麼，就從修牆的工地上抽幾個有泥水匠木匠手藝的人，把駝子支書的房子修整一下吧。」

駝子一家離開已經好些年了，那座大房子早就顯出了傾頹之勢。牆頭，甚至有些窗戶上長出了茂盛的瓦松與苔蘚。沒有人想到，就在老魏在村子裡講話時，駝子一家已經乘著縣上從伐木場借來的一輛卡車，在回機村的路上了。

但他沒有在白天進村。

在望得見機村的山彎上，他讓卡車停下了。

司機看著他，他一言不發。他的家人看著他，他也一言不發。他坐在駕駛室裡一動不動，向晚的夕陽晃著他的雙眼，機村就在夕陽投下的鋼青色的光幕後面，使他心情複雜。當太陽落下山崗，在黃昏降臨之前，曾經森林茂盛的山坡傷痕累累裸露在眼前，圍繞著村子的成片的土地，已經被縱橫的溝壑弄得破碎不堪了。這一天，他只說了兩句話。一句話是黃昏降臨前說的：「我開下的地已經被洪水沖光了。」

然後，夜降臨了。碩大的星星一顆顆跳上了深藍的天幕，他又說了一句：「以前的星光是水淋淋的，現在都乾巴了。」他嘆了一口氣，然後說，「我們可以回去了。」

第二天的太陽升起來，照亮了新的一天，索波安排來修繕這所老房子的人們來到時，才驚訝地發現，駝子正站在門口，像以前一樣吃力的挪動著身子，正在修理朽腐的大門。聽見腳步聲，駝子直起腰來，像從來沒有離開過一樣，笑著問候：「今天天氣很好啊。」

木匠邊巴攤開手，說：「天氣早就不好了，我們連餵飽自己的糧食都種不出來了。」駝子的女人聞聲來到門口，看見多年不見的鄉親，這個女人眼淚立即就下來了。她撩起圍裙捂住了眼睛，哭出聲來：「駝子當年開的地，一點都沒有了呀！」

消息閃電一樣傳遍了全村，當所有人都聚集在駝子支書門前，索波已經帶著幾個人，走在去覺爾郎的路上了。他們一行還是四個人，只是駱木匠換成了達瑟。秋天的陽光通透明亮。回望山口下面的村莊，人們正在奔向駝子支書的家。

索波知道，老魏講話的時候，駝子支書已經在回來的路上了。駝子支書回來是縣裡的安排，而不是他索波的建議。老魏說是他的建議，說明老魏是個好人，願意顧及他的面子。他想不出怎麼迎接駝子支書的歸來，於是，連夜叫上這幾個人，天不亮就已經走出村子了。現在，他坐下來，回望村莊。佑庇人們許多許多年的群山變成了猙獰怪獸，一道道泥石流在山坡上沖出的溝壑利爪一樣從四周逼近安靜的村莊。從山口上望下去，泥石流沖刷出來的巨大溝壑正步步進逼，只等某個時間一到，那些溝壑在村子所在的地方交匯起來，那時，這個村子就消失了。

看到這種情形，索波笑了。

卓央說：「你那樣笑，我不喜歡。」

達瑟說：「他覺得自己是個英雄。」

協拉瓊巴一到這種情境中就有些神情恍惚：「一個人不能自己覺得自己是英雄。英雄都是後來的人唱出來的。」

索波說：「肯定有很多人會說我帶了幾個村最沒用的傢伙，但我看你們都很聰明。」他看著山口下面正面臨著滅頂之災的村莊，真的覺得自己可能就是能夠拯救機村的英雄。要真是這樣的話，卓央、協拉瓊巴和達瑟也都不是尋常人物了。不然，卓央怎麼懂得治病，協拉瓊巴怎麼會唱那麼多被禁止的古歌，達瑟怎麼會不當自己想當都當不上的國家幹部，守著一些深奧的書本，把自己扮成一個先知的模樣？

他臉上又出現了那種孤高而又固執的表情。這種固執使他的眼神看上去有些凶狠。

在他心中，剛聽說駝子要回到機村時那種茫然，那種失落的情緒消失了。他說：「你們誰能看到那道攔阻泥石流的石牆。

的確，從這麼高的山口看下去，就有了一種超越時間的視角，好像已經看到了一個故事的結局——村莊的毀滅。他起身上路了，並且回過身來叫大家一起上路。他的口氣中又帶上了他那該死的自以為是的口吻。人家剛剛忘記他那該死的強加於人的口吻，但這種該死的東西又在他身上復活了。

他也覺得自己強橫的口氣讓這幾個傻瓜心生不快了，於是，他放緩了口氣說：「走吧，夥計們，讓駝子領著他們修那沒有用的石牆吧，我們去幹更有用的事情！」

達瑟走到索波剛才站過的地方去看山下的村莊，他說：「一模一樣啊！」

「什麼一模一樣？」

「你看到的跟我們看到的一模一樣，但你卻擺出一副看見了不一樣東西的樣子。」

不用索波開口，卓央已經開口了：「要是人人看見的東西都跟你看見的一模一樣，那這個世界早就瘋掉了！」

達瑟笑了：「姑娘，你說得對，隊長你摸摸自己的額頭吧，想想是什麼東西讓你發起燒來了。」

協拉瓊巴突然放聲大笑。

索波一拍他的肩膀，他就把後半段笑聲吞回肚子裡去了。索波站住了，回頭說：「我們這次的任務，就是在山崖上搞出一條可以下到山谷的道路來！」

「路？我們不是下去過了嗎？」

「你再說那種神神鬼鬼的東西，那就請你向後轉！」

的確，前一次，他們是怎麼就從懸崖上下到谷底去，又怎麼從深谷中出來的，至今想起來，腦子裡還是恍恍惚惚。協拉瓊巴當然說是他們王族祖先之靈護佑的結果。索波不願意順著這條思路去想這個問題。在這個所有神祇都從記憶中刪除的時代，這樣的思想方法比從無所依憑的懸崖下到深谷還要危險。

他們在黃昏時分趕到了壁立在覺爾郎深谷的懸崖上。生起火堆，燒開的茶水頂得壺蓋噗噗跳蕩時，星星跳上了天幕。卓央為大家煮了一鍋用野蔥作佐料的肉湯。他們在火堆邊鋪開毛毯準備睡覺時，協拉瓊巴去到了懸崖邊上，他站在那裡，對著下面的峽谷曼聲歌唱。過去，他的歌唱裡只有懷想，但現在，他的歌唱裡有了新的內容：懇請與祈求。他喊起來：「祖先啊，你們成了偉大的神靈住在天上，要是沒有奇蹟發生，你們的子孫就無處可去了！」

他們好像聽見了懸崖，或者說懸崖下面起了回應的聲音。

達瑟跑過去了。卓央也心生好奇，但叫索波攔下了。

過了一會兒，被山風吹得瑟縮起身子的達瑟回來了。

「你看見什麼了？」

「我看見了那個峽谷。」

「屁話，你不看見峽谷也在那裡，我是問你看見什麼古怪的東西了嗎？」

「我想看見，但他們肯定不想讓我們看見。」

索波罵了聲什麼，用毯子把身子裹緊，翻身睡了。

他們是十多天後回到村子裡的。

回到村子裡那一天，駝子在村口就把他們迎住了。好多年不見，老支書還是那種有點病痛就哼哼唧唧的樣子，他抓住索波的手說：「對不住你了，這一身病痛不肯收了我的老命，讓我來擋年輕人的路了。」

索波站在路中間，覺得有什麼樣話梗在喉頭上，卻終於沒有說出來。

駝子支書爽快地拍拍手，說：「好吧，你真的想要組織青年突擊隊去那個地方？好多人都想報名啊！但你要把穩住啊。」

聽這話的意思，他並不想索波把太多的年輕人帶去那麼遠的地方。

索波說：「老魏支持我們。」

駝子拍拍索波的肩膀：「老魏，老魏，老魏也是犯過錯誤的啊。」

索波的強脾氣起來了：「老魏怕犯錯誤，我不怕。」

駝子又拍拍他的肩膀：「看來你真的認為機村沒有救了。我們的農業學大寨運動擋不住泥石流？」

話說到這裡，索波突然覺得一種前所未有的困倦壓住了他的舌頭，使他沒話可說了。兩個掰手砥足的農夫，站在太陽底下，嘴裡吐出諸如「運動」、「錯誤」和「突擊隊」這樣一些龐大空洞的詞彙，真是一件非常古怪的事情。農人的詞彙是「種子」，是「天氣」，是「收成」，是「天災」或「人禍」。那些空洞的詞，自己並不真正懂得意義的詞所造成的壓力使索波感到力不從心，感到困倦萬分，他想再說點什麼，但連舌頭都發麻發木，於是，他只是懶懶地揮了揮手。

一個小村莊新舊領導的會面，就這樣出乎意料地結束了，使好事者大失所望。

索波拖著沉重腳步往家走，他想起來，在覺爾郎峽谷的邊緣，他還是在用這樣一些讓人頭大的詞對人說話。終於，沉默不語的達瑟說話了：「隊長，為什麼你們喜歡用這樣的腔調說話。」

達瑟步步進逼：「你真的懂得那些詞語的意思嗎？主義是什麼？先進是什麼？革命是什麼？你懂得嗎？」

就是從那一刻開始，他就知道這些年來身心俱疲的根源了。

「你也用了很多詞，你也懂得嗎？」

達瑟露出了驕傲的笑容：「我沒有用你們那些詞，而且，我一直在思考。」

回去，索波就倒在了火塘邊的地板上，那種深刻的倦怠真的把他壓垮了。他母親心疼地流著淚，卻又顯得很高興：「老天爺開眼，讓我兒子善心發動了，」老太太弄來皮褥子墊在他身上，又弄來了軟軟和和的枕頭塞在他的腦袋下面，老太太用她乾燥的雙唇碰觸著兒子藍色脈管突突跳動的額角，「你就好好躺著吧，我給你弄好吃的東西，讓你的身子和心都緩和過來。」

老太太在一只小鍋裡煎油，在滾油裡倒進剁成碎塊的新鮮牛肉，鍋裡的油撲濺開來，竄起了藍幽幽的火苗，老太太把一瓢湯倒進了鍋裡。不久，沸騰的濃釅肉汁就頂得鍋蓋噗噗作響了。香氣在屋子裡瀰漫開來。

索波的眼角沁出了淚水。

老太太假裝沒有看見。老太太說：「肉湯還要一陣才好，你就放心睡吧。就是世界塌下來了，石頭啊木頭啊都會落在大家身上，而不是你一個人身上。就是泥石流下來了，我們家的房子也是最後一個被沖倒的。」這天下午，老太太坐在火塘邊對著兒子絮絮叨叨。他們在機村是沒有根底的人家。在這個倚著向陽緩坡而建成的村莊裡，他家的房子處在村子的底部，泥石流最先威脅的，都是那些上風上水處的人家。

索波喝了滋補肉湯，又倒在臨時的地鋪上，他閉上眼睛，說：「泥石流是駝子的事，我管到覺爾郎開荒。」

老太太說：「那也不是你該管的地方，機村有那麼多戶人，祖先是從那裡逃出來的，現在，要回去，那也是他們的地盤。」

母親翻的是過去的老帳，現在是新社會了，什麼樣的帳都有了新的演算法。但他不想反駁母親，再說，關於新的演算法，他也並不真的懂得。肉湯弄得他的胃他的整個身體暖洋洋的，他很快就睡過去了。早上，他從酣睡中醒來了一次。但他母親輕聲說：「睡吧，睡吧，你才睡了一小會兒，天都還沒黑呢。」

他又睡過去了。

老太太坐在兒子身邊，又流了一小會兒淚水，用毯子遮了窗戶，帶著縫縫補補的手工活，坐在院子門口。號令上山砌那道石牆的鐘聲敲響了。人們扛著工具從家門口路過，老太太舉起枴杖，露出威脅的表情，要他們小聲說話，要他們走路時放慢腳步。老太太說：「小聲，小聲，我兒子累了，讓他好好睡覺。」

村子裡終於安靜下來了，太陽照在老太太身上，她坐在門檻上，出一會兒神，縫補一會兒衣裳。一隻狗跑來了，她揮舞著枴杖把狗趕開。幾隻烏鴉飛來了，落在樹上大聲聒噪。她再次揮舞枴杖，壓著嗓門叫道：「你們走開！讓我兒子好好睡覺！」烏鴉又呱呱地叫了幾聲，聽話地飛走了。老太太臉上露出了迷惘而又滿足的笑容。

遠遠地，一個人拖著一條懶洋洋的影子踱過來了。老太太不太認識村裡的年輕人，不知道他就是怪人達瑟。這個人一點聲音都沒有發出來，就已經站在了她的跟前，所以，她沒有驅趕他，而是拍拍門檻示意他坐下。

達瑟說：「我來找索波。」

「你們要找的不是我兒子，你要找的是寄居在我兒子身體裡的怪人，那個人已經離開了，年輕人你上別處去找吧。」

達瑟笑了，說：「我是達瑟。」

老太太警惕地看著達瑟：「那個和書住在樹上的？」

「書天天住在樹上，並不天天陪著他們。」

他這句話說得很聰明，老太太吃吃地笑了起來。這笑聲讓他覺得這老太太身體裡也寄居著一個好玩的怪人。老太太很快收住了笑聲，說：「你那些書上說過一個怪人怎麼鑽進另一個人的身體嗎？」

達瑟提高了一點嗓門，在老太太耳邊說：「不是鑽進別人的身體，是傳播思想！」

老太太用手遮住了耳朵：「我耳朵好著呢，可是你剛才說什麼？」「傳播思想！」這四個字還沒有完全吐出口中，達瑟已經後悔了。這幾個字他是用漢字講的，因為當地藏語中，並沒有這樣抽象的詞彙。

這下輪到老太太提高了嗓門：「什麼？」其實她聽清楚了，但她嘴裡無法發出自己並不懂得意義的陌生音節，也就跟沒有聽見是一樣的。

「我的腦子也被一個陌生人占住了。」達瑟說完就懊惱地起身離開了。

卓央來了。

老太太把枴杖橫在院門上，不讓她走進院子。她想對老太太說，不能把一個有為青年關在屋子裡。但老太太先說話了：「姑娘，你是喜歡索波本人，還是附體在他身上的怪人？」卓央聽不懂老太太的瘋話，嘆口氣離開了。

這時，傳來了隆隆的雷聲。這是一件奇事，深秋時節，與狂暴的夏天不同，雨水並不要震天的霹靂與奪目的閃電作為前驅，只要陰雲聚集起來，冷風一起，冰涼的雨水就淅瀝而下了。但這天雷聲大作時整個天頂卻藍汪汪的，只在東邊天際有些顏色並不那麼晦暗的雲團。雷聲就這麼時大時小，時斷時續地響了好一陣子。直到中午，人們吃飯的時候，烏雲一下就布滿了天空。老太太上樓給沉睡的兒子煨好了肉湯，但他沒有醒來。老太太並不擔心什麼。屋子裡光線黯淡，她把掛在窗戶上的毯子取下來，天光照在兒子臉上。他的臉容平靜安詳，額上的抬頭紋舒展開來，緊繃繃的皮膚有了潤澤的光芒。

老太太自己吃了一點東西，再次下樓守在院門口時，已經是烏雲壓頂，漫天翻捲了。老太太仰起臉，冰涼的雨點重重地擊打下來，落在地上，濺起了細細的塵埃。塵埃一落到地上，就再也不能乘風輕揚了，它們剛剛升起一點，就被更多更猛的雨水砸回地面，化為糊塗的泥漿。雷聲在烏雲上面隆隆滾過，老太太衝回樓上，想用毯子堵住窗戶，不讓雷聲傳進屋裡驚擾了兒子的睡眠。但是索波已經醒來了。他沉著臉站在窗口，看到母親，他的臉上綻開了溫順的笑容，他說：「我餓了。」

老太太趕緊給他端來了滋補肉湯，外加一個麥麵饃饃。

吃完之後，他把一直緊盯著他的母親的肩膀攬進懷裡，用嘴唇碰了碰她的額頭，穿上雨衣就下樓去了。

十三

索波是兩天後回來的。

在雨水裡浸泡了兩天兩夜的索波走進家門的時候，形銷骨立，搖搖晃晃。母親一動不動，坐在火塘邊上，火邊的陶罐裡依然煨著煮好的滋補肉湯。母親身子動了一動：「我不想走到窗前看你回來，我不想看見。」

索波臉上的淚水下來了，他的嗓音因為連續兩天大喊大叫顯得那麼嘶啞：「阿媽，我們的村子完了。」

「我已經老了，不想活了，可你們年輕人還要生活下去啊。」

索波走到窗前，取下堵在窗口上的毯子，明亮刺眼的陽光一瀉而入，照亮了整個房間：「阿媽，我要去覺爾郎了，如果不去那裡開出荒地，機村人以後就沒有地方種下果腹的莊稼了。」

他喝了一些肉湯，再次在火塘邊躺下。他聽到自己鬆動開的骨頭關節，還有內心裡鬆動開的不知道什麼東西在嘎嘎作響。一座新房子的木頭收縮時發出的就是這樣的聲響，春天到來的時候，河上的冰面化開的時候發出的也是這樣的聲響。母親仍然入定一樣端坐在身邊。索波隱隱然聽到協拉瓊巴父子喜歡吟唱的古歌迴蕩在耳邊。他又沉入了睡眠的深潭。但他睡得並不踏實，夢中依然暴雨傾盆。山坡上每一處溝壑，都有泥石流洶湧而下。山上剛剛伐下的木頭成了泥石流的幫兇，那道機村人砌起在山邊蜿蜒的石牆，被泥石流輕輕一推，那些累累的亂石自身也成了泥石流的一個部分。那麼沉重的和木頭和礫石裹挾在泥漿中間，載沉載浮，緩慢而順暢地流動，覆蓋了土地，推倒了房屋。駝子和索波帶著機村人在泥石流未曾到達的前方，拚命挖掘溝渠，為的是要把泥石流引向不會推倒房屋，不會毀滅更多土地的方向。但人力真是有限，泥石流湧來了，順著他們挖出的溝渠流淌一陣，很快，亂木與石頭還有泥漿就把倉促挖成的溝渠填滿了，滿溢出來後，泥石流就由自身的重力與慣性引領著，湧向了人們不希望他們去到的地方。最後，人們放棄了抵抗。只是在泥石流到達以前，把圈裡的牛羊，把房子裡的人和財物轉移到安全的地方。雨一直下，下了一天一夜，又下了一個白天，直到黃昏時分，在人們都認為這雨水再也不會停止，認為老天爺要用泥漿與亂石覆蓋了整個世界時，雨水卻突然停下來了，而且立即就天朗氣清，把一輪冷冰冰的皎潔月亮掛在了天上。

月光照亮大地，讓人們看到大地劫後的洪荒景象。

索波在睡夢中不得安生。早早就醒來了。好容易等到天大亮了，他敲響了掛在小學校門口那段鐵軌，輕脆的鐘聲在這個霜降的空氣冷冽清新的早晨傳到了很遠的地方。駝子也睡不著覺，聽到鐘聲他第一個來到廣場。駝子的腿瘸得更厲害了，但是，這個一向軟弱的傢伙第一次沒有顯出哼哼唧唧的模樣，他血紅的眼睛裡露出了堅定的神情。他說：「收拾攤子的事情交給我吧，你該帶著年輕人出發了。」

索波說：「我會抓緊準備的，現在馬上開會報名。」

駝子到底是支書，他對索波說：「國家會來救濟我們，國家也會支援我們生產自救，你就放開手腳好好幹吧！」

鐘聲的餘音還沒有散盡，村裡的人們都聚集到廣場上來了。而且，年輕人都已經收拾好了口糧、被褥、工具和鍋碗瓢盆，每個人都把不規則的巨大包袱揹在背上。民兵們還帶上了步槍與有限的子彈。

沉默無聲的人群把即將出發上路的年輕人緊緊圍在中間。早晨清冽的空氣中充滿了泥石流帶來的淤泥的氣息。那是來自大地更深處，從未生長過植物，從未被植物根鬚盤踞過的生土和雨水混合在一起的氣息，這種味道生澀腥重，是這個世界從洪荒時代剛剛開始時的那種氣息。

索波的母親拄著枴棍出現了。索波彎下瘦長的身子，對母親說：「阿媽，我想停下來好好陪你，但是我不能夠了，我要到遠處去了。」

老太太捧著兒子的臉，用乾枯的嘴唇一次次親吻他。

「阿媽，原諒我，又有一個東西附身在兒子身上了。」

「我喜歡這個人，這是古歌裡唱過的救命神！你去，去吧！」

隊伍出發了。

隊伍穿過了村中掩映著水泉的柏樹林，轉過一個山彎，就要走出送行者視線的時候，婦女們哭了。她們壓抑著哭聲，不想讓遠行的親人們聽見。直到遠行的隊伍消失在山野中間，廣場上的哭聲才響成了一片。駝子再一次敲響那段鐵軌。他臉上堆上了笑容，卻又嗓音哽咽：「鄉親們，社員們，哭又有什麼用？大家知道這沒有用！要讓年輕人們走得放心！怎麼樣才能讓他們放心？特別是家裡倒了房子的人家的年輕人也到遠方尋找生路去了！而且，我們的倉庫已經空了。今天，大家就相幫著把這些遭災的人家搬到倉庫裡去住，吃的，用的，將來國家會管，但國家還沒有來的時候，大家盡量幫助一點！」

駝子剛回來時，發現自己在老鄉親們面前說話已經沒有以前那樣的作用了。可在這個早上，他又找回了機村人對他的敬重。這次講話，他沒有講革命，沒有講主義，他只是提了一兩次國家。而國家已經在路上了——如果縣裡和公社就是國家的話。電話線斷掉了。伐木場的電報機發出了消息。這次，老天爺很公平，沒有因為伐木工人是有星期天的選民而對他們另眼相看，伐木場也遭到了泥石流大規模的襲擊，「造成了財產與人員的巨大損失」。

暴雨剛停的那個早上，國家的救援卡車隊已經在路上了。車上裝滿了衣物，帳篷和糧食，藥材，更有成車的鋤頭與鐵鍬，有輛車上還裝了許多綑毛主席的書。但是，離機村還有幾十公里的地方，車頭上插著紅旗，車廂上貼著新鮮的紅色標語的車隊就被泥石流阻住了。對森林的大規模砍伐不止是在機村，而是在整個公社，整個縣，甚至是整個自治州，整個國家普遍地進行。受到泥石流衝擊也不止是機村一個地方。車隊甚至帶著電台。帶隊的革委會副主任老魏讓電台給伐木場發去了電報。指示伐木場要發揚工人先鋒隊的模範作用，在自身做好抗災工作的同時，要盡力給機村的少數民族農民兄弟一些支持。伐木場院子裡擺著好多具屍體，施工場地也急待修整，但他們還是打開倉庫，籌措了一些糧食，動員工人們捐出了一些舊衣服舊被褥，來到了相隔不到兩里路的機村。但是，他們期待中的工農一家的融洽場面並沒有出現。在機村人眼中，正是他們的工作毀掉了機村的美麗田園。伐木場工人進入村子時，遠去墾荒的隊伍剛剛出發不久，人群聚集在廣場上還沒有散開。但他們一到，人們就四散開去了。他們帶去的都是令久處貧困的機村人眼饞的東西，可在這個剛剛被泥石流前所未有地蹂躪過的村莊，沒有人再對他們帶去的東西看上一眼，他們怨恨的眼光都落在這些人的臉上了。這些人把帶去的東西放在駝子跟前：「這些東西就交給你了。」

駝子說：「這裡的老百姓什麼都不要，就想聽你們一句兩句抱愧的話。」

伐木場的人本來就有著很強的優越感，這回熱臉貼到冷屁股上，再聽駝子支書這麼說，火氣就上來了：「我們也是給國家建設作貢獻，我們也是國家分配的工作！道歉？憑什麼？」

駝子支書嘆口氣：「既然如此，請帶著你們的東西回去吧。」

工人們就抬著他們的東西原路回去了。

駝子目送這些人一步一滑在泥濘的道路上走遠了，轉身把雙手背在身後獨自往村外去了。既然泥石流已經無可阻擋，既然砌那長長的石牆也是徒勞無益，只好在泥石流沖刷不到的地方開墾荒地了。他慢慢挪動著腿僵腰硬的身體，他知道自己要去什麼地方。儘管他剛剛回到機村，但機村的山山水水，都深刻在他的記憶之中。在新一村時，他常常夢回故鄉，但這個故鄉竟是機村，而不是他十幾歲時就跟上紅軍隊伍離開的那個故鄉。那個故鄉的記憶在機村的遮蔽下已然面目模糊了。現在，他走在災後機村的土地上，就像在夢中行走。災後的空氣裡水氣飽和，使這個秋天上午顯出一種特別的陰冷。他不想去看莊稼地，去看那些未及收割就被掩埋到泥水底下的糧食，他一顆農民的心經不起強烈的難過。他只要像現在一樣，懷著發現新墾地的希望，去看那個不用去看也已經了然於胸的地方。然後，他登上了達瑟建有樹屋的那個小小的山崗。這個渾圓山崗聳立在村莊的左後方，本來，這是村後山體的一個部分。但是，山坡俯衝而下後，像一個人一時站立不穩，把懷中抱著的包袱跌落地上，於是，在村莊和龐大的山體之間，有了這樣一座小小山崗。山崗上叢生著一些灌木，一些大樹。夏天，那些灌叢和灌叢間的草地上會生出許多蘑菇。解放前，駝子剛開始準備蓋自己的房子時，一度選址在這個地方。但他發現，這個地方太高了。如果蓋一座房子，這座房子將高踞於整個村莊之上。他知道，自己沒有資格把房子蓋在這樣一個地方。

他努力讓自己沉浸在對往事的回憶中，這樣就不用老去想機村災後的種種慘狀。他慢慢往山崗上挪動身子，他知道，山崗後冒出巨大華美樹冠的那株樹，一個叫達瑟的年輕人藏了許多書籍在上面。他終於爬到了崗頂，站在達瑟的樹屋下，看見了一座房子的遺址——石頭牆基圍出來的一個長方形的方框，牆基的裡外，散落著一些被火燒過，正在腐爛的木頭。那些腐爛的木頭之間，長出了許多荒草：牛耳大黃、接骨草、臭蒿和果子上帶著無數黏毛鉤子的牛蒡。這類牛羊不食的雜草總是在曾經有人活動過的地方生長得十分瘋狂。原來房子的主人是一個聰明人。他把房子暗藏在山崗與龐大山體相連的馬鞍狀的緩慢起伏上方一點。讓自己的房門朝向整個美麗的山崗，和東南方向的太陽。他聽說過那個復員軍人的故事。但在今天這樣一個日子，他並不想特別感傷。他來此，不是要感時傷懷，他是要為機村尋找一些新的耕地。正如他清楚記得的情形一樣，龐大山體和山崗之間那個馬鞍狀的小小起伏，正好把催瀉而下的泥石流阻斷了。泥石流下來，順著山體通向山崗隆起的餘脈，分流到兩邊去了。駝子喃喃自語。但沒有人聽見他的話。他自己恐怕也沒有經心地聽聽自己在叨咕些什麼。他坐下來，聽藏在綠樹叢中鳥兒在歡叫。陽光籠罩在背後和面前枝葉茂盛的樹木之間。起風了，所有樹都搖晃起來，嘩嘩作響。

駝子的手指深深地插入身邊的土地，把一叢草連帶著肥沃的泥土從地下挖了出來。他立即就聞到了肥沃熟土的芬芳氣息。他把黑土放在手指間慢慢撚過，又湊到鼻尖上貪婪地嗅聞，樣子像一條在山林裡尋找野物氣味的獵狗。

「當然了，那是一條高興的狗。」

他仔細地把泥土裡的草根和小石子都撿乾淨了，然後，猛然一下，就把有四五撮鼻菸份量的土餵進了嘴裡。嘎吱嘎吱，他聽見了自己咀嚼泥土的聲音。感到泥土硌在齒縫之間，引起身體將要痙攣的感覺。他在這種感覺中沉浸良久，然後，伸長脖子把這些泥土嚥了下去。

他不記得，自己已經吃掉了多少土。

但他記得，自己第一次吃土，是從紅軍隊伍裡負傷掉隊以後，那是因為餓得實在沒有辦法了。他嘗出第一撮土的美好滋味，品嘗到泥土帶給人的踏實感覺，是他得到頭人恩准，在機村開出第一塊土地的時候。在那個光線金黃的傍晚，他突然就把抓在手中的沃土塞進了嘴裡。他悄無聲息地哭了，一邊流淚，一邊拚命地咀嚼嘴裡的黑土，直到把這些土嚥進了肚子裡，這樣，他才有了真正占有了一塊土地的真實感覺。

泥土一落下肚，冰涼的胃立即就暖和了，空落落的心立即就有了著落，死灰色的臉上泛起了些許生氣，他站起身來，聽一身不靈活的關節嘎吧吧響過，就開步往村裡走了。

駝子支書走到村中小廣場上，小學校正在上課。他敲擊小學校前懸掛著的那段鐵軌時，先走到窗戶跟前，示意老師繼續上課，然後，他站在陽光下敲響了鐵軌。村裡人迅速聚集起來了。

多年後，回憶那場機村歷史上最可怕的災害，人們都會記起駝子當時奮臂敲鐘的形象。他總是佝僂的身子比平常挺直了許多。他的臉上，眼睛裡，甚至是他手上的肌膚都放射著一種光芒。「那樣的閃光，就是神靈附體，不，不是附體，而是神靈直接現身了一樣。」

「那鐘聲聽起來也大不一樣，就像十萬隻蜜蜂在振翅飛翔！」他們那是形容鐘聲的餘韻，鐘聲的餘韻的確長久地在空氣中嗡嗡激盪。

駝子對著聚集起來的人們說：「當年，我流落到機村的時候，心裡比現在難過多了。但是，鄉親們收留我了。老天對機村也像機村當年對我林登全一樣！」那天的駝子嗓音洪亮，他揮手指向那座渾圓山崗，「年輕人去了覺爾郎開墾新地，我們也不能閒著，等他們回來，我們這些老東西，也讓年輕人大吃一驚吧！」

當天午飯過後，機村的墾荒隊伍就開上了山崗。沒有人說話，平緩的山坡上鋤頭此起彼落，每個人臉上汗水都涔涔而下。據說，那天小學校裡學生們誦讀課文的聲音也特別整齊響亮。下課時間一到，老師就帶著學生們一起上了山崗。他們都是農民的孩子，不要人安排，就能找到適合自己的活路。他們把鏟掉的灌木、草皮與樹根堆積在一起。等這些東西乾透了，點一把火，剩下的灰燼是很好的肥料。這些黑土太肥沃了，如果不施些鹼性的草木灰中和一下，莊稼一個勁瘋長，都會忘記結出果實了。孩子們歸置好樹枝與草皮，又把挖出的石頭搬到地邊。直到天黑得看不見了，人們才扛起鋤頭回家。大家的心裡，災後的悲傷消失了，而且，每個人都能感到，人與人之間因為運動因為鬥爭而消失的溫情又在回到心間。這天晚上，每一家都傾其所有，做了好吃的東西。每個人家都把好吃的東西勻出一點，盛好了，放在漂亮的木托盤裡給駝子家送去，給索波家送去。

這天晚上，機村人都聽到了駝子老婆歌吟一般的哭聲。她長聲夭夭地哭訴著：「老天爺啊，為什麼你天降災難的時候，我們心中溫情的水流才四處氾濫？」

這不是她想出的說辭，而是關於覺爾郎的古歌裡的唱辭。這些唱辭在她嘴裡復活了，卻不再是緬懷的調子，歌頌的調子，而是控訴造物之神不公的說辭了：「老天爺啊，為什麼你總把人逼到懸崖的邊緣，才讓我們感到人世的溫暖？」

駝子喝了很多碗鄉親們送來的肉湯。肉湯裡放了小茴香，放了祛寒濕的生薑，濃釅的肉湯都漫到脖子那裡了，但是，他說：「我再喝一點，他們不會天天送肉湯，送來了，我就多喝一點。」

結果，肉湯真的從他的口中滿溢出來，弄得他正因為感動而哭訴的老婆破涕為笑了。

「背時的駝子，一點肉湯就把你弄成這個樣子了！」

駝子揩乾淨嘴巴，臉上慢慢布滿了陰雲：「你以為鄉親們天天都會給我們送來肉湯？我來到機村多少年了？我當兩個村子的黨支書多少年了？這樣順所有人的心，也就今天這一次吧？」

這話真把他老婆給問住了。

他繼續往下追問：「要是上面不高興我們這樣幹怎麼辦？」

十四

第二天，第三天，天氣都非常晴朗，大家也都幹勁十足，沒有一點災後怨天尤人的情緒。天不滅機村，營造機村地勢的時候，就預留了這樣一個宜於開墾與種植的獨立山崗。

老魏帶領的救災隊伍從伐木場轉來一份電報，對機村人在大災前表現出來的樂觀與堅定表示充分的肯定。

駝子更加幹勁十足了。

第四天，老魏帶領的救災隊伍終於來到了機村。使機村人感到有些失望的是，救災隊伍先去了伐木場，過了半天，老魏才帶著一輛卡車來到了機村。那輛卡車上幾乎裝載著機村人盼望的一切東西：糧食、衣服與被褥、搪瓷的碗與盆、成綑的鋤頭與鐵鍬、藥品，甚至還有一些孩子和老人都喜歡的糖果。機村人真是幹勁十足，就是在廣場上分配救災物品的時候，大人們都沒有停下手裡的活路。老魏看著老人與小孩慢慢往家裡搬運東西，對駝子說：「看來，調你回來的決心是下對了，機村人不是沒有覺悟，需要的是把他們的覺悟激發出來！」

駝子知道，老魏的話有些走題，但老魏滿意眼前的情形就讓他感到放心了。這些年，運動來運動去，鬥爭來鬥爭去，他明白了一個道理，他不是國家幹部，他是一個農民。農民要聽上面的話，但農民也不能忘了農民辦事的規矩。以一個農民的智慧，老魏說這些離譜的話，他也不去當真，只是很恭順地聽著。

老魏拍拍手，說：「怎麼樣，去看看災後恢復生產的工作？」

駝子按著場面上需要的話說：「請領導檢查工作。」

駝子和老魏走在頭裡，身後一干下來救災的幹部不遠不近地跟著。看著開墾荒地的人群，老魏連說了幾聲不錯。然後，他從隨從手裡接過一雙帆布手套，揮起一把鋤頭猛幹了一氣，當他出了一頭汗水，脫下幹部服，挽起襯衣袖子還要再幹的時候，大家把他勸住了。駝子帶頭鼓掌，圍攏過來的機村人都跟著鼓掌。老魏說了一席鼓舞幹勁的話。大家再次拍手。這時，就是領導該離開的時候了。

駝子陪著老魏一行從工地上下來，穿過殘留的大半個村莊時，老魏回頭看了一眼正在開荒的山崗，說：「林登全同志啊，我提個建議好不好？」

駝子立即就有點緊張了。

老魏笑了：「你不要緊張，為什麼領導一發話你們就要緊張？」

駝子不答話，一雙眼睛憂心忡忡盯住了領導的嘴巴。

老魏說：「說實話吧，我這個建議真不怎麼的，但你真的要這麼幹才行！你先答應我一定得這麼幹！」

「你說吧。」駝子心裡非常惶惑不安。

「你就搞點形式主義，在新開的荒地下面砌一道牆？」

「那裡不會有泥石流，再說，牆也擋不住泥石流啊！」

「農業學大寨，農業學大寨！」老魏有些不耐煩了，「大寨的地是什麼樣的？」

「樓梯一樣？」

「對了，大寨田就是樓梯一樣，你要攔上一兩道石牆，截高填低，把坡地整平，不就是梯田了？」

駝子想告訴老魏，這個山崗渾圓，坡度很小，不必一定弄得過於平整。但他還沒有開口，老魏又說：「我懂得種莊稼，你卻不懂政治，不懂得我的難處，你就這麼辦吧，這對大家都好。」

駝子當支書的二十多年，第一次聽見上面的領導對下面訴苦，說自己如此這般是因為也有難處，而不是出於主義和革命的大道理。說這些話的時候，老魏臉上真切地出現了愁苦的神情。

駝子當下就猛然點頭。

老魏卻還有話說：「還有，我還真要批評你幾句，老同志了，伐木場來慰問，你們拒絕，伐木場也遭了災，犧牲了十幾個人，好幾個人的屍體都還沒有找到，機村怎麼能沒有一點表示？工農聯盟，那是我們的立國之本啊！」

說這話時，老魏臉上的憂心忡忡的神情又加重了幾分。駝子想說什麼，但沒有說。他覺得，自己想說什麼，老魏其實是知道的。然後，老魏就帶著救災隊趕赴另外的地方救災去了。駝子知道，老魏把很麻煩的事情留給了自己。駝子禁不住掌了一下自己因為一點情面就張不開來的嘴巴。

駝子知道，這幾天眾人合力，團結一心的好日子就要結束了。果然，當他傳達了修建石牆，把新墾地建成標準的大寨田指示時，那些短暫消失的怨氣又冒頭了：「為什麼我們剛剛好一點，你們這些當官的又來胡亂指揮了？」駝子真是哭笑不得，在群眾眼裡，他是幹部，在幹部眼裡，他無非就是一個農民的頭頭。他的感受，與這些揮舞著鋤頭開墾荒地的任何一個人沒有什麼不同，但他不能說出自己的感受。

人們高漲的情緒一下就變得低落了，而且不止是低落那麼簡單，這種低落中潛行著隱忍不發的怒火。駝子感到嗓子發乾，但他還是就地把大家召集起來，開會。新翻出的肥沃黑土濃厚的氣味四處流蕩。他感到自己嗓子發乾，他複述那些這些年聽慣了也講慣了的自己並沒有任何切身感受的空洞字眼。講這些話的時候，他覺得自己像是一個空空的皮囊，裡面沒有血肉也沒有靈魂，只是被風吹著，發出嗚嗚的聲響。多少年後，他還想，要是自己不那麼著急，等到晚上很正式地傳達這個指示的話，鄉親們心裡就沒有那麼重的怨氣，後來的事情是不是就不會發生呢？

但他也只是想想罷了。駝子不是歷史學家。剛解放時，社會主義建設事事順遂，他是一個前紅軍戰士，是一個共產黨員。後來荒唐事愈來愈多，使他變成了一個宿命論者。在一個謊言甚至盛行於歷史學家的口頭與筆下的時代，倒是一個鄉下老頭的宿命感嘆更接近事物的本質。駝子是怎麼感嘆的呢？暫時按下不表。會沒開完，駱木匠就站到了他跟前：「支書，我有事要跟你談談。」

這個人是他在遷到新一村時突然出現在他們家裡的。是他老婆家鄉的一個親戚，在家鄉生活不下去了，跑來投奔他們。在新一村那個環境裡，這個突然出現的侄兒大有主人翁氣概，給他的工作惹了不少麻煩。他把村裡搞階級鬥爭深挖出來的一個國民黨軍前上校逼得上吊自殺。後來，還是老魏幫助四處找些木工活計，不斷掙來的錢讓這個躁動的傢伙安靜下來了。是老魏把他帶到機村，託付給了索波。駝子沒想到，回到機村，這個不安生的侄兒又在這裡等著他了。

駝子說：「如果你把自己算成機村人，那你不該跟我們這些老東西在一起，年輕人都到遠處去了。」

「我正想跟你談談這個問題。你應該把青年突擊隊撤回來。」

駝子輕輕地搖了搖頭，然後轉身走開。

這個手腳伶俐的年輕人一下繞到他前面，堵住了他的去路。他就這樣一臉怒火中燒的樣子站在了他面前，衝著他喊叫：「你再也不能允許他繼續這樣下去了！」

「你在說誰？」

「索波！還能是誰？他已經不是原來那個索波了，他的革命意志已經消退了，他不想繼續革命了！」

「繼續革命」，這是這一兩年時報紙上廣播裡愈來愈多提到的話。駝子其實一直不太懂得這種新說辭到底是什麼意思。但他知道，這樣新的說法一出來，一個什麼運動又要開始了。他有非常不好的預感。每一種新說法出來，都會緊跟著一個運動，一個運動一來，總要有些人背時遭殃。這就像天氣，烏雲積聚就會帶來風雨，風雨之後就是泥石流毀掉良田村莊。駝子問：「農民革命難道不是種好莊稼？他帶人去開闢荒地，生產自救，這有什麼錯？」

「他搞封建迷信！」

「他怎麼搞封建迷信？」

事情出在那條從斷崖的高處下到谷底的路上。那條路在古歌裡被賦予了一種神祕色彩，索波帶著一干人數次往返，都是在夜裡，而不是在白天，那個地方，白天看到的都是斷壁懸崖，沒有路，晴天是飛鷹，陰天是雲霧懸停在絕壁的半腰。協拉瓊巴卻有本事帶著大家在夜晚平安上下。這個人確實有些裝神弄鬼：不能在白天，也不能打開手電筒或點亮火把。他把這說成是那些消逝許久的先人的指引。被批判被禁止了這麼多年的封建迷信就這樣大模大樣地復活了。

駝子有點害怕這個因為虛無的正義之火升騰而怒氣衝衝的年輕人，面對這樣的情形，他真的不敢肯定自己是站在正確的立場上。

他當過紅軍不假，他是機村的黨支部書記不假，但在他內心深處，真正懂得的還是農民的道理：有土地就讓土地生長莊稼，沒有土地就開墾土地。他說：「好，等他回來我會批評他！」

「等他回來，怎麼能等他回來？那時，他把每一個人的思想都搞變了！」

「現在我走不開，我要帶著大家在封凍前多開地，才趕得上明年春季種上莊稼！」

「開地，開地，開地就是一切嗎？索波也是用開地來堵所有人的嘴巴，你們都是修正主義，反對繼續革命的修正主義！」

駝子想起來，自己家這個親戚並不是機村的正式村民。用幹部們和文件上那套話說，他是一個流動人口。他在機村沒有戶口。他的戶口在一個更加多災多難的地方。一個不在戶口所在地生活的人就是一個流動人口。駝子說：「要是我們都是修正主義，那你就該回到你不是修正主義的地方去了。」

「你相信上下懸崖要閉上雙眼……」

「那你就睜開眼睛！」

「你相信一條路上下非得是在半夜三更？」

「那你自己為什麼不在白天上下！」

「白天看不到路！」

「晚上你就看見了？」

「晚上也沒有看見什麼路！」

「那你怎麼下去又上來的？」

駱氏看了自己的晚輩竟然當眾與丈夫頂嘴，在眾人面前感到萬分的羞辱，她捂住臉嚶嚶地哭了。

協拉頓巴來到他們的面前，他說：「我怎麼聽不懂你們的話，你們自己懂得嗎？」

駝子嘆口氣說：「我的腦子稀裡糊塗的，也不太懂那些話。」

駱木匠冷笑：「這些道理是人人都可以懂得的嗎？上級不是常常說，理解要執行，不理解也要執行！」

協拉頓珠說：「自古以來，靠嘴巴生活的上等人總要說些讓人聽不懂的話，但下等人是要靠地裡長莊稼才能過活啊！」

駱木匠不想與這些人再爭辯了，他冷笑道：「我要向上級反映，你們這些修正主義的言論太危險了！」

眾人不太覺得這個人可恨，這種人這種事大家已經見怪不怪了，年輕人，發病一樣發作一陣也就慢慢懂得世道運行的道理了。索波已經是個榜樣，所以，這個年輕人無非也是在熱病的發作階段，過上兩年三年，事情也就過去了。這種情形倒讓大家覺出駝子的可憐與不易，所以也就原諒了他。

這時，從伐木場開來了一隊人。他們一臉莊重的神情，一直開到了這個機村人正在開墾的小山崗那渾圓平坦的頂部，從活動的圓盤裡拉出長長的軟尺丈量，之後，又一隊人扛著鎬頭來了。

駝子說：「社員同志們，工人老大哥支援我們來了！」

村民們也信以為真，以前遇到農忙時節，工人老大哥到了星期天，他們的共青團啊，工會啊就會組織義務的支農勞動。駝子趕忙派人回去準備熱茶送到工地上來。過去，前來支援的工人不會吃農民兄弟的飯，他們可以接受的就是謝意與熱茶。

「且慢，」領頭的藍工裝説，「以後我們會來支援你們，但這次不是。」

這一來，馬上就有人很警覺了：「你們也要開地嗎？這地方是我們的。」伐木場也開了不少地，種植蔬菜。他們的蔬菜地也讓泥石流毀掉大半了。

「我們的領導會來跟你們講，我們嘛，只是照安排出來工作。」

村民們已經激動起來了。這個時代的人們普遍都傳染上了一種狂躁的氣質，就像天空中蓄滿了水分的雲彩，只要稍稍擾動一下，就會有雨水傾盆而下。就在那個小山崗頂上，村民們馬上就把那一隊工人包圍起來。他們砍光山上的樹木，致使泥石流年年爆發，毀掉了機村人賴以為生的良田，在機村唯一一塊不會遭致泥石流襲擊的地方，機村人剛剛舉起開墾的鋤頭，他們也扛著鎬頭來爭奪了。「國家給你們拉來一車車的大米白麵，為什麼還要來跟可憐的機村人爭奪這麼一小塊土地？」

那隊藍工裝都是一些青壯年男人，機村這邊，只是些半老的男人和多嘴的婦女，僅僅是數量上占著一點優勢，一旦真的打起架來，伐木場還有上千人可以支援，機村有的，就是小學校的學生和一些行將就木的老人了。但在，在這類爭執中，伐木場一邊總會表現出更多的克制。他們表示，只要領導發一句話，他們馬上就離開。

大家的眼光就都落在了駝子身上，駝子轉身邁開蹣跚的步子往伐木場去了。

十五

在路上，駝子心中的怒火不斷上竄，但一進伐木場，情形就變化了。

他被臂繞黑紗，表情悲壯的工人引領著走進了禮堂。禮堂中央，一排架子上並排躺著十幾具白布蒙著的屍體。禮堂壓抑的空間中哀樂低徊，音樂造成的效果，好像天上所有的烏雲都堆積在這屋頂之上。他被帶到正在守靈的伐木場領導面前。領導默默地和他握手。有人上來，在他胸前別上了一朵白花，在他手臂上了纏上黑紗。

領導嗓音低沉：「謝謝。謝謝機村的農民兄弟。」

他被帶到了那排屍體跟前，跟著人鞠躬，跟著人默哀，完成了這一系列動作時，他已經把來這裡要交涉的事情完全忘記了。他完全被自己深深的羞慚把心揪住了。既然自己是前來致哀的，怎麼可以兩手空空就出現在這裡呢？說不定，那躺在白單子下面的工人老大哥，也曾經來過機村，幫助耕地的男人扶過犁杖，拿著鐮刀幫著收割過機村的莊稼，山洪暴發時，幫助機村搶救過水電站的堤壩。駝子的眼睛真的就濕潤了。

後來，他被領導請到場部的辦公室。這裡氣氛一下就輕鬆了。

領導叫人給他奉上熱騰騰的茶水：「剛才那些烈士，都是為了搶救國家財產犧牲的，他們都是為搶救儲木場的木材而犧牲的。」

駝子感嘆：「過去打仗的時候，死了人，好多都來不及埋掉。現在好，共產黨坐了天下，犧牲的同志也像個烈士的樣子了。」

領導又一次說了感謝機村農民兄弟前來慰問的話，這一來，駝子又羞愧得想鑽到地裡去了。天下哪有這樣怒氣沖沖，兩手空空前來弔唁喪事的。他低下頭，使勁搖著雙手。

領導過來在他身邊坐下，俯身對他說了些什麼。他能做的就是拚命的點頭。但即便是這樣，也不能使他的羞愧減少半分，以致於他都弄不清楚自己是怎麼昏昏沉沉地從伐木場回到村子裡來的了。

走進村子，冷風一吹，他的腦子慢慢清醒來。他馬上就要下一個命令，宰幾隻羊送去，還要紮一些白花，請伐木場懂文墨的人寫一幅挽聯。把這些事情想了一過，他心裡就像這事已經做了一樣，感到釋然而輕鬆了。

這時，他才想起了伐木場領導在他耳邊說的話。

他一個人走在路上立即就叫了起來：「不行！機村就那麼一點地方了！」他蹲下身來，用手捶打著胸口，「天哪，機村就指著這麼一點地方種點活命糧了！天哪！烈士們是不會要我們那寶貴的地方作為墳地的！」

是的，墳地。伐木場領導說的是要建一個烈士陵園。

「他們都是為了搶救國家財產而犧牲的，但是，現在，一定要有一個永久的地方安葬他們。」

駝子知道，陵園就是墳地的意思。他也知道，烈士們應該有一個永遠讓人看見，永遠讓人記得的地方，但這叫他回去怎麼向村裡人交代！村裡人不會理解一排死人怎麼非得要永遠睡在那漂亮的山崗上面。機村人更不會懂得為什麼要用十幾個人的性命去換那些木頭。農民沒有工人階級先進，所以，農民算出來的帳是一個人的命也比幾十上百根的木頭值錢。在農民看來，那些死去的人是些傻瓜。

那隊藍工裝見駝子沒有能夠帶回新的指示，看看快要落山的太陽，再也不能等待，就動手挖起坑來。農民兄弟是一定要上前阻止的，所以，兩下裡真的就動起手來了。這一動手，無論駝子怎麼阻止，都沒有什麼作用了。在場所有的人都撲向了那隊藍工裝。而且，雙方心裡都帶著仇恨，再不只是拳腳相向。一上來，手中的鐵製工具就飛舞起來了。駝子轉身又往伐木場跑。半路上，迎面就有怒火中燒的工人前往機村增援。駝子愈想快一點，但腿軟得都要邁不開步子了。跑到伐木場的時候，有人把他領到辦公室，然後去找領導來見他。在他一生中，從來沒有什麼時候比這段等待的時間還要漫長。就是長征中，他負了傷，躺在地上，血汩汩流淌，感到死亡的陰影一點點逼近，也沒有這麼焦急，這麼害怕，沒有因為焦急和害怕而覺得這段時間比整個一生都要難熬。他不知道自己等待了多長時間。他半躺在椅子上，看著下午明亮的天空變成一片灰白。

那片灰白就是末日的顏色。

終於，幾張故作沉著的臉襯著那片灰白浮現在他的眼前。

駝子說：「出事了，你們，求求你們快去救人啊！」

領導不慌不忙，說：「沒有那麼嚴重，群眾心裡有情緒，就發洩一下。」

駝子一著急，居然昏過去了。

其實，這會兒，伐木場派出制止衝突的隊伍已經出發了。甚至連醫生都派過去了。駝子醒過來時，伐木場領導告訴他，衝突已經停止了。而且，「基於革命的人道主義，也對機村那些犯下了抗拒紀念革命烈士的反革命行為的人也施行了救治。」領導話風一轉，「你就好好在這裡休息，明天早上，跟我們一起安葬革命烈士吧。」

駝子發出了悲傷而絕望的呻吟。

「你說什麼？」

「不！」軟弱而且膽小的駝子哭出聲來了，但他還是聽到自己在喊，「不——！」

「你也反對紀念革命烈士！」

「我不反對，但你們就給機村留一塊好地吧。」

這是一九七五年的秋天，老魏親自率領一個工作組下到機村。但機村人眾口一詞，說一點也不反對犧牲的烈士，他們只是希望在巨大的災害過後，還有一塊荒地可供開墾。他們還說，農業學大寨也要一個合適的地方。機村有十多個人被抓進縣城關了一段時間，回來後，又在全村大會上被批鬥了幾次。每一次大會，駝子都要率先做出深刻的檢查。老魏作為縣革委的副主任親自表態，把那些烈士全部安葬在縣城旁邊的烈士陵園。深秋的雪一下來，喧騰的世界又歸於了寂靜，事情差不多就這樣平息了。

駝子的老傷又犯了，躺在家裡，但呻吟的聲音足以讓全村人聽見。

他的呻吟中增加了新的內容，他喊：「繼續革命，繼續革命！我革不動了，我的手，我的腳，我的背都痛啊，我打國民黨，打江山受的傷，我革不動這個命了！」

然後，他轉而咒罵機村的鄉親：「我欠了你們什麼，我不欠你們什麼了，告訴你們，我早就把欠你們的還清了！你們怎麼敢像對付敵人一樣對付工人老大哥？你們都以為我軟弱膽小，哼！」駝子居然從床上爬起來，走到大開著的門前，「我知道你們都在聽著，那你們就豎起耳朵，你們去打聽打聽，老子在新一村是怎麼當支書的，老子對什麼事情手軟過！要是不信，明年一開春，看老子怎麼收拾你們！」

大家感到驚奇，這個好人口中怎麼吐出了這麼多惡毒的言語。但大家對這些惡毒的言語並不在意，有聰明人說：「繼續革命就是不斷往前跑，就像我們拿著鞭子讓牛拉著犁頭一直抽打不讓可憐的畜牲停下來喘氣一樣，這個可憐的傢伙真的是拉不動身上的犁頭了。」

雪一直下個不停，勞碌掙扎了一年的機村終於停下來，可以喘口氣，可以回味一下這一年經過的種種事情了。年輕人都還在遠處的墾荒工地上，如果不是每家屋頂上還飄蕩著淡藍的炊煙，整個機村就像死去了一樣。

駱木匠跟著工作組留下的幾個人走家串戶動員大家出來參加會議，大多數人都守著溫暖的火塘沉默不語。

也有人開口說話：「世上所以有冬天，就是天老爺也疼人，知道累了一年的莊稼人要休息一下了。不是連我們老支書又犯病了嗎？」

駱木匠說：「那是他的革命意志消退了！」駱木匠在這戶人家還喝了一些酒，那家人一邊給他酒喝，一邊卻與他爭吵。好多年了，那些陌生的詞語是他的護身符。只是他嘴上一掛上那些來自上面，來自文件上的詞語，人家就害怕，就閉口不言了。但是，今天，也許是這些人借酒壯膽，和他針鋒相對，不肯退讓了。他從這戶人家走出來時，已經帶著濃重的醉意了。在飄飛的雪花後面，他恍惚看見了幾個模糊的影子。他笑了：「不要裝神弄鬼，告訴你們，我什麼都不害怕，我一點都不害怕。」

然後，那幾個朦朧模糊的影子就撞上來了。

駱木匠躺在雪地上，心裡已經有些害怕了。他想喊救命。但一個影子山一樣壓下來，他就什麼都不知道了。第二天，他努力回想，想起有人在他耳邊說了一些威脅的話。但他又想不起來，那些鬼影具體說了些什麼。

他哆嗦著對工作組的人說：「你們要相信我，他們真的說了什麼？」

工作組的人對他也並不那麼耐煩：「那你就說出他們是誰！」

「不是鬼，是村裡人裝的鬼！」

「那他們到底說了什麼樣的話，我們才好有線索組織清查！」

但他實在是想不起來了。工作組的人替他想，想了一句又一句，他覺得這樣的話用在自己身上是對的，但他的確又不敢肯定。工作組的人冷笑：「那說明，你他媽的得罪的人太多了，我們總不能把全村人都看成階級敵人吧？」

「我是在鬥爭！我是響應黨的號召！」

「那也不能把全村人都當成階級敵人！」

第二天早上，機村老男人們組織了一個送糧的隊伍去覺爾郎探望村裡的年輕人。駱木匠提出，工作組應該去那裡檢查一下抓革命促生產的情況。到這時，他才感覺到，不止是機村人，甚至工作組的人革命意志都消退不少了。老魏早就回到了縣裡，工作組那些傢伙，守著溫暖的爐火，看著外面覆蓋了山野的大雪沒有一個人動窩。最後，他們做出一個決定：「那你就代表工作組吧。等你回來，今年的招兵開始，我們就推薦你參軍。」

「可是，我還沒有當地的戶口，你們能不能先把我的戶口從老家遷來。」

大家都袖手不說話了。村裡那些背負著糧食的人還冒雪站在外面，工作組就拿了一些報紙給他們：「讓索波多組織大家好好學習。」

那些沉默不語的人就出發上路了。

村裡遠行的人還沒有回來，一天早晨，人們忽然從伐木場的高音喇叭裡聽到哀樂響起。低徊的哀樂轟轟作響，把河邊，把小山崗上，把泉眼邊那些孤立的樹木上紛披著的積雪都震落下來。天空很藍，天氣很冷。風吹著雪花在藍空下慢慢飄散。看來是伐木場又出烈士了。村裡人因此又緊張起來。駝子正哼哼唧唧地站在門口眺望天空，他老婆坐在門檻上縫補一雙靴子，他說：「天哪，又出事了，他們不會再打我們新墾地的主意吧？」

他老婆說：「你聽，你聽，喇叭裡在說什麼？」

駝子卻不在聽。他還在憂心忡忡地喃喃自語。

這時，他看到每一戶人家的人都從屋裡出來了，慢慢向著他家院門這邊聚集過來。老人，孩子，還有沒派到覺爾郎送糧的老男人們。他看到人們都走得跌跌撞撞，人們都茫然地望著天空，又把那茫然的眼光落在他的身上。他還看到，一些人全都張開嘴巴無聲地哭泣。

然後，前大隊長格桑旺堆走上前來，伸出雙手搖晃他的肩膀：「駝子啊，周總理，周總理死了！」

周總理死了！

對於機村人來說，周總理是一個熟悉而又遙遠的名字，一個神靈一樣的名字。現在，這個名字竟然與「死」這樣一個字眼聯繫起來了。駝子的眼神也變得茫然了。他叫人打開了村裡的廣播站，牆上的喇叭裡吱吱嘎嘎的尖利雜音響過，然後，傳出了莊重肅穆的聲音。這個聲音正在宣布一個來自遙遠地方的消息。廣播裡沒有說死，而是說逝世。但誰都知道，那就是死的意思。哀樂說的是這個意思，那個沉重莊嚴的聲調說的也是這個意思。然後，駝子就張開嘴哭了出來。他一帶頭，女人們的哭聲緊跟著就哭成了一片。

逝去的那個人相距那麼遙遠，名字聽了千遍萬遍，卻又從未見面，但大家真的是悲從中來。一種讓人心裡變得更加空空蕩蕩無所依憑的悲傷。已經變得陌生的世界好像正在發生更快的改變。世界跑得太快，以致於它的表面失去了鮮明的顏色，蒙上了一層濃重的灰色。總之，那一年好些日子在駝子的印象裡都一樣的恍若夢境。

新的口號又來了。

這回叫做「化悲痛為力量」。

過去，是說把仇恨化為力量，把熱愛化成力量，現在，是把悲痛化為力量。

這個村莊是那麼偏僻，如此遙遠地深藏在大山的皺褶中間，即便是最有見識的人，所獲得經驗也不會遠離開村子三道以上的山梁。而左右村莊力量從來就來自很近的地方，百十來里的土司，還有距離更近的寺院。但是，紅軍的隊伍走過了才十幾年，一切就都改變了。一個偏遠村莊的命運是由一些他們並不懂得的口號、政策與運動所左右了。他們見過了許多掌握權力的人，但他們都不是最後那個人。他們背後，還有一個又一個一層又一層隨時可以改變他們命運的人，那最終的人像是一個無所不能的神，而不是一個人。而在過去，不出百里，他們就能找到那個掌握最終權力的人。如果說機村人在原始的經驗上又積累了什麼新的經驗，那就是每當一個口號寫上了報紙，一個新的運動又要開始了。運動幾乎就是這個時代最鮮明的特徵。運動不是一個實在的東西。但是運動可以把相關與不相關的人都捲入其中，隨意決定這些人的命運。命運就像是一陣旋風，沒來的時候什麼都沒有，但從虛空裡一下就捲起來，把地上的塵土與枯枝敗葉都捲入其中，那麼強力，那麼恣意地飛舞一陣，又從虛空裡消失了。只是所經過地方的面貌都已然改變。

那麼，口號就是神召喚旋風的咒語。

那場叫做反擊右傾翻案風的運動又襲擊到了山裡。那風一路吹來，把一些大大小小的人物推倒在地上。這風颳到縣城，老魏倒下了，他的罪名是鄧小平的復辟路線的代理人。

風當然還會颳到機村，駝子也被打倒了，因為他是老魏在機村的資產階級黑線的代理人。

好在農業學大寨運動還要深入開展，墾荒才得以繼續下去。村民們也不得不認真對待老魏親自交代過的那道本身可有可無的石牆了。這一年，機村可供砍伐的森林已砍伐殆盡，伐木場開始往森林尚未砍伐的地方搬遷。

機村一時間選不出新的合適的領導，就由工作組臨時負責。駱木匠好好表現了一番，但是，他真的是沒有戶口，他不跳出來還好，一跳出來，在這個所有人都要用戶籍釘死在一個地方的時代，他面臨的結局是，將被清理回原籍。他長期滯留機村竟然成了老魏與駝子的又一條罪狀。

他離開了機村。

他並沒有走遠。他在伐木場裡找到了活幹。工人們在機村待了這麼多年，一旦要上路了，發現棲止多年的簡陋木屋裡也積攢下了不少東西。差不多每個人都要做一口兩口木箱來盛放這些東西。駱木匠替工人做下一口又一口木箱。往年，駱木匠在伐木場幹的活可不一樣。那活路是做棺材。每年伐木場都有工人死在自己親手伐倒的樹木之下。被倒下的樹砸死，被滾下山的樹撞死，被從木把上脫落的斧頭砍死，被絞盤機上斷了的鋼索抽死。以至於後來伐木場預先就訂了下生產多少木材傷幾個人死一個人的指標。現在好了，雖然他手頭做的東西還是一種木頭匣子，但不再是用來裝殮血肉模糊的屍體，而是盛放個人的財產了。駱木匠天天做那些木箱，難免不想到自己折騰了這麼些年，除了兩個肩頭端著的一張嘴，真的是身無長物，不禁就有些感傷。

感傷的結果當然也是對自己的所作所為產生了深深的懷疑。

十六

索波得到工作組的通知，讓他回村來協助工作，但他沒有動窩，他帶著機村的青年突擊隊，一口氣開出了幾十畝荒地。深冬季節，冰凍三尺，機村的開墾只好停了下來。而在覺爾郎峽谷，氣候溫和得多，開荒的鋤頭一直沒有停下。

突擊隊整體撤回來是在這年的秋天，因為毛主席他老人家去世了！

在悼念偉大領袖的時候，在機村，一直處於對立中的工農在巨大的悲痛中，終於消弭了前嫌。伐木場的大部分工人都已經轉移了。只留下很少一點人看守著一大片空蕩蕩的房子。在那個空蕩蕩的禮堂裡，伐木場的留守人員和機村人一起建起了一個巨大靈堂。紛披著黑紗的大幅遺像。排列成行的花圈。低徊不已的哀樂。眼神空洞面容悲戚的人群。故意卸掉一些燈泡而顯得陰暗的空間。秋天漸起的涼意。一個人待著還好，要是兩個人以上聚在一起，你看著我，我看著你，大家都神情哀戚，這種哀戚的神情彼此感染，看著看著，淚水就都沁出了眼眶，最後，就免不了低咽著哭出哀聲來了。

青年突擊隊從覺爾郎帶回了他們新墾地裡第一批收穫的東西。

毛主席在世時，老人家與山溝裡這些老百姓相距是那麼遙遠。那時，他是一個稱謂。是一個法力無邊的神靈。但現在，他死去了，他的靈堂布滿了這些偏遠大山深處每一個有人煙的地方。這時，老人家反而是很切近的存在了。

這話聽起來有些荒唐，但這的確是機村人真實的感受。

從遠方得勝歸來的青年突擊隊把帶回來的收穫物每樣都選出一點供在靈堂：未脫粒的麥穗、籽粒暗紅的亮晶晶的油菜籽、土豆、金黃的玉米和一株株翠綠的蔓菁葉子。他們還在領袖遺像前保證，明年，他們的新墾地裡將收穫更多的東西。

人們都因為什麼而感動了。這感動本來是可以化為由衷喜悅的，但在靈堂這樣一種特殊的場合下，感動化成了一種柔情，柔情反過來加重了悲戚。於是，那些感動都化成了哀哀的哭聲。

駝子因為平常時時誇張呻吟打下的底子，哭聲比那些多愁善感的女人還要動人。就是協拉頓珠用他曼聲歌唱的底子哭泣，也比不過駝子。老頭因此很不服氣，但又有什麼辦法呢。哭不過就是哭不過，他只好花比駝子更多的時間在靈前哭泣。孫子協拉瓊巴勸他回家，他也不肯。

但駝子卻從靈堂裡出來了，他擦乾了眼淚，長吐一口氣，對索波說：「我不哭了，我受不了，再哭我就喘不上氣來了。」

索波看著他，眼裡慢慢浮出了一點笑意，沒有說話。

駝子意識到了什麼：「你知道，我有病，再哭，我的身體就要垮掉了。」

索波一下笑出聲來，但他也馬上警覺地收了聲。

駝子說：「你們帶回來那麼多東西，可我們也沒有閒著。」他拉著索波來到村後小山崗上那片新開的地上，那裡，成熟的麥子還沒有收割。假人們披著破衣爛衫站在麥地裡在風中搖晃著身子，但鳥雀們並不害怕，乘著微風在麥地裡輕盈地起落。駝子說：「你回來吧，機村不能沒有領頭的人啊，你看看，伐木場搬走了，山林還能恢復元氣，機村還有希望，就差一個大家服氣的頭了。」

但是索波慢慢搖頭，說：「不。我就喜歡待在那個地方。」

聽著遠處靈堂那邊傳來的隱約哀樂聲，駝子說：「該結束了。再不結束，地裡的莊稼就收不上來了。」好在，這天晚上，收音機裡傳來了第二天天安門廣場將舉行隆重追悼大會的消息。駝子的心就放下來了。第二天，伐木場的村子裡的喇叭全都打開了。村子裡卻空空蕩蕩。人們齊聚在靈堂裡，隨著北京傳來的聲音在遺像前默哀，鞠躬，在新領袖的講話聲中最後一次哀痛地哭泣。

歷史上第一次，機村的大會在北京傳來宣布結束的聲音中結束。

人們走出光線黯然的靈堂，來到秋天明晃晃的眼光下，都有些睜不開眼睛。伐木場的工人們聚集在操場上，久久沒有散去。對於他們當中的大多數人來講，這是他們在這個地方的最後幾天時間了。他們將去到一個有更多森林可以砍伐的地方，從這一天開始，他們將拆掉這個巨大的禮堂，拆掉大部分的房屋。他們中只有少部人會留下來，在那些砍伐過的跡地上營林。栽種很難想像什麼時候才能長成參天大樹的幼小稚嫩的樹苗。但機村的人就不同了。他們慢慢走出了靈堂，但在回村的路上漸漸加快了步子。先是幾個心急的人加快了步子，然後，所有人的步子都快了起來。很快，幾乎所有人都下到了地裡，開鐮收割地裡的麥子。

因為離開差不多一年的青年突擊隊幾十個人的加入，很久沒有過的生氣勃勃的勞動場面在機村出現了。要不是在這樣一個特殊的時刻，麥地裡肯定會出現一片歡歌笑語的景象。人們都沉默著，所有的力氣都灌注在揮動著鋒利鐮刀的手上。直到天黑盡了，天幕上綴滿了晶亮的星星，意猶未盡人們才離開了地頭。

這一年，機村人每一家都分到了足夠的糧食。機村已經連續六年沒有上交過公糧了。也是這一年，機村的手扶拖拉機突突地往返，往公社拉去了機村上交的公糧。

沒有多久，北京把「四人幫」抓起來了。機村人長出一口氣，原來，這些年那麼多的災難是由妖魔亂世啊。這個消息一出，工作組就從機村撤走了。不久傳來消息，被打倒的老魏平反了，當上縣委書記了。第二年夏天，山上又爆發過一次泥石流，但那規模比起往年來，卻是小了很多。不是雨水比往年小，而是砍伐一停止，山上馬上就長滿了荒草，荒草許多灌木也在蓬勃生長。不要小看這些荒草與灌木，只用了一個春天，它們就給光禿禿的山坡披上了一層綠裝。正是這些荒草與灌叢，大大地減輕了泥石流的威力。下來視察工作的魏書記用了一個詞：「再生能力。」

這是一個機村人不太懂的詞，但這個詞和過去運動中那些詞不一樣，魏書記解釋一下，他們就都懂得了。魏書記說，這些山只是遭到了一次破壞，所以，還有很強的再生能力。馬上就有人懂了，這就跟一個人生了一次病，即便是一場大病，很容易就能復原過來，要是常常生病，那情形就不是眼下這樣了。明年，這些山上還會長出更多的荒草與樹木。魏書記還說，秋天的時候，要派飛機來從天上往這些荒山上播撒無數的樹種。這些種子落下來，讓枯萎的荒草與掉落的樹葉掩藏一個冬天，來年，在融雪與春雨的滋潤下，就會發芽抽條，最終，它們會重新蔽日遮天。

「我等不到那天了。」駝子卻發出了這樣的哀嘆。

駝子不止一次地對人哀嘆：「真的，我等不到那天了。」

「好日子已經來了，大家都該好好地生活下去。」

「不，我沒有那個心勁了，撐不住了。」說到這裡，駝子竟然笑起來，「這一輩子啊，好多次我都覺得撐不住了，撐不下去了，但我不甘心，傷得不行了，餓得不行了，病得不行了，但心勁還在。但是，現在我的身體還是好的，但是我累了，心勁沒有了。我等不到那一天了。」

以後，他真的就連地都不下，也不為舊傷口發炎而不斷地哼哼了。現在，他公開地在腰間上懸上一個菸袋。裡面裝的可不是家種的菸草，而是泥巴，心裡空得難受的時候，他小小的捏上一撮，放在口中慢慢咀嚼，然後像走了長路的人一樣嘆息一聲，靠著被陽光曬暖的牆壁，腦袋一歪，睡過去了。

伐木場最後一批人就要撤走了，也要隨他們遠走的駱木匠跑到村裡來辭行。這個傢伙臉上不是剛來新一村投親靠友時那個可憐巴巴的傢伙了。他說：「雖然你們討厭我，但無論如何，我還是要來告個別。」

「領導上不是讓你回老家嗎？」

「不，死我也不會回去，老家太窮了。再說，也是老魏發善心讓我留下來的，他知道，在外盲流多年，回去我也沒有好果子吃。」

駝子說：「可是現在不搞鬥爭了。」

「那我也不會回去了，我要跟伐木場去新的地方。」

「那你就好好地做你的手藝活，不要摻和別人的事情了。」

照理說，經過了這麼些年的折騰，這個年輕人應該知道自己是什麼樣的人了。但他嘴上是不會服輸的：「我要早跟著伐木場的人做事就好了，就是光做箱子也能過得比機村人強！」

「那也只是現在，過去，他們也只是找你做幾口棺材嘛。」

駱木匠說：「也許哪一天，我成了伐木場的工人也說不定啊。」

話說到這個分上，駝子一家也就只能祝他好運了。

伐木場最後一批人撤走那一天，村裡人差不多是全村出動前去送行，但他還是坐在太陽底下一動不動。那是夏天將到時的事情了。那天隆隆的雷聲伴著雨水響了一個晚上。但泥石流也只是小小地爆發了一下。山上下來的洪水只是把公路淹沒了一段。洪水從那段通過窪地的路面上漫了過去，等到洪水一退，路面又會現身出來供人們驅車行走。

伐木場一撤走，有沒有這條公路都沒有什麼關係了。

這天，伐木場的人，還有新做箱子裡的東西很早就裝上了卡車，彷彿是為了回應大家急於上路的心情，那一長溜卡車早早就發動起來。汽車屁股後面冒出的藍色輕煙霧氣一樣貼地瀰漫。不知因為些什麼事情，人們又忙乎了好一陣子，那隊卡車才搖搖晃晃地從木頭房子圍成一圈的那個操場上開了出來。因為人早就一天天減少，寬大的操場不少地方已經長出了淺淺的青草。駱木匠高高地坐在卡車上，坐在他親手做成的木箱上，向著站在路兩邊他熟悉的機村人招手。他的身上也穿上了伐木工人們一樣的洗得泛白的藍色工裝，那神情儼然就是一副每七天可以休息一天的工人模樣了。卡車搖搖晃晃地慢慢開動，機村人稀稀落落地站在公路邊上，站在綠油油的正在抽穗的麥地旁邊，站在過去曾經是一個巨大儲木場的濕漉漉的空地上，站在前些年被泥石流搬下山來的巨大的青色礫石之上。駱木匠舉起手，向著這些人揮動，他很遺憾，機村的年輕人索波、卓央、協拉瓊巴、達瑟，等等，這些人都不在送行人中間，他們還在遙遠的覺爾郎開墾荒地。當他意識到這些人並不在人群裡的時候，他的手就放了下來。卡車漸行漸遠。機村熟悉的風景與人從他眼前一一滑過，他突然有些感傷，有些留戀，要是機村的田野，特別是這些機村人再不從他眼前消失，他的淚水就要湧上眼眶了。但是，機村也就那麼一點人，很快，路邊就再也沒有他們的身影了。現在，在這個陽光燦爛的早上，前路一片光明，他已經上路了，將隨伐木場工人們去一個新的地方。

就在這時，卡車隊停下來了。

他從車上跳下來，跑到了卡車隊的前面，發現車隊停在了那段被昨晚下來的山洪淹沒的那段公路跟前。水淹沒了路面，弄不清水下是什麼情況，車隊就停下來了。看那幾個對此行負有責任的人的意思，是想退回去，等洪水退了再走。但駱木匠不想回去。他好像覺得，這一回去，他自己就走不了。剛才坐在車上，他還有些戀戀不捨，現在心裡卻急得不行，他差不多喊起來：「不！應該馬上出發！」

領導和工人都扭頭看著他，臉上露出驚奇的神情。什麼時候輪到這個人這麼大聲說話呢？

駱木匠意識到了這一點，他說：「我去探路！」

他從車上抽下來一根勘測用的標竿，轉身就用那根上面標著尺度的一截白一截黑的竿子探索著下到水裡去了。

「你回來，犯不著冒這個險！」

「我路熟，不怕！」

他很快就在那段被洪水淹沒的公路上探了一個來回。就是站在路上的人也可以看出來，水深處也就淹到他的膝蓋。他走回來，臉上又閃爍出他那該死的得意的光彩，他揮揮手，提高了嗓門：「沒有問題，過吧！」

領導也揮揮手，車隊又啟動了。他又爬上了自己乘坐的那輛卡車。只要卡車往前開動，不再返回機村，他就放心了。他脫掉濕淋淋的鞋子，把裡面混濁的水倒在車廂外面。背倚著一個箱子半躺下來。就在這時，卡車搖晃一下，停在了水中。是前面一輛卡車偏離了公路，一邊的輪子開到路基外面去了。

跳下車來看見這情景的駱木匠臉色一片慘白，身子搖晃得比那即將傾覆的卡車還要厲害。如果車子出了事故，那就是他的責任了。

大家都從車上跳下來，看那輛車慢慢地向著路基外面傾斜。卡車廂裡堆得高高的箱子一只只掉到水裡，載沉載浮，隨著流水漂遠了。本來，卡車只有一隻輪子掉到了路基的外面，但早被浸軟的路基在卡車的重壓下開始崩潰。大家都清楚，再過十幾分鐘，卡車就會翻倒，從好幾米高的路上跌進河裡。司機從駕駛室裡跳了出來。就在這時，駱木匠抱著一段木頭衝向了卡車。所有人都在他身後喊叫。但他已經聽而不聞了。所有人的喊聲加起來，都不會有一個人啞默的命運發出的指令聲來得響亮。他衝到了汽車跟前，這才回頭看了看大家，然後把那段木料一頭塞到卡車下面，一頭扛在了自己的肩頭之上。但他已經什麼都不能改變了。洪水在他的身邊打著漩渦。路基就在漩渦下面飛快地塌陷。卡車就那樣一點點傾覆過來。人們眼睜睜看著他在卡車的重壓下，身子一點點矮下去，當混濁的水流猛烈地在他臉上飛濺開來的時候，卡車整個傾覆了。轟然一聲，卡車就翻轉著身子，跌下了路基。然後，是卡車上滿載的東西漂滿了河面。卡車，還有駱木匠都消失不見了。

後來，人們發現，在伐木場空蕩蕩的倉庫中，留下了一具沒有用完的棺材。這難免讓機村人又感慨唏噓了好一陣子。如果說是駱木匠命該如此，上天讓他給自己親手打了一個棺材，但他在這世上卻連一個布片都沒有留下。

十七

誰都想不到這樣過了幾年，駝子卻挺了過來。

這幾年裡，機村也是一樣，像是一個大病一場的病人，也一點點緩過勁來，恢復了生機。駝子又慢慢走出家門，拄著一根枴杖，在村子旁邊的莊稼地邊游走。這些年，土地又重新分配到每家每戶。雖然眼見整天在地裡幹活的人少了，莊稼卻長得齊整茁壯。雖然時間剛過去三四年，說起當年地裡打不下來糧食的事情，彷彿只是件在一個不愉快的夢境裡發生過的事情了。

莊稼一分到戶，大部分的年輕人都從覺爾郎撤回來了。只有索波死不回頭，還帶著最後幾個同樣死心眼的人堅持在那個地方。據說，他們已經不再開荒了。因為連早先開出的地因為人手不夠有一部分都重新荒蕪了。還聽說，他和達瑟一起在那些正在拋荒的地裡試種野生藥材。

而駝子只是夢遊一般在麥穗飽滿的地頭上行走。

莊稼正在成熟。鳥雀們飛來了，在天空中盤旋時，被微風吹得微微傾斜著身子，牠們就這樣繞著那些插在麥地中的草人飛翔。看那些草人除了在風中搖晃身子外什麼都不能幹，所以，就放心地收起翅膀降落下來，啄食麥粒了。駝子舉舉手杖，但只是舉了兩三下，他就再也沒有力氣了，只好佝僂著身子站在地頭聲聲嘆息。

金黃的陽光下，風搖晃那些成熟的麥子，那些沉重的麥穗被風從莖幹上搖落，他伸手卻接住一個麥穗，但更多的麥穗落在了地裡。他也只能搖頭嘆息。

他弄不明白，這一村子的人都是剛剛吃了幾年飽飯的農民，卻對地裡的莊稼不管不顧了。

他想攔住一個人問個明白，這到底是為了什麼？

但整個村子，除了院子裡坐著幾個比他腦子還要糊塗的老年人之外，沒有一個可以說話的人在。他問：「人們都上哪裡去了？」

那些坐在院子裡樹蔭下的老人要麼根本沒有聽見，即便聽見了也只是仰起茫然的臉，眼睛裡發出同樣的疑問：「為什麼村子裡的人都不見了。」

駝子停下來，從腰間的菸袋裡掏了一撮泥巴，細細地嚼了，又往小學校去了。學校裡也沒有人。教室空空蕩蕩。他又回到家裡，問問家裡人，但他已經忘了，家裡人一早起來，告訴他要晚上才有人回來。於是，他坐在自家的門口，想不起來自己接下來該幹些什麼了。晚上，等到家裡人村裡人都回了家，他坐在火塘邊，頭深深地垂在胸前，已經睡著了。

其實，他早就問過家裡人為什麼不下地收割莊稼。家裡人都回答過了。

「不會有人再餓肚子了，你放心吧。」這是女兒的話。

兒子說：「你不是想蓋一座大房子沒有成功嗎？你好好將息著，掙夠錢了，我給你蓋一座！」

駝子聞言，開心的笑了。笑過，垂下腦袋睡著了。睡了一陣，睜開眼睛，又回到了他的老問題上：「你們為什麼不收割莊稼，糧食可是不敢糟蹋。」

「如今沒有生產大隊，也沒有人民公社，你自己也老了，就不要操這份心了！」

「你們為什麼不去收割莊稼，把那麼多的糧食糟蹋了。」

孩子們都笑了，連他老婆駱氏也跟著笑了。家裡人告訴他，如今餓不餓肚子，已經不是指靠著地，指靠著地裡的那些糧食了。再說，如今也不是餓不餓肚子的問題，而是能不能發財，有沒有錢，有沒有很多錢的問題了。但是駝子的腦子已經轉不過來了。他已經不會思考這些需要在腦子裡轉上好幾圈才有明白的事情了。他也記不住家裡人告訴過他好多次的事情了。

所以他才一再發出那個疑問：「你們為什麼不去收割莊稼。」

家裡人耐心地告訴他，男人們賣木頭，女人和孩子們上山採集松茸。木頭是上千塊錢一車，一公斤的松茸也要賣到兩三百塊錢。一個人一天掙幾百塊錢，可以買回來比一畝地糧食還多的大米與白麵，而且，不用收割，不用打場，也不用揹到磨坊經歷那麼多的麻煩。買回來直接就可以在鍋煮了。

他聽了半天，還是搖搖頭說：「農民不種地，不收割，你們瘋了。」

每天，他都把這些問題重複一次，每天都得到同樣的回答，每到第二天天亮時分，家裡人已經出門了。他吃了熱在鍋裡的東西。想起昨天晚上好像做了很多夢，但他只想起一些依稀的輪廓，依稀的影子，但他聞得到田野上飄來的那種能令一個農人心滿意足的秋天的氣味，於是，他就拄上枴杖出門，循著這種氣味的指引來到了地頭。看到陽光照在過熟的麥穗上，看到起風的時候，整個麥地起了波浪，波浪中間，一些不起什麼作用的草人也在輕輕搖晃。

這個時候，機村的男人們正在過去泥石流形成的一個又一個沖積扇下挖掘。只需要把礫石與泥砂稍稍翻開一點，就有大量被掩埋的木頭：剔去了枝杈，切成一樣長度的杉木與松木，從地下挖掘出來。現在是開放搞活的時候了，收購木頭的商人四處游走。幾個人一天可以弄上一車，每天都可以到手幾百塊錢。而松茸就更神奇了，過去那滿山沒人要的東西，現在可以坐飛機到日本，這邊人上山去，下邊就有人拿著秤與錢等著，就是老人和小孩一天也能採上半斤一斤的，更不要說那些眼明手快的人了。這麼一來，真是沒有人顧得上地裡的莊稼了。

這天，駝子又來到了地頭。麥子成熟得太久太久了。沒有一點風來搖動，麥粒就簌簌地掉落。駝子伸出手去，那些飽滿的麥粒就這樣一顆顆落在了自己手心裡。他慢慢地揉去了麥粒上的包皮，把麥粒全部送進了嘴裡。他就站在那裡慢慢咀嚼，滿口都充滿了新鮮麥子才有的微微甘甜與清香。

咀嚼麥子的時候，他從腦子裡面而不是外面聽到了自己咀嚼時牙床咕咕錯動的聲音，他還笑了一下：「像牛吃東西一樣。」

他只是這麼想了一下，但這聲音就在腦子裡面響了起來。

好在他腦子轉得慢，他側耳聽了一陣，裡面都沒有聲音再次響起。這時，他已經離開小路，站在麥地中間來了。他感到起風了，麥子們都在眼前晃動起來。

駝子聽到，駝子從腦子外面聽到，沒有人收割的地裡麥粒降落在地上的聲音，像是愈下愈大的雨響成了一片。然後，腦子裡也有聲音響起來了。但是裡面和外面的聲音並織在一起，他聽不清楚。

這些聲音愈來愈大，轟轟作響。駝子扔掉了枴杖，抱著自己就要炸開一樣的腦袋，跌跌撞撞地又在麥地中走出幾步，就撲倒在地上，倒下的時候，他伸出了雙手，把很多的麥子攬到了自己的懷裡。他撲倒在地上，懷裡麥子被太陽曬得暖洋洋的，身子下面的土地也柔軟而溫暖，駝子長嘆了一口氣，這個因為沒有土地而參加了紅軍的大巴山農民林登全，這個當了多年村支書都沒能讓地裡長出令自己滿意莊稼的駝子，終於倒下了。他聽見心臟貼著柔軟地面咚咚跳動，聽見血流在靠著溫暖麥草的腦子裡轟轟作響。

恍然之間，他看見有人招手，但已經看不清那是風吹著草人在搖晃。駝子長長地吐了口氣。他人生一世吐出的最後一口氣息，猶如一聲長嘆，說不清是疲憊，滿意，還是痛惜。然後，他的眼皮就像兩扇大門，慢慢闔攏，一點一點地把這個世界關在了外面。

第五卷　輕雷

一

拉加澤里來到雙江口時，鎮上沒有這麼多房子。當時就一個木材檢查站，一個十多張床位的旅館，外加派出所執勤點和一個茶館。茶館老闆姓李，對茶水生意並不上心，整天捧著個大茶杯面無表情，偶爾，西山落日燒紅漫天雲彩，東方天空的藍色愈來愈深，月亮從那深深藍色中幻化而出，李老闆拿出一把二胡，給弓子抹上松香，琴聲未動，先就沉吟半晌，等到琴聲響起來，反倒不如那無聲的沉吟有誘人的滋味與吊人胃口的玄想。

正在縣城上高二的拉加澤里回家休了暑假，就決定不再回城上學了。他從機村已經轉移到別處的伐木場沒有拆盡的舊房子上拆下來一些舊木料，請拖拉機拉到雙江口鎮上，蓋他簡單的房子。

大型的國營伐木場遷走，不是說每一株樹都砍光了，只是殘剩的森林「不再具有規模化的工業開採價值」。到了八十年代，改革開放了，木材可以進入市場自由買賣，那些殘剩的森林，對當地政府和機村的老百姓來說，如果只是論錢，還有上億上十億的價值。

於是，整個地區都為這木材買賣而興奮，甚至有些瘋狂了。

雙江口這個從誕生到消失，一共不到二十年時間的鎮子就是這個時候出現的。這個鎮子建立五年後，高二學生拉加澤里拉來一些廢棄的舊木材蓋一座低矮的房子。拉加澤里是機村人。機村旁邊的伐木場撤走已經好些年了，廢棄的建築上好多木料還沒有朽腐。十八歲的拉加澤里請拖拉機把這些木料拉到鎮上，蓋自己的房子。

他的建房工程剛開始就停頓下來。

一個姑娘來了，守在他身邊無聲地啜泣。哭泣的姑娘是他的同學，也是他的情人。姑娘哀哀地哭泣，想以此阻止他這簡陋的工程，跟她回到學校繼續學習，實現他們共同的大學夢想。

拉加澤里鐵青著臉，沒說一句話。

姑娘哭了足足小半天時間，沒有什麼效果，就用頭巾掩著紅腫的眼睛離開了。第二天，拉加澤里坐在那些修房子的木料堆上，整整一天，沒有說話。太陽快落山時，茶館李老闆走上前去，問了他一句話：「年輕人，你想停下來嗎？也許你真該停下來，看你讓那個姑娘多麼傷心啊。」

這是鎮上第一個跟他講話的人，拉加澤里笑笑，說：「要是我跟她一樣有父親把家裡照顧得妥妥貼貼，不用她勸，我也跟她回去上學去了。」

李老闆喉裡發出他的胡琴一樣模糊而悲切的聲音，轉身走開了。

答過這句話，拉加澤里又開始動手搭建他的房子。

木材檢查站站長羅爾依來了，他用腳蹬蹬地上那些廢舊的木料，說：「喂，小子！這些木料你辦過手續嗎？」

拉加澤里說：「這是人家扔了不要的，廢料。」

羅爾依站長提高了聲音：「不要繞彎子，回答我的話。」

「什麼手續？」他鐵青著臉反問。後來，跟鎮上的人混熟了，人人都要對他說，「那天，你的眼神真是把人嚇住了。」他是什麼眼神呢？驚恐？是的，驚恐。憤怒？是的，憤怒。仇恨？是的，仇恨。

悲哀？是的，悲哀。當所有這些情緒都出現在他困獸一般布滿血絲的眼睛裡，檢查站長羅爾依也被鎮住了。

拉加澤里又接著追問了一句：「什麼手續。」

羅爾依站長穩住了神：「什麼手續？現在保護森林了，動一塊木料也要林業局的審批手續。」

全鎮的人有一多半都圍了上來，有人希望這不知深淺的小子被狠狠收拾一下，有人希望因手握大權而沒人敢招惹的羅爾依丟一次臉。

「你就說到底要幹什麼吧？」

「回你們機村打聽打聽，哪個小伙子在我面前不是規規矩矩的。」

「我不用打聽，我就是用這些廢木料來蓋個小房子，你就明說，讓不讓我蓋吧。」拉加澤里停下手上的活，眼裡的光芒比他提在手裡那小斧子上的光芒還要可怕。

這時，倒是羅爾依顯出了退縮的意思，他環顧著四周，說：「看看，大家看看，我不過是依法辦事，這小子倒……」他的眼光跟李老闆的眼光碰到了一起。李老闆哈哈一笑，走上前來：「羅站長消消氣，念這小子剛剛丟了那麼好的女朋友，可憐可憐，抬抬手，放他一馬。走，走，到我那兒喝口茶，順順氣吧。」

羅爾依就扔下句狠話，跟著李老闆去了。

圍觀的人們都沒有看到期待中的好戲，就像失去了垃圾的蒼蠅轟然一聲，四散開去。

拉加澤里站在原地，麻木的身體慢慢恢復了知覺，天氣並不太熱，要不是李老闆適時出現，他都不知道這事會怎麼收場了。把手裡的斧子劈到那個可惡傢伙的臉上？如果這樣的事情真的發生了，那他關於以後的種種打算就全部化為烏有了。如果不劈下去又會怎麼樣？讓檢查站沒收了木料，或者來一大筆罰款，對他來說，也是個毀滅性的結果。他所以來這個鎮子，就是衝著檢查站來的。木材市場開放後，一夜之間，很多人都靠這個生意發了財。檢查站就像是地獄與天堂之間的一個閘口。過了那個閘口，就合了法，木頭就可以換來大把的金錢；過不去，那就違了法，想靠木頭發財的人就要被沉重的木頭壓得粉身碎骨了。

這個法是什麼？

不是巫師們法術的法，也不是僧侶們佛法的法。而是法律的法。

在這個鎮子上，就是檢查站辦公室裡一些特殊的紙片，紙片上印著表格，表格很多地方都填滿了，只要把筆在墨水瓶裡蘸蘸，往空著的地方填上些數字，這張紙就開始產生魔力了。內心的欲望與實在的木頭眼看著就要變成誘人的金錢。紙片從這張桌子上飛起來，從另一個窗口飄進去，飄到另一張桌子上，那裡有一個更有魔力的東西，一隻手裡有一枚印章。那枚印章飽蘸了顏色，「啪」一聲響亮，表格裡那些數字立即就發出了金子的光芒。拉加澤里做過很多這樣的夢，也是因為這個夢境的驅使，最有可能成為機村第一個大學生的拉加澤里拋棄學業與愛情來到這個鎮子上，為的其實就是依靠地利之便，最終靠近那個閘口。他真的多次夢見過那景象，看見那有魔力的紙片填上了咒語一般的數字，敲上印章之後立即變得金光閃閃。這個羅爾依站長就是那個使抽象的法變得實在，變得富有魔力的那個人。他來到這裡，是為了親近那法，為了接近那掌握法力的人，但是，一切都還沒有來得及展開，他就已經把這尊神靈激怒了。

看熱鬧的人們都四散開去，他一個人站在那裡，深深的絕望像一隻有力的手，緊緊地攥住了心臟。他從來不曾知道，絕望會有如此巨大的力量。他還沒有出生，父親就去世了，對此，他沒有這麼絕望。很多人都說，現在好了，憑考試而不是憑推薦上大學了，把書念出頭，一家人就時來運轉了。但是，對他們家來說，哥哥和母親都在唉聲嘆氣，隨著改革開放來到的，憑本事上大學也並不是什麼好事情。分地到戶需要比較多的勞動力，市場開放，需要很大的膽子，這兩樣，他們家都不具備。他們家就一個性格懦弱的哥哥，一個總是抱怨命運的嫂子，一個沉默不語的母親。他從初中上到高中，一直都是班上的尖子，但是，每一次放假回到機村，看到跟木材生意有關的人都一個個發了起來，好些人家蓋了新房，好些人家買了嶄新的卡車，再不濟也買了一輛手扶拖拉機代替又要放牧又要飼養的牲口，但是，自己家裡，哥哥還在為自己下學期的學費長吁短嘆，嫂子話裡的話，和搭配在一起的臉色就更是不堪了。

「未來無限美好，現實卻無比殘酷。」他在最後一次作文中寫下了這樣的句子，然後，離開了學校，來到這個正在機村旁邊興起的鎮子上。但他看到哥哥終於得以解脫的神情，多少還是有些傷心。嫂子說：「不念書了，以前那些錢就白花了。」

他沒有說話，他只是看著無言地深垂著腦袋的母親感到心裡隱隱作痛。失去丈夫以後，這個女人就只是默默的勞作，在家務事上早就一言不發了。

嫂子又說：「這下好了，在這個機村，人前人後，我們更要抬不起頭了。以前抬不起頭是因為窮，以後，人家又要說我們不讓你上大學了。」

拉加澤里沒有說話。嫂子剛嫁到自己家時，身上帶著特別的芳香，眼睛，甚至臉上滋潤的皮膚裡面都往外洋溢著笑意。那時，她和哥哥都是生產大隊的積極分子，都是在全縣大會上戴過大紅花的共青團員。現在，她已經憔悴不堪，飛速變化的社會，沉重的生活使她的眼神滿含著怨毒，哥哥的眼神則常常是一片猶疑與茫然。

暮色降臨山間，氣溫驟降，空氣強烈對流，風催動了林濤。森林已經殘破不堪，但所有的樹都在風中發出了聲響。

他在心裡說：「你要堅強。」淚水卻從冰冷的臉上潸然而下。

風捲起馬路上的塵土猛撲在他的臉上，淚水犁開那些塵土，在他臉上留下了兩道清晰的印跡。他不知道在那裡站了多久，直到山谷裡的氣流重新平衡，風慢慢停下來，浩蕩的河流一樣轟然作響的林濤也停下來，聚在茶館裡那些人也散盡了。他又揮動起手中的斧子，把一根根長長的鐵釘敲進厚厚的木板。無論將來怎樣，但是，眼下，一座簡陋的房子正在自己手下漸漸成形。第一天，他搭好了架子。那是現成的架子，只是換一個地方重新拼裝起來。剩下的事情就簡單了，第二天，他給房子蓋了頂。第三天，他給房子裝好了門框及閘，現在是第三天的晚上，夜深人靜，在星光之下，他揮舞著斧子，給房子裝上窗戶。他幹得很慢，因為光線黯淡。整個鎮子正在睡去，只有他叮叮噹噹的敲擊聲一下一下響在那些人夢境的邊緣。

他想，他們聽見自己了。

他自己也因此聽見了自己，雖然不是十分準確有力，但一下又一下，都決絕無比。

這時，茶館突然大放光明，不僅裡面的燈打開了，連外面走廊上的燈也打開了。強烈的光漫射過來，把這個小小的工地照得一片透亮。李老闆抱著那個大得有些誇張的茶杯，披件大衣站在門前。他沒有朝這邊看，他的眼睛像平常那樣，看著什麼都沒有的地方。現在，他的眼光就投向那些光與夜色相互交織並最終消失的地方。

拉加澤里覺得眼底再次發熱，但他止住了自己莫名的感傷，更加用力地揮動起手中的斧頭。後來，人們都開玩笑說：「媽的，小子，那一夜，我們的枕頭都差點叫你砸扁了。」連日漸熟悉的羅爾依站長也說：「你小子想用釘子把我的做夢的腦袋釘穿！」

二

一晃眼，這都是兩年前的事情了。

兩年後的這天，雙江口鎮上的老居民拉加澤里要回機村一趟。因為鎮上有大事發生，因為這大事的影響，他覺得自己的步伐特別輕快。

走出鎮子，來在木材檢查站關口，員警老王笑吟吟地說：「嚯，今天很高興的樣子嘛。」老王站在昨晚出事的現場，拉加澤里當然要繞開這個話題：「看，杜鵑花開了。」

五月天，在這海拔三千米的地方，空氣中瀰漫著樹葉萌發，沃土甦醒，河水奔騰，鮮花開放時那種醉人的味道。

這味道使得員警老王綻開了笑臉：「是啊，都沒注意到，好像一個晚上，這些花都開了。」

遠處山梁上還堆積著斑駁殘雪，但在峽谷低處，沿著河流兩岸的杜鵑花都開放了，一直沉浸在深重綠色中的叢叢杜鵑樹突然一下就綻開了繁多碩大的花朵。河裡奔瀉的水流聲也特別響亮。

「你看，這事是誰幹下的？」老王突然開口。

拉加澤里有些猝不及防：「什麼事？」

老王用手裡的警棍指指細細的白粉勾勒出一個人形，人形中兩處地方，乾燥的泥土被血浸濕。老王的警棍再一指，是被衝關的卡車撞斷的關口欄杆。

「就這個事！」

「早上起來，我才聽說。」

「你就沒聽到點動靜？」

「不操心的人，睡覺沉。」

老王笑了，把員警棍別回腰間，口氣淡淡地問：「回村去？」

「吃的東西沒有了，回家取。」

「走好啊！」拉加澤里走出了一段，老王又叫道：「小子，耳朵支著點，聽到什麼動靜回來報告！」

拉加澤里回頭笑笑，輕快的腳步卻沒有停下。

他腳步輕快並不僅僅因為杜鵑花開了，並不僅僅因為五月的空氣中充滿了萬物復甦，生機萌發的氣息，還因為員警老王說得那件事：昨天半夜，雙江口木材檢查站有輛卡車闖關，撞飛了檢查站的閘口欄杆，連帶著還把驗關的檢查站長羅爾依撞成了重傷。剛才老王用警棍指出的那個白灰描出的人形，正是羅爾依站長飛起來又落地的地方。最新消息是，這個人現在躺在醫院裡深度昏迷，除了啼啼哭哭的家人外，守在床邊當然還有員警，只等他醒來，一切也就真相大白了。問題是傳來的消息說，這個人多半是醒不過來了。

這是清晨時分的消息。

一個早上，拉加澤里不斷變幻著臉上的表情在鎮子上遊蕩。看到執勤點的員警和檢查站上的人，他也和他們一樣做出了嚴肅的表情。見了因這個消息興奮的人，他也會心地釋放出很節制的笑意。他不再是剛到鎮上那個毛頭小子了，他已經歷練得沉穩老練，雖然人稱鎮上最小的老闆——生意最小，一個「加氣補胎」店，年紀也最小，十九歲多一點，要吃二十歲的飯，還要等上大半年光景。

中午時分，兩輛警車閃著燈從縣城開到了鎮上。拉加澤里對自己說，我要作一下選擇題：A，羅爾依醒了，說出了作案人，員警來抓人了；B，他死了，員警等不到口供，自己來破案了。

他選了B。

其實，不是他選了B，而是希望是B。為什麼希望是B，不要以為他僅僅只是作為一個旁觀者出於看熱鬧的心理暗自希望事情更大一點，更複雜一點。不，他是覺得，也許眼下的事情變得更大更複雜，也許就有他的什麼機會了。為了這個機會，他在這個鎮上已經耐心等待了整整兩年。看到刑警們從車上往執勤點搬運行李，他知道自己的選擇題做正確了。他們是要紮在這裡，破案來了。

他問李老闆：「這麼說，羅爾依死了？」

李老闆說：「沒死，但醒不過來了。」

「還是你消息靈通啊！」

「這消息有什麼用，換不來錢也換不來飯。」李老闆嘆息一聲說，「看吧，這下，要緊張一段時間了，唉，和和順順地掙錢多好，偏要鬥狠使氣。」

現在，拉加澤里就帶著這個消息走在從雙江鎮到機村那十五里路上。

他很高興在這杜鵑花開的日子裡作一個帶著好消息的信使。他真的是想起了這麼一個字眼：信使。能想起上學時學過的這樣一個新鮮的字眼，讓他覺得神清氣爽。是的，應該說是信使，而不是送信的人。信使是史詩裡的典雅字眼，送信的，是粗魯時代的大白話。

古老的史詩裡說，信使傳送好消息時，會採來野花編織一個花環戴在頭上，因為這個想法，拉加澤里甚至停下了腳步，站在一叢花朵還在緩緩綻放的杜鵑面前，但他嘴角馬上就露出了自嘲的笑意：「媽的，現在是什麼時代了！」其實，他自己也說不清楚現在的時代是個什麼樣的時代，只是肯定現在不是一個帶著好消息的信使會戴上一頂花冠的時代。要是哪個男人敢戴上一個杜鵑花環，肯定就是一副小丑的模樣了。甚至連他帶回去的消息也不會有人相信了。

機村出現在眼前了，包圍著莊稼地的樹籬上柳樹絲絲縷縷的柳絮飛墜而下，讓若有若無的風推動著，四處飄蕩。但這寧靜的景象下面，村子裡卻明顯有一種不安的氣氛在遊蕩。在這個自小長大的村子，拉加澤里能敏感到每一絲微妙的變化。這證明了自己的猜想，雙江口鎮上發生的事情果然與機村人相關！

村子中寂然無聲，但他知道，好些窗戶後面，都有人向著公路上張望。剛走到村口，就有好些人迎了上來。把湊熱鬧的小孩與半大小子除開，只消看看迎出來主要是哪幾家的人，他立馬就明白，那件瘋狂的，但也讓人解氣的事情是哪些人幹下的了。

他是來送信的，卻並不急於開口。他可不是一個很和氣的人，但好心情使他有耐心堆起滿臉笑容，和需要打招呼的人打過招呼，卻對他們急切投來的詢問的眼神視而不見，逕自回家去了。在他身後，那些急切中聚集起來的人群又怏怏的散去了。

這兩年，曾經對他抱著很多希望的哥哥已經對他深深失望，覺得他跟自己一樣不會有什麼出息了。哥哥一聲不吭，嫂子給他續上茶，母親依然一如既往地慈愛有加，問他是不是走得很累了。

他沒有說話，拿出一包糖果，放在母親跟前。

這時，樓梯響起來了。

「來人了。」

哥哥語帶譏諷：「難道是來找你的？」

「今天肯定是來找我的。」

果然，來人對家長強巴視而不見，而對拉加澤里露出了笑容，問候他路上走得是否辛苦。

「杜鵑花開了一路，不覺得累就回到村裡了。」

「修車店的生意可好？」

「就是給你們的車補胎加氣，糊口的生意，能有什麼好壞。」

哥哥想說什麼，終於沒有開口，只是深深地嘆能讓他聽見的氣。

來人是更秋家六兄弟中的老三。以前，更秋家如果被村人提起，就是一對夫妻竟然一共生下了六個兒子六個女兒。使村人們感到驚奇的是，這些娃娃一直處在半飢半飽的狀態，卻能一個個長得身強體壯，除此之外，就再也沒有什麼值得人們關注的地方了。如今，改革開放了，六個身強力壯的兒子長大了，而且一個個膽大包天，只要是賺錢的事情，都能搶在全村人前面，短短幾年間，已經是機村首富了。

更秋家老大說：「過去，土司是土司，頭人是頭人，幾百年就當定了上等人家。還是共產黨政策好，風水輪流轉，幾年就翻一個底朝天！」話裡話外的意思，他們已然是機村的上等人了。因為什麼？有錢！怎麼來的錢，餓死膽小的，撐死膽大的，盜伐盜賣木材掙的錢。就地賣，一卡車賺兩三千，要是能買通檢查站，過了關卡，運到外地，一卡車就上萬！於是，幾兄弟家家蓋了新房，還買了六輛卡車，傳說銀行裡的存款還有好幾十萬。風水一轉，只有別人上他們家門，他們早就懶得登別人的家門了。但今天大不相同，不一會兒功夫，這幾兄弟除了老四與老六，都到齊了。

拉加澤里笑了，說：「你們幾兄弟一來，把我膽小的哥哥嚇著了。」

強巴確實害怕了，害怕跟自己一樣沒出息的兄弟什麼地方得罪了這幾兄弟，現在是興師問罪來了。

老三開口了：「你在鎮上沒有聽見什麼消息吧？」

拉加澤里說：「人還沒有到齊吧？」

話音未落，樓梯又響起來，接連又來了三四個人，都是村裡時常跟更秋兄弟混在一起的年輕人。

拉加澤里點點頭：「這下到齊了。」

這些平時總端著架子的傢伙，都不自然地笑了。急性子的老二露出了不耐煩的神色，拉加澤里見好就收，開口道：「你們可真是膽大，做下這麼大的事情！」

老二憤然說：「怪他太狠了，吃我們的，拿我們的，還沒有餵飽他，居然要沒收老三的卡車，加上一車木頭，十萬出頭了！」他這話出口時，老大老三想要制止已經來不及了。

「可也不能往死裡弄啊！」

「死了?!」

「早上說死了，中午又就沒死。不一定，我來時，又說是深度昏迷。反正鎮上來了兩車員警。」

「就想警告他一下，想不到這傢伙這麼不經撞。」

拉加澤里哈哈大笑，說：「不打自招啊，這可是你們自己說出來的啊。」

幾兄弟臉立時就白了，口氣卻冰冷而堅硬：「怎麼，想告發我們？」

拉加澤里也眼露凶光：「別那麼看我，我沒有盜伐盜賣木材，也沒有大錢落在口袋裡，也沒有幹什麼壞事，我不害怕，再說了，就算做了什麼事，我也不會這麼害怕。」

大家想想，這傢伙真沒為什麼事情害怕過，但是，既然沒有做過什麼出格的事，在雙江口鎮上開個破修車店，又有什麼好害怕的呢？

沉穩的老二挪動屁股坐到他跟前：「你也是我們的兄弟嘛。」

拉加澤里笑笑，未置可否，說：「你們不就是想讓那傢伙知道，要是下手太重，就會跟他拚命嗎？但你們也用不著下手那麼重，要是人緩不過來，真就要找到你們頭上了。」

老五冷笑：「老子什麼都不認，他口說無憑，沒有證據。」

「我也可以是證據，不是嗎？這屋子裡並不都是你們更秋家的親兄弟，說出這事還可以立功受獎。」

屋子裡一時鴉雀無聲，更秋幾兄弟也該後悔自己平常太不把其他人放在眼裡了。

「你們放心吧，要是有那個心，我還會回來把這些話說給你們聽嗎？聽說那傢伙可能醒不過來，腦子撞壞了，要成植物人了。」

「植物人？」

「植物，就是跟樹啊，草啊一樣，活著，卻什麼都不知道，什麼話都說不出來了。」

「真的？」

「真的！」

老三上來攬住他肩膀，說：「以後，你就是我們的親兄弟了。」

拉加澤里沒有答話，他站起身來，說：「我要回去了。對了，有什麼新消息，我會讓你們知道的。」說完，他就起身要回去了。走到樓梯口，又回來，說，「我不能這麼空手走，我對員警說，我是回來拿吃的東西。不拿點東西，要說我是專門來通風報信了。」

然後，回頭就下樓去了。

三

走出村子不遠，後面就有人追上來了。

拉加澤里沒有回頭，但他聽出那是兩個人的腳步聲。於是，他放慢了自己的腳步。是更秋家老三和刀子臉甲洛。他們給他送來了肉、麵、油還有一條紅塔山香菸。拉加澤里也不客氣，只說：「有什麼消息，我會告訴你們的。」

這時，峽口前方的太陽正在落山，斜射的陽光晃得他有些睜不開眼。他在一個峽口前放緩了腳步，峽口中央，一道湍急的溪流喧譁著奔騰而下，穿過公路下面的橋洞，匯入了從機村流來的大河。

他上了橋，在橋欄杆上坐下來，點燃了一枝老闆們才抽的紅塔山香菸。

他看到了停在溪流邊的拖拉機，看到了溪流被人引到一邊去沖刷淤積的沙礫，他在橋上站住了，撿起兩塊石頭扔到橋邊的潭水中央，喊一聲：「藏著了腦袋露出了屁股，你們還是出來吧！」

下面有些動靜，但沒有人出來。

他又喊一聲：「是我！」

這回，躲到橋下的那些傢伙們聽清了聲音，綻開笑臉，從橋孔下面鑽了出來。

鎮子上那個小心翼翼拉加澤里大大咧咧地說：「媽的，也不動動心思，員警會像老子一樣走路來抓人嗎？」

「你是說我們做賊心虛嘛！」

「沒出息，在山上弄了幾根木頭，就把自己當成賊了！」

「我們祖祖輩輩靠山吃山，在林子裡取點木頭換錢，怎麼就是賊了！」

拉加澤里走下公路，來到夥伴們中間：「那幹嘛要藏起來？」

大家都沉默不語。

「在林子裡取木頭，你說得輕巧，有膽量真去取幾棵來試試，不要自己上綱上線，你們這是在土裡刨木頭，伐木場丟了的木頭！」

「只要沒有過關，就是犯法的木頭！」

「只要是木頭，糞坑裡刨出來也可以換錢！」這話，引起大家一陣得意的轟笑。

當年，伐木場把漫山遍野的樹木伐倒切段，直接就從陡峭的山坡上放下山來。沉重的木頭衝下陡峭山坡，一路鏟倒小樹，犁開荒草，大雨一來，泥石流從失去遮蔽的山坡上飛瀉而下，好多木頭就深埋在了堆聚的砂礫之下。國營伐木場的工人才懶得從泥土裡頭把那些木頭挖掘出來。山上是伐不完的大片森林，誰會去理會深埋在泥巴裡的木頭？

國營伐木場遷移去了別的地方。砍伐卻沒有停止。每年，林業部門都會派發採伐指標。木材市場開放了，指標落到地方政府、公司和個人的手上。林業部門當然還會指定採伐這些木材的地方，實際情形中，拿到指標的人，在什麼地方收購和砍伐這些木頭，差不多就是隨心所欲的事情了。運往內地的木頭，只要有那一紙批文，就能在檢查站暢通無阻。木材生意就這樣起來了。

以前，森林是國有資源，只有國營伐木場開採。而今開放搞活，不止是木材，差不多所有的東西都變成了指標與批文。個人可以開採黃金了，只要你有一紙批文。個人也可以採挖天然藥材了，但你必須拿到一張採挖證。老百姓說，那些過去當工作組的幹部學聰明了，不搞運動了，不下鄉了，舒舒服服待在城裡，坐在椅子上，往一張紙上啪一聲蓋一個公章，那張紙就身價百倍，變成不得了的東西了。

啪！蓋一個章，可以挖多少千克黃金。

啪！蓋一個章，可以進山採二十天蟲草。

最厲害的是林業局的章子，「啪」一下，一個章子蓋在一張紙上，那就是指標，你搞木頭就不是濫砍亂伐——有了這張紙，哪還用你上山去砍木頭，隨便走到一座有好木材的山前，老百姓一眼就能看出你是不是個有路子的老闆。有路子的老闆不一定夾一個小黑皮包在腋下，小皮包也不一定膨脹得要把裡面的錢嘔出來的樣子。真有路子的老闆衣著平常，小黑皮包在年輕馬仔手裡，而且不鼓脹，為什麼要那麼鼓脹呢？裡面就是幾張木材指標的單子嘛，每張紙上都有林業局的大紅鮮章。有路子的老闆出動，有時還有鄉政府的，區政府的人陪在身邊。

這樣的人一來到村前，整個村子馬上就動起來了。手提利斧的男人們立即就把這個老闆包圍起來，過去那些反感伐工廠大面積採伐森林的當地村民如今都成為技術嫻熟的伐木人了。砍一方的木頭可以掙到幾十塊錢，苦幹一天，兩三百塊錢就到手了，那差不多是莊稼地裡一年的收成了。這種情況下，想要他們遵從祖祖輩輩敬惜一切生命，包括樹木生命的傳統是沒什麼作用了。

拉加澤里路遇的這幾個人，算是機村的規矩人。他們嘴上不說，但還守著一條，不直接提著利斧伐倒那些在這片土地上站立生長了上百上千年的樹。他們願意多費些勁，把伐木場遺棄的木頭從沙礫下挖出來，晾乾了，等待一個捏著指標的老闆出現。

拉加澤里說：「朋友們，回家去吧，不會有老闆來了。今天不會有，好多天都不會有了。等不來老闆，等來了員警就麻煩了。」

「風聲緊了？」

「我在鎮上，什麼事情都能聽到一點。」說完，拉加澤里就上路往雙江口去了。很快，鎮子上稀疏的燈光就在黃昏中閃現在眼前。

拉加澤里來到檢查站前，被撞壞的欄杆已經修復，地上那個白灰描出的人形也模糊不清了。回到店裡，還沒把東西放下，他突然發現老王和縣上下來的刑警一左一右把他夾在了中間。他悚然一下打了個冷顫：「怎麼了？」

老王還是笑嘻嘻的：「我等你大半天，等你的消息。你回去時我跟你打過招呼的。」

「我沒聽到什麼消息。」

老王看了那個刑警一眼，從他胸前的牛仔服口袋裡掏出了那包只抽了一枝的香菸：「喲，紅塔山，你小子抽上老闆菸了。」然後，他又看見了那整條的老闆菸，「看看，看看，這小子發了什麼橫財了？」

「看來要請你到我們那兒坐坐了。」

說話間，刑警就把電警棍頂在了他的腰間，手指已然放在了開關上。拉加澤里乖乖地邁開了步子。他的手心和背心都汗濕了，心臟打鼓一樣咚咚作響。他害怕，同時還有點不好意思，心跳的聲音大得恐怕兩個員警都聽到了。

老王還是那麼和顏悅色：「不要害怕，只是請你到我們那裡坐坐，說回子話。」

「我不害怕，我為什麼要害怕。」拉加澤里覺得自己很下賤地賠上了一個很難看的笑臉。他沒有想到公安執勤點會有這樣一個冷冰冰的房間。穿過辦公室兼飯堂，穿過擺了幾張行軍床的臥室，就到了那個冷氣凜凜的房間。這個房間沒有窗戶，除了幾只凳子再沒有別的東西。除了水泥黯然的灰色再沒有別的顏色。

老王好像知道他心裡在想什麼，他說：「是，沒人知道有這個房間，但來過這個房間的人，一輩子也忘不了它。」

拉加澤里說：「我們還是在外面屋裡談吧。」

在鎮上這兩年，他從未見到老王的臉上顯出這麼鎮定冷峻的神色，口氣也前所未來的柔和：「聽明的小子，你說我們談點什麼？」

「兩三年了，天天低頭不見抬頭見，可我不知道你要跟我談什麼。」

老王笑笑，沒有說話，扶在他肩上的手慢慢收回腰間，猛然一下，握緊的拳頭狠狠地衝向他的肚子。拉加澤里的腦袋猛然搖晃一下，眼前的燈光立即就黯淡了，然後，才感到一陣劇痛從肚子那裡向著全身猛然擴散。他慢慢倒在地上，聽見自己很吃驚很迷茫地說了一聲：「老——王——？」

「是，我就是老王。」

這張常常因為患著哮喘，吸不到足夠氧氣而憋得像豬肝的臉此時卻煥發出了閃閃的紅光。

「為什麼？」

老王彎下腰來，沒有一絲一毫的怒氣：「吃驚了吧，小子，對不起了，這是我的工作。」

「可是……」

「什麼可是，老子叫你把耳朵放尖，打聽消息，你聽到消息了，卻不告訴我。這打是你自找的。」說著，當胸又是重重的一拳。拉加澤里眼前當即金星一片，嘴裡一股血腥味道，又痛又急，又恐懼又委屈，當即就昏過去了。但他年輕的身體比他想像的還要棒，很快，他就睜開了眼睛：「我什麼都沒聽到。」

這個可能比他一生都要漫長的夜晚就此開始了。他們搬來兩條板凳，把他抬起來橫放在上面，一條在頸下，一條在屁股下面一點，只要他身子一軟，拄在身上的警棍立即通電。失禁的尿液打濕了褲子，淅淅瀝瀝漏在地上，洇開了是好大一攤。一時間，他麻木的身體沒有感到疼痛，但強烈的自尊使他感到羞愧難當。

老王對這一切熟視無睹，平靜地從他胸前的口袋裡掏出那盒香菸，抽出一枝，給自己點燃。兩個刑警又把他以那個難以忍受的姿勢放在板凳上面，老王說：「你也不要不好意思，人人都是這樣。只要是人都會這樣。」

身體的感覺恢復了，疼痛差不多是從每一條骨頭縫裡迸發出來，眼淚也湧上了眼眶，隨即湧上心頭的，是強烈的仇恨，要是有一絲力氣，他會生吃了這個傢伙。

這個平常看上去貌不驚人的老王，卻能看透他的心思：「恨我？不要恨我。我就不恨你，我只是在工作。破案。驗關員是國家的執法人員，居然有人敢開著卡車要撞死他。我在破這個案。我想，你可能有什麼話沒有告訴我吧。」

「我只是回家取糧食去了。」

「那我告訴你，你一個月取一次糧食，對不對，你不是說我們在一起兩三年了嗎？你多久取一次糧食我這個老員警不知道？說！怎麼這次剛過一個星期就回家拿糧了！」

無論怎麼咬牙，怎麼努力，拉加澤里懸在兩根板凳上的身子軟下去，軟下去，終於觸到了地上，電警棍再次讓他身體痙攣。

老王彎下腰來，幾乎把他那張平靜裡掩不住興奮的臉貼在了他的臉上：「你肯定知道案子是誰犯的？」

「不是……我。」

「當然不是你。要是你還用費這麼大勁？」老王的面孔上有了些許猙獰的表情，但語氣仍像平時那樣平和安詳。

「我不知道。」

「看來你還想嘗嘗別的玩法。反正這個夜晚還長。」

拉加澤里用盡全身力氣，把一口血沫吐在老王那張熟悉而又陌生的臉上。

四

拉加澤里第三次從短暫的昏迷中甦醒時，他們才住了手。

老王自己也累得夠嗆，往喉嚨裡噴了些藥水，在床上躺下了。拉加澤里被銬在外間的沙發上。坐在他對面沙發上的員警也睡著了。而在裡間，老王又從審訊室裡的魔鬼變回平常那個被哮喘折磨的老頭了。他在睡夢常常喘不上氣來。他在睡夢中被劇烈的咳嗽弄醒過來。醒過來的他像任何一個有病的老傢伙一樣哼哼著，在床上翻來翻去，弄得床吱吱嘎嘎響個不停。

看守他的員警讓這響聲弄醒了，好像對著他也好像沒有對著他說：「這老傢伙真是討厭。」關了電燈，又坐回沙發上睡過去了。

拉加澤里昏昏沉沉地坐在沙發上，渾身的疼痛讓他無法安然入夢。閉上眼睛，就看見那個平常熟悉的老王：一身從來沒有挺括過的警服，敞著油垢的領口，因為哮喘和高海拔缺氧而憋得烏青的臉上掛著平和的笑容。每次碰面，他都會伸出手來，撫撫他的肩膀，嘴裡還會含混不清的問候一句什麼。但這次，和善的老頭變成了魔鬼，獰笑著伸出拳頭，迎面猛擊過來。拉加澤里猛然驚醒過來，冷冷的汗水濕透了背心。窗戶外面，深藍的天幕上一顆顆星星閃爍著冰涼而刺眼的光芒。拉加澤里悄無聲息地哭了。

哭和善的老王轉眼就露出如此殘暴的面相。哭自己看人家弄木材賺了大錢，不等上完高中就回來蹚這場渾水，把同班讀書的女友也失去了。哭前女友已經考上了大學，而自己在這因木材生意而起的鎮上，連這紅火生意的邊都沒有挨上。前女友上大學走的時候，哭著對他說：「你成績比我還好，你回去念書考大學，我等你。」他沒有回去。他還是待在這個只有二十多幢房子的小鎮上，等待機會來臨。淚水愈流愈多，他哭了個痛快。哭自己父親過世，哭自己辜負了懦弱而又辛勞的兄嫂的希望。來在雙江口鎮上這麼長時間，卻一事無成，人前人後，還得裝得從容平靜跟無事人一樣，其實，早就該哭上這麼一場了。只是在這個晚上，員警們一頓嚴刑拷打，讓他哭出了身上的疼痛與心中的憂傷。

淚水汩汩湧流，滑下了面頰，滑過脖子的時候，使新增的傷口生發出新的痛楚，滑到胸前時，卻讓他感到一掠而過的溫暖。他慢慢平靜下來，聽到河岸下面，河水相激發出的轟響。

早上醒來，員警們早就起來了。老王正在往手腕上貼一劑膏藥，他眼睛沒有看銬在沙發上的拉加澤里，嘴上卻說：「你小子骨頭硬，把我的肌肉拉傷了。」

一個刑警過來打開了手銬：「你出去該四處說員警打人了。」

「我不敢。」

太陽出來的白天，他們臉上的魔鬼表情都消失了，那個員警很燦爛的笑了，甚至還伸出手來拍了拍他的腦袋：「懂事。」

這傢伙把手指比畫成手槍的樣子，頂頂他被電警棍捅得傷痕累累的腰眼：「沒你的事了。」

「沒事了？」

「滾吧。」

拉加澤里就往門口挪步，他步子邁得很小，他不相信這件事情就這樣過去了，他提心吊膽地等著背上襲來更重更狠的擊打，直到他走到門口了，一片灼目的陽光，眼前出現了院子裡發出了新芽的白樺，他才相信，可怕的夢魘真的過去了。

「等等。」老王在身後說。

那聲音剛剛響起，拉加澤里禁不住全身顫抖，但他很快穩住了身子。老王從背後走上來，又走過身旁，然後，站在了他的面前。這傢伙臉上掛著他平日那種淺淺的笑容，眼睛裡卻有種過去沒有看出來的冰涼神情，盯他看了半晌，這才揮揮手，口氣柔軟地說：「忙你的去吧。」

一身傷痛的他還能忙什麼呢？回去，他就想放倒身子躺在床上。但他沒有。他咬著牙打開了店門，把用紅油漆寫著「加氣補胎沖水」字樣的牌子放到路邊，每挪動一步，每做出一個動作，都會牽扯到某一處肌肉或關節，發出劇烈的疼痛，但他不讓自己臉上有任何表情，嘴裡也不發出一點點聲音，腦門上因此沁出了細密的汗珠，但他還是咬牙挺住，拿起膠皮管子，清水從他緊捏住的管子裡呈扇面迸散開來，噴射向面前乾燥的路面，冷冽的清水噴射出去，塵土味消失了，吸進胸膛的空氣清新涼爽。

有人經過時，他甚至還能對他們擠出一絲鎮定的笑容。

做完這一切，小店就算開門了。店的前半部分，擺放著補胎加氣的工具，然後，是摞成了半堵牆的舊輪胎，輪胎牆後，就是他的床鋪和鍋灶。當眼睛看到了床，他的腦子就有些不清楚了，他再也支撐不住的身子沉沉地倒在了床上。真不知道該說他是昏迷過去還是睡著了。這一天，只有幾輛重載的卡車在山路上煞車太多，輪胎和煞車發燙，停下來用水管淋著降降溫。司機招呼不醒老闆，就自己把活幹了。一個司機留下了兩塊錢，一個司機沒有零錢，留下了半包香菸，也有霸道的傢伙，見店裡沒人出來，自己罵罵咧咧地把活幹了，就轟然一腳油門，在排氣管吹起的塵土中揚長而去了。早上噴灑在路上的清水早已被強烈的高原陽光蒸發乾淨了。但凡有卡車駛過，這個安靜得像個夢境一樣的鎮子，這個浮塵鋪在陽光下一動不動的鎮子馬上就被浮雲一樣的塵土掩沒了。卡車漸行漸遠。塵土又和陽光一起緩緩落下。

一些灰塵鑽進屋子裡，落在床上那個死去一樣的人的臉上。

就是警車上的尖利的警報聲打破了鎮子夢魘般的寂靜，床上的拉加澤里也沒有醒來。

兩輛警車相跟著從店門前經過，又捲起大片的塵土，依然有一些塵土鑽進了大敞著門的小店，落在昏睡不醒的拉加澤里臉上。他沒有聽見兩輛警車嘶叫著駛出執勤站，駛過木材檢查站的關口，駛過鎮外的大橋，一頭扎進山溝，往機村去了。晚上，警車從機村帶了兩個人回來。一個是更秋家老三。另一個半大小子，提著斧子正在上山砍樹的路上，順便就給提溜到車上來了。那個夜晚，這兩個傢伙的經歷可以想見。拉加澤里卻對這些事情一無所知。新一天太陽升起來，他才慢慢醒來。跟前一天相比，身上也輕鬆多了，正拿著水管噴灑路面，就看見老三和那半大小子從執勤點出來了。老三扶著腰，一臉堅毅的神情，但那半大小子，一見他這個同村的鄉親就咧開嘴哭了起來。

老三對他說：「讓他在你床上緩口氣，定定神。」

他把那小子扶到床上躺下，老三咬著牙說：「媽的，這晚上可真難熬啊。」

拉加澤里笑笑：「我還不是這麼熬了一個晚上。」

老三埋下頭沉吟半晌：「你不像你哥哥那麼膽小，有種。真的，以後你就是我們的兄弟了。」

這時，老王又帶著笑容從執勤點出來，看來這兩個人，臉上還是一副什麼事情都沒發生的樣子。他一手把拉加澤里拉到自己這邊，眼睛卻看著老三：「你不要跟這種人混在一起。」

「你不是把我當成跟他一夥的嗎？」

「我這麼說過嗎？」

「那你那麼狠毒！」

老王收起笑容，很重地拍拍他的肩膀，壓低了聲音：「我正要誇你有出息呢，怎麼就顯出無賴的樣子來了？」

「我已經是壞人了。」

「你是好人。」

「好人會被員警打？」

「媽的。」老王罵道。

拉加澤里從店裡搬出唯一的一把椅子放在太陽底下：「你們兩位誰坐？」

「我實在是站不住了。」老三坐下了。

老王走開前，還指著拉加澤里說：「記住我的話。」然後，他又折了回來，指著老三說，「要錢不要命，這我懂。但你要知道，被撞的人躺在醫院裡，有最好的藥，最好的醫生，一醒過來，什麼事情都清楚了。」

「那你還費那麼大的勁對付我。」

老王走回執勤點，背著的手上豎起一根手指，輕輕搖晃：「警告。一個小小的警告。」

這時，坐在太陽底下的老三快要撐不住了，他眼皮都抬不起來了，嘴裡的口氣卻還凶狠：「水。媽的，老子想喝水。」但說話間，這傢伙已經連椅子帶人翻倒在地上，昏睡過去了。拉加澤里搬他不動，正好茶館的李老闆過來才幫著把老三弄到了床上。

李老闆掏出手絹，撣去身上的塵土：「被老王他們招呼了？」

拉加澤里點點頭：「我也被他招呼了。前晚上。」

「為什麼？」

「他說我知情不報？」

「不能報。」

「我不知道，咋報？」

「你是說，知道就會報？」

拉加澤里笑了：「知道也不能報。」

「對頭！」李老闆一掌拍在他肩上，並不十分用力，一股疼痛卻是從腰眼閃電般地掠到背上。他的身子禁不住晃了幾晃。

「怎麼了？」

拉加澤里穩住了身子：「我餓了。」

李老闆嘆了口氣：「來吧。」

他跟著李老闆往茶館走時，連頭都抬不起來了。他只是看著前面那條拖在塵土裡的影子挪動著步子。汗水從他額頭上滲出來，涔涔而下。都在茶館裡坐下了，他趴在桌子上，什麼地方都不敢看。他恍然聽見李老闆在叱罵：「一碗？五碗！」

吃到第三碗速食麵時，他緩過點勁來了。這才把臉抬起來：「真是五碗。」又風捲殘雲般把剩下的兩碗給消滅了。這才騰出手來挽起袖口去擦滿臉的汗水。

耳朵卻聽見李老闆嘆息一聲：「可憐。」

李老闆手捧著罐子一樣的大茶杯，斜倚在窗前，又嘆一聲：「可憐。」

「我不要人可憐。」

「我是說人為財死，鳥為食亡，可憐。」

「你發了財，就說我們沒發財的人可憐。」

「你要不是想發大財跑到這裡來瞎混，該是考上大學了。」

「是。」拉加澤里不是故意要博人同情，但提起這話頭，他的笑容裡自然就帶上了幾分悽楚的味道，「那時候，我的女朋友天天聽我講數學題，她考上大學，就不要我了。」

李老闆笑起來：「你再說，我要心軟了。」

鎮上的人都知道，李老闆在這裡哪是開什麼茶館，他有路子，從林業局，從些稀奇古怪的管道搞得到木材指標，除了茶館門上幾個大字：「茶水麵點」，還有「資訊洽談」幾個字貼在窗玻璃上。但他不上山收購木材，也不雇卡車把木材長途販運到山外，整日裡就抱著個大茶杯倚在門口，遇見人問候說恭喜發財，也是一點不上心的樣子：「財神住在你們家，我這裡嘛，小財，小財。」聽說這人文化高，因為文化高當過右派，坐過監牢。平反不久就到了退休年齡，退了休就到這鎮上做生意來了。

拉加澤里就要張口求他。但這張嘴長在了他的身上，要說出求人的話來真是千難萬難。這時，李老闆嘆口氣：「唉，年輕人，話都遞到你嘴邊了，求個情都這麼千難萬難，這混沌世道，你還想發財？」

拉加澤里就要開口了，但檢查站的兩個驗關員走了進來。看拉加澤里一臉難受表情，說：「讓老王折騰夠了，莫非你李老闆還要開堂審問人家。」

「我是教他。」

「教他什麼？來，坐過來，小子，老王你都不怕，更不用怕他。」

拉加澤里磨磨蹭蹭地坐過去了，沒有忘記給兩人一個敬上一枝香菸。

「我教他不要老想來蹚這裡的渾水，下水容易上岸難啊！」

「容易，」拉加澤里終於接過話來，「容易你就幫我一把。」

李老闆叫服務員給兩位上了好茶，也過來坐了，對著檢查站上的兩個驗關員：「除非我們一起幫。」

劉副站長和本佳都起端杯子喝茶，並不答話。

「我……」拉加嘴巴張開了，卻還是說不出求人的話來。

還是劉副站長開口了：「你來這鎮上兩年多了吧。」

「是。」

「兩年就守著一個破店，看人家大把大把賺錢，連旅館裡當小姐的都倒過幾車木頭，你，有耐心。」

拉加澤里笑了：「不算白過，看門道嘛。」

「看清楚了？」

「差不多吧。」

「老王下手重嗎？」

「不是一般的重。」

「怕了？」

「不怕。」

「好。」

但接下來，他們就換了張桌子壓低了聲音說自己的事情去了。他守在那裡半天，再也沒有人理會他了。委屈的情緒又湧上心頭，要再繼續被人家撂在一邊，他的眼淚又要下來了，只好獨自走出門來，往自己那破店裡走的時候，他把剛才張開了嘴卻沒有說出來的話說出聲來了：「劉站長，本佳哥哥，求你們給我開張通關條吧。李老闆，求求你，分點指標給我吧。」

除了自己，沒有人聽見這些話，而自己是不用聽見的，因為這些話他已經在肚子裡說過百遍千遍了。因這些說不出口的話，他伸出手來狠狠抽打了自己死要面子的臉。心裡更是把自尊那字眼恨了千遍萬遍。

五

也是因為懷揣著這樣的情緒，回到店裡，看見從床上掙扎起來的老三又說我們是兄弟時，拉加澤里發火了：「老子沒那麼多兄弟！」

他本以為這傢伙會跳起來的，但他反倒見怪不怪，又倒在床上睡過去了。於是，他回到店門口，眯縫著眼睛看西斜的太陽。這一天，他是前所未有的感傷，並深深感到了前途的迷茫。要是這時，過去的女友阿嘎來牽牽他衣袖，他肯定立馬就回學校讀書去了。但是阿嘎已經考上了醫學院了，也不再是他的女朋友了。

拉加澤里恍然聽見阿嘎說：「你的英語怎麼總是有機村的腔調啊！」他還聽見阿嘎說，「老師說你的腦殼是個數學腦殼！」

如今，這些聲音好像都是前世的事情了。阿嘎還說：「小時候在機村，怎麼沒看出來你會這麼聰明啊！」

分手的決定阿嘎是不忍心告訴他的。分手決定是阿嘎的父親崔巴噶瓦告訴他的。老人專門從村裡來了一趟他討厭的這個鎮子，坐在他店裡一袋袋抽菸，從太陽當頂直到太陽落山。老人把菸袋插回腰間，走到店門口，背對著他說：「這麼好的娃娃，偏來這亂七糟八的地方，你傷了阿嘎的心了。」

「我心裡想的她都知道。我告訴她了。」

「年輕人就怕把路子想歪了。」

「開放搞活，大家都來做木頭生意，我走歪了！那這鎮上做生意的都是壞人？」要是在今天，拉加澤里就不會對老人提高了嗓門。

老人轉過身來，指指四周山上砍伐得這裡那裡一點點殘存再也無法連綴成片的樹林：「小子，這些人發完木頭財就拍屁股走人了，我們這些人卻要在這裡祖祖輩輩待下去的呀！」

「你比中央領導想到還遠？」

老人脹紅了臉，卻把到了嘴邊的罵人話嚥回去了，他嘆息一聲：「以後，你要恨就恨我吧，不要恨我家阿嘎。」

那時，他以為，只要自己發了財，阿嘎就會知道自己錯了。但事到如今，他知道是自己錯了。

老三從床上起來，掏出兩枝菸含在嘴裡，一併點燃後，才插了一枝在他的嘴上。

老王披著大衣從執勤點朝這裡踱來，老三見狀就躲到一邊去了。老王過來了，說：「你最好不要跟他們攪在一起。」那平和的聲音裡甚至還能聽出一絲絲關切。老王提高了聲音故意要讓躲進店裡的老三聽見：「他幾兄弟不會有好下場！」

李老闆、劉副站長和本佳從茶館裡出來，也走到這邊來了。李老闆說：「老王忙啊，又在調查案子啊。」

老王脹紫了臉：「我在教育這小子，讓他不要跟壞人混在一起！」

「你不是已經把他當成壞人整了嗎？」

「我是讓他長點記性，憶住我老王是幹什麼吃的！」

劉副站長也插上話來：「可是，作案的人你抓住了嗎？」

「你不相信專政機關的力量？」

劉副站長語含譏諷：「不要緊的，等醫院裡的人醒過來，開口說話，專政機關抓人就是了。」

老王臉上的紫色更加深重：「媽的，吃多了黑錢的人，撞死了也活該！」

大家在黃昏裡各自散開，接著，迷濛的夜色就籠罩下來了。

拉加澤里打開店裡的燈，兩個在他床上躺了一天的傢伙已經悄悄離開了。他連店門都懶得關上，就在床上躺了下來。怎麼也想不到，他轉運的日子是從這一天開始的。以至於他用銼刀在板壁上刻下了這個日子。本來，依上學時愛寫東西的習慣，他甚至還想刻上四個字：杜鵑花開。但他自嘲地笑笑，把銼刀哐啷一聲扔在了放著各種型號扳子的工作台上。

轉運時刻的到來真是一點預兆都沒有。傷痛使他久久不能入睡，他不想想什麼事情，讓自己腦子空空如也地躺在床上。這時，有人進來了，然後，一個身影遮斷了燈光，說：「小子，坐起來。」

他就坐了起來。他沒有看清那人的臉，甚至也沒聽出來是誰的聲音。那人的手伸出來，手上有一張晃動的紙：「給你。」

「信？」

「做夢吧，誰給你寫信？拿著！」

「李老闆！真的是……木材批件！」

「你聽過，卻沒見過，還問什麼真假？」

「假的沒用啊！」

「假的沒用？你不是想做生意嗎？生意場就是真真假假。」

拉加澤里忽有所悟，突然笑了：「你就像學校裡的老師說話。」

「這就算你的恭維話？算了，好聽的話也是真真假假，你不說也罷。這裡是五個立方的木材指標，老子不念你可憐，倒憐你讀過幾天書，拿一票給你，試試是不是做生意料。」

「只夠半車呀！」

「你不是說在這鎮子上兩年，什麼門道都看清楚了嗎？真想發財，你就弄一車木材，拉出山賣掉。要是不行，光指標，每個立方可以賣幾百塊錢，就這鎮子上就可以賣掉。要是找不到賣主，我按市場價買回來！」說完，李老闆就揚長而去了。

拉加澤里在背後著急得大喊一聲：「錢，我哪來那麼多錢！」

李老闆都走到燈光照不到的地方去了，又走回到燈光下面：「我不要你的錢，這批件白送給你。」

「天下哪有白送人的東西?!」

「那就看是一次還是很多次了。如果是一次，天下就真有這樣的事情，你在鎮子上這麼久，我讓你嘗嘗木頭生意的甜頭，小小的甜頭。如果你想長久做下去，那就肯定要感謝我是不是？」

「那你要什麼？」

李老闆在椅子上坐下來：「孩子，聽我一句勸，嘗嘗木材生意的味道，就回學校念書去吧。」

拉加澤里緩緩搖頭：「我的心野了，回不去了。」

「真的鐵了心？」

「不鐵心能在這鎮上補兩年輪胎？」

「一下水就什麼都要幹了。」

「幹！」

「有人要落葉松，你敢弄嗎？」

「落葉松！」

「對，就要這個東西！」

落葉松是珍稀樹種，砍這個樹，可不是一般的盜伐林木。拉加澤里知道這個，李老闆何嘗又不知道。他問：「你叫我弄這個來賣？」

李老闆緩緩搖頭。

「你說嘛！」

「做什麼用？」

「小子，你是個嘴嚴的人，但我也不方便告訴你。」

「棺材。」說出這個字眼時，李老闆嗓音瘖啞，臉上了出現了憂戚的神情，他嘆口氣說，「算了，就算我什麼都沒有說過。」

機村人死了不是睡棺材的。但拉加澤里知道棺材的樣子。前些年，國營伐木場還在的時候，每年都有因公死亡的指標，每年都要預先做些棺材。做棺材都用口徑最大的木材。木材口徑大，做出來的棺材就寬敞氣派。木材口徑大，說明這樹已經生長了好幾百年。好多樹長到這個份上，內部大多都開始朽腐了。森林雖大，找到上好的棺木並不十分容易。他們把那些最好的樹伐下來，鋸開晾乾，再請來木匠，做成一副副棺材，整齊地擺放在一間僻靜的房子裡。拉加澤里記得，村裡曾經有個膽大的孩子，偷偷鑽進那個房子，睡在棺材裡去。房子建在山坡邊，那牆裡邊高外邊低，進去容易，出來很困難了。這孩子在棺材裡睡了一會，就有些害怕了。等到發現不能從裡面出去，而大聲喊叫卻沒人來開門時，就更加害怕了。從此，這個人就有些神經了。

拉加澤里對李老闆說，他知道棺材是什麼東西，知道棺材要用上等的木頭。他還給李老闆講了那個小孩讓棺材屋嚇傻的故事。告訴他看見過伐木場的老師傅一遍遍給棺材刷上一層層漆，使之發出一閃爍不定的幽暗光亮。

李老闆還是啞著嗓子：「是啊，人只死一次，死了，什麼都帶不走，只好帶一副好棺材了。」

「要死的是你的好朋友？」

李老闆並不答話，自顧著嘆息一聲：「可是躺不躺好棺材又有什麼意義呢？」

這個拉加澤里並不知道。藏族人關心死後靈魂的去處，對肉身的安置並不特別上心。

「嗨！我對一個年輕人說這個幹什麼！」

一陣微風吹起，又是一股一股的杜鵑花送到鼻腔裡來，但他已經沒有感覺了。房子背後，河岸下面，轟轟奔流的河水他也沒有聽見。星空燦爛，河水轟鳴著在星光下奔向東南。而芬芳溫暖的春風之中，這片群山裡，一片片的杜鵑正從山腳的河岸，由低到高，開向山崗。再有一個多月，現在山頂積雪的那些山梁，將變成杜鵑的海洋。

從三十年前開始，採伐的利斧揮向成材的高大樹木：杉樹、樺樹、樺樹和柏樹。到如今，傷痕累累的群山上那些成材的樹再也不能連綴成片，倒是這些枝幹虯曲，木質疏鬆的杜鵑生機勃發，使溝壑峰巒一片絢爛。在學校作文課上，拉加澤里曾經用很漂亮的文字寫過杜鵑。

他寫杜鵑文字，最讓老師讚揚的就是說，這些杜鵑初放之時，他不是看見，而是聽見。現在他卻對撲鼻而來的濃重香氣都沒有了一點感覺。他的心思已經全部沉浸在李老闆剛剛給他的那張紙頭上去了。他出了店門，看見檢查站的關口上還亮著燈光，沉悶的腦子裡也透進了一絲亮光。他往檢查站走去，一下下邁開步子時，腰眼上被電警棍擊傷的地方放電一樣竄出一股股尖銳的痛楚，閃電一樣蜿蜒而上，直到腦門頂上，凝聚的燈光迸散開來，變成許多晃動不已的光斑。他盡力穩住身子，深吸一口氣，但他仍然未曾聞到杜鵑花香。那些光斑消失了，只是在耳朵裡留下了嗡嗡的餘響。

他走進檢查站時，劉副站長已經有些醉意了。站長被撞傷，要是出不了醫院，鎖著驗關章和神奇表格的櫃子鑰匙就由他來掌管了。

風從敞開的窗戶吹進來，屋子中央滿是蒼蠅屎的白熾燈搖晃不止，使圍著桌子的檢查站這些人，一張張臉神情不定，忽明忽暗。檢查站七個人，一正一副兩個站長，五個驗關員，輪流值守關卡，餘下的也無處可去，就在屋子裡打牌喝酒。

拉加澤里進屋的時候，又有人舉起了酒杯：「劉站長，我再敬你一杯！乾！」

「站長在醫院！」

「所以，你現在就是站長！」

「至多也就是代理站長！」

「代理也是站長！」

「這話倒也在理，好，我……咦？這小子，什麼時候溜進來的？」

拉加澤里盡量使自己的笑容自然而燦爛。

「來，替我喝了這杯！」

拉加澤里接過來一飲而盡。

「媽的，你……幹什麼來了？」

「我想請你看看，這單子是真的還是假的？」拉加澤里拿出了那一紙批件。

一個人大笑：「瘋狂了，補輪胎的小子都拿著批件做生意，真是瘋狂了！」

幾個醉了的傢伙就把那張紙頭搶來搶去：「我看看！」

「我看看！」

「給我也看看！」

他們不是要看這紙頭是不是真的，這東西他們見得多了，但這麼一張紙頭從這個天天見面，不吭不哈，圍著個橡皮圍裙修補汽車輪胎的毛頭小子手上拿出來，就有些稀奇了。

「咦，居然是真的。」

「該不是哪個木頭老闆皮包裡掉出來，你撿到的吧？」

「小朋友，撿到東西要交給員警叔叔知不知道？」

拉加澤里急了，伸手要從別人手裡去搶，紙條就圍著桌子在醉漢們手裡傳來傳去，拉加澤里圍著桌子跑了兩圈，惹得他們縱聲大笑，而他圍著這長條桌子跑動時，牽動了腰上的傷處，一陣尖銳的疼痛使他臉上出現了很可怕的表情。他這表情，把檢查站夜宴桌邊縱情的笑聲立刻凍結了。每張臉上都露出了驚詫的神情，都像被施了傳說中的定身魔法。紙條正好傳到本佳手上，他舉著紙條就再沒有往下傳遞了，他的睛睛落在被痛楚弄得一臉怪相的拉加澤里身上。

他問：「你怎麼了？」

痛疼像閃電一樣，猛抽他一鞭，又在悠忽之間消失了。閃電襲來，炫目的光使他眼前一片黑暗。閃電消失，他又看見了。看見了那張公家人可以開會也可以圍著喝酒吃飯的長條桌子，看見所有人都緊盯著他，驚詫的目光裡也多少包含著一點關切的意思。

而本佳手裡舉著那張紙，眼神裡流露出更多的關切：「你怎麼了？」

拉加澤里盡力使自己因疼痛，因屈辱扭歪的臉恢復正常，讓肌肉不要緊繃，讓牙關不要緊咬，讓眼睛裡不要流露出怨恨的光芒，不要讓這張臉告訴別人自己是如何感到憤怒與羞恥。果然，他回歸到正常位置的五官相互配合著做出了一個需要的表情，他裝作滿不在乎地說：「媽的，沒想到老王下手那麼重，這腰一陣陣痛得要命。」

劉副站長這才開口：「這小子倒是條硬漢，連老王都說你是好樣的。」

拉加澤里這才伸出手，從本佳手裡去奪自己的批件。

本佳笑了：「好小子，你扯呀，用勁呀，我不鬆手，撕成兩半，這張紙就什麼都不是了。」

拉加澤里就鬆了手，嘴裡卻溜出來甜蜜的稱呼：「好哥哥，你就還給我吧。」

有人提議：「看你敢跟員警硬抗，坐下，喝酒。」

一杯酒當即推到了他面前。是喝茶的玻璃杯子，二兩有餘。

拉加澤里喝過酒，但沒喝過這麼好的酒，更沒一口喝過這麼多的酒。他問本佳：「喝了就還我？」

本佳笑而不答。

他端起杯子一飲而盡，一股清冽的酒香從嘴巴，到鼻腔，直上腦門，一團火焰卻掠過了喉頭，在胃裡燃燒。

本佳說：「好了，拿去，這是真傢伙。」

但紙頭被人劈手奪去了：「再喝一杯。」

如是往復，拉加澤里喝到第四杯的時候，紙頭到了劉副站長手上，他想走到劉站長跟前，卻不敢邁開步子了，只要動一動，他知道，自己會立馬栽倒在地上，那就再也站不起來了，他的舌頭也僵直了，說不出話來，只是對著劉副站長傻笑。

「傻瓜。」劉副站長又說了一次，「傻瓜。」

拉加澤里知道這是說自己，他殘存的意識裡知道這話裡有不忍的意味。他的笑容更加憨直了。他一手扶著桌子，一手撐著不得勁的腰眼，支持著不要倒下。眼前的燈光在虛化，面前的臉孔在模糊，但他還是聽清了劉副站長說：「為了五個立方的批件，就把自己弄成這樣，弟兄們，我想幫這小子一把。」

「幫他一把……」

聽到這句話，他聽到咚一聲響，提起的心重重地落回到肚子裡，然後，他自己也弄出這麼一聲悶響，昏倒在地上了。

六

從檢查站會議室兼飯堂的長條椅上醒來時，拉加澤里感到頭痛欲裂，卻沒有自己睡在什麼地方的恍然之感，醉倒過去前劉站長的那句話還迴響在耳邊，使他前所未有地感到神情氣爽。太陽已經照亮了山頭，峽谷裡是那麼寂靜，整個鎮子還酣睡未醒。員警老王，檢查站劉副站長、本佳，還有茶館李老闆，旅館裡的客人與小姐，以及貿易公司分理處漂亮的業務經理都還在自己的床上。甚至那些盛開的杜鵑，在露水清涼的這個時刻，都把盛開的花瓣稍稍閉闔起來了，停止散發芬芳的香氣了。

拉加澤里穿過鎮子時，身體依然疼痛，心卻幾乎要歌唱。他回到店裡，開了門，把工具一一擺放好，這樣，店主不在，司機們自己也能鼓搗好重新上路。他還往工具旁邊的白鐵皮盒子裡放了些五塊兩塊的零錢，這招對吝嗇的人沒用，但對粗心的人是個提醒：用了東西要給點錢！這幾年在鎮上的經歷已經使他心細得很了。心細的他想起更秋家幾兄弟送給自己的軟包紅塔山，抽了一包，還有九包。他在沒開門的茶館門前給李老闆放了一包，出鎮子時，六包菸放在了昨晚醉了酒，現在只是杯盤狼藉的桌子上。剩下兩包，揣在身上往機村去了。

檢查站修在兩條公路交匯處，寬的一條，從更深更廣闊的山裡來，那些山裡還有兩三個縣，很多的林場，天氣乾燥的季節，滿載木頭的卡車弄得整條公路塵霧翻滾。公路通過一座百多米長的大橋，與過了一座小橋向機村方向蜿蜒而去的支線相匯，然後來到檢查站，來到鎮子跟前。一大一小兩條河流在轟然奔流中撞在一起，在鎮子下邊陡峭的崖岸下騰起一片迷濛的霧氣和沉雷般的聲響。

只有幾年短暫歷史的鎮子因了這兩條河兩條路的交匯而有了一個名字：雙江口。群山的皺褶裡，森林吞吐哺養的眾水四出奔流，任何一個峽口都有水流相逢，但這些相逢地都處於無名狀態，因為沒有路的交匯。一旦有路出現，命名的人也就接踵而至了。

地名辦公室的人下來，在這鎮子上住了一個夜晚，趴在桌子上拿著放大鏡跟尺子，在地圖上比畫一陣，在表示河流的藍線和表示公路的紅線交接處打上一個小點，嘆口氣，說：「雙江口，雙江口，這張圖上已經有好幾個雙江口了，這個時代連停下來想一想，給地方取個好名字的心思都沒有了！」

拉加澤里也在場看稀奇，今天之前，他一直是雙江口鎮上的一個看客。這個看客忍不住發表自己的意見：「那就想個不一樣的名字。」

那人放下放大鏡與尺子與鉛筆，說：「約定俗成，約定俗成，懂嗎？我們只是記錄，而不是改變。」

這個想建言獻計的傢伙當下就無話可說了。他本來想說，這個地方本來就有自己的名字。哪來的名字？祖祖輩輩進出這個河口的機村人起的：「輕雷」。是的，過去，因為沒有公路，沒有公路上來來往往的汽車，這個世界比現在寂靜，幾里之外，人的耳朵就能聽見河水交匯時隱隱的轟響。現在，這個世界早已沒有那麼安靜，人的耳朵聽了太多聲音，再也不能遠遠地聽見濤聲激蕩了。

這個早晨，拉加澤里在水泥橋欄上坐下來，河水在橋下轟響，騰起的水霧中一股清冽之氣直沖腦門，橋欄濕漉漉的，扎根在岩縫間的杜鵑開得蓬勃鮮豔。這的確像是個一切可以重新開始，一切將要重新開始的早上。

拉加澤里感覺到了這一切，他想起自己曾經忘記告訴那個記錄地名的機村人為這個地方所起的名字。

「輕雷。」

在鎮上，人們不用藏語交流，現在，他獨自一人用當地的藏語喃喃地念出了這個名字，然後，就起身往機村去了。

此行的目的非常簡單，收購一卡車最好的木頭：勻直的樹幹上很少節疤，紫紅的皮，紋理清晰，木質緊密。

中年樹。

美男子樹。

紅臉膛的鬈髮漢子，
挺拔的身軀像筆直的鐵杉，
在斷開的截口上，
看見你的心湖，
彷彿年輪一圈一圈均勻又圓滿！

年輕人已經不會吟唱的民歌裡吟唱過這樣的樹。拉加澤里也不會吟唱。李老闆就曾經說過：「問你藏族的什麼事你都不懂，都不知道，那還叫那個麻煩的名字幹什麼？取個漢人名字你就是漢人了嘛！」

李老闆還半開玩笑地說過幾次：「我給你取個漢人名字，你就是我的兒子了！」

這是他不能接受的事情。他從來不知道做一個父親的兒子是什麼感覺。現在，他已經長大了，不再需要這樣的感覺。

他父親死得早，早到自己連父親是什麼樣子也不知道，早到提到父親這個字眼時，他心裡只有漠然而空洞的感覺。父親是什麼時候死的？他不知道。在機村，一個人去了，就成了一個記憶中的人。而他什麼時候去的，並不重要，也不會有人提起。所以，他也就不知道父親是什麼時候死的。他只聽到過隱約的傳說，說父親在他出生前就不在人世了。他得到一個什麼病，正當壯年的人就日漸餒弱，最後在人們都把這個出不了門的人漸漸淡忘的某個晚上，悄無聲息地走了。他記得小時候還有人叫自己是「懷了十二個月的娃娃。」

今天在他是一個重要的日子，在往機村走的路上，這兩天的經歷引起的激動在心頭漸漸平復了。他想到了這種平時不想的事情。懷了十二個月的娃娃，什麼意思？兩個意思。一個，他不是那個死人的兒子，另有一個男人是他真正的父親。還有一個呢？能在娘胎裡不慌不忙坐上十二個月的人，肯定不是一個普通人。傳說中，有個當了王的傢伙，在娘胎裡待了三年！他這個「懷了十二個月的娃娃」，從小就看見，母親對哥哥的恭順超過別的婦女對丈夫的程度。在人民公社時代，哥哥雖然就是一個普通社員，還是意氣風發的。總是對他這個小弟弟說：「念書，好好念書，將來你當了幹部，就是我們一家子的出頭之日！」那時的哥哥不是如今這個總是在抱怨與嘆息的哥哥，也不是這個眼紅人家發財，自己卻什麼都不敢幹的哥哥。不過，今天回家，如果他知道自己懷裡揣著的這張紙頭，應該會高興一點了。

但走到家門口時，他卻被人叫住了。

那是更秋家老三在叫一個不熟悉的名字：「嗨，鋼牙！」

拉加澤里轉過身，要看看愛給人起外號的更秋兄弟們又給誰起了個這麼樣的名字，但是明晃晃的太陽底下，只有他和老二老三老五面對面站著。

老二走過來，拍拍他的肩：「夥計，就是叫你！」

「員警撬不開的牙就是鋼牙！」

他攬著拉加澤里的肩膀就往他們家去了。去了，沒出門的幾兄弟自然聚起來一起喝酒吃肉。講些弄木頭時和員警和檢查站那些人的打交道的驚險故事。幾兄弟都說：「想發財就跟著我們幹！」

「不要不說話，想跟我們幹的人多得是，可我們看不上！」

要是以往，拉加澤里肯定就受寵若驚了，但現在不一樣了，所以他不說話。

「不要想讓他說求人的話，他是鋼牙！」

「讀書人，人家是讀書人，讀書人死要面子活受罪。」

拉加澤里只是笑笑，嘆息一聲：「我該回去了，回去聽我哥哥哀聲嘆氣了。」

「你跟了我們，他就該高興了。」

「那他又該擔驚受怕了。」

果然，回到家裡，人還沒有坐穩，哥哥埋怨開了：「出了那件事，警車一天到村子裡來轉三次，人人都躲著他們，你倒黏上去了。」

拉加澤里淡淡地說：「說不定以後，他們要黏著我了。」

嫂子不滿意小叔子了，就會用一種特別的眼光看他丈夫，於是，哥哥就向天舉起雙手：「老天爺，聽聽我兄弟說些什麼沒頭沒腦的話！」

老母親見這場景，吃力地撐起身子，躲到一邊去了。一邊離開，一邊說：「沒事情你回來幹什麼？」

「我有事情。好事情。」

哥哥接過話頭：「你有好事情？」

「我來拿錢。」

「老天爺，來拿錢是好事情？」

「哥哥，是好事情。」拉加澤里這才笑著從衣袋裡掏出了那張已經變得皺巴巴的批件，「我找到做木頭生意的路子了，我拿到了指標。」

「真的?!人家把這麼寶貴的東西給你！憑什麼？」

拉加澤里冷冷一笑：「憑什麼？我是鋼牙。」

「鋼牙?!什麼意思？」

他不想回答這個問題，哥哥就是個老實巴交的農民，只懂得侍弄地裡那點不生錢的莊稼，木頭生意裡那些複雜的門道，說給他也不懂，反倒把他給嚇著了。「我每月都把掙到的錢交回來了，我算過，該有七八千了吧，我就要三千。」

「三千！」

「還不夠呢，這筆生意不算大，但也太小。」

嫂子又拿那特別的眼神去盯哥哥，哥哥就憂心忡忡地問：「虧了怎麼辦？」

「虧了怎麼辦？」拉加澤里又好氣又好笑，「有了這張紙，包賺不賠！」

「你等著，」哥哥興奮地說，「明天我就上山去，這錢不能讓別人賺了！」

「不怕員警抓你？」

「你不是有指標嗎？」

拉加澤里只是苦笑：「照規矩，指標也要在指定的地方才能使用，所以，你，還有我，都不能去幹這個事，這個事要讓別人去幹。你只要出去轉上一圈，說你兄弟手裡拿著木頭指標就可以了。」

拉加澤里走了十幾里的長路，電警棍留在腰眼上的傷痛時隱時顯，當然還有這幾天來一些事情使他高度興奮，回到安靜的家裡，興奮勁好像有些過去了，現在只覺得困倦不堪。他往屁股下墊上了厚厚的卡墊，背靠著牆壁，面朝著火塘，準備要休息了。

但是，哥哥剛出門，又慌慌張張地回來，一副擔驚受怕的樣子：「員警又來了！」

「辦你的事，他們不是為你來的！」

「還是明天再說吧。」

拉加澤里撐起身子：「要是將來我成不了什麼事，因為膽子小，哥哥嫂子也不能怪我了，老話是怎麼說的？一根柴上冒不出兩樣的火焰？」

「我讓你讀書，讀書！」哥哥又惱火了，「不是讓你來幹這個！」

拉加澤里把難聽的話，難看的表情，難受的情緒都留在身後，出門去了。

七

剛走到村中廣場上，倚在警車門邊的員警就向他招手。

「我？」

「對，你！」

拉加澤里笑笑，過去了，他知道，從自己可以看見的地方，從自己看不見的地方，在很多雙眼睛看著自己。所以，他的臉上露出了笑容，他本身就很困倦，很容易就擺出混世的年輕人愛好的那種拖著腳步的懶洋洋架勢。中途，他還停下來，給自己點上了一支香菸。然後，他站到了員警跟前。是跟老王一起打他那個員警。

他站在了警車跟前，等著員警發話。員警不說話，用以為他會害怕的眼光緊盯著他。他回敬以滿不在乎的，裡面還摻雜著凶狠氣焰的眼光。他讓那凶狠的帶著恨意的眼光愈燒愈旺。員警的眼珠錯動了，眼光溜走了。

他得意地想到了一個詞：早洩。於是，他的嘴角露出了淺淺的笑容。

「怎麼又回來了？」

「這是我的村子，你們不是愛管戶口嗎？我的戶口在這裡。」

「那在雙江口鎮上就沒有戶口。」

「我在那裡開店，我有工商執照。」

員警大笑：「補破輪胎，給人家跑熱了的汽車降降溫度，那麼個破生意，還工商執照，聽口氣像開了多大的公司！」

拉加澤里心裡知道自己是不應該激怒這個員警的，但是，這是在機村，將要開展的生意需要自己在眾人面前用這種挑釁的口氣跟員警說話，「破不了案子，用多大口氣說話都是沒有用的。」

他說出這種話來，一面因為從四周圍攏來的人群的讚歎聲中感到了快感，一面，因為員警表情的變幻而心驚膽顫。

「你在向老子叫板？」員警咬著牙，壓低了聲音。

拉加澤里也把聲音放柔和了：「我就在村子轉轉，是你招呼我過來的。」

員警出手很快，把他一隻手扭到身後：「還想嘗嘗請你過夜的滋味？」

「我的腰！」一股劇烈的疼痛從腰眼那裡直升上腦頂，並在眼前炸開了一片金花。

員警手鬆了一點，卻沒放開：「小子，裝什麼英雄，人都是肉體凡胎！」

這時，有人發話了：「都是肉體凡胎，憑什麼有人打人，有人被人打！」

「誰？」

「我。」

機村唯一還留著一根辮子，辮子裡還編織著紅色絲條的男人從人群裡站了出來。這個人是拉加澤里從前戀人的父親崔巴噶瓦。他走過來，伸手扼住了員警的手腕，他手上沒有動作，只是愈來愈緊地扼住員警的手腕。員警的臉色慢慢變了，手也鬆開了。

崔巴噶瓦說：「員警先生，我們自己的孩子我們自己管教，誰讓你穿上了這身的衣服，就把不能隨便打人的規矩都忘了。」

「你……！」

「看你的皮膚與眉眼，也是我們一樣的黑頭藏民吧，你這麼做，你的父母該擔心你死後要下地獄了。」

然後，他對拉加澤里說：「跟我走，我給你弄弄身上的傷。」

拉加澤里很不好意思，因為老人是自己過去戀人的父親。過去的戀人已經是醫學院的大學生。自己卻被一個靠一身衣服提高了身分的員警欺負。所以，他站立不動。老人又回過頭來，說：「來吧。」

他就往前走了。

而員警在他身後叫道：「回來！」

他沒有回頭，仍然往前走，他心裡頭不怕員警，但他的身體害怕，他一身的肌肉和神經都繃緊了，準備承受背後襲來的警棍的擊打。帶著強烈電流的警棍不僅擊打肌肉，還能擊打骨頭與神經。但他都走出了圍觀的人群，那員警倚著警車沒有動彈。讓一群被激發出敵意的村民圍著，他也不敢動彈。他臉上依然擺出凶惡的表情，心裡卻焦急地等待入戶調查的兩個同伴早點回來。其實，當他舉手招呼時，心裡並沒有什麼惡意，兩個夥伴去尋找線索，他給分配了守車的無聊任務，看到曾被「留置」在執勤點一個夜晚的拉加澤里，只是想叫他過來說會子話，打發掉這無聊的時光。是他眼睛裡那堅定的目光惹惱了他。自己是員警。一個員警出現了，就該讓所有人都感到害怕。但這個傢伙他不害怕！

拉加澤里跟著崔巴噶瓦身後，隔著有十來步的距離，他覺得很不對勁。在回村的路上，他一直想像著自己懷揣著一紙批文，像那些有路子有來頭的老闆一樣來收購木頭，該是何等的風光。不想，一出門就遇上了這個拿欺負人尋開心的員警。那個難捱的夜晚，他們那麼折騰他，他心裡都沒有什麼。因為這是破案。但從今天開始，他心裡就帶著對員警的恨意了。他跟老人的距離就愈來愈遠。他不想自己狗一樣跟在別人後面，他的腳步更慢了。前面的老人卻停下腳步，轉過身來露出關切而探詢的表情，他用父親對兒子一樣的口吻說：「孩子，來吧。」

拉加澤里就跟上去了。

兩個人都沒有說話，仍然一前一後相跟著。崔巴噶瓦家不在村子裡。原先，機村人的房子都緊挨在一起。兩次泥石流把三分之一人家的房子都推倒了。加上改革開放分地到戶，一些人家就把新房子修到村外去了，靠近自己家承包地旁邊了。崔巴噶瓦夫婦就一個獨生女兒，日子一直比較好過。村裡分地的時候，大家都要好地，崔巴噶瓦卻挑了離村子遠，靠近樹林的一塊地。那塊地是機村人口增加後，砍伐了一片樺樹林後開墾出來的。地邊上就叢生著刺梨，紅柳與亭亭玉立的白樺。像機村的每一塊土地，那塊地也有一個名字，叫「兔子」。這不單是說這塊斜臥在山坡林邊的地像一隻褐色的兔子，而是說這地剛開出來，年年嫩綠的青苗差不多都被野兔吃光了。如今，這也只是一個名字了。雖然那塊地邊上還站立著一些稀疏的林子，但裡面早就沒有兔子們藏身之處了。

走獸隨茂密的林子一同消失了。

兩個人一前一後相跟著出了村子，過了一道溪流上的木橋，上了一段緩坡，來到了崔巴噶瓦家門前。整齊的柵欄圍出一個乾淨的院子。柵欄邊上，一株刺梨盛開著雪白的繁花。編柵欄的一些柳樹棍，年年發葉抽枝，已經是一排整齊緊密的小樹。

乾乾淨淨的院子裡，石板縫裡，伸出了牛蒡肥厚的葉片。

從陽光下走進這石屋，眼睛一時什麼都看不見，但他的鼻子聞到了一股乾淨整潔的味道。乾淨整潔是什麼味道？就是這種味道。

老人咳嗽一聲，說：「有客人了。」

屋子就在他眼前慢慢亮堂起來。火塘裡溫和抽動的火苗。鋥亮的茶壺。光滑的地板。整齊的壁櫥。一個和顏悅色的比想像中年輕的婦人。

拉加澤里一時不知怎麼稱呼。

崔巴噶瓦用了開玩笑的口吻，臉上卻一點都不動表情：「是不好稱呼，因為她差點就是你媽媽。」

「不要為難孩子了，坐下吧。」

女主人把酒漬的刺梨，茶水端到他面前。他喝下一口茶，卻是喝了酒的效果。一時間百感交集。

崔巴噶瓦說：「你腦子裡東西太多了。」

女主人就嘆氣：「從小沒有父親，可憐的孩子，你就不要再讓他不開心了。」

「好吧，孩子，把衣服脫掉，讓我看看你的傷。」

「你怎麼知道我有傷。」

「看你走路的樣子。」

拉加澤里脫去上衣，露出腰眼上一圈圈烏斑。崔巴噶瓦取來草藥搗碎了，用酒和油脂調成膏狀，一股沁涼的感覺就絲絲縷縷地滲往皮膚裡去了。他愜意地歎息一聲，神情就有些恍惚了。他用有點可憐的口吻說：「好累呀。」

那口吻讓女主人流出了眼淚。

他一邊後悔自己用這麼可憐的腔調說話，卻止不住自己的嘴巴繼續用這種腔調喃喃地說：「我瞌睡。」

女主人拿來一條毯子，他聞到了那條毯子上熟悉的氣味。遠去戀人的氣味。他喃喃地念出了從前戀人，主人女兒的名字。女主人說：「是她的東西，你知道她是個愛乾淨的姑娘，不然，怎麼會想去當醫生呢？」說完這話，女主人又抹起眼淚來，說，「當年，兩個年輕人是多麼般配的一對啊！」

崔巴噶瓦道：「沒爹教的娃娃，可憐！」

可他什麼都沒有聽見，藥力和這房子裡安詳的氣氛使他從裡到外鬆弛下來，沉入了睡鄉。

中間，他醒來一次，屋子裡悄無聲息。看看窗外，一鐮彎月已經從黝黑的山梁背後升上了天空。他翻了一個身，又沉沉地睡去了。再次醒來時，天已經亮了。女主人正在重新點燃火塘。崔巴噶瓦拿上了砍刀，繩子，只對他說了一個字：「來。」

他就起身相跟著去了。用屋子後面的泉水洗了一把臉，他感到神清氣爽。也許是走出了房子，沒有了那種特別安詳氣氛的籠罩，他馬上為曾經露出的可憐相而後悔了。崔巴噶瓦好像總能猜到他的心思：「想走了？不行，你得幫我幹點活還我的藥錢。」然後，把一把砍刀塞到他手上。

夜露浸軟的路潮潤平整，轉過一個山彎，就到崔巴噶瓦家取薪柴的地方了。後來，有人問說：

「老頭不記恨你嗎？」

拉加澤里也才認真想了一下這個問題，的確，這個倔老頭為什麼對自己女兒過去的男友這麼心平氣和，慈愛有加。回答這個問題的時候，他半真半假地做出一副滿不在乎的態度：「他給我用催眠術，然後教育我。」

「教育你什麼？」

「拿他自己做榜樣，教育我不要砍樹！可是，我怎麼會去砍樹呢？」

村子裡的人都說，崔巴噶瓦老頭好久都不在村裡現身了，看來是專門來會拉加澤里。這個不常在村裡的拉加澤里並不知道。但他真是拿自己做榜樣。走在山道上，老頭隨手指指某個地方，這裡，那裡，伐木場大規模砍伐過後還殘存了小片林子都在木材生意起來之後，被機村人自己給砍伐了。

「錢就那麼有用？什麼東西都弄光了，這輩子活了，下輩子人還活不活了。」

「你又沒有下輩人在機村了，操這個心幹什麼！」

轉眼間就來在了進行課外教育的地方。這面南向的山坡，隔著小河正與機村遙遙相對。滿坡是不能成材，但燒起來火力強勁的青杠樹。這樣的青杠樹林在村莊附近有好幾片。過去，雖然滿山遍野都是茂盛的森林，機村人烤火做飯，採伐薪柴從來都固定在這幾小片林子。那時山林沒有權屬的概念，但約定俗成，哪幾家人砍哪一片青杠林作為薪柴，都有一定之規。這還不是規矩的全部。青杠樹在當地算是速生樹種，採伐薪柴時，都是依次成片砍伐。從東到西，從下到上，十來年一個輪迴。最早砍伐的那一茬，圍著伐後的樁子抽出新枝，又已經長到碗口粗細了。後來，工作組來下鄉，小學生們在教室裡過冬天，需要城裡人一樣在不出煙不揚灰的爐子裡燒木炭，村裡也是在這薪柴林邊開了窯口，一年一窯，也是幾片林子輪流來過。

當人們可以隨意地對任意一片林子，在任何一個地方，不存任何珍愛與敬畏之心舉起刀斧，願意遵守這種古老鄉規民約的人就愈來愈少了。到了今天，機村傳統上幾片薪柴林也被砍得七堆八落。只有這片林子，因為有一個倔老頭還固執地遵守著這個規矩，人家也就不好任意下手，還能一荏荏長得整整齊齊。這片面積廣大的群山裡，除了不能成材的杜鵑樹林，這是唯一一片整齊漂亮的林子了。

崔巴噶瓦當然知道這全是因為自己，所以他驕傲地說：「看，我的林子。」

「不是你的，是國家的。」

「國家的，國家的！什麼東西都是國家的。國家是個多麼貪心的人哪！他要那麼多看顧不好的東西幹什麼？什麼東西一變成國家的，就人人都可以隨意糟踐了！」

「你這話，你這話……」拉加澤里本想說這話太反動了，但他也明白這個時代不大時興給人扣上這樣的罪名了，「你不怕犯錯誤嗎？」

崔巴噶瓦朗聲大笑，響亮的笑聲把在林子裡面覓食的一對斑鳩都驚飛起來了：「犯錯誤？小子，總想去靠什麼譜的人才會犯錯誤！什麼是錯誤？靠的不准就是錯誤。我什麼都不靠，犯什麼錯誤！」他的眼睛裡出現了憐憫的神情，「小子，你離開學校，還有我那聰明的女兒，那就是一個錯誤。」

拉加澤里低下頭去，用自己聽上去都不太清楚的聲音說了聲：「對不起。」

崔巴噶瓦搖了搖頭：「哦……老話說，一個男人一生最多可以犯三次錯，小子，你一次就同時犯了兩個，再犯就是第三次了。」

他依然用底氣不足的聲音說：「我不會了。」

「我看見你，你害怕員警。」

「我沒有犯法，我不怕。」

「我看得出來，你害怕。」老頭慢慢搖搖頭，「犯過法的人怕，將要犯的人也會怕。」

老頭子說這些話時，拉加澤里一直在向山的高處張望。他知道自己看的是什麼。是那些在十月間在一地白雪與燦爛陽光中針葉一派金黃的落葉松。這種樹木，只生長在針葉林帶將盡未盡的地方，而且數量稀少。深秋時節，它們落盡了金燦燦的針葉，光禿乾硬的枝杈伸展在藍天之下。現在這個季節，即便是在雪線附近，樹木凍住的身子又活泛起來，冰凍的脈管打開，水沿著這些脈管，上升，上升，使那些堅硬的樹枝變得滋潤柔軟。僵住的枝條開始在微風中飄蕩。而從遠處看去，枝頭爆開的密集綠芽，竟氤氳成一樹翠綠的薄霧。

他不禁歎道：「那些落葉松真是好看。」

「到底是念過書的人啊！」老頭感嘆道，「看得到美麗的東西！這些樹多半的時間雪裡生雪裡長，乾淨！」

拉加澤里突然以一種很漫不經心地口吻轉換了話題：「我在鎮上聽說，有人喜歡用這樹做棺材。」

「哦！」老頭像被什麼東西撞擊了胸膛一樣叫了一聲，「那樹是要站在高處的，人都埋在土裡了，還要糟蹋那麼好的木頭！這些漢人怎麼有這麼古怪的念想！」

「藏人也一樣啊！」

「哦，我死後可不要埋在土裡漚成一堆蛆蟲，我要火葬，一把火燒得乾乾爽爽！」

「可是，你看廟子裡，那些活佛燒成灰了，還要用那麼多金銀和寶石做成寶塔來安放！」

老頭真也就回不上話了。但拉加澤里還要找補一句：「所以，漢人也就想死後睡一副好木頭的棺材。」

「呸！看一大清早，我們說些什麼話。我們還是回去吧。」走了一段，老頭回過頭來，看拉加澤里還不斷抬頭去望山高處，雪線上那些氤氳著綠霧的正在萌發新葉的落葉松，心下就有些狐疑，「小子，走路時好好看著腳下，不要踩空了。」

這樣的話聽起來，就像上學時喜歡抄在日記本上的格言警句。這使拉加澤里心生惆悵，真正的生活一經開始，任是什麼樣的格言警句都沒有什麼作用了。他走在老頭的身後，眼睛突然就有些濕潤，生活只是像個念頭一樣差了那麼一點點，不然的話，他會從很遠的大學裡走回來，學一個女子叫這個倔強的老頭做父親。

這一趟出來，並沒用帶出來的砍刀，拉加澤里明白，老頭子就是想跟他說說這些話。老頭子把他當成一個男人，不願意在女人面前教訓他。問題是，任何教訓都沒有什麼用處了。

吃過早飯，拉加澤里心裡有事，正想告辭，崔巴噶瓦拿出昨天調好的藥膏：「帶上這個，我最多留你三天五天，不能留你一輩子，忙你自己的事情去吧。」

女主人卻抻開袖口擦起了眼淚，她說：「孩子，想跟老人說說話，就來找你大叔吧。」

拉加澤里走出這個院子，突然有很悲傷的情緒湧上心頭，要是他繼續上學，那這個倔強的老頭真的會成為他的父親，但這一切不能挽回了，他冷冷地在心裡說：「大叔，我也顧不得你那些道理了，我一次就把三個錯誤犯完了！」

八

拉加澤里剛進村就碰上了刀子臉。

刀子臉也用搞木頭賺的錢買了東風卡車。村裡人靠著這木材生意，已經有十多輛東風卡車了，鄉長說，縣裡可能要給機村掛一塊運輸專業村的牌子。人們叫這傢伙是刀子臉，並不是說他臉上有什麼陡峭鋒利的意味，而是他臉上總有一種青幽幽的顏色。那是一種鞘中刀子上常有的顏色。

刀子臉一看他出現在村口就迎了上來：「媽的，聽說你當上老闆了？鋼牙，雇我跑你的第一趟車吧。」

拉加澤里知道，哥哥已經把消息散布出去了。這裡話還沒說完，又有人迎過來了。刀子臉拍拍他的肩膀：「兄弟，說定了，運輸的事情就是我了！到時候別忘了，你的第一鏟金子是我幫你挖的！」這裡話還沒有說完，外號叫鐵手的小伙子又搖晃著身子走過來。刀子臉說：「看，我做運輸，這個是砍木頭的，機村的木頭生意，一條龍服務！」

拉加澤里就對鐵手笑道：「我知道你要讓我看你的木頭。」

「都知道你有門路了。」

他沉穩地笑笑，並不言語。

「這麼多年，這麼多人搞木頭賺錢，蓋房子，買汽車，存銀行，你一點都不動心……這一出手，就……」

「我不動心？我都急死了。」他用開玩笑的口吻說出了真實感受，但人家會認為這是胸有成竹的人常開的那種自嘲的玩笑。

「都說你是要成大氣候的，以後要木頭可要想著我啊，鋼牙。」

「還是看看你現在有什麼貨色吧，鐵手。」這些年，機村人年輕一點的男人們都互稱外號了。好像如此這般，某種隱悔不明心照不宣的特別情愫才能得到暢快的表達。鐵手不是有什麼特別的武功，就是十根指頭比起別人更堅韌，不用任何工具，三刨兩爪，就能扒下杉樹厚厚的樹皮，讓木材老闆驗看木頭裡面的質地。

他伸出手去，把好幾個迎面擋道的人推開：「鋼牙答應先看我的貨！再擋道，你的衣服與皮肉可是沒有樹皮結實啊！」

大家就閃開一條道，在兩人身後一陣轟笑：「鋼牙，鐵手，好嘛，都配成對了！」

鐵手聽了這話，更加來勁：「嘿，是個好兆頭！」

拉加澤里卻沉默不語，一直走到鐵手隱藏他存貨的地方。鐵手是個老手了，存貨就堆在公路上面一點點，平鋪兩根過橋木，木頭直接就可以平移到卡車上了。這堆貨整齊地碼放在一叢正在盛開的杜鵑後面，從任何一個地方都可以看見，就是坐著警車來來去去的員警從公路上無法看見。更絕的是，這堆貨上還罩著一張軍隊用的偽裝網，貨主人在面向公路的一方插上了許多新鮮的樹枝。

鐵手解嘲說：「游擊戰嘛！」

「有添頭嗎？」

鐵手揭起偽裝網的一角，說：「有！」

在那堆五六十公分直徑的木頭堆裡，還有五六根二十公分上下的木頭。這些小口徑的木頭就是「添頭」。「添」在哪裡？這是木頭生意裡一個公開的祕密，很多卡車的車廂都經過了改裝，下面有一個夾層，正好塞進一排直徑二十公分上下的木頭。與木材檢查站有默契，這些添頭就在允許出關的指標之外了。但為了這些添頭，伐下來都是未成材的樹。鐵手還真的伸出如鐵的指頭，扒下木頭上粗礪的厚皮：「看看裡面！這是我最好的貨色！」

兩個人坐下來抽菸，並且議定了價格，木材等級一定，價格也有行情擺著，沒什麼好商量的，只是由於拉加澤里不是現款，每個立方加價三十塊錢。這，也是行規。然後，用皮尺一根根丈量了每根木頭的直徑與長度。每量一根，鐵手都用計算器算出結果。尺子量完，木頭也量完了。一共是十二個立方，外加「添頭」的零點八個立方。

「鋼牙，我鐵手的木頭是好木頭吧？」

「下回，我要指定地方！」

鐵手狠抽了一口菸：「只要時間來得及！」

「真的指哪裡你就砍哪裡嗎？」

「老闆就是上帝，就是老天爺，就是總司令，指哪打哪！」

「那就好。」

接下來的事使拉加澤里更加像是一個將成為大老闆的樣子，他從身上掏出一個小本子，甚至還有一枝筆，寫了一張條子，撕下來，交給鐵手：「拿著，這是欠條。你看看數字對不對。」

他這個舉動弄得鐵手有些不自然了：「嗨！鋼牙，你覺得我信不過你嗎？」

「我的生意，一開頭就要立個好規矩。」

鐵手訕訕地接過紙條，說：「鋼牙，知不知道，你做事情……總是要做得跟大家不一樣……為什麼？讀書多就要跟別人不一樣嗎？」

這話讓拉加澤里不高興了：「不要跟我說讀書的事，讀書多的人會賊一樣跟你混在一起？」

「那倒也是。」

「時間還早，我們去找找我想要的木頭。」

「你嫌我的木頭不好？我的東西都是一級品！」

「你剛才不是說我就是要跟別人不一樣嗎？」

「那你還要什麼？」

「落葉松。」

「知道那是什麼嗎？那是上了什麼，咦，叫什麼？」

「珍稀植物保護名錄。」

「那你還要?!」

「要。」

「鋼牙，現在這種生意，不是我膽子大，是因為大家都做，員警也顧不過來，再說，就是抓住了，也就是罰點款，在拘留所待上一陣子，不會真正有事。你這麼幹，可是在玩火，算了，我們的生意做不成，你的膽子太大了。」

「你坐下。」

「你在我屁股下放了燃燒的火炭，還要我坐下，我不怕把屁股燒焦了？」

「你多慮了，我不是整車整車地要，我只要一棵就夠了。」

「一棵？能幹什麼？」

「禮物。」

「禮物？」

「有人稀罕這個。」

「給你開路子的人？」

「給我開路子的人，也就是給你開路子的人。」

「媽的，我只好幹了？」

「也可以不幹。」拉加澤里語氣帶上了李老闆對自己提落葉松時那種疲憊的無可無不可的勁頭，「夥計，你會幹，我也會幹。我們不幹，別人會幹，對不對？」

為了什麼？錢。當然是錢。但是錢本身嗎？好像也不全是。好多東西，人家沒有自己沒有時，誰都不會覺得有什麼缺憾。但人家有了，大多數人都有了，你沒有，就要日思夜想，不得安寧了。

「有錢了，我先買卡車，東風牌，最新型號的，你呢？」

「我不知道。」

「你不知道?!」

「哥哥養我長大，他眼紅人家都在蓋新房子，那我就幫他蓋一座新房子吧。」

「幫他？那不也是你的房子嗎？」

拉加澤里說：「等我們掙到了錢，我請你到鎮上，在李老闆的茶館裡慢慢扯這些閒篇！」一個上午，拉加澤里就把事情搞定了。木頭訂下了。車也雇下了。自己搭了順路的拖拉機回鎮上去了。

九

一回鎮上，他直接就到了檢查站。

拉加澤里找到本佳，也不說話，把他拉到屋子裡，將裝在信封裡的八百塊錢塞進他口袋，壓低了聲音：「你跟劉站長是什麼時候的班？」

在他想像中，這種時候，應該有點做什麼不能見天的事情時那種詭異的味道，卻沒有想到眼下這事情卻像在百貨公司買東西一樣的正大光明。本佳手按著塞進了錢的上衣口袋，把頭伸出窗外：「幫我看看值班表，我是不是晚上的班！」

過一會兒，窗口上伸出一個腦袋：「是晚上，怎麼？有朋友過關？」

本佳沒有答話，只是挪開身子，把隱在他身後的拉加澤里就暴露在了這人面前。那人說：「喔！我那天晚上的酒都還沒有醒乾淨，你就已經打點妥當了。行，是個要幹事的人。」說完，那人就回去忙自己的事情去了。

本佳要忙自己的事情，他的桌子上擺著一大摞的複習資料。他正上著什麼大學的函授課程：「學歷，學歷，沒有學歷的人在單位沒有前途。」

拉加澤里想，一個人因為一種身分，把著這麼個關口，天天都有錢落在口袋裡，還要什麼樣的前途呢？拉加澤里沒有愚蠢到會把心裡的疑慮去問人家。他只是有點不相信，對他來說天一樣大的過關的事會這麼簡單。他以為本佳還會交代點什麼。本佳從書本上抬起頭來時，卻說：「你傻了？還站在這裡，影響我複習功課了。」

「我是想……要不要去……看看劉副站長？」

「他不在，上縣醫院去了。站長不是還躺在醫院嗎？」

「我晚上幾點來？」

「唉，我說你怎麼婆婆媽媽的，幾點？怎麼不跟我對對表？你以為是在幹什麼驚天動地的大事情！」本佳不耐煩了，「不要太早，等鎮上人差不多睡了。也不要太晚，太晚，我要睡覺了。」

拉加澤里走出門去，還不敢相信事情竟然這麼輕而易舉，忍不住又返身回來，拿出給劉副站長的那份錢：「這是……劉站長……」

本佳頭也不抬：「他的東西你自己給他。」

他都轉身走到門外了，本佳卻叫道：「回來！」他又轉身回去了。

本佳沉下臉來：「我教你一條規矩，沾了你要感謝誰，不管是拿東西還是拿錢，就是給他本人，不要跟第二個人照面！」

拉加澤里這下心裡踏實了，剛才看本佳一副大大咧咧的樣子，他覺得自己的事情人家並沒有放在心上。那張滿不在乎的臉一沉下來，說明他是在乎的。於是，他那一臉感激的笑容再也不是裝出來的了。感情一到位，嘴裡那些好聽的感激話想都不用想就溜出來了。在鎮上，人們都說這很少說話的小子是個倔骨頭的傢伙。但在此之前，他既沒有與這些人平等的機會，也沒有通了關係在一起做點什麼，一個人微言輕的人，對這個世界又有什麼好說的呢？現在，他心裡踏實了，好聽的話自己就湧到嘴邊了。

這些話聽得本佳臉上浮起了笑容：「小子，不知為什麼，我就想教教你，免得剛入得門來，地皮都沒有踩熱，犯了行內的忌諱，又被踢出圈外補輪胎去了。」

這麼推心置腹的話，更是讓他感激莫名。更多的話，就像泉水一樣湧出嘴巴了。

「行了，行了。到時候就來吧。」

回到修車店裡，他在床頭上的鏡子裡看見自己還掛著一臉笑容。很開心的笑容。含著諂媚之意的笑容。而在此之前，他心裡痛恨那些臉上總是掛著這種笑容的人。在鎮上這兩年多裡，跟同在鎮子這幾十號人相遇，他也會微笑。但那笑容總顯得落寞而空洞。在別人看來，這也是一種孤傲的表現。但是，一旦有了一點機會，這種動人的諂媚笑容就浮現在自己臉上了。他躺在床上，身體很累，腦子卻很新鮮。又從床上起來。店裡也沒什麼事，他就往茶館去了。

李老闆仍然抱大號茶杯，安坐在店子裡。

看見他出現在店裡，李老闆臉跟眼睛一絲不動，也不招呼服務員上茶。拉加澤里臉上那未經訓練就自動出現的略帶諂媚的笑容就僵住了。

「李老闆好。」

「有何見教？」口氣平淡得有些冷漠。

「事情辦妥了！」

「什麼事情？你的木頭裝了車，通了關，運到山外的市場上賺到了錢？」

「這個，準備好了，今天晚上就過關。」

「那，不要對我說事情辦好了。」

拉加澤里有點委屈了：「我是說你要的那落葉松，棺材料，我找人去弄了！」

李老闆不聽這個還好，一聽這個，猛然一下把那大茶杯墩在桌子上，頓時，裡面那些漂亮的綠中帶點點微黃的茶芽翻捲起來，青碧的茶湯立即就混濁了。他背了手走到門口，站了一會兒，又回來，「算了，你個小娃娃，我跟你生什麼氣，你要想發財，不能走你們村裡那些人的野路子，要耐住性子，我就是看你耐得住性子，可憐你也算知書識禮，才想幫幫你，想不到也是個見點錢就心浮氣躁的主！嗨！再說，你還才見到錢的影子，真錢的味道你還沒有嘗到呢！」

「我……就是……有點高興。」

「有點高興？臉都快笑爛了，有點高興？我看是高興壞了！算了，那幾米木材的指標我白送你。以後，你也不必來找我了。」

轟然一聲，拉加澤里的頭一下就大了。命運之門剛剛在面前打開一道縫隙，讓他看見了天堂裡的一絲金光。他本以為，這門會愈開愈大，現在，卻在一個不可能預想到的地方訇然一聲要關上了。於是，他聽到哀求的話從嘴巴裡滾滾而出。本來，他可能會有更下賤的表演，但是李老闆把他止住了：「少說這些自己都不愛聽的話，還是先把眼下的事情辦好吧。」

他還想表示點什麼，李老闆又抱起大茶杯，回復到平平淡淡的神情與語氣：「其它的事情以後再說。」

拉加澤里知道，現在要再說什麼都沒有用處了。他還是鬆了口氣，至少，那門沒有完全關死。或者說，關上了，卻沒有鎖上門閂。剛才還興奮得想唱出來的心情一下子變得忐忑不安。幾分鐘前，身子像鼓漲的氣球輕飄飄的像是要飛起來了，現在，他往回走，沉重的腳步拖在馬路上沙沙作響。

在沒人的地方，他狠狠打了自己兩個耳光。因為用力過猛，揮動手臂時，腰上的傷又被扯動，疼痛又像一條鞭子落下，從腰眼直掠到後腦勺上。費了很大勁，他也定不下神來。這時，一輛重載的卡車開來了。把兩個爆裂的輪胎擺在了他的面前。要在十分鐘前，他可能不會接這活兒了。他會提供工具讓司機自己來幹。但在這心神不定的時候，這份活來得正好。他繫上圍裙，戴上手套，用鐵撬棍把鋼圈和膠輪分開，坐下來修補輪胎。小小的店裡，熟悉的鐵鏽味，橡膠味瀰漫開來，使他慢慢安定下來。這時的他，把平常覺得簡單枯燥的事做得津津有味，不用揣摸別人的想法，不用機心算盡，不用忐忑不安，銼刀一下一下拉在富於彈性的膠皮上，有種很舒服的起伏不定的手感，每一銼下去，效果都清晰可見：光滑的橡皮表面的光澤消失了，起毛了，起了更多的毛，更大面積的毛，可以塗上膠水了。強力膠水氣味強烈，而且令人興奮。膠水把兩片被銼刀拉毛的橡膠緊緊黏合在一起了。

老王背著手從店前走過去，他沒有抬頭。但他知道是老王走過去了。

李老闆也抱著茶杯從店門前路過，他也沒有抬頭。李老闆還在門口站了一站，看他忙活自己的事情。

他也沒有抬頭。

補好輪胎，卡車重新開動，黃昏已經降臨了。巨大的黑暗從每一個有陰影的地方——從樹影下，從岩洞裡，從鎮上那些房子的某個角落，甚至是人心的內部某個地方——漸漸瀰漫開來。那輛重載的卡車嗚嗚嘶叫，出了鎮子，進入盤山道上，在這樣的路上爬行四十公里，越過海拔將近五千公尺的山口，再急轉而下，順著峽谷，轉到東南方的出山的路上去了。看看地圖就知道，這是一條很繞的路。如果地理只是一張紙，那麼，打開這張紙，從這些出產木材的群山，從這個自治州的腹地，或者說青藏高原東北部通向四川盆地的地方畫一條直線，那麼，這條公路並不需要繞這麼大一個圈子。如果公路照這個方向走，那就不是在機村裝載了木頭的卡車要往這鎮上了來，而是公路到了這雙江口鎮上後，不上山，直接往機村去，然後，經過機村往風景美麗的覺爾郎峽谷去。但是，機村與覺爾郎峽谷那急降了上千米的懸崖把這條路封斷了。在那個地方修路，需要很多錢，也需要更高的技術。已經有好幾支設計隊勘察過這條路線了。共同的結論是從機村開始，打一條隧道，長五到八公里，那條高等級公路穿過覺爾郎風景旅遊區（規畫中的），這樣，汽車可以在危險的盤山路上少跑近百公里路。而且是最危險的翻越雪山的路段。在這近百公里路上，冬天的冰雪，夏天隨時爆發的泥石流，時常有車毀人亡。但現在是五月，是這條道路最為暢通與安全的季節。

拉加澤里站在店門口，看那輛卡車前大燈兩支光柱交叉在一起，左右搖擺，從遠處看去，像是蝸牛慢慢爬動時頭頂上那對細細的觸角。不是車燈不夠強勁，實在是這大山裡的夜色太寬廣無邊了。很快，卡車晃動的光柱就被大山的暗影完全吞沒了。

心裡頭那股興奮勁被李老闆打下去，身體困倦就襲來了。身體剛沾到床，他就睡過去了。猛然一下驚醒過來時，心裡不禁驚叫一聲，完了！腦子裡閃過可怕的念頭：睡過頭了！而且一時間還想不起這麼一下跳起來衝出屋子是為了什麼事情。他站在夜色中，頭頂上的天空綴滿了閃閃爍爍的星星。稀薄的星光像一片冰冷的水嘩然一聲淋透了全身，他清醒過來。轉身就往檢查站跑。跑到那扇燈光明亮的窗口前時，看見檢查站的人都沒睡覺，他們大呼小叫地圍著一桌麻將。本佳也在。他衝進去，拉住本佳，問：「幾點了？」

本佳很奇怪地看著他，用嘴朝他的手腕上呶呶：「你戴著表嘛。」

的確，那只伸出去緊抓著別人的手腕上，金屬表殼在燈光下閃閃發光。時針才指向十點。有人胡牌了。桌面上馬上有兩三百現金往來。本佳也興奮地叫一聲：「中了！」

他也收到了和胡牌那人一樣多的錢。這是剛興起不久的一種玩法。麻將一桌四人。多出來的人，可以跟定桌上任何一家，人家輸多少，你輸多少，人家贏多少，你也贏多少。

「嘿，小子，你也來跟一家！」

拉加澤里哪見過這樣錢不像錢，就像紙一樣在桌上飛來飛去的場合，趕忙往後退縮：「下次，下次吧。」

「小子，該學學這些東西了，要在場面上混，這些可是必須的功夫啊！」

本佳卻說：「我撤了。」轉身把拉加澤里帶到自己屋子裡，「來，我有道習題解不開，聽說你在學校是高才生，幫我看看。」那題就是高一年級的水準，三下兩三，他就把題解開了。並隨手把每一個步驟都寫在了紙上。本佳也不是個笨人，題還沒有解完，他就已經明白過來了。他說：「你他媽真是個高才生啊！」

拉加澤里點點頭。

「那你真是個傻瓜，為什麼不繼續念書了？」

一句話，立即就讓他做題時臉上那自得的神情抹掉了。他有些茫然地重複本佳的問題：「我為什麼不念書了？」

這真是一個問題，雖然說不念書是自己的決定。但好多時候，心裡頭對為何做出這個決定還是感到一片茫然。

「你這麼厲害，為什麼不念書了。」

他說：「我的女同學都上醫學院了。」

「女同學？」

「女同學。」

「忘不掉？」

拉加澤里無話可說，只能尷尬地笑笑。

「她也喜歡你。」

「現在不喜歡了，我們吹了。」

本佳有些動容了：「想不到你小子還有這些故事。可我想不通，你為什麼不好好上學了。」

就像電影裡到了很關鍵時刻那樣，他腦子裡響起了一段很憂鬱的旋律，那是鄉村裡古老的民歌：

在翻過高高雪山的時候，

我的靴子破了。

靴子破了有什麼嘛，

阿媽再縫一雙就是了。
可是，雪把路也淹沒了，
雪把方向也從腳下奪去了，
……

他要對人講，是因為看了別人，比如更秋兄弟弄木頭發了大財，村裡那麼多人家買了卡車，蓋了新房子，所以，他就離開了學校，那幾乎是一個笑話，因為迄今為止，他並沒有掙到錢。那段誘使人傾訴不幸的旋律還在腦子裡迴響著，但他不想把什麼都說出來。說什麼呢？說他從小就失去了父親。說自己攤上了一個懦弱的，總在怨天尤人的兄長。上學時，他學習好，兄長憂心忡忡，為了當下的學費，更為了上大學後需要的更多的錢。談母親因為生下自己而慚愧終生，在家裡從來不言不發。慚愧把她身上對兒子的愛也奪走了。母親在家裡只是一個影子般的存在。

拉加澤里不想說話，但他的眼裡卻有淚光漾動了。

本佳說：「好了，好了，乾脆，你就跟我一起讀自考大學吧。」

拉加澤里緩緩搖頭：「你是國家幹部，你讀自考有好處，我讀自考幹什麼？」但他想說一句更快意更決絕的話是，「我已經把自己毀掉了。」但他沒有這樣說，他用哀戚的口吻說，「本佳，你要幫我。」

本佳說：「我已經在幫你了。」

桌子上的麻將還沒有散去，卡車前燈明亮的光柱已經橫掃過來了。

車上的木材有十多個立方，他的指標單上只有五個立方，但是，本佳連看都沒看，就收了他那張紙頭，另換了一張硬紙卡片，在空格裡填上數字，蓋上一個藍色的方塊印章，就在屋子裡按動電鈕，關口那根欄杆就慢慢升起來了。

他感謝的話還沒有出口，本佳揮揮手，說：「回來後你要幫我複習。」

「一定！」

重載的卡車又開動了，雪亮的前燈打開，光柱隨著車子的移動橫掃過鎮上那些蹲伏在夜色中灰濛濛的磚牆瓦頂的房子。強烈的燈光照出了房子上那些平常並不留意的塵土。坐在車上經過這個鎮子和待在這個袖珍的鎮子感覺是截然不同的。在汽車強烈的車燈照耀下，這不過是一個像是因為被遺忘而漸漸沉陷的地方。但是，對木材盜伐者，長途汽車司機和木材老闆，以及員警和林業系統相關人員心目中，這可是一個大名鼎鼎的地方，而且，這個利益鏈條上的每一個人，都不會想到，從現在開始，還有十來年時間，這個地方就會被人迅速遺忘。鎮上因為各種因緣而風雲際會的人物，四散開去，消失在茫茫人世中，不復相見。只留下這些房子還矗立在荒野之中，顏色日漸黯淡，房頂慢慢坍塌，只剩下一些斷壁殘垣爬滿了荒草與藤蔓。現在，這個鎮子外表昏昏欲睡，而在內部，在裡邊，卻是另一番景象。員警在大瓦數的燈光下詢問「留置」的嫌犯；檢查站的人圍坐在麻將桌前；茶館裡，一些生意人在交流資訊；旅館的床上，長途汽車司機已經沉沉睡去，還有一些身分曖昧的傢伙百無聊賴地對付著整箱的啤酒；而在某個貿易公司新開的辦事處裡，裝飾得頗有大城市酒吧風格的包間裡，那幾個漂亮的公關小姐正在陪客人痛飲XO。貿易公司辦事處那種張揚豪華的風格使低調的李老闆不屑的同時，也深感不安。上個星期，他應邀參加了辦事處的開張典禮。那麼響的鞭炮，那麼短裙子又那麼大方的公關小姐，那麼多的洋酒，床一樣寬大的沙發都讓他不安。儘管如此，那天他還是喝高了。李老闆是個很節制的人，但是，他一臉紫紅，站在修車店前說，「媽的，那些姑娘就敢一屁股坐在你身上，媽的，還喝交杯！」他緩緩搖頭，輕輕嘆氣，「媽的，這個世道，這個世道！」

拉加澤里嘴上不說，但心裡卻嘀咕：「這個世道是什麼世道，大家都掙得到錢難道不是好的世道。」

那天的暮色中，李老闆搬出了難得一拉的二胡，坐在門前深俯下身子拉動弓弦，那低緩猶疑的沉吟聲注滿了黃昏裡漸漸逼仄的視覺空間，如泣如訴，似悲還喜。

十

卡車很快就駛出鎮子，開到往山口攀升的盤山路了。

刀子臉看了看拉加澤里。拉加澤里卻沒有看他。

這傢伙還沉浸在自己坐在卡車上經過鎮子時那種疏離感中。他有些吃驚，這個置身其中這麼長時間的地方卻顯得如此陌生，好像跟自己沒有絲毫的關係。就像這些天來，事情說開始就開始了，比他想像的要容易，因此有種恍若夢境的味道。

刀子臉說：「想什麼哪，鋼牙。」

拉加澤里這才回過神來：「就這麼一路去省城了？」

「那怎麼去？」

拉加澤里有些尷尬地笑了：「我不是這個意思。」

刀子臉有些不高興：「你是要押車去省城？」

拉加澤里意識到自己其實沒有認真想過這個問題。

刀子臉乾脆把車停下來，說：「現在你是老闆，你得告訴我去還是不去？」

「什麼意思？」

此刻，這張臉上討好的笑容消失了，真的是閃著清冷的刀光：「我想該有人告訴你路上的規矩。」

「我已經豎起耳朵了。」

「你在木材市場上有定下的買家？」

「沒有。」

「我想你也不認識他們。」

「不認識。」

「那就要靠我來聯繫買主，討價還價。」

「你聯繫，我是老闆，我討價還價。」

刀子臉笑了，他竟然伸出手來拍了拍拉加澤里的臉，語氣裡也帶上了揶揄的味道：「同學，我不能說這條道是黑道，但說它半黑不白也不算嚇唬你。這條路子也不是一天兩天就能趟出來的。」拉加澤里也聽說過，在省城附近的木材市場上，大公司的東西直接就交到木材廠或火車站了，他們不在市場上數錢。在市場上零賣的，其實都是賣給幾個霸住了市場的幫派，然後，他們再在市場上集中發售。

他沒有去過省城，但這麼些年來，卻打聽到不少那個木材交易市場的情況。他甚至想到，第一次怎麼去會那些好勇鬥狠的幫主。他沒想到的是，一過了檢查站的關口，離省城的交易市場還很遠很遠，刀子臉就跟他翻臉了。

刀子臉關掉了車前燈，四面大山裡深重的夜色立即緊逼過來。兩個人在黑暗中靜坐了一會兒，刀子臉啪一聲打開駕駛的頂燈，同時把一萬塊拍在他面前：「這一車，你淨賺這麼多。剩下的，我有賣主，除了運費，也該賺個一千兩千。鋼牙，生意就是生意。等你有了本錢，我會幫你介紹在市場上說得起話的朋友。」

他說這話時，就像緊逼過來的夜色，多少有些強迫的味道。

拉加澤里拿起那一萬塊錢，塞進口袋，想了想，又點了五百塊出來，伸到刀子臉面前。

刀子臉問：「給我？為什麼？」

「買票。」拉加澤里笑了，「我們的生意已經成交了，我還沒有去過省城，我想去看看。」

刀子臉緊綳綳的臉鬆動了，終於露出了一點笑容：「鋼牙，我說你是不是太急了一點。」

「我不著急。我就是沒有去過省城。」

拉加澤里心裡懷著委屈，所以眼睛沒有看刀子臉。看他的眼光，好像正盯著車外某個很遙遠的地方。但窗外便是四合而來的黑暗，不可能看見什麼。刀子臉搖搖頭，打開車燈。即便如此，除了兩道交叉的光柱照亮的一段上坡路，路邊的岩石和叢叢灌木，並不能看見什麼。車子上路了。看著車前晃動的光柱隨著道路的變化，一會兒朝向星光依稀的天空，一會兒探向深不可測的山谷，拉加澤里突然想起一個電影裡的形象：笨拙的巨人，揮舞著僵直的機械手臂，在和看不見的什麼東西搏鬥。

很快，他就隨著車子有節奏的搖晃，睡著了。

醒來時，天已經大亮了。卡車正行駛在從他未見過的風景之中。五月，機村的莊稼剛剛出苗，沿河兩岸，杜鵑剛剛開花。這一路上卻見農民收割成熟的麥子。那些農家小院裡，碧綠的樹上結滿了鮮紅的櫻桃。山還在，但變得輕淺了。空氣濕漉漉的，開闊的谷地中散布著稠密的村莊。他們所來的那個山間小鎮已經很遙遠了。拉加澤里睡眼惺松，問是到某某地方了嗎？

一臉倦容的刀子臉嗓音都沙啞了：「你不是沒有來過嗎？又怎麼知道這是什麼樣地方。」

拉加澤里懶洋洋地笑笑：「在機村，在雙江口鎮上，就是你們這些人談這一路上的事情，談得我都不想聽了。」

「給我點根菸，睏得不行了。」

「那就休息一下。」

「再挺挺吧，順利的話，再有兩三個鐘頭就到了。」

「這麼寬這麼平的路，還有什麼不順的？」

刀子臉低低咒罵了一聲，拉加澤里就看見前面公路上幾個戴大蓋帽的人設下的臨時關卡。卡車停下，他們也不說話，遞上一張單子來，刀子臉交了五十塊錢，搖上車窗。兩個穿白衣服的人揹著噴霧器，對著車子呲出一股股灰白色的霧水。

拉加澤里問：「這是幹什麼？」

「消毒！」刀子臉大聲喊道。

「我們有毒嗎？」

刀子臉啟動了雨刮器，刮去噴在車窗上的乳白色藥水，指指外面，拉加澤里看到了停在路邊車上防疫的字眼。這一段路，公路平整寬闊，但車卻跑得並不是順利。到達目的地之前，卡車又遇見了幾次大蓋帽設下的關卡，每一次，都是交錢過關。有一兩處，有裝模作樣的檢查，大多數地方，交了錢就過關了。

拉加澤里還感嘆：「光收錢，不認真檢查！」

「閉嘴，幸好人家今天情緒好。他們要一認真，隨便挑你一個毛病，那就倒楣了。鄉巴佬，這就是進城。鄉巴佬不是都想進城嗎？這是城市在歡迎我們！」

那個巨大的城市出現了。

但不是電影裡看到的那個樣子，也不是畫報上的樣子。電影和畫報裡那些閃閃發光的高樓只能從光線迷濛的天際線上隱約看見。而眼前的景象卻骯髒而混亂。那麼多高低不一的房子簇擁在一起，人流在擁擠不堪的街巷間湧動。那麼多人，茫然而又焦灼。這些人城裡人？還是鄉下人？還是他這樣的異族人？他不知道。表面看來，城裡人跟鄉下人，這個民族跟那個民族的人，並沒有太多的不同。他們在這塵世上奔忙，目的與心情都沒有兩樣。是一萬個拉加澤里加上一萬個刀子臉，如此而已。拉加澤里心頭隱隱感到被惡夢魇住般的窒息感。穿過湧動的人流，穿過那些曲折的街巷，卡車終於開到了市場。市場當然也不會是拉加澤里想像中的模樣。比那些曲折的街巷更混亂、更喧囂，這裡出沒沉浮的人們神情中都帶一點凶狠的神情。因為這個地方有一個人人都揣在心頭的字：錢！

刀子臉跳下車，眼裡又現出了那種凶巴巴的神情：「看好車，我去找人看貨。」

他穿過貨場上堆積的大堆木材，一輛輛載重卡車，一團團，一簇簇攪纏糾結人群，從拉加澤里眼中消失了。

他看到人們把木頭裝上一節節火車車廂，聽見不遠處，隔著一列並不特別高大的水泥建築，火車汽笛嗚嗚的鳴叫，這些過去只從書上看到，內心非常嚮往的東西，此時，卻一點也不令他激動。混亂的情景只是使他感覺遲鈍，麻木不堪。

刀子臉跟著幾個表情橫蠻的人回來，驗貨，談價，抽菸，開玩笑，稱兄道弟，他卻坐在駕駛室裡流汗，犯睏，沒有動窩。交易完成了，那個人稱老大的傢伙，還拉開車門，仔細地把拉加澤里打量了一番，轉身對刀子臉說：「這裡還有一段木頭嘛。」

刀子臉揮揮手，沒有說話。

直到卸完了貨，在一個帶著巨大停車場的旅館住下來，吃了飯，睡覺。起來，又吃飯，喝了不少啤酒，刀子臉帶他去洗了澡，又倒頭睡到第二天早上，換上新買的單薄清爽的新衣裳，拉加澤里才恢復了感覺，能夠開口說話了。

刀子臉心情不錯：「說吧，想上什麼地方去玩玩。」

從別人嘴裡，他知道這城裡很多地方的名字。公園、百貨公司、電影院、舞廳、酒吧、有小姐的賓館。他也知道，醫學院就在這個城裡最漂亮的地方。他還想起了一個地方：萬歲宮。他聽駝子啊，索波啊這些正在老去正在過時的一幫人說過，機村最初砍伐樹木，就是為了在這個城市的中心建一座萬歲宮。那時，不是成片砍伐，而是在森林裡尋找那些最漂亮的樹。樺樹、柏樹、杉樹、落葉松。索波他們說，那萬歲宮肯定是城裡最高大雄偉的地方。他不像刀子臉那樣什麼都喜歡向愛理不理的城裡人打聽。他從一個香菸攤子上買了一張市區地圖，但手指在上頭畫拉半天，都沒有找到萬歲宮三個字。還是刀子臉從一個戴眼鏡的老頭那裡打聽到了：「年輕人，那是過去的事情了！」老頭從拉加澤里手裡拿過地圖，指出了那個地方。那地方就在圖的中央，位置倒是符合想像。

「時代變了，如今叫這個名字！」老頭手指很用力的戳向圖上那幾個字，差點把地圖都捅破了。老頭和善的臉上也浮起了凶巴巴的表情。

兩個機村人前去那個地方。

兩個機村人都有些心情激動，要去看看機村森林最初奉獻出來的木材造就了一座怎樣輝煌雄偉的宮殿。鑽進計程車，刀子臉說：「這下，我們兩個回去就有牛皮可吹了！」

沒想到那個地方卻是那麼令人失望。那方正敦厚的建築灰撲撲的，遠沒有豎在樓頂那些看板色彩亮眼，更不像鄰近幾幢玻璃幕牆閃閃發光的新樓那麼神氣活現。兩個機村人進到這座建築的裡面。除了寬大曲折的樓梯，深棕色的欄杆，厚重的門，他們沒有看到什麼木頭。他們看到的是水泥的牆，石頭的柱子。萬歲宮裡也沒有住著什麼大人物，也沒有進行著什麼決定很多人，很廣大地方命運的那種神祕而偉大的事情。現在，這個叫展覽中心的地方，其實就是一個巨大的商場。二樓，是羊毛衫展覽。全中國造毛衣的工廠都在這裡支起一個攤子。全國各地不同的羊毛紡成的線都織成了毛衣，全部懸掛在了這個地方。一樓，是家具展覽。全國各地的森林裡採來的木頭，甚至還有外國的木頭，人造的木頭造成差不多的家具：衣櫃、書櫃、碗櫃、鞋櫃、床頭櫃、文件櫃、古董陳列櫃、雙人床、單人床、嬰兒床、沙發、椅子、飯桌、麻將桌、書桌、辦公桌……展覽館場地都不夠用了，又在外面原來是廣場的空地上搭起了很多臨時性的房子，那些床、椅子、桌子、櫃子同樣充塞滿溢了那些地方。

有好些攤位，特別把原木家具作為賣點。為提高可信度，還標出了原木的產地。這兩個機村人所來的那片地區的很多地名，都出現在了這個展銷會上。兩個人都沒有說話。出了亂哄哄的展銷會。坐在展覽館前領袖塑像基座寬闊高曠的台階上，看著下面廣場上熙熙攘攘人潮，拉加澤里突然說：「可惜我們機村的木頭了。」

「是啊，現在不管他們用木頭來做什麼，我們還能換幾個錢，那時候，卻是一分錢也沒有換到。」

「你說，要是讓以前那些老傢伙，駝子跟索波他們來看看這個地方，他們怎麼想？」

刀子臉站起身來：「他們怎麼想關你什麼事？那時候他們一分錢都不掙就砍了那麼多樹，說明我們趕上了好時候，那就抓緊掙錢吧！」

拉加澤里笑了：「我猜你嘴上說的跟心裡想的不一樣。」

刀子臉彎下腰，臉上又顯現出凶巴巴的神情：「我看你只要弄清楚自己心裡怎麼想就阿彌陀佛了。」

兩個機村人在那裡坐了很久。身後身量巨大的領袖塑像正對的方向，一條寬闊的林蔭大道延伸到視線的盡頭，街道邊的建築，街道上的車流，越過江水橋梁，已然符合了拉加澤里關於這個城市的想像。這是畫報上的城市，是電影裡的城市。從手裡那張市區地圖上，他知道，有一個機村走出來的姑娘所上的大學，就在這條繁華漂亮的街道之上，而這個姑娘是他曾經的戀人，想起這個，不禁令人黯然神傷。

十一

一個鄉巴佬，第一次進省城，而且賺到了錢，卻心情沮喪，這是拉加澤里自己沒有預想到的。

李老闆卻因而有些高興，他說：「這就對了。」

「不高興就對了？」

「人當然該高興，也要看為什麼高興。」

拉加澤里拿出賺到的九千五百塊錢放在桌上：「我不知道該付你多少錢。」其實，他知道行情，知道該付多少錢，但他還想聽到李老闆再說句「這就對了」。

可是李老闆沒說這句話，也沒有碰放在桌子上的錢，他說：「小子，你不動腦子時很可愛，記住，做生意做事情，不要太動腦子。太動腦子，人家就不喜歡你了。」

他不喜歡這句話，但他卻點點頭，說：「我記住了。」

平時和顏悅色的李老闆這一天冷峻得要命：「不是記不記得住，而是做不做得到。有多少話我們記住了卻不會去做。」

「什麼話？」

李老闆臉上露出了有些譏諷的笑容，指指對面房子上白漆刷成的大字標語：「多得很，比如說那些話！」

標語是：保護森林資源！嚴禁亂砍亂濫伐！

「這句話人人都記得，可誰會去做？」

話說到這個份上，就沒有再說下去的餘地了。拉加澤里笑了：「我來付你錢，亂砍濫伐得來的錢。」

李老闆沒接這個話茬：「這筆錢夠你回去讀完高中了。」

「我回不去了。」拉加澤里深吸一口氣，緩緩地說道。

「那就是說，你一定要在這條路上走下去了。」於是，李老闆從那摞錢裡點出自己那一份，從腰上解下鑰匙，打開櫃子，端出一只鐵盒子，從裡面又取出一紙批件，他一看那數字，不禁嚇了一跳，是一張一百二十立方的大單！雖然李老闆提醒過他不要太動腦子，但他腦子飛快轉動起來。做好這張單子，再依靠檢查站的關係，做點手腳，至少可以賺到十萬元錢。

「算清楚了？這回，可不是賣指標，這是我們兩人的合夥生意，你跑腿，搞收購，我出本錢跟指標。」

拉加澤里心裡的陰霾的情緒一掃而光，他爽利地說：「你是我老闆！」

「記住，不能對人說指標的來處。」

「老闆還有什麼吩咐！」

「和氣生財，做生意，特別是我們這種人人都做，其實並不合法的生意，不要跟人鬥氣，不要跟人結怨。」

「記住了。」

李老闆搖搖頭：「小子，你答應什麼事都太快了。」

「因為我願意聽你的。」拉加澤里這句話是非常由衷的。李老闆也因為這句話的真摯誠懇而有些感動，「我相信這是真話，但我還是那句話，真要做到就不容易了。」

「我會……」

李老闆搖手，打斷了他：「今天晚上，我請老王喝酒，你來作陪，怎麼樣？」

「……」

「看看，有問題了吧。小子，其實只需要記住你是在做生意就可以了。」

「我去。」

「這就對了。」

出了門，拉加澤里去找本佳。他已經把本佳當成朋友了。他從省城給本佳買了一套英語聽力磁帶。到了檢查站，他心上卻有些忐忑，自己把人家當成朋友，但人家也會把自己當成朋友嗎？畢竟身分的差異是巨大的。一個是修補破輪胎的小店主，一個，是手握檢查大權的國家幹部。果然，本佳見了他卻表情平淡，但一切都在他拿出那套英語磁帶時改變了。

「我給好幾個木頭老闆打了招呼，讓他們買，都沒有買來，答錄機倒送了好幾部！」

本佳當即把一台沒有開封的答錄機送給了他：「你拿去用吧。」

他只想到自己應該送檢查站的人錢，沒想到人家還要送東西給自己：「我要付你錢。」

本佳抬頭看他一眼：「媽的，這個地方，他媽時時刻刻都是錢。記住，朋友，不要時時刻刻都說錢。」

拉加澤里聽了這話，真是開心得要命，他咧開嘴笑了：「媽的，好像每個人都想教育我，都對我說記住這個，記住那個。」

本佳拿出這幾天做過的題：「又有兩道不會解。」

「我來試試。」

「你解有屁用，要講講是怎麼解的！」

「我又不是老師。」

「你就是我的老師嘛！」

這次解題，可真是愉快。人一愉快，時間就過得快了。還是本佳說：「媽的，餓得不行了。」

拉加澤里這才猛然想起要去陪老王喝酒：「李老闆要我去跟老王喝酒。」

「這隻老蜘蛛。」

「什麼意思？」

「蜘蛛幹什麼你不知道，就是結網子唄。」

「我去不去？」

「媽的，人家吃肉，你也不能光聞肉香，要吃肉就要結網子，怎麼不去？」

「我不知道……該不該……你不知道他打我有多狠。」

「你恨他。」

「當然。」

「你不能恨他。」

「當然。我怕他恨我。」

「他恨你幹什麼？」

「那他打我那麼狠。」

「那是工作！小子，工作，你懂嗎？他打你就是工作，跟你銼那些膠皮差不多。」

「膠皮不痛，膠皮不是人。」

「那時候，你他媽就是膠皮。去吧。」

「那怎麼去？要不要買點什麼意思意思？」

「拉倒吧，小子，你太愛動腦子了。」

拉加澤里就去了。果然，老王見了他，很隨意地說：「小子，別裝好人樣子規規矩矩站著，坐下。」

喝酒的地方是那個貿易公司辦事處的包間裡，暗紅的燈光，讓身子陷下去的沙發。喝的是洋酒，很衝，口味很怪。老王很能喝，李老闆也不差。老王喝酒有員警需要的捨生忘死的氣概。他心肺功能不好，在這氧氣稀薄的地方，他本來就喘不上氣來，一大口酒喝下去，他就深陷在沙發裡，往上掙扎。終於，他吐出一口氣，說：「啊，太他媽痛快了！來，小子，跟我乾一杯吧！」

因此，拉加澤里相信了，他那麼狠心地痛毆自己時，那只是他在工作。而現在，喝酒的時候，他才是喘不上氣來的老王。他說：「活著也不容易，媽的，一醉解千愁，乾吧。」

老王醉了，他伸出手來摸摸拉加澤里的腰：「小子，這裡還疼吧？」

「不疼了。」

老王笑了：「不疼？不疼你個十天半月才怪。不過，這下你在你們機村人眼裡，算是有種的傢伙了。聽說他們都給你起好新名字了？他們怎麼叫你的？」

「我沒聽說。」這傢伙竟然這麼隨隨便便提起對別人的傷害，而沒有感到絲毫的不安，使拉加澤里心裡真的泛起了一股怨憤之氣。但他沒有露出絲毫的不滿，不是他害怕老王，而是因為李老闆一直在觀察著他。

「鋼牙！鋼牙！」老王笑起來，轉身去拍李老闆的肩膀，「朋友，有了那一次，村裡那些毛頭小子，就尊稱他為鋼牙了！嗨，小老弟，你喜歡這個名字嗎？」

「也有人叫我膠皮。」

「膠皮？」

「修車店裡的膠皮。」

「唔，更像一個大人物的名字。」

「你不能再喝了。」

「聽聽這小子叫我什麼？『你』？告訴你，小子，論年紀，你該叫我伯伯。」

伯伯？管一個把自己打得傷痕累累的人叫伯伯？

「叫不出口嗎？就因為我搞調查案子捅了你幾棍子？」

拉加澤里把眼光轉到李老闆身上，他靠在沙發上，閉上眼睛，一副對任何事情都充耳不聞的樣子。於是，他叫了：「伯伯。」

「再叫一聲。」

「伯伯。」這第二聲叫起來，就輕易多了。

「好吧，小子，作為一個獎勵，我告訴你一個祕密。你再把這個消息告訴機村人，等這個消息確實了，他們就要對你另眼相看了。」

「什麼？」

老王先是嘆了口氣，接著又笑了：「讓你們機村那些幹了壞事的人放寬心吧，案子不會再追下去了。」

「案子不追了？」

原來是縣裡要開一個很大的會。什麼會？老王也說不清楚，「現在新玩藝太多了，那會的名字我叫不上來。」總而言之，這是一個縣裡從來沒有開過的會，也是比以前開過的所有的會都要盛大很多的會。「聽說光是一個晚上的焰火就要放掉二十萬元。這些天，抽調了武警訓練怎麼把焰火放得好看。」

「開會跟這案子有什麼關係？」在拉加澤里內心裡，並不希望這案子停下來。雖然員警不能從他嘴裡得到一星半點的線索，卻不意味著他不希望有牙口鬆的人透一點消息給警方。更秋幾兄弟本是窮得沒有辦法鋌而走險，掙到了錢，非但沒有一點收斂的意思，反而在機村這個小天地裡作威作福了。

「當然有關係。開幕式上，主席台上要坐很多上面的領導和來投資的大老闆，縣裡要把全縣的三百輛個體戶的汽車排成隊列開過他們面前。」

李老闆這才慢慢睜開眼睛，說鄰近的縣開類似的會議時，是把幾百輛牧民的摩托排成方陣開過主席台前。李老闆問老王：「關於這個，上面是什麼說法？」

「說是要創造一個寬鬆的環境，要充分展示改革開放的成果。這樣的案子就先放一放了。」

「會開過了再追查？」

「那時，就沒有人提得起這個興頭了。你以為員警就想沒事找事，抓濫砍亂伐還不是上面布置的任務。」

如果員警這面一鬆，更秋家幾兄弟一活躍起來，他剛剛打開的順暢通道，也就沒有那麼稀罕，那麼令人刮目相看了。

於是，他說：「其實，你猜都猜得到是誰幹的。」

「我當然猜得出來，可是辦案不是猜出來，而要靠證據說話！」接著，老王搖搖手，「算了，不說這個了，多一事不如少一事，上面不讓辦，我們就不辦了。」

拉加澤里卻怒起心頭：「媽的，那我不是白挨了你們的打！」

老王看著他，給自己倒了一大杯酒，一仰頭喝乾了，說：「難道你還想打回來？」

李老闆狠狠瞪了拉加澤里一眼：「送老王回去。」

拉加澤里也覺出了自己的冒失，陪著笑臉攙起了老王。人還站在門口，背後的燈光，已經把兩人的身影投射到了外面的馬路上。

兩個身影搖晃不定，相互疊加著，顯得那麼親密無間。

酒醉了的老王更是被憋得喘不上氣來，但他還是說：「小子，與其跟我鬥氣，不如趁這員警都洩了氣的好機會，抓緊幹點自己的事情。」

十二

第二天早上，拉加澤里早早起來，看到執勤點前的兩部警車已經不在了，只在泥地上還留著清晰的車轍，空氣裡還瀰漫著淡淡的汽油味道。他走到窗前，見屋子裡那幾張床上，被褥也都收拾了。

他對李老闆說：「老王說的是真的。」

李老闆抱著大茶杯沒有說話。

他又說：「昨天我太冒失了。」

李老闆這才重重地把茶杯墩在桌上，口氣卻平靜：「你就受不得一點委屈？知不知道老子坐了多少年牢？」

他想說幾句抱歉的話，一時卻不知從何說起。

李老闆揮揮手說：「你都知道自己錯了，我還生什麼氣呢？你是個聰明人，覺得該幹什麼就趕緊去幹吧。」

拉加澤里巴不得馬上就趕到機村搜羅木頭，裝車，發運，李老闆給他的單子足足有十卡車的木頭。他不會規規矩矩就弄十卡車。規規矩矩的生意賺不了幾個錢。他至少用這指標作掩護，弄出至少二十卡車木頭去。就靠這一張單子，他至少要賺到十萬塊錢。機會來了，膽子大一點，下手狠一點，這錢也就到手了。他心頭雖然興奮著急，想著馬上就奔往機村。但他還是打開店門，把招牌擺到店外，把來往司機要用補胎要用的剪子、銼馬、舊橡皮、膠水一一擺好，甚至還接通電源，看充氣泵運轉是否正常，這一切都妥貼了，他又把水管拉到空地架好，看膠皮管子裡湧出的清水成扇面散開，清芬的水氣立即就把乾燥嗆人的塵土味壓下去了。

忙乎著這一切的時候，他心裡的焦灼也給壓下去了。

李老闆又抱著他那架二胡拉起了一支悲切的曲子。早上的陽光特別明亮耀眼，拉加澤里看不見李老闆的臉，只是在那好像可以觸摸的一簇簇光線背後，看到他拉琴的影子。拉加澤里想像不出來，這個那麼有來頭，讓那麼多人羨慕不已的人，拉出的琴聲卻如此在寂寞悲苦。仔細想想，他真的從沒見過李老闆眉宇之間有過真正高興的神情。在檢查站，他本來只是想跟本佳聯繫一下過關的時間。本佳不說話，只是朝牆上呶呶嘴，他就看到了一張本週的值班時刻表。他笑了：「就這麼明明白白地寫著？」

在雙江口鎮上，來往的木頭販子，卡車司機，凡是要過關的人，都會打聽，檢查站上的那些人誰誰在什麼時候當班。沒指標的，需要內線，有指標的，也多多少少會超出指標，需要人高抬貴手。就算是指標手續全部合法，也擔心過關的時候被挑刺，被刁難，即便什麼關係沒有，也希望遇上一個性情溫合，好說話的主。這也是雙江口鎮上茶館裡，旅館酒席上，小吃店飯桌上最經常的話題。

拉加澤里說：「就像學校裡學生做清潔值日一樣。」

「對，就像清潔值日。」本佳把聽錄音的耳機摘下來，「問題是，誰能進到這間屋子。」

「我進來了。」

「所以，你的財運來了。」本佳還給他攔了一輛往縣林場去裝料的車回機村去。縣林場是伐木場撤出機村之後由縣政府建立起來的，就在過了機村，往峽谷更深處去，往覺爾郎方向去的地方。為此，還從機村開始修築了一條簡易的林區公路。據說，這條公路是依照著規畫中的覺爾郎風景區的設計圖修的。縣上的幹部下來講，將來，再修往覺爾郎風景區的路，只要稍稍拓寬一點，就可以行駛遊客乘座的旅遊大巴了。縣林業局的人所以來機村講這些話，因為新公路要占去機村十幾畝莊稼地，還要從幾戶人家背後的山坡上通過。公路會斬斷了從高遠處的山脈一瀉而下的「氣」，壞了這些房子的風水，對這種情形，老百姓是很不高興的。但是，機村人也願意有一個美好未來。對於機村人來說，唯一可以看作美好未來目標，就是那個規畫中的覺爾郎風景區。差不多每個機村人都知道上面那個規畫。知道有一天，通往省城的公路將不再從雙江口鎮子那裡上山，而要從機村經過，然後，一條隧道將穿過大山的腹部，使覺爾郎峽谷封閉至今，讓所有人視為畏途的那些懸崖將不再是天塹。那時，那些懸崖前會豎起高高的觀光電梯。只消幾分鐘時間，電梯就升到懸崖頂端，讓遊客從高處天神一樣俯瞰這個美麗的峽谷。看峽谷裡的美麗湖水，奔跑的鹿群，還有古王國的廢墟。機村人甚至聽說，有個設計師甚至設想把那架觀光電梯設計成一座佛塔的形狀。這樣一來，覺爾郎峽谷除了自然景觀與古代遺跡，這座世界第一的佛塔本身就成為了世界第一的人造景觀。沒有機村人不在盼望那個計畫的實現。他們盼來過一些規畫中的東西，比如水電站、拖拉機和人民公社這樣的東西，也有一些東西只是傳說，而沒有真正出現。比如六十年代機村森林大火時傳說中要派來滅火的轟炸機，比如農業機械化，再比如曾經傳說過一陣的，一所大學要把機村變成一個綜合性的農場兼實驗基地。為什麼會有這麼一個規畫呢？因為十幾年前，一個會跳朝鮮族舞蹈的大學老師當過一任工作組長，他在機村山上採到過幾種野草，說用這些野草跟麥子嫁接可以培養出高產的良種。這個組長還是唯一一個去過覺爾郎峽谷的幹部，他說，那個峽谷是一個科學寶庫。現在，機村人還傳說，當年那個大學老師就是將來風景區管理局的局長。

當然，更讓機村人無話可說的是，已經是縣委書記的老魏親自帶人來到村裡。他沒有馬上開會。他讓跟來的人待在廣場上。自己只帶著祕書，這家人吃碗茶，那家人喝點酒，幾家人走下來，他才對林業局長說：「你可以開會了。」

拉加澤里記得，老魏也去了他們家。

照例，老魏是可以不必去他們家的。老魏先去的那幾家，都是在機村能說上話的。但老魏說：「我得去，要是有時間，每一家都應該去。修路也要影響到這家人，我得去。」

拉加澤里不認識老魏。但機村很多人會不斷說起他。這也是他見到的第一個聽見過很多次，但卻第一次見到的人物。他覺得，聽見過很多次，但卻不能見到的人物，就是偉大的人物。

老魏拍拍他的頭說：「小鬼，我在機村時，你還沒有生出來吧。」

拉加澤里當然不知道自己有沒有生出來，哥哥聽了這句話已經激動得不行了。哥哥一激動，嘴唇就要哆嗦不止：「我們都知道書記向著我們機村，我們也不給機村添麻煩。要修路就修吧。」

老魏像在自己家一樣坐下來，端著茶碗，話說得語重心長：「這條路不光是砍樹，也算是為將來開發風景區的前期準備。」

拉加澤里想，哥哥其實並不真懂得縣委書記的這句話，但僅僅只是堂堂縣委書記親自來做說服工作這件事，就讓他感動不已了。哥哥說：「那些說法都是封建迷信，縣上需要砍那些木頭，就修吧，我沒有意見！」

老魏說：「那些木頭都是十多年前大火燒過的，再不伐下來，爛在山裡也可惜了。縣裡給幹部發工資，給老百姓辦事，也需要錢哪！但我們的原則是，只砍伐過火林木。」

但誰都知道，那些林木過火已經快二十年了，早已經朽腐不堪，而新建的縣林場瞄準的是旁邊那些沒過火的林子。應該說，那是機村唯一一片完整的森林了。但對機村來說，老魏作為縣委書記親自出馬，這已經非常非常有面子了，還有什麼事情不能答應。

那天，老魏還對哥哥說：「有什麼困難，就對政府提出來。雖說政府也困難，但總比老百姓好過多了。」

哥哥連連表示沒有什麼困難。

老魏來到會場還對手下的那些幹部感嘆：「我們的老百姓真是好說話！」林業局長眨眨眼，沒有說話，他遇到的麻煩事情多了，沒有感覺到有一個老百姓是好說話的，同樣，除了老魏這樣的老幹部，在機村人眼中，今天的幹部，也沒有一個好心腸的。但無論如何，這條路上修成了。路一修成，縣政府所屬的林場也順利建立起來，正是因為有了那個林場，也才有了雙江口的木材檢查站。正因為如此，機村人也才大面積地幹了上盜伐林木的營生。在這個縣，沒有林場，也沒有檢查站的地方，即便有大片森林，盜伐木材的人一下就被發現了。但在機村，林場的生產是盜伐的最好掩護，而且，不管什麼來路的木頭，只要經過檢查站，在一張卡片上敲上個藍色印章，就是合法的木頭了。

拉加澤里回到村裡，再也不用叫人放話出去了。馬上就有人找上來，要拉他去看自己的木頭。他看了幾處，依據材質定了等級跟價錢。而且，他也跟那些木頭老闆一樣，隨身的包裡帶了一根捲尺與一本材積表。捲尺量了木頭的長度和截口的直徑，不用摁計算器，一翻那本材積表，上面已經有現成答案了。不用半天時間，他就收了五十多立方的木材。這就是五車料了。其中兩車是鐵手的。分手時，鐵手緊追著問：「鋼牙，告訴我下次你要多少？」

他停下腳步，反問：「你有多少？」

鐵手就大笑：「反正都是這個價，下次你也不用四處跑，我來替你辦。」

其實，拉加澤里等的也就是這句話：「真的？」

「真的。」

「那就好，修車店的生意也不能天天停著，以後，我給你每個立方加價十塊！」

鐵手大笑：「你都混到這份上了，還看得上那補輪胎的生意！」

拉加澤里覺得無須回答這愚蠢透頂的話：「醜話說在前頭，要是你要什麼小動作，那我就再不要你的東西了。」

回家吃飯時，有車的司機們就自己上門來了。先是刀子臉上門來的。他也提出可以代理所有的運輸事務，拉加澤里卻懶懶地說：「反正有你的活路，都是鄉裡鄉親的，我們也不該把別人的財路都算計完了。」

更秋兄弟當然也找上門來，照例是老二開口，而且，一開口就有點興師問罪的味道，當然是問為什麼不給他們活幹：「你那幾車料，我們家一趟就拉了，還找那麼多人幹什麼？」

拉加澤里滿臉堆笑：「小生意，幫朋友一點忙，人家不想張揚，我就是跑跑腿罷了。沒有大單，怎麼敢跟你們開口。」這話說得幾兄弟臉上立即就鬆動了。他們並不特別在乎這樣的生意，他們在乎的是有人不把他們放在眼裡。拉加澤里話鋒一轉，「再說，那件案子的風頭不是還沒過去嗎？以後，我真能有什麼生意了，還能不請你們幫忙。」

就這樣把他們堵回去了。

老三脾氣最爆，還要追問一句：「他媽是哪路神仙，把這麼好的差事交給你辦？」

拉加澤里豎起手指舉到唇邊：「既然是神仙，名字還是不說為好。」

幾兄弟動手拉他去喝酒，他有些真切也有些誇張地叫道：「哎喲，我的腰！」提起這個茬，弄得這幾個傢伙臉上浮起了慚愧的顏色。他這才扶著腰慢慢站起來，跟他們去了。哥哥跟著跑到院門口，叮囑不要喝得太多了。

那天，他喝多了。但是，喝多一些又有什麼關係呢。要做的事情雖然剛剛開始，但已經非常非常容易了。他從來沒有想過自己日思夜想的事情會變得這麼容易。就在十來天前，這幾兄弟在他面前是多麼趾高氣揚，現在他們表面上還放不下機村首富的架子，在裡面，那骨頭已經軟下去。他們想知道自己那些木材指標的神祕來路。拉加澤里以酒遮臉一言不發。他們更關心執勤點上那個專案組的動向。但拉加澤里沒有告訴他們專案組已經撤離的消息。回到家裡的時候，他真的是醉了。他對哥哥說，可以準備蓋新房子的事了。他說：「備料啊，請匠人啊，是你的事，錢，是我的事。」

哥哥說：「也不是一定要蓋一座新房子，這房子還可以住。我以前說人家都蓋新房子，是想讓你也做點事情。你不像我，是有本事有心氣的，不能補輪胎補一輩子。」

然後，鐵手來了，說幾車料都已經備好。他留了鐵手在家裡吃飯。他還用李老闆對他說話那種口吻對鐵手說：「吃肉，吃飯，但我不請你喝酒。喝酒誤事，做這些事情的時候，更不能喝酒。跟我一起等司機們來。」

鐵手笑了：「但鋼牙你已經醉了。」

這一說，全家人都笑了。總是憂心忡忡的哥哥，總要抱怨什麼的嫂子，還有一回到家裡就想離開的自己，都笑了。連平常影子一樣存在著的母親也不明所以地看看這個，看看這個，張開沒牙的嘴，笑了。

這笑聲使拉加澤里心裡充滿了溫暖。他說：「鐵手，我不常在村裡，哥哥蓋房子時你要幫忙啊。」

天黑不久，刀子臉就其他司機們前後腳來了。拉加澤里寫了一張條子給刀子臉，說：「五輛車一起過關。」他又轉臉對其他人說，「過了關，就各走各的吧。上次，刀子臉一車給我一萬，我上下打點，也不容易，大家就照此辦理吧。」

於是，五萬塊錢很輕鬆地就落進了他的口袋。

這個價錢不是太公道，但想到可以毫無風險通過關口，最終還是有錢可賺，大家也就沒有多說什麼。

送走這些人，哥哥小心地問：「生意就成了？」

「成了。」

「你的木頭生意跟更秋兄弟不一樣。」

「他們那錢賺得擔驚受怕，怕被員警抓住，掙到手的錢又飛了，怕一不小心就玩到監獄裡去了。」

這話倒是真的，更秋幾兄弟，還有機村的好些人，都曾被員警抓去，但一般在拘留所關上幾天就回來了。只有他們家老四，因濫砍亂伐罪，判了兩年，也不用坐牢，監外執行。這是老百姓發財必然要付出的代價。而且，並不十分認真的法律讓他們付出的代價比預估得要小。倒是採伐和運輸木材的過程充滿了更大的風險。在這個小小村莊裡，有一個人砍樹時，被木頭撞碎了肩膀，殘了；一個司機在半夜裡連人連車翻進深深的峽谷，車和人都沒有再回到村子裡來。拉加澤里去省城回來，特意讓刀子臉停車看了看那個地方。在峽谷深處，荒草中還依稀可見卡車藍色的碎片，而在路邊，機村人為亡人豎立的招魂幡已經褪盡了顏色，被風撕扯得絲絲縷縷，再過一段時間，就什麼都沒有了。刀子臉往峽谷裡灑了一瓶酒，拉加澤里點燃兩枝菸，香火一樣插在路邊鬆軟的浮土裡。

十三

發完那幾車木料，拉加澤里就下地幹活了。

他提出要跟嫂子下地幹活時，哥哥顯得非常不安。

哥哥一直跟在他後面，叫他回去好好休息。哥哥說，他的那些事都是很費腦子裡，費腦子的人該待在家裡好好休息。但他心情很好，天氣也很好，所以一定要幹點什麼。哥哥勸他不住，就回去了。他已經很多年沒有在地裡侍弄過莊稼了。杜鵑花正從河谷往山頂次第開放，輕風中柳絮四處飛揚。天上淡淡雲彩，地上薄薄陽光。麥苗閃爍青翠光芒。他跟著嫂子在麥地裡鬆土。鬆過這遍地，再施一次化肥，麥子的成長就更暢快旺盛了。這些年，已經很少有人這麼侍弄莊稼了。一畝地多打少打一兩百斤糧食，都是無關痛癢的事情了。一斤糧食幾毛錢，上山隨便弄一棵樹，也是幾百上千塊錢。但拉加澤里下地幹活了。鋤頭鬆開肥沃的泥土，一股暖烘烘的土香味直撲到臉上，讓人心裡生出一種特別踏實的感覺。他想起小時候，幫母親在地裡勞動的情景，心裡有些溫暖，有些感傷。眼下，這種感傷與溫暖，都讓他感覺特別舒坦。

如果不是電警棍捅傷的腰隱隱作痛，這種感覺會更加美妙。

嫂子不時看他一眼。眼裡充溢著滿意的微笑。他也回報給嫂子同樣的微笑。剛幹了不久，嫂子就感到不安了：「你哥哥說了，你幹著玩的。幹一陣就可以了，回去休息吧。」

拉加澤里直起腰來，看見村口聚了很多人，向這邊張望。他環顧四周，連綴成片的青翠麥田中，只有他和嫂子兩個人在勞作。那些人閒著什麼也不幹，只是聚在村口向這裡張望。他知道，這些人是在看自己。看一眼已經成為老闆的人怎麼還會下地侍弄不值錢的莊稼。

嫂子說：「弟弟你回去，那麼多人看著，我不習慣。」

「他們不是看你，是看我。」

「可是看你的時候就看到了我。」

他不理會，又彎下腰，揮動鋤頭鬆開成行麥苗之間有些板結的泥土。他跟嫂子不一樣，他願意全村人都看著自己給麥子鬆土。他願意他們發出驚詫的感歎。願意他們感到不解：一個人成了掙大錢的老闆還會這麼細心地來侍弄莊稼。他知道，村裡人會把這當成一個話題，在家裡，在井泉邊，在砍伐木頭休息時，談上個十天八天。他願意自己身上有很多村裡人看不懂的地方。

但是，勞動是不能被人參觀的。手裡做著事情，一被人觀看，心裡想法就多了。剛下到地裡，撲面的泥土香，翠綠麥苗的清新感，手握著光滑的鋤頭木把那種沁涼的手感都慢慢消失了。

嫂子再催他離開時，他就順坡下驢，扛起鋤頭回家休息去了。

這一次，他在家裡連待了好幾天。那五輛卡車從省城回來了。鐵手又替他張羅貨源，司機們也等著活幹，這些都不需要他特別操心。待在村裡，除了跟更秋兄弟喝酒，他也無事可幹。就是再回鎮子也不需要他徒步行走了。村裡的拖拉機，卡車都爭著送他。回到鎮子上也無事可幹。李老闆進城去了。本佳值完班還是忙著複習功課。他繼續讓店門開著，補充些膠水之類的東西又回村子裡去。那天，他遇見了從前的駝子支書。老傢伙拄著枴杖，眼睛那麼乾澀，卻又迎光流淚。老支書叫不出他的名字。卻用青筋畢露的手拉住了他：「你是誰？」

拉加澤里沒有回答，只是笑笑地看著他。

「你是哪家的娃娃？」

他還是不說話。

駝子自己回答了：「你就是那個當了老闆還肯下地侍弄莊稼的年輕人。」

拉加澤里沒有說話。

駝子也不要他答理，老人只是心中不快，要自說自話：「現在的村幹部，呸！當農民的不愛種莊稼，光想砍樹掙錢，呸！」

拉加澤里扶著老人，慢慢往前挪動步子，駝子突然問：「年輕人，你入黨了嗎？」

「我沒有。」

老人非常不滿地瞪了他一眼：「你寫一份申請書，我當介紹人，入了黨，你來當村支書！」

「?!」

「我就為你能還想著侍弄莊稼。」

拉加澤里覺得這是個可怕的話題，他希望記性不好的老人趕快把這個話題給忘掉了。他把老人扶到柳蔭裡坐下，想找個藉口就離開了。可是這藉口也不是一下子就可以找到。他招手叫站在遠處觀望的幾個小子過來，但他們都搖著手，嘻皮笑臉地躲開了。駝子生氣了，他把含在嘴裡嚼著的草根吐在地上：「呸！你也跟那些人一樣，不想跟我這老朽待在一起，那你就走吧。」他眨巴著迎風流淚的眼睛，自說自話，「這麼好的天氣，這麼好的政策，機村人，不愛種莊稼了！」

這時，一輛卡車開進了村裡。這輛車一身的軍用迷彩，拖著一門多管的火箭砲。

駝子說：「起來，去看看。」

但他掙扎著努力了好幾次都沒能站起身來。拉加澤里本是伸手扶他，沒想到竟然一下子就把他整個身子都提起來了。老人厚重的衣衫下的肉身怕是只有一個孩子的重量。就是這樣一個人還在操心機村的莊稼，而那麼多身強力壯的人，卻是一點也不操心這樣的事情了。

他說：「駝子叔叔，我還是送你回家休息吧。」

駝子站穩了，舞動一下手中的枴杖：「我說去看看。」

他們看到車上的人，給火箭砲脫去帆布罩子，開動機關，並排的砲管便上下左右運動了一番。

駝子說：「要搞演習？可你們不是解放軍。」

「不！人工降雨！」

「什麼？」

「人——工——降——雨！」

駝子笑了，他記起來，十幾年前，還是他當支部書記的時候，機村大旱過一次，兩個月沒見一場透雨。上面就派人來搞這個人工降雨。據說派來的也是一種火箭砲。電話通知說，火箭砲來了，村裡馬上安排勞動力給將要來到的火箭砲平整一塊地方。但是，火箭砲還在路上，安放火箭砲的場地還在平整，烏雲就裹挾著沉悶的雷聲，從天邊向機村的天頂席捲而來。這弄得機村人很是遺憾，雨再晚下半天，他們就看到真的火箭砲了。但改革開放這些年，機村卻是風調雨順，駝子拉住別人說：「感謝上級關懷，機村難得天旱，今年也是好年景，用不著人工降雨。」

「老鄉，不是給你們降雨。」

「咦，那是給誰降？」

車上的人一看就知道，他們的道理是無法給眼前這個老人講清楚的，再說，給這樣一個形貌萎瑣，眼角爛紅的老人就算講清楚了也沒有什麼用處。他們也沒有向這些人解釋自己行動的必要。他們只需要捕捉到天上含雨的雲層，測準了高度，把含有催雨劑的砲彈打到雲層中轟然爆開就可以了。地上的蒙昧百姓沒必要知道天上的事情。如果要講，就要挑一個人。這個人是蒙昧人群中的精明者，而且有領袖狀。而在這群圍觀的人群中，拉加澤里有這樣的氣象。

其中一個跳下車來，走到拉加澤里跟前，掏出菸來，說：「朋友，有火嗎？」

拉加澤里掏出打火機，兩人點上菸，在草地上坐下來。

「這一路的杜鵑花開得真是好看。」

「你們好像不是來看花的。」拉加澤里想起日本人的旅行團，偶爾會在這樣的季節出現，導遊手裡舞動著一面小三角旗，上面寫著某某雪山花之旅的字樣。

「我們來人工降雨。」

拉加澤里指指不遠處麥地裡茁壯生長的青翠麥苗，而且，昨天晚上還下過一陣小雨，土地潮濕潤黑，空氣中漾動著雨水淡薄清芬的味道。

「不是給這裡降雨，給下游降雨。」

「下游？」

那人告訴他，因為大量砍伐森林，上游這些河流水量年年減少，現在正是平原上莊稼需要大量灌溉的時候，水量不夠，除了在當地採取措施抗旱，還需要到上游來人工降雨，增加河流的水量。說到這裡，那人有些憂心忡忡，說：「朋友，你們不該再砍伐這些森林了。」

這話對拉加澤里有些觸動，同時又讓他不太高興。他想說：「我們才砍了多少？真正讓這些森林消失的不是我們。」但說這些話有什麼用處呢？大片的森林早就消失了，濕潤的空氣變得乾燥，過去淹沒在水底的滾滾礫石，曾經長滿細密的水苔，石頭之間的空隙與通道，是許多迴游魚群的樂園。現在，這些礫石都從河底顯現出來，暴露在強烈的高原陽光下，閃爍著灼目的金屬光澤。拉加澤里笑了，他的笑容裡有些悲傷，也有些挑釁的味道，他說：「我剛去過你來的地方，要是那裡的土地需要這裡的水，那你們那些地方就不應該收購這麼多木頭。」

降雨人伸手撓頭。

倒是拉加澤里，心裡突然升起無名的怒火，他站起身來，臉上浮現出凶狠的表情：「你們不能又要木頭，又要水，還要因為沒有水怪罪我們砍了木頭！」

降雨人伸手來拉他：「嗨，朋友，你怎麼生氣了。」

拉加澤里很認真：「我憑什麼不能生氣。」

「天哪，砍樹也好，降水也好，這些事情都不是你我能決定的，生氣有什麼用啊！來，再抽枝菸吧。」

拉加澤里想想也是，解嘲般笑笑，又坐了下來。

一枝菸沒有抽完，天頂上的雲團便慢慢降低，顏色也漸漸加深了。幾個身穿迷彩服的降雨人立即登上砲位。調整方向，確定尺規，然後，開砲。火箭彈拖著長長的尾巴鑽進雲層，沉悶地爆開，不到一枝菸的功夫，雨水就劈劈啪啪地砸了下來。這裡下著雨，不遠的地方，卻是大片明亮耀眼的陽光牆一樣壁立在雨幕的後面，使所有雨腳都在閃閃發光。很快，帶雨的雲團掛著晶瑩透亮的雨腳飄走了。天空中一瀉而下，是更加透亮的陽光。麥苗上掛滿了晶瑩的露水。降雨人開著拖車追逐著雲團離開了。這麼一點雨水下來，片刻之間就被大地吸收得乾乾淨淨，並沒有匯集起來，匯集到低處，使河水上漲。黃昏時分，從機村還可以看見，在十幾公里之外，降雨人還在向晴朗天空中小團的烏雲發射催雨的火箭。

拉加澤里從不多話的母親有些激動，終於不能自制，開口道：「兒子，你不能跟那些降雨人說話，雷要打死這樣的人。」

「媽媽，雷不會打死他們。他們懂得科學。他們用避雷針把雷電的憤怒引入土裡。」

老太婆不但激動，還有些憤怒：「避雷針也是太聰明的東西嗎？人太聰明神會發怒的。」在機村，有些頑固的老人，把一些新發明歸類為「太聰明」的東西。電話太聰明。發電機太聰明。收音機和答錄機太聰明。降雨的火箭當然也太聰明了。他們不真正討厭這些東西，但害怕「太聰明」的東西多了神靈會被忘記，害怕人太聰明，神靈就會生氣，因而降下災難。拉加澤里告訴母親說，在很遠的地方，神靈老不給那裡的農民下雨，他們無法種下果腹的莊稼，我們這裡下了雨，多一些河水流下去，那裡的人就可以澆灌他們的莊稼了。

老太婆因為自己一下對長大的兒子說了這麼多話而感到不安了，她的聲音低下去：「真是這樣嗎？」

拉加澤里說：「媽媽，正是神靈看顧不到，人只好聰明起來，不然就活不下去了。」

哥哥和嫂子都來勸阻他：「那麼大聲講這些道理，媽媽不會明白的。」

母親卻小聲抗議：「我明白。」

「媽媽，我們自己也應該聰明起來。」

母親笑了：「從小就有人誇你是個聰明的的孩子。」

第二天，拉加澤里坐降雨車人回到鎮上。拉加澤里說：「雨是催下來一點，可是河水並沒有上漲。」

降雨人承認效果並不理想。因為森林砍得太多，不但地面無法涵養水分，空氣的潮濕度也太低了。拉加澤里說：「媽的，你們不能兩樣的東西都要，必得在水跟木頭之間選一樣。」

路上，他們還停下車來，對著天空中小團的烏雲發射火箭，催下來的那麼一點雨水，迅速滲入地下，而河床上，水流枯瘦的身子仍然未見豐滿。

拉加澤里離開鎮子不到一週時間，這些降雨人已經在鎮上扎下根來。檢查站在鎮子東頭，他們在鎮子西頭搭起了一長溜活動房屋。門口還釘上了一塊牌子：雙江口水文站。降雨人告訴他，他們拉著火箭砲到處跑，只是臨時措施，解決根本問題，要在河上建水庫，調節水流。拉加澤里參觀了水文站，其實也很簡單。在雙江口兩條河流交匯處豎立固定的尺規，一天三次記錄讀數。他們還在兩江之上架起了一道鋼索，靠一個手動也可電動的絞盤，把測量儀降在河心的水中，獲取水流量與流速的資料。活動房子中一台發報機把錄得的資料發送出去，同時，也存在水文站自己的電腦裡。寬大的桌子上，電腦藍色的螢幕在大疊大疊表格之間閃爍著幽幽的光芒。伸手動動鍵盤上任何一個鍵子，螢幕上的藍色隱去，現出來的依然是一些填滿資料的表格。

那天，他跟降雨人一起吃飯。

降雨人告訴他自己的名字。但他笑笑說：「我喜歡就叫你降雨人。」

「為什麼？」

「喜歡。」

「為什麼叫降雨人？」

「我不知道，以前，這裡沒有降雨人，只有驅雹師。他們是喇嘛或巫師。他們對著聚集的烏雲念動咒語，用手中的法器指出方向，讓冰雹降到沒有莊稼的地方。」

降雨人想想，笑了：「你是說我們也跟驅雹師差不多。」

拉加澤里也笑了：「我母親擔心雷電會劈到你們。」

降雨人仍然每天開著他們塗著迷彩的卡車，牽引著火箭砲四處尋找含著雨水的烏雲，但從淡薄雲朵中轟下來那麼一點雨水並未使河水有所增加。這個季節，群山裡沉睡了一個冬天的樹木都甦醒過來，每一棵樹都在拚命伸展地下的根鬚，都在拚命吸吮，通過樹身內部的每一根脈管，把水分送到高處，送到每一根重新舒展的柔軟枝頭，供給每一片萌發的綠葉，供給每一顆綻放的花蕾。溪谷裡的水因此顯得枯瘦清淺。

不到半個月時間，李老闆給拉加澤里的單子就用完了。但他還沒有從城裡回來。茶館服務員也不知道老闆一點消息。拉加澤里算算，竟然賺到手十好幾萬。他送了打點檢查站的錢去。本佳不收：「你是要長做這個生意了，你不能每次都這麼幹。」

他請本佳指點。

本佳不說自己，他說：「人家劉副站長都代理站長了，是真心幫你忙，也不是為了這麼收你的錢。」本佳話說得很在理。檢查站的人都是拿國家工資的國家幹部。工資不高，但每個月都有。不能這麼拿別人的錢。本佳說，「你要有心感謝劉站長，就到銀行用他的名字開個戶頭，摺子放在你手頭，他有什麼事情了，蓋房子嫁女之類，就把這個給他，朋友之間嘛，互相幫忙。」拉加澤里立即就領會了，他押貨去了一趟省城。刀子臉去賣木頭，他找一家銀行給本佳與劉站長各開了一本存摺。他還買了兩張地圖，把那家銀行所在的地方在地圖上勾畫出來。

看到存摺本佳沒有什麼表示，看到那張標註了存款銀行的地圖，本佳哈哈大笑。

劉副站長卻感動了，把那地圖在手裡抖得嘩嘩作響，連說：「很天真，也很用心，能這麼用心不容易，不容易。你劉叔叔沒什麼大本事，只要把著這關口欄杆的升降，就有你吃飯的地方。」

回頭，拉加澤里對本佳說：「劉站長說是我叔叔。」

本佳拍拍他的肩膀：「漢人想當你的叔叔伯伯，是疼愛你的意思。」

「他沒有自己的侄子嗎？」

「媽的，你不是叫鋼牙嗎？鋼牙的嘴能這麼碎嗎？」

「鋼牙？」

「這不是你的新名字嗎？」

「你怎麼知道？」

本佳拍拍椅子，叫他坐下，臉色變得嚴肅了，說：「你真以為你們機村就是鐵板一塊，幹了什麼事情外面什麼都不會知道？說老實話，現在這些事情，沒他媽一件合理合法，只不過大家都這麼幹，法不責眾……總而言之，你要名符其實，就得做個真正的鋼牙。」

這一切，都給拉加澤里加入了某種祕密社會特別感覺。從檢查站出來，他穿過鎮子，經過修車店門口，他居然沒有停留，第一次沒有自己就是這小店主人的感覺。從這個小店門口走過的人，在十幾天時間裡，就變成一個腰間纏著十幾萬元的木頭老闆了。他逕直從店門口走過去，在飯館裡要了菜，要了酒，又叫服務員去水文站叫降雨人來。

跟降雨人聊天，是很輕鬆的事情。

喝了半瓶白酒，他問降雨人：「你喜歡這個鎮子嗎？你喜歡我們這地方嗎？」

降雨人說：「老實話還是漂亮話？」

「老實話。」

「我喜歡這裡的山，水，河，這麼漂亮的杜鵑花，都喜歡。但我不喜歡這個鎮子。」

「當然沒有省城熱鬧了。」

「不是這個意思，怎麼說呢？這個鎮子有種……怎麼說呢？這麼說吧，好像這個鎮子總有些什麼事情是藏著掖著的，這些藏著掖著的事情，大多數人都心照不宣，連這些端盤子上酒的服務員都略知一二，但我們這樣的人永遠被隔著，永遠都不會知道。」

「難怪你是跟驅雹巫師差不多的降雨人，一下子就把這味道聞出來了。」拉加澤里在這個鎮上兩年多，對這種氣氛當然是再熟悉不過了。

「還是你說得好，聞出這種味道，對，這個鎮子就是這樣的味道。」降雨人俯身過來，「這個破鎮子上到底有什麼巨大的祕密。」

酒喝得人頭大起來，身子與意緒都有些漂浮，但他很滿意地聽見自己口齒十分清楚地說：「我是鋼牙。」

這時，老王慢慢蹭進了酒店，帶著他故作陰沉的員警表情，說：「喝酒呢。」

「你也來上一杯。」

老王有些喘不上氣來，說：「這花香弄得我更喘不上氣來，不敢喝了。」老王眼裡跟臉上的員警表情消失了，又是那個時時被哮喘與肺氣腫折磨的老頭子了。

即便如此，拉加澤里內心並不可憐他，而是帶點挑釁意味地說：「他聞出了這鎮子的味道。」

老王的眼光又變得警惕了：「什麼味道？」

降雨人不想說，但老王又逼問了一句，降雨人這才開口：「老是搞祕密勾當的味道。」

老王問拉加澤里：「小子，你知道嗎？」

「我不知道。」

老王坐一下，端起降雨人面前的酒杯，一口乾了，一字一頓地說：「朋友，有些從上面下來的人總愛說三道四，也許十天半月就會離開，也許待上一年兩年，這個我不管，我只想勸你不知道的事情不要胡說八道。」

十四

李老闆在鎮上消失已經十多天了。

他是這個鎮子最老資格的居民，有檢查站那一天，就有了他的茶館。之後才是旅店飯館加油站。他一走十多天沒有一點消息，於是，謠言四起。大家沒事可幹，就議論他的事情。他留在店裡的話是去一趟城裡。大家首先就猜他去的縣城、州府還是省城——至少沒有人猜他是去了首都北京。大家的種種猜測還跟他神祕的經歷有關。據說這個人讀了很多書，因此把自己讀成了右派，勞改了二十多年。有人說，他出生在大城市很有錢很有錢的人家。有人說，他在城裡有漂亮老婆。坐牢前有一個，坐牢後，又有一個。也有人說，他就是孤身一人。勞改那麼多年，幾番死去活來，男人的武功全廢。就這麼有一天是一天地活著，掙錢，掙很多錢，都不知花在什麼地方。木頭老闆們在他茶館裡賭錢，再大的賭注，他都抱著碧綠的茶葉浮浮沉沉的大杯子，一臉落寞地坐在窗前。喝酒，也是很少一點。有時，鎮上各色人等唱卡拉OK，旅館裡的女服務員塗了口紅，換了衣服過來陪酒調笑，他也安然坐在那裡，面色平靜，偶爾唱上曲，還是用外國語演唱。唱〈紅河谷〉用英語，唱〈莫斯科郊外的晚上〉用俄語。但從不喜形於色，從不讓那些嘴唇腥紅的小姐坐在自己的腿上，更不去撫摸她們飽滿的屁股與乳房。

李老闆不在，激起的只是別人的豐富想像。對拉加澤里而言，李老闆是他的財神。他不能像神靈一樣剛剛顯現真容就從眼前幻化掉了。

拉加澤里坐在店裡，卻心神不寧。每有車在鎮上停下，他都以為是李老闆回來了。可從車上下來的都不是他盼望的熟悉身影。晚上他都睡在床上了，豎起的耳朵又聽到了有汽車停下。他披衣起來，站在門口，那輛停下的汽車重新發動，從他面前轟轟駛過。強烈的光柱照亮了鎮子，隨即，又沉入了比被照亮前更深的黑暗。

只有檢查站上，一扇扇窗戶上都相繼亮起了燈光。

沒人想到，被撞傷的檢查站長羅爾依回來了！他是搭昨天半夜那輛卡車回來的。天亮不久，他已經腦袋上纏著繃帶，胳膊下架著枴杖在鎮上走了兩三個來回。大家都很吃驚。剛受傷時，都說他可能活不過來了。後來，又說他變成了植物人。一週以前，有人去醫院看他回來，還說他依然昏睡在床上。但這個早上，他突然精精神神地出現在了大家面前。

大家都熱情地向他招呼，他也熱情地向人問候。

他能認出一些人，也有些熟悉的人他好像不認識了。他跟降雨人熱情握手，說：「老朋友，老朋友，我差點就見不到你們了。」

到了拉加澤里跟前，他也伸出手，說：「好啊，年輕人，好，好，好，你叫什麼名字。」

「修車店的拉加澤里！」

「修車店？哦，對對，這裡很多車，總有些需要修理一下。」

中午，一輛救護車突然出現在鎮上，大家才知道，羅爾依站長是自己從醫院裡跑出來的。醫生說他一醒過來，就開始念叨檢查站上的事情，所以，在縣城裡找了兩圈找不到，就逕直追到這裡來了。但他無論如何也不肯再回醫院。於是，林業局的小汽車載著局裡的領導來了，勸說一陣，卻只是增加了他的固執。醫生認為，對這種奇蹟般甦醒過來的病人來說，在這種他喜愛的環境中也許更有利於他的進一步康復。

聽檢查站人說，局裡領導和醫生一走，羅爾依就張羅著開會。大家也就坐到會議室，裝出他還是站長的樣子。但他剛要講話突然就大汗淋漓，副站長叫人扶他回房間躺下。然後，檢查站才真正開了一個會。局領導已經明確，由劉副站長主持工作。他就睡了兩個多小時吧，又精神煥發地出現在大家面前。

但會已經開完了。

員警老王出現了，坐在他面前，要他回憶一下被闖關的卡車撞傷的過程。但他什麼都記不起來了。他緊抓住老王的手：「你們一定要把那些違法犯罪分子抓出來，我是工傷！」

「你仔細想想，卡車從機村那邊過來，你肯定看見了是誰的卡車。機村那些人你都認識嘛，想想是誰開的卡車？」

「機村，我知道啊！」

「對，你肯定看到了是誰開著車來撞你的。」

羅爾依手捧腦袋，臉上浮現出痛苦的表情：「我頭痛，你不要說了。」當他抬起頭來時，已經換上了一臉坦誠的笑容，「過去我對自己要求不嚴，以後要好好工作，嚴格執法！老王，對，你就是老王，我要請你監督我的工作。」

老王走出房間時，對所有人搖頭嘆息：「這個人神經了。」

「人家要求你嚴格執法有什麼錯？」

老王突然一下憤怒了：「老子討厭平常說話也跟開會一樣！」直到走出檢查站，老王心頭這突如其來的怒氣還沒有平復，把羅爾依的話學說給別人聽，結果卻受到了奚落。

「那有什麼不好，檢查站的人一嚴格，你就該好好養養身體，不用再去破那些破不了的案子了！」

老王當時就氣得喘不上氣來，那也只怪他找錯了說話的對象。這人是石油公司加油站的國家職工，不是旅館老闆，怕他查沒有結婚證的男女在一間房裡睡覺，更不是跟木頭生意相關的人，總有些什麼不清不楚的事情，怕他為難自己。老王氣得喘不上來了，還說，「你……你……」

「我怎麼了？我又沒有半夜把人關起來朝死裡打。」

老王捂著胸口跌跌撞撞回到執勤點，躺在床上好半天，才慢慢順過氣來。老王這個人是時常要為什麼事情生氣的，過去，羅爾依站長也常常生氣。那是因為覺得人家沒有把他當站長來尊敬。但出院回來就變成個樂呵呵的人了。醫生說那一撞，把他腦子裡好多過去的記憶都撞掉了。結果是沒有撞掉的那部分會變得分外清晰。奇怪的是，他失掉的只是那些想起來糟心的東西，倒把驗關員職責條例啊，有關森林保護法規的相關條文記得清清楚楚。

輪到他值班時，雖然還拄著枴杖，但他盡量把衣服穿得齊楚，把皮鞋擦亮，每過一輛車，都他細核對單據，仔細丈量過關的木材是否與報單相符。而且，毫不留情卸下超量的部分，予以沒收。受了損失的木頭老闆或是求情，或是暴跳如雷，他還是一臉和氣的笑容，拿出封面印著國徽的小本子，仔細講解相關的法規條文，完了，他會說：「念你是初犯，教育為主，下次再有類似行為，處理起來就不是這麼簡單了。」

常要過關的卡車司機們開玩笑說：「最好把檢查站每個人都撞成這樣，這個地方就要清靜很多了。」

話當然也傳到了檢查站那些驗關員的耳朵裡。

沒想到靠他們鬆鬆手才混出點名堂的這些傢伙不但不對他們心存感激，反而暗懷著這麼惡毒的想法，結果，大多數滿載木材的卡車都在關口受到嚴格的檢查，現實情況是的確沒有一輛車能夠經得起這樣的檢查。讓人想不到的是，又一個好運氣因此降臨到了拉加澤里頭上。

這天，劉站長差本佳來叫他。他立即就去了。

劉站長神情有些嚴厲：「你聽沒聽說過那句話？」

拉加澤里當然立即就明白那是什麼話了。他的心臟一陣狂跳，心想，他們肯定在追查那句話的來源，而他自己也跟著人們半開玩笑地傳說過這些話。他在心裡暗罵自己多嘴多舌，枉讓人家給自己起了名字叫做鋼牙。好在他也有這樣的本事，內心慌張做出來的表情卻是一派茫然。

好在，劉站長並不要他回答，他說：「哪一輛車有超出的部分，都給老子卸下來！」

就兩三天時間，檢查站關口兩邊，卸下來的木頭已經堆積起來有好幾十立方了。

劉站長說：「天天卸木頭，我的人受不了了。這活包給你，你找幾個人來幹！」

拉加澤里回到機村找人，機村沒人肯幹。他又帶口信去了另一個村子，這個村子深藏在不通公路的山窩裡，一年到頭就只能侍弄莊稼，對能靠弄木頭發財的機村人羨慕不已，有人來招呼去幹這樣的活計，一下就來了十多個人。拉加澤里只留下一半。這一半人把活幹得熱火朝天。一輛車來了，停在關前，驗關員嚴格核表、丈量、用粉筆在要卸載的木頭上隨手畫個圓圈，這些傢伙就拿著撬棍一擁而上。幾天下來，檢查站前的空地都堆放不下了。檢查站又付錢讓他們把木頭一根根抬到鎮外空地上碼放整齊。

檢查站上，羅爾依神氣和藹地向剛被沒收了木材的人宣傳森林保護的有關法規，惹得人家氣惱不已地對著他大喊：「你這個假正經！神經病！」

羅爾依摸摸頭上的繃帶，神情非常無辜而天真：「我不是神經病，醫生說我是失憶症，說我記不得以前的事了。喂，夥計，以前我們認識嗎？」

人家想說，那時只要你高興，往你手裡塞幾百塊錢，你一抬手，我就過去了。要是塞錢也過不去，那是遇到你特別不高興的時候了。但是，說這些有什麼用處呢？

但他還要追著人家問：「真的，我失憶了，以前我們認識嗎？」

人家只好苦笑著無奈地搖頭。

劉站長搖頭，說：「他把大家都弄瘋了。」不等拉加澤里回答，他又說話了，「沒收的木頭愈來愈多，應該處理一下了。」

「怎麼處理？」

「怎麼處理，砍下來的樹難道還能栽回去？賣掉。你先發幾車走，這是手續。」

「乾脆全部發走！」

「全部？小子，不要太貪心，先發幾車，剩下的怎麼處理，還要請示，看局領導是什麼意見。」

拉加澤里也知道，剩下的木材怎麼處理，劉站長還要看看自己處理這些木頭的手法。他連夜包車裝載，揣著合法手續，親自押車去了省城。當然，最後出手的活他都讓給刀子臉來幹。他自己在低海拔地方的暑熱中昏昏沉沉地躺在旅館床上。刀子臉回來時歡天喜地。因為雙江鎮檢查站風聲緊，這裡木材的價格立馬應聲上漲了，而且漲了好大一截。這一次，刀子把一包錢全部交到他手上，說：「你小子行，以後我就跟你幹，錢全部在這裡，你高興給多少就是多少！」

「你也知道了老子的厲害。」

「心服口服。」

「那好，你自己拿你該得的，剩下就是我的。」

連夜回到雙江鎮，他也把一大包錢放在本佳跟劉站長面前，說：「請老大發話。如何處置。」

劉站長讓他先拿三萬多交到檢查站兼職財務手上。這個兼任職財務就是本佳。本佳開了處理次品多少立方的發票，叫他收好。就這樣，還剩下了五萬多塊。「幹什麼呢？沒有想好，你先收起來，大家都動動腦子。」

十五

太陽剛出來，機村組織起來去參加縣裡商貿洽會開幕式的車隊駛到檢查站關口前了。

身體迅速康復，失憶症依然如故的羅爾依把這當成一件大事，他已經扔掉了枴杖，腦袋上的繃帶也解除了。他還換了白襯衣，打了紅色領帶，戴上大簷帽，來到關前。車隊一出現，他就按動開關，升起了欄杆，然後，從屋子裡碎步跑出來，立正站好，手中一紅一綠兩成小旗舞動得唰唰作響，手臂伸得筆直，把綠旗指向了公路通往縣城的方向。

車上的司機們暗笑他是個傻瓜，而他自己不止是眼睛，連臉上的皮膚都在煥發著光彩。羅爾依說：「看，你們去完成這麼光榮的任務，檢查站一點也不會為難你們，而且，還為你們大開綠燈！」

就是眼下車隊中的一輛車把他撞成這個樣子的，但他已經沒有這個記憶了，只是，開車的不是撞他的那個人，更秋兄弟再膽大妄為也沒到如此的程度。

這輛車到了羅爾依跟前，他卻滿臉笑容，喊道：「排好隊，注意安全！」

機村所有的卡車都打理乾淨了，破舊一點的，還新噴了漆，噴了漆不夠，還噴上了許多富於宗教色彩的圖案：帶飄帶的海螺、金剛橛、寶傘……飄逸的雲紋。先富起來的機村集中起來二十多輛卡車，由一個副鄉長帶領，排好隊列往縣城出發。時間是掐算好的，幾百輛運輸個體戶的卡車從遠近不一的村莊出發，他們將在同一個時間到達縣城，車幫子上貼滿標語，車頂上插滿了彩旗。那時，縣城廣場上領導與來賓已經講過話了，也對天空放過鴿子與氣球了，「少數民族群眾」也敬獻過歌舞，該是展示農村改革開放後欣欣向榮景象的時候了，於是，這些卡車排成一行，跟在載歌載舞的遊行人群後面，轟轟然駛過廣場上的主席台前。完了，在指定的地方停好車，大家都被招呼到一個巨大的宴會廳裡吃飯。

席間，還有領導舉著酒杯對這群汽車司機講話。

更秋家六兄弟，就有五個享用了這盛大的酒席。縣領導講過話，鄉政企業局長副局長還下來一桌桌敬酒。敬到機村這兩桌，局長說：「不錯啊，機村，今天的卡車，機村占了百分之十還多。聽說，還有一家人，六兄弟人人都發財致富，人人都有一台卡車？」

領隊的副鄉長就把幾兄弟介紹給局長。

局長舉著酒杯說：「鄉親們，幹得好！現在國家政策好，支持老百姓發財致富，這個機遇可是要好好抓住啊！」

局長說這些話的時候，縣裡電視台的記者就跟在身後，拉加澤里也跟了車隊來縣城看熱鬧，聽到局長這話，一時間心緒複雜，並不像別的機村人那樣歡呼踴躍。局長跟更秋幾兄弟親切交談，電視台都拍了下來。就在電視台的攝影機跟前，局長把外來的老闆領到了機村人的桌子上。老闆給認字不多的機村人散發名片，坐下來，講不該直接出售原材料，要深加工，要爭取更多的附加值，等等，大多數機村人聽到一頭霧水，都把眼光轉向拉加澤里。拉加澤里笑笑：「這位老闆的意思是不要直接賣原木，而要把原木加工了，再賣，這樣就能賺到更多的錢。」

老闆也笑了：「難怪局長要把我介紹給你們這個機村，不光致富的人多，而且，還這麼聰明！」

吃完這餐飯，有幾輛車留下來去茶樓打牌，剩下的都打道回府了。路上，還有人議論了那個老闆幾句，之後就把這件事拋在腦後了。更秋兄弟都留在縣城，人在打牌，心思卻在縣城才能看到的縣電視台的節目上面。包房裡電視機一直開著。電視裡播了會上領導的講話，他們從電視裡看到自己的卡車從主席台前一一開過。甚至看到駕駛室裡自己模糊的身影。也看到了採訪別的專業戶，別的來投資的老闆，偏偏沒有看到局長跟他們親切交談的場面。這使他們大失所望。

後來才知道，那採訪當天中午就播出了，但電視台馬上就接到林業局的質疑電話。第一、機村的致富方式有問題；第二，節目報導的那幾個人至少是有犯罪嫌疑。電視台答覆，這是鄉鎮企業局的推薦。林業局答覆更加簡潔，政府不同部門各管各的，那個局要成績，但他們不掌握林業局掌握的這些情況。結果，那條新聞在晚間節目就被拿掉了。

更秋兄弟也不是沒有收穫，回來時，他們帶著那個要搞木材深加工的老闆，他們打算跟這個老闆共同投資在雙江口鎮上建一個鋸木廠。因為那條新聞的緣故，鄉鎮企業局與林業局較上了勁，偏偏要在更秋幾兄弟身上下功夫，做扶助農民投身鄉鎮企業的工作。

在機村附近山野裡轉了一圈，老闆說，那些扔得漫山遍野的不合規格的殘次木材都是寶貴的加工原料，但來到鎮上，他還是對檢查站沒收來的那些成品木材表示出更大的興趣。老闆去檢查站拜訪，劉站長知道那些關節，避而不見。關了門聽拉加澤里講縣城的見聞。羅爾依對來客熱情萬分，卻又聽不出老闆很多弦外之音的話，講了一大篇不著四六的領導們在會上講的那些話，弄得那老闆好不掃興，找個藉口溜了，就再沒有回來。

這一來，雙江鎮上很快就有了兩個木材加工廠。一個，是鄉鎮企業局支持外地老闆和更秋幾兄弟合股開辦的的；另一個，林業局出面，林業局下面的一個什麼公司出了本錢，他們也可以扶持農民搞鄉鎮企業，也要找個農民身分的人來掛了個副廠長。劉站長問拉加澤里願不願意。他不去參加，理由很簡單，他閉上眼想想，要是李老闆在，去問他參不參加，李老闆會緩緩搖頭。再者說了，他對此自己也有疑問，這就是工廠嗎？至少，這不是他想像的工廠。或者說，這個工廠並不符合他關於工廠的想像。廠房不像，幾根柱子撐起一個鐵皮的屋頂四面透風。機器就是幾台平鋸，稍微複雜的就是幾個大小不一的齒輪，和連接著這些輪子的皮帶。動力來自水。就像建一個磨坊一樣，把高處的一股水引入新挖的渠中，閘門一開，水流嘩然一聲，推動了第一個輪子，皮帶把動能傳導給下一個輪子，經過兩三次轉換，輪子帶動鋸子水平運動，由工人推動一個帶輪子的平台，把上面的木頭餵到鋸口下，根據事先畫好的墨線，把原木加工成不同厚度與寬度的木板。就是這麼簡單？就這麼簡單。很多場面上說得很玄奧的事情其實就是這麼簡單。

因為簡單，所以，除了大門上的牌子寫著木材加工廠的字樣，所有人都把這叫做鋸木廠。一個鋸木廠的投資也就十幾萬。

因為簡單，不到一個月，兩個鋸木廠都先後開工了。

林業局作後盾的廠，來料充足。相鄰的那個，吃了上頓沒有下頓，自然生意清淡。更秋兄弟他們的廠，那個投資的老闆只掛董事長的頭銜，董事長不出錢，出銷售管道，更秋幾兄弟出了全部資金。老二是名副其實的總經理，卻沒有什麼事情可幹，就到檢查站去，在失憶的羅爾依跟前走來走去，看看他見到自己是否會想起點什麼。那事情不是他親自幹的，但幾兄弟相似的身姿與相貌，可能會讓他想起什麼。正精神抖擻工作的羅爾依會突然停下來，就像羊看見鷹投射到地下放大的身影一樣，眼裡突然一下閃現出恐懼的神情，但這種神情轉瞬之間就消失了，代之以一種迷惘的、沉思的眼神。

當他這種眼神出現的時候，老二都嚇得要命，他看不見自己的眼睛，但知道，裡面的恐懼神情一定比羅爾依眼裡閃現出的更強烈，更持久。

他對拉加澤里說：「媽的，你看他那樣子，好像馬上就要醒過來了。」

拉加澤里嘴上說：「他醒不過來了。」心裡的聲音卻是，「媽的，他為什麼就醒不過來呢？」

老二這時顯現出真正的驚恐：「或許他早就醒過來了，只是裝作還沒有醒來。」

拉加澤里已經問過：「那他為什麼要裝？」

「錄像片裡怎麼說的，放長線釣大魚，把機村的事情全挖出來。」

拉加澤里想過，要真是這樣的話，大網收起來，自己應該也會掛在網眼之中的。哪怕只有萬分之一的可能，那也是一種不祥的預感，湧現心頭時，會有一種難以承受的沉重感。他說：「你要不想自己嚇自己，就去錄像站看錄像吧，我忙，不陪你了。」

他的確忙，這段時間，木材檢查一天天鬆動了，除了特別不走運的，都能順利過關。拉加澤里和檢查站的關係，在機村已經人盡皆知了。有車出了問題，卡在檢查站了，鄉裡鄉親的，他們會找拉加澤里去站上求情，拉加澤里也就會跑上一趟，話有時管用，有時也不管用。有一個驗關員甚至說：「你儘管來說，每三次我答應你一次。」

老王一天幾次，在老二開工不足的鋸木廠轉來轉去，毫不掩飾對老二說：「農民企業家，屁股上那麼多屎都沒有擦乾淨，還農民企業家。」

這也讓更秋兄弟憂心忡忡。

有什麼事情，他們願意來找鋼牙。明裡不說，其實是要他幫忙的意思。

拉加澤里卻說：「鋼牙是什麼意思？就是知道了什麼不該說的事情，死也不說出去，就這麼大個本事，其它，就幫不上你們什麼忙了。」

他們想請拉加澤里把檢查站的朋友請來，吃飯、喝酒、打牌、叫小姐唱歌，「如果他們嫌這兒的小姐土，煩，我們也學那些大老闆，直接去省城高價請幾個新鮮漂亮的。」

拉加澤里說：「我哪有這樣的面子，他們只是看我開個補胎店，窮，發了善心，給我隨便找點活幹。」

「找點活幹？那是承包工程！」

拉加澤里也笑了，那算什麼工程呢，修幾百米一段路，這算個工程。鋸木廠蓋好後，可以往外發運加工過的木材了，這時，才突然發現，兩個鋸木廠都在檢查站關口的外面。這樣，重新裝車發運的木材就失去監控了。檢查站打了報告，上面就撥下一筆專款，把兩個鋸木廠圈起來，留一個出口，再修一條便道，貼著山腳，又重新繞到檢查站關口裡面。路的工程量是本佳算的，上報了二十萬的工程款，打點折扣也批下來了整整十八萬。這工程非常簡單。砍掉一些樹，把山根的斜坡削下一點，填到外面的小沼澤中，再在鬆軟的森林黑土中墊些碎石，卡車來往碾壓幾趟，這段路就成了，用不了那麼些錢。十八萬的工程款，拉加澤里只收了十三萬，也差不多賺了對半。那五萬不是給某個人，而是給檢查站，檢查站拿來發了一回獎金。大家一高興，拉加澤里才提出能不能把修路時砍的樹批給他。檢查站派人專門回了一次局裡，結果批下來的數量是修路所砍數目的兩倍。拉加澤里又發了一筆。李老闆留下的指標更讓他大發了一筆。也就是兩三個月時間，這個一年苦掙六七千塊的補胎店小老闆手裡一下就有了好幾十萬元，快一百萬了。

這讓他想起一個詞：百萬富翁。想起這個詞，他的腦袋就有點像喝多了酒一樣嗡嗡作響。

剛做這工程時，更秋兄弟又請他喝了一次酒，酒過三巡，老三把兩萬塊錢拍在桌子上，拉加澤里懂這意思，這是要入夥的意思，但他假裝不懂。他心裡還是怕這幾兄弟，但想起他們發財時並沒有關照過自己，和自己那可憐的兄長，他說：「要是你們早點給我這兩萬塊錢，早點幫我一把，我就考上大學了。」

更秋兄弟面面相覷，想不到這小子心裡還藏著這樣的心思。

老三卻是最最無情的，狠狠推他一把：「他媽的掙了大錢還假裝可憐！你要裝，我就明說吧，這是墊付的工程款，你那個工程，我們也算一份！」

他是想答應的，因為這幾兄弟的確讓人害怕。但他又為自己心裡那害怕對自己有些憤怒，因為這憤怒而拒絕了更秋兄弟的要求。幾兄弟陰沉著臉從桌子四周起身離去，拉加澤里想，全機村沒有一個人會相信，這幾兄弟在他一個人面前丟了臉了。

他也知道，他與這幾兄弟結下梁子了。

十六

晚上，檢查站開了牌局，大家都讓拉加澤里上。話說得很直接，「我們嚴格執法，油水到了你的手上，你也滋潤滋潤大家。」拉加澤里沒有賭過錢，但老闆怎麼跟有權的人打牌的故事卻聽過很多。他不看人，給桌子每邊先放上兩千。劉站長去睡了，本佳當班，還要複習功課，也回自己房間去了。拉加澤里自己上了桌子，又輸了六千。拍拍還有錢的口袋，笑著說：「輸完了，下次再跟各位大哥學吧。」

大家就拍他的肩膀，說他人小鬼大，懂社會，會歷練出來。

回去時，看見茶館的燈亮著，過去看見消失多日的李老闆站在窗前。他那張平靜的臉上的神情比往常更加落寞。他想問候幾句，但是不等他開口，李老闆就舉手制止了他：「看來你幹得不錯。」

「我……我跟檢查站的人打牌去了。」

「贏還是輸？」

「輸了。」

李老闆只說了簡短的一個字：「好。」

他終於還是把自己這多日來的擔心說了出來：「我向每一個見到的人打聽，都沒有你的消息。想去找你，又不知道該去什麼地方。」他那急切的語調和神情讓李老闆有些動容，但他動了容也沒多說什麼，只是說：「你坐下。」

自己還是沉默著站在窗前。夜已經很深了。大顆大顆的星星，散發出一簇簇光的芒刺，直射到窗前。靜默。拉加澤里好像聽到星星的光碰在窗玻璃上叮叮作響。這使他感到非常不安。李老闆背對著總想說點什麼的拉加澤里。每當拉加澤里想說點什麼，他就舉起手，做一個制止的手勢。後來，還是他自己坐下來，聲音低沉地說：「看來，我要離開了。」

「我知道你並不喜歡這個地方。」

「這個世界和我，我們相互討厭。」

拉加澤里注意到了兩人話中「地方」和「世界」的區別。

「本來，我都不打算回來了。」

「你到什麼地方去。」

「我不到什麼地方去，你肯定在背後聽到過別人說我的故事，那你就知道我沒有地方可去，我要做的是悄悄地消失。」

「告訴我發生了什麼不好的事情。」

「我病了。」李老闆抬起垂下的頭，盯著他的眼睛說，「絕症。」同時，一絲古怪的笑容掠過了他的臉龐。

面對這麼嚴重的話題，拉加澤里無話可說，他飛快跑回店裡把掙來的錢全部放在桌上，他還很年輕，看到那麼多捆紮的方方正正的鈔票，臉上禁不住顯露出滿足的笑容。

「你喜歡？」

「我喜歡。」

李老闆嘆息一聲：「比我好，我並不喜歡，我拿錢沒有什麼用處了。」

「治病啊！上最大的醫院，找最有名的醫生！」

「那太累人了。人一輩子這麼累，我不要最後還把自己累死在醫院的床上。」他笑了，「死了，又在冰櫃裡凍得硬邦邦的，像豬一樣。然後，一把火燒掉，這倒不錯，變成煙，變成灰，飛在天上。」

一直想說話的拉加澤里還很年輕，面對這些他從未思考過的東西，真是無話可說。

沉默又降臨在兩個人中間。冷冽的星光撲滿了窗前。

還是李老闆開口了：「你來。」

然後，他們兩人就來到李老闆的臥室。

「關上門。」

關門。

「開燈。」

開燈。

李老闆把床頭邊櫃子上的檯燈挪開，揭去蒙在上面的檯布，露出來的不是櫃子，而是一只深綠色的保險櫃。櫃門打開，拉加澤里看到了碼放得整整齊齊的錢。還有好多個存摺。李老闆不說話，但他臉上的神情在說，他連這些錢都花不完，他不想花了。

他「累」了。

李老闆從櫃子裡拿出幾張批件，說：「還有好幾百方呢。不過，這是最後一批了，都給你吧。」

「我要跟你清清前次的帳……」

「不必了。知道這次我進城幹什麼去了嗎？我就是跟人清帳去了。」李老闆說，「人家可以欠我，但我不能欠了人家。」

拉加澤里的淚水終於奪眶而出：「那我欠你的了，只差一點點，我就是百萬富翁了，但我什麼也不能還你了。」

李老闆又是長長一聲嘆息，說：「小子，我一個孤老頭，還沒死就有人哭我，知足了，知足了。」

這下，拉加澤里哭出聲來了。

李老闆端坐不動，說：「小子，知道我為什麼幫你嗎？」

「你看我可憐。」

「是我自己可憐。我無兒無女，孤人一個……要是不生這病，我想讓你做我的乾兒子，你不要說話，哎，事到如今，一個沒幾天活頭的人，再幹這樣的事情就真是蠢到家了。天不顧我，一生不順，但我至少不是個蠢人。」

「我已經上山看過，找到上好的落葉松了。」

「幹什麼？」

「我要給你做一副最好的棺材！」

李老闆嘆口氣：「我是給你提過這事，其實，哪有什麼朋友，就是想給自己弄的。那陣子剛查出病，不知怎麼就想到睡一口好棺材。真是好笑。不必了。今天的事不要跟別人提起，我不在了也不要人找我。當然，也許會有人來這鎮上找我。你把我的東西胡亂埋一個墳，說我就在裡面。這件事，你要答應我。」

「我答應。」

「再答應我一件事。」

「我答應。」

「這掙錢的事要早收手，收了手，再去讀書。人有點錢就讀不進書了，這個你要向本佳學。」

拉加澤里點頭時，彷彿身在夢中。身體沉沉下墜，靈魂卻漂在天花板下，觀看著下面。

「這個店也交給你，本來茶水生意嘛，是從古至今的，只是木頭生意不會長遠，這個鎮子，這個茶館自然也不會長遠。」最後李老闆說，「我是沒有子孫的人，這木頭生意是把子子孫孫的飯都吃完了，必然是天怒人怨！」

拉加澤里說：「我要好好安葬你，用最好的棺材。」

李老闆緩緩搖頭：「真的不必了……」

「那我把你的二胡埋在裡面！」

李老闆就取來二胡，在手中摩挲，拉加澤里又說：「唉，我早該知道你得病了。」

「你怎麼知道？」

「你拉的曲子唄！」

「你聽得懂。」

拉加澤里笑了：「上學時音樂課上聽過啊，〈二泉映月〉、〈聽松〉。還有，就是你常拉的〈病中吟〉……」

第二天早上醒來時，他發現自己趴在茶館的桌上。窗前的陽光亮得刺眼。小鎮正在甦醒。某個地方，答錄機裡在播放流行歌曲。有人拖著腳步在馬路上行走。有人在大聲咳嗽。窗戶在打開，門在打開。他看見李老闆躺在裡間的床上，他捋起的胳膊上還纏著膠管，一隻針管落在地上。拉加澤里以為他已經把自己結果掉了。但他沒有。只是注射了些遮掩住他肉體疼痛和內心迷茫的藥物，他放鬆了身體，沉沉地睡去了。他的面容枯瘦而安詳。拉加澤里以為自己會傷心地哭泣，但他沒有。他走出門去，走到陽光下，心裡有了些深沉的感覺。與一個連死都覺得「累」的人做夢一樣相處那麼一段時光，他就不再是昨天黃昏走過鎮上馬路的那個拉加澤里了。這種感覺使他挺起了胸膛，這種感覺使他眼裡閃爍出傲人的光芒。

十七

他捎了口信回村給鐵手，說該看看那個地方了，讓他去那個地方等他。

帶信人問：「哪個地方？」

「你廢什麼話，他知道是什麼地方。」

「什麼時間？」

「哦，你這個豬頭，他鐵手自己知道是什麼時間！」

他去飯館裡盯著做了軟和清淡的飯食，端到李老闆床前，吩咐茶館的服務員等李老闆醒了就熱了給他。

這個大胸的服務員挨過來，用豐滿的胸脯蹭他：「這麼孝順，你就像他兒子一樣。」要是自己真有這麼活得這麼大年紀的父親，那真是自己的福分。問題是這個人再好，也不是他的父親。

服務員用胸蹭了不夠，又伸出塗紅了指甲的手來摸他的耳朵，他年輕的身體對這些刺激都有著強烈的反應，但他還是把這熱呼呼軟綿綿的手堅決推開了。鎮上這些服務員大多都做些別的工作，這個他是知道的。檢查站那些朋友都說，他這個小公雞還沒有打鳴，什麼時候，要找個好小姐讓他開叫。但他還對過去的戀人未能忘情。他甚至想，自己的境況也已今非昔比，一個百萬富翁配個大學生想必不會有人說不般配。

「你是不是以為我是李老闆的人哪！告訴你，我不是。」服務員笑了，並把整個溫軟的身子靠上來，在他耳朵邊吹出溫軟的氣息，「我聽有姊妹說，坐牢那麼多年不用，他那東西都廢掉了。」

說話間，那手就蛇一樣游向了他的胯間：「你這裡該不是也有問題吧。」

拉加澤里一個耳光重重地落在了她的臉上。他掏了一迭錢來拍在桌上：「我只要你照顧好李老闆，回來，我還有重賞。」

見到這麼多錢，那姑娘就破涕為笑了。

他準備回村裡去了，先在店裡布置好過往車輛可能會用的膠水、膠皮、剪刀、鋼銼和其它工具，正在把這些東西耐心地一一擺放好。這時，卻聽見了外面的喧鬧聲，出門一看，一群人在新建的水文站前，把催雨的火箭砲車圍了起來。原來，是一貫作威作福蠻不講理的更秋兄弟纏著降雨人一定要開幾砲玩玩。降雨人拒絕了。那幾兄弟就出手打人了。

幾個人一拳拳從降雨人肚子開始一直往上，這時一記重拳正直奔降雨人面門，拉加澤里一步跨過去，他個子比降雨人高，那拳頭就重重地落在了肩膀上面。他身子猛然一歪，雙手扶住了背後的砲車，才沒有摔在地上。另一拳過來時，他側地身子，那拳就重重地擊地車幫上，疼痛當即就把老五的臉痛歪了。

老五大叫：「鋼牙！讓開，不然連你一起打了！」

「你敢！」

老王提著警棍站到了老五面前：「你敢！」同時，還伸手去摸腰間的手銬。他一掌推開老王，拉起降雨人，轉身就往鋸木廠去了。

這幾天，更秋兄弟的鋸木廠也開工了，跟林業局的廠子一樣幹得熱火朝天。那個他們合股的老闆往縣裡匯報，企業局找了縣委，說林業局如此搞法，不利於招商引資環境的形成。縣裡專門開了協調會。會一完，更秋兄弟的鋸木廠就來料充足了。高高的水頭沖下來，水車旋轉如飛，鋸子唰唰地飛快來回，每一下，鋒利的鋸齒都從木頭內部拉出很多的鋸末，鋸末四散飛濺，木頭潮潤的香氣滿溢了狹窄紛亂的空間。

老二是鋸木廠總經理，此時正手拿一把米尺，踱來踱去，神氣活現。

「縣裡為你們的廠專門開了會！我聽說了！」拉加澤里在隆隆的機器聲中在老二耳邊喊。

老二用了更大的聲音回答：「老魏親自主持的！」

「什麼，聽不見！」

老二揮揮手，差一人跑上山坡關掉水閘，讓這些轟轟然的聲音停下來，正色說道：「老魏親自主持的，這回你聽清楚了！你來就是問我這個？」

「你要管管你的兄弟！」

老二用米尺敲打著降雨人的肩膀，「他們就想打打砲，這傢伙一點面子都不給。」

拉加澤里擋開他手裡的尺子：「欺負一個外地人算什麼本事，人家有規章……」

老二已經變臉了：「規章？那我倒要請你這個有學問的人講講什麼是規章。」

老大一直在旁邊看著，這時才笑著走上來，把他弟弟推到一邊：「這位兄弟怎麼稱呼，對降雨人，降雨人。你真的不用害怕跟我們交朋友，我們拿你的雨水沒有用處，雨水換不來錢，你不用像我們這位鄉親，離我們遠遠的，那是因為錢。我們交你這個朋友，你也不用害怕，我們不要雨水。雨水是什麼？到時候，自己就從天上落下來了。放心，沒有人再要打你的砲了。」

拉加澤里鬆開口氣，對降雨人說：「老大一說話，幾兄弟都不會亂來了。」

「說得對！鋼牙是聰明人。聰明人是來告訴我們，為了不掙錢的事情去壞規矩不值得。不過，要是能掙來錢，那就是另說了。」

降雨人驚魂未定，但也知道順坡下驢，馬上邀請大家一起吃飯。

老二哈哈大笑，一行人也就去了飯店。

從酒桌子上下來，拉加澤里上路，腦袋暈暈乎乎的。席間，老二學說著企業局領導轉達的縣委書記老魏的話：「機村的事情嘛，我知道。更秋兄弟，五個？六個。對六個。這家人娃娃多，都小，吃不飽，看見吃的東西眼睛就像狼一樣放光。想掙錢，貪心，我相信，窮怕了嘛。但有些反映把他們說得那麼壞，那麼無法無天，我不相信。我從基層上來的，我瞭解這些人。現在的幹部，脫離群眾，不瞭解群眾的心思了。這是問題啊！」

拉加澤里冷笑：「老魏再下基層，再在機村多待一陣，就知道你幾兄弟是什麼貨色了！」

「也知道你是什麼貨色！」老大老二一起大笑。「你也去反映試試，看老魏相不相信！」

聽了林業局和公安局的匯報，老魏說：「這樣的問題，即便是真的，那首先也是管理部門有問題，同志們，老百姓要富起來，過程中有問題當然應該管，主要的手段還是教育與疏導嘛！」

老大還攬住了拉加澤里的肩膀：「鋼牙，我們的鋸木廠生意這麼紅火，你也入一股，我把副總經理的位子讓給人，不要你入股的錢，我們也想跟林業局搞好關係！」

拉加澤里無話可擋，只好岔開話題：「李老闆要我回去上學。」

「上學?!」老二聽了哈哈大笑。「老子小學二年級都沒上完，不一樣發財當老闆，你不是不上學了才發的財嗎？還要去上學？」

老大不笑，臉上的表情慢慢冷下來：「看來，我們是沒有緣分了，鋼牙。」

話到這個分上，拉加澤里也不肯示弱：「我回來差不多三年，真有緣分早就有了。」

出了門，降雨人十分不安，說：「我給你惹下麻煩了。」

拉加澤里咬牙說：「那也是早早晚晚的事。」

降雨人又問：「老魏是誰？」

「我們的縣委書記。」

「他怎麼不認真調查調查？」

拉加澤里搖搖說：「瘋了。」

直到回到村裡，上了山，在半坡上跟鐵手匯合了，去挑選漂亮的落葉松時，他還對鐵手說：「瘋了。」

「什麼？」

「瘋了。」說這話時，他心裡有著強烈的不安。

這個時節，挺拔的落葉松枝條上又長滿了新鮮嫩綠的針葉。旁邊，從河谷裡一路開上來的杜鵑在這高處也開始凋零了。一朵朵開敗的花落在地上，使四周的空氣帶著濃烈的腐敗的甘甜。可這些樹真是漂亮，魚鱗狀的樹皮閃著暗紅的光澤，筆直勻稱的樹幹引領著人的目光一直往上，一直往上，直到看見樹頂上面的幽深的藍色天空，看見天空上絲絲縷縷的潔淨雲朵隨風飄蕩。

鐵手說：「這麼漂亮，真捨不得砍它。」

拉加澤里何嘗沒有同感，但他說：「這話聽起來像是我哥哥說的。崔巴噶瓦也會說這種話。」

「他們是會說這樣的話。」

「你說這種話，是像我哥哥一樣膽小，還是像崔巴噶瓦一樣高尚？」

「除了崔巴噶瓦自己，機村沒有人能做崔巴噶瓦。」

拉加澤里緊逼一步：「想清楚，砍這樹跟砍別的樹不一樣，這是珍稀植物……」

「憑你的關係，我怕什麼！你就說什麼時候要吧。」

「馬上。」

「我沒帶傢伙！」

「那就明天。我不在這裡收貨，你把材料送到鋸木廠，他們知道加工成什麼尺寸。記住不是更秋兄弟那家。」

下山後，他先回家了一趟，家裡沒有人，哥哥，嫂子和外村請的幾個幫工還在外面忙活，為新房子準備石材和木料。拉加澤里喝了母親端上來的茶，坐一會兒，也沒有什麼話說，就出了門在村子裡四處看看。村子裡也沒什麼人，都到什麼地方幹自己的事情去了。他就信步往村外走。走到河邊，又沿著河邊慢慢往上游走。經過被去年夏天洪水沖坍的河岸。經過水電站和簷口長滿厚厚苔蘚的磨坊。然後，就來到了那座木橋跟前。過了這座橋，抬眼就看見掩映在一片蒼翠林子後面那座安詳的房子。那是過去戀人的家。不久以前，他還在那座房子裡安睡過一個夜晚，那個夜晚多麼安詳，崔巴噶瓦給他搗藥療傷。那個早晨多麼清新，崔巴噶瓦帶他去看那些仍然整齊生長的青杠樹。他站在橋欄上，清澈河水中浪花起處一股清涼之氣撲面而來。在他和那座房子之間的山坡上，杜鵑已經凋謝。但那些野櫻桃卻開出了如輕霧一般的白色繁花，而再過些日子，就是香氣濃烈的丁香的花期了。一個人影出現了，他走到房子前面的籬牆前，手搭在額頭上向這裡張望。拉加澤里知道，他就是崔巴噶瓦。很快，他就推開籬牆中央那柳條編成的柵門，走進了那個安靜的院子。

「年輕人，你是坐下呢，還是就這麼一直站著？」崔巴噶瓦的口氣不如以前那麼和善。

「阿姨不在家？」

「她去摘些野菜，醃了，女兒想念家鄉味道了。」

「做好了，下次我進城可以捎給她。」

老頭沒有答話，把手中那些紅紅綠綠的經幡編結成串。

拉加澤里深吸一口氣，把心裡的話說出口來：「我想進城時去看看她。」

「不，發了財的年輕人，我的女兒不要糟蹋了家鄉森林的人去看她。」崔巴噶瓦堅定地搖頭，「孩子，你也一樣。你跟她完全是兩樣的人了。」

拉加澤里心中響起一陣悲切的聲音，恍然就是李老闆對著晚風拉起的二胡聲了。

崔巴噶瓦搖著頭深深嘆息：「我們老兩口一死，我們家在機村就沒有人了。可是，你們可是還要在機村祖祖輩輩生活下去了。」

「我有錢了！叔叔，有了錢就可以在城裡買房子和戶口，不一定再回機村來了！」

「你走了，你哥哥一家呢？你家祖先的魂靈呢？」

關涉到這個話題，拉加澤里心裡有了底氣：「人死了就死了，沒有魂靈！」

老人更大幅度地搖晃腦袋：「可憐的孩子，上了那麼多年學，你就學到這麼點東西嗎？知道嗎孩子，你們把那些大樹砍光，祖輩們連寄魂都沒有地方了。」

拉加澤里知道，老人編結好手頭這些東西，就要去找一些大樹掛上，掛上了這些的五彩經幡，對於逝去的人來說，那就是寄魂之所，對於活著的人來說，那是命息所在的地方。所以，那樣的大樹就叫做寄命樹或寄魂樹。聽老輩人說，過去，這樣的樹就矗立在村前，矗立在地頭。後來，砍伐森林了，文化革命了，這些樹就消失了。頑固守舊的老人們便在深山裡尋找到古老的樹，把這些印滿了祈求靈魂有所皈依的經幡掛在樹上。那樣的樹像一座座綠色的高塔，無風的時候，蓄滿了清麗的鳥鳴，風起處，所有的枝葉隨之搖晃，鳥群像被一隻巨手拋灑出來一樣，彈射向空中：是鷓鴣，是斑鳩，是鸚鵡，是特別聒噪的紅嘴鴉。

老人又說：「要是你願意，明天跟我上山，活人我管不了，可那些飄蕩的遊魂該好好安撫一下了。」

「我去，可……」

「可是去了你也不相信？」

「我不相信。」其實，他並不確切地知道自己相信還是不相信。

輕風吹來，那些結成一串的彩色布條微微翻捲，布條上印著的字母和圖案不斷浮現，一時間，使他的心思陣陣恍然。他不相信，因為時代已經把諸如此類的東西放逐到了視線之外，要是天天都看見這樣的東西，他想自己可能就相信了。

他問道：「掛在什麼地方？」

老人有些艱難地站起身來，走到籬牆邊，往山上張望。順著他的視線，拉加澤里看到了一條礫石累累的深深溝壑。對於他這個年紀的人來說，那是一個傳說。因為那是他出生以前的事情了。是年，機村大火。為了滅火用很多炸藥炸開了半山上的湖岸，那道溝壑就是當年決堤的洪水留下的遺跡。據說，當年洪水中死去的村民也睡了漢族式的棺材。後來，那幾座墳墓被山洪沖刷，朽腐的棺材從泥土中顯現出來，露出了裡面白生生的遺骨。機村人請來喇嘛，念了經，一堆大火把朽腐的棺材跟骨殖都燒了個乾乾淨淨。在安葬死人的方式上，機村人終於未能移風易俗，又回到原來的方式上去了。

看拉加澤里有些走神，崔巴噶瓦說：「變成個愛想事的人了？」

「那上面真的有過一個湖嗎？」

崔巴噶瓦嘆口氣，說：「有過，就在那些落葉松下面一點。」

拉加澤里稍稍抬起一點眼光，就看到那些落葉松了。現在，太陽正在從西北方落下，下午特別明亮的陽光把那片東南向的山坡上那些樹——準確地說，是那些落葉松的綠色照耀得玉翠般水嫩透亮。

「湖的根子還在，那些樹才能那麼漂亮。」

「湖的根子？」

崔巴噶瓦笑了：「就是藏在地下的泉眼。」

拉加澤里突然明白了，這個固執的老傢伙要把這些經幡掛到那些落葉松上。果然如此，崔巴噶瓦有些得意，說：「我曉得，國家也要保護那些樹，再把經幡掛上去，就沒有人敢動它們了。知道嗎？孩子，那時湖邊有很多泉眼，後來它們都縮回地下了，看看那些水靈靈的樹，我知道，它們就藏在那些樹的下面。等到人們不作孽了，山上又長樹長草，那些泉眼裡又要冒出甜甜的泉水了。也許你真的應該跟我上山看看。」

他知道，自己不能幹這件事情了，趕緊回村去找鐵手。

十八

拉加澤里剛走到村口，就見嫂子慌慌張張地向他跑來。這個平時總是慢吞吞的女人這時雙手提起長袍的下襬，髒污的臉上滿上汗水，氣喘吁吁地向他跑來。

他的腦袋開始膨脹，一個聲音在裡面說：「出事了，出事了。」果然，嫂子跑到他面前，如果不是一手被他扶住，就癱在他面前了：「救救你哥哥，求你救救你哥哥。」

「告訴我怎麼了?!」

嫂子從地上爬起來，喉嚨裡是困獸般的嗚咽，拉著他又跌跌撞撞地跑向河邊。差不多整個機村的人都聚集到了那個地方。哥哥站在離岸並不太遠的河水中間。湍急的河水在他身子四周打出一連串的漩渦。他一臉驚恐與絕望的表情，張大嘴無聲地哭泣，手裡還提著一把亮閃閃的斧頭。看見他就像遇見了救星，大喊：「弟弟，救我！」

更秋家老三卻在冷笑：「自己跑到河中間去要自殺，現在又要人救他。」人們真的在救他，一次次向他拋去繩索，繩索拋到身邊，他卻任流水沖走，不肯伸出手去。他還在喊：「弟弟救我！」

但就是他親弟弟拋出的繩索，他也不肯去接。冰涼的河水不斷沖激著他，他已經有些站立不穩了。拉加澤里再次把繩子拋到他身邊，但他仍然沒有伸手，他哭著喊：「弟弟，救我！」

「抓住繩子！我就救到你了！」

老三卻帶著幾個人在旁邊起鬨：「你弟弟不行，還是讓員警來救你吧！」

拉加澤里的腦袋嗡嗡膨脹，就想抓起斧子來跟他拚命，但他忍住了，哥哥還站在涼冷的河水裡，他聽老三這麼一喊，又往河水深處走去。水漫到了他的胸部，他回過頭來，又喊一聲：「弟弟，我沒有出息，給你丟臉了。」

他的身子再也無力抗拒水流巨大的力量，慢慢地歪倒在河水中間了。河上那些起伏的波浪間，浮起來的是他鼓脹起來的背部的衣衫。拉加澤里跳入了河中，相跟著，有好幾個人跳下去了。才沖出去幾十米，就給撈起來了。拉加澤里抱著水淋淋的哥哥走上了河岸。回到家，換上乾衣服，灌了些熱茶和蜜酒，他才止住了顫抖，烏紫的嘴唇有了些些的血色。他又哭起來：「員警就要來了。」

拉加澤里這才有時間聽人們細說原委。

就在他聽取崔巴噶瓦教訓的時候，他哥哥提著斧頭去砍一株樺樹，蓋房子時總需要一些零碎的木料，這個人他並沒有多少砍樹的經驗，控制不了樹木的倒下的方向。於是，樹倒下時砸斷了經過機村的長途電話線。不知道從哪裡來，也不知道到哪裡去的電話線一直伴著公路幹線延伸，但雙江口鎮翻越雪山那段路線太繞了，電話線就從鎮上離開了公路，為抄幾十公里捷徑而穿過了機村。

哥哥喝了些蜜酒過後，竟然暈過去了。可能是驚嚇過度而虛脫了。

晚上，他醒了，看看四周，又開始低聲哭泣。他抓住弟弟的手：「家裡的人就託付給你了。媽媽、侄兒、侄女，還有你嫂子，員警一來，我就要走了。」

拉加澤里忍不住笑了。

「你不要笑，我不害怕了，剛剛出事時，我很害怕。我想死，可是，我還是害怕。」

「哥哥你不用害怕。」

「現在我不害怕了，我只是捨不得你們。」

拉加澤里知道，他心裡還是害怕。倒下的樺樹把電線砸斷時，他只是坐在那裡發愣，後來，村裡人來了，有人開始嚇唬這個膽小的可憐蟲。更秋家老三說，這一根電線裡有很多人說長途電話，電線一斷，一個鐘頭光是賠郵電局的錢就要幾十萬元。聽到這個，他哥哥就開始哭泣了。他爬到電線斷頭那裡，想接上那些電線。但有人喊有電，又把他嚇回來了。這時居然還有人進一步威脅他，讓他回憶過去某些時候，國家有什麼大事要發生時，為了電話的暢通，每一根電線桿下都要派民兵們通宵站崗。老三說，這是國防線路，要是耽誤了解放軍的消息，那就不是賠線，而是反革命，是要掉腦袋的事情了。

這一下，這個懦弱膽小的人就只好跑到河裡去了。河水不深，他想一死了之，卻又沒有勇氣倒下身去。他是抵抗不了河水的力量才被迫倒下的。

拉加澤里緊抓著哥哥的手，想起哥哥那不堪忍受的驚恐無助，心裡陣陣生痛，不由得掉下淚來。

他告訴哥哥，用不著擔心，真的用不著擔心，這些架在電線桿上的明線已經廢棄兩三年了。現在，人們打長途電話，是通過前兩年埋在地下的光纜了。

「你知道的嘛，前兩年不是有施工隊來，挖溝，埋進去這麼粗的光纜嗎？」

哥哥小聲說：「我還去工地上打過工呢。」

拉加澤里大聲說：「對了，那才是現在用的電話線，你打斷的那個，早就不用了。」

「員警不來找我了。」

「人家很忙，顧不上你這個事。」

「真的？」

「真的。」

哥哥長吁了一口氣，蒼白的臉上慢慢泛起了血色。他說：「弟弟，你怎麼什麼事情都懂？」

「我上過學嘛。」說到這個，拉加澤里心頭又掠過一股針刺般的痛楚，差一點又落下淚來。

看他的樣子，哥哥又緊張了：「你這麼難過，是在騙我吧。」

本來，提到上過學，又想起哥哥至今還要甘受人家的欺負，他心裡真是五味雜陳，替自己，也替兄長感到深深的委屈：「你這樣任人欺負，我心裡難過。」

哥哥就深深地低下頭去了。

拉加澤里回到自己的房間，從床底下拉出兩只木箱，拿開上面摞得整整齊齊的中學課本與課堂筆記，下面更加整齊的是一紮一紮的錢。他從屋子裡出來，把差不多半箱子錢，倒在了地板上，堆在哥哥面前：「老三幾句話就把你嚇暈了，他憑什麼嚇你，覺得自己有錢，那你弟弟也掙了很多錢！哥哥，以後，見了他們你不准再害怕！」

但是，就是他這些錢，又讓哥哥害怕了。他的臉色又變得紙一樣蒼白。怒火從拉加澤里心頭升騰起來，他拋開對著一堆錢發呆的家人，下了樓，氣咻咻地奔更秋家去了。因為憤怒，因為急促的腳步，他差點都要喘不上氣來了。到了他家門前，他想高聲叫罵，卻氣喘得一個字都喊不出來。他一個人站在這家人寬敞的院子裡，聽見燈光明亮的屋子裡笑語喧譁。他終於喘過來，喊出了聲音：「老三，你出來！」

他胸腔裡已經準備好一大堆義正辭嚴的責問的話，只等那壞人一現身，就會劈頭蓋臉潑灑在他身上。

大門打開了，拉加澤里就站在從門裡流瀉而出的那方明亮裡。沒想到的是，先於主人，是一隻嗐嗐的惡犬撲了出來。好在拉加澤里手上已經有了一根從院門上拔下的櫟木門槓。他就像錄像片裡的棒球手一樣，掄圓了門槓橫擊出去，騰身而起的惡犬貓一樣哼了一聲，像只口袋一樣摔到那方燈光外面，落地時發出沉悶的聲響。然後是老三怒吼一聲，拔出了腰間的刀子，但他明顯有些膽怯，有些遲疑不前。

揮出了那呼呼生風的一棒，拉加澤里心中大快：「你這個殺人犯！你差一點殺了我哥哥。」

這個無賴竟然笑得出來：「我只是嚇嚇他，是他自己往河裡跳，跟我有什麼相干。」

「你還差點撞死了羅爾依站長！」

老三立即舉刀撲了上來，拉加澤里早已牢牢地分腿站好，側身揮臂，同時一聲吶喊，沉沉的木棍先是擊中了老三的肩頭，然後，輕輕彈跳一下，又落在了他的腦袋上。被擊中的人哼出了聲音，又把下半聲吞回到肚子裡，慢慢地倒在了地上。雖然他背著燈光，但是拉加澤里還是很快意地看到他臉上了驚恐而又痛苦的表情。這六兄弟，四個在鎮上，剩下兩個犯了事的心虛躲在家裡，卻還在禍害鄉裡。老六又撲了上來，這時，拉加澤里已經有些清醒了，下手就沒有那麼重了，他只揮棒打飛了他手裡的刀，從手腕那裡把他的骨頭打折了。

那個生了這幾兄弟的老婦人從屋子裡哭出來，拉加澤里說：「阿姨，你不要傷心，我是替機村人清除禍害了。」

消息像閃電一樣照亮機村。全村人都聚集到了這個地方。人們發動汽車，把兩個傷者抬上去，急火火地往縣城去了。臨上車時，拉加澤里還看了老三那血肉模糊的腦袋一眼，對人們說：「順便到老王那裡報個案，告訴他不用著急，我哪都不去，就在這裡等他來抓。」

他還對村長說：「你他媽的什麼事不管，算什麼村長？」

救人的汽車開走了，還有很多人圍繞著他，都保持著敬畏的沉默。已經發生的事情全都在他的意料之外，但他心裡卻感到無比的暢快。天朗氣清，星光璀燦，銀河在他頭頂的天空中緩緩旋轉。倒是他哥哥把這感覺給全部破壞了，他抖抖索索地拉住弟弟：「你把他打死了嗎？」

拉加澤里說：「我只知道他該打。打沒打死我不知道。」

哥哥哭了，一邊哭，一邊又開始埋怨了：「你惹下大禍了！日子剛剛好過，你又惹了這麼大的禍，你就不知道忍一忍嗎？」

拉加澤里知道，自已就因為出生在這樣一個家庭，忍受過的東西真是太多太多了。忍受一個懦弱兄長的埋怨與嘮叨，忍受他莫名其妙的驚恐，忍受失學與失戀雙重的痛苦，在雙江口鎮上整整忍受了兩年欺辱與白眼……他真的想喊一聲：「忍一忍，忍一忍，你忍得住嗎！」

但他對著這張蒼白的臉什麼都喊不出來，有的只是傷心與厭倦，他仰起臉來，看見眼中的淚光放大了星星，在這晴朗的夜晚閃爍得更加璀燦。他不想回家，但員警到來肯定還有很長時間。這時，崔巴噶瓦出現了。只有他的眼裡流露出哀憫的神情，他說：「孩子，來吧。」

他就跟著崔巴噶瓦去了。

哥哥還哀哀地跟在後面，拉加澤里說：「你回家去吧，那些錢夠你們花了，以後，你也不用害怕人家欺負你了。」

哥哥就站住了，慢慢地落在了他們的身後。

兩個人走到橋上，河面閃爍不定，水波大聲喧騰。

兩個人走上山坡，水聲落在身後，開敗的杜鵑花散發甘甜的朽腐味，更為清新的是一枝兩枝早開的野櫻桃。

那個晚上，兩個人一直沒有說話。或者說，兩個人只是用眼睛說話。老人重新把火塘點燃，調好一壺濃釅的油酒，你一杯，我一杯慢慢飲用。這時，自己過去女友的母親一聲不吭，就像過去機村的女人們為將要出遠門的男人——父親、丈夫、情人、兄弟、兒子——收拾東西一樣出出進進：皮褥子、襯衫、皮靴、乾肉、鹽……拉加澤里從臉上擠出一點笑容，想說點什麼，但他什麼都沒有說，只把一大杯酒傾進了喉嚨。老太太坐在這些東西跟前捂住臉哭了。她沒有哭出聲來，但淚水從她乾枯的指縫間流溢出來。然後，她又站起身來，往褡褳裡裝進了一隻手電筒。

天慢慢亮了。

他又聽見了隱約的哭聲，那是他親生母親找到這裡來了。老太太起身迎住了她，兩隻乾枯的手緊攥在一起。

崔巴噶瓦清清嗓子，大聲說：「好妹子，不用傷心，你養了個有出息的好娃娃！」

拉加澤里很開心地看到母親真的擦去了淚水。母親從家裡帶來了很多東西，兩個老婦人用這些東西做了一頓豐盛的早餐。吃完早餐，兩個人來到門外，放眼望去，通往機村的公路上靜悄悄的，員警還沒有出現。這回拉加澤里走在前頭，崔巴噶瓦跟在後面，往那片每年按規矩輪伐，一茬茬長得整整齊齊的薪柴林去了。兩個在那片薪柴林前坐下來，隱在林子中間的畫眉們此起彼伏地鳴叫。

機村人聽得懂這叫聲：

「天——晴——了！」

「天——晴——了！」

在這樣的好天氣裡，山坡上所有萌生了新葉的樹木都閃爍著亮眼的綠光。特別是崔巴噶瓦說還有著泉水根子的地方，那一簇劫後猶生的落葉松的綠光更是清新晶瑩，彷彿玉石一樣。

這時，拉加澤里突然大叫一聲：「鐵手！」

「什麼？」

「糟了，我讓鐵手去砍那些樹！」

「什麼?!」

「今天，鐵手要去砍那些樹，是我昨天吩咐他的。」

「昨天？你知道我今天去那些樹上掛寄魂幡！」

「我知道後下山找鐵手，就遇到哥哥要去跳河了！我馬上去找他！」

但是來不及了，遠處的路上揚起了塵土，然後，兩輛警車出現了，不一會兒，就聽到嗚哩哇啦的警笛聲了。崔巴噶瓦笑了，他拍拍拉加澤里的臉：「他不敢去了。」

但是，這個時候，那些落葉松中最挺拔最翠綠的那一棵，搖晃著，搖晃著倒下了。

崔巴噶瓦臉上出現了驚訝與不解的表情：「為什麼？因為這樹值很多的錢嗎？」

拉加澤里搖了搖頭，但他不想解釋，事到如今，任何的解釋都沒有意義了。他甚至笑了笑，說：「這下，我也是一個很壞很壞的人了。」

老人搖搖頭，說：「我不知道，我不知道。」

「要是有人來調查是誰砍了落葉松，請你老人家告訴他們，是我，不是鐵手幹的！」

老人跌腳道：「你們這些人，誰都會幹！」

拉加澤里長吁了一口氣：「我該走了，他們接我來了。」

崔巴噶瓦的神情又是一片黯然，啞了聲說：「走吧。」

在山坡上那個安靜的院落門口，拉加澤里站在低一點的地方，讓母親親吻自己的額頭。

母親眼睛濕了，嘴唇卻是乾枯的。

十九

拉加澤里逕直就往警車跟前去了。

員警老王說：「好小子，你犯法了，但幹得好。」

「老三死了嗎？」

老王沒有直接回答：「其實，你用不著這樣，只要把知道的事情說出來，把好事交給老子來幹！」

在村子裡，哥哥跟嫂子相跟著：「好弟弟，我們跟媽媽等你回來！」

他心裡想，就是回來，母親也不在了，但說心裡話，他心裡並沒有多少留戀與牽掛。他不知道是因為給他們留下了大半箱子錢，還是對這個家庭本來就沒有太深的情感。

老王說：「一個晚上，什麼話都該說夠了，走吧，這個時候就不要這麼婆婆媽媽的了。」

拉加澤里就伸出手來，老王一歪腦袋，一個員警上來給他扣上了手銬，老王卻罵道：「那麼緊幹什麼？鬆一點！」

就像那些錄像片裡演的一樣，一個員警上來，把他推到警車跟前，摁住他的腦袋，他彎下腰，面前就是警車後座那小小逼仄的空間。他坐進去，兩個員警一左一右在他兩邊。老王坐在前座上，突然間有些喘不上氣來了。他的身體像貓一樣蜷起來，蜷起來，兩隻手顫抖不止，當緊繃的身子鬆弛下來，人已經暈過去了。見這情景，兩個縣城來的刑警不知怎麼區處，而跟老王同一個鎮子的拉加澤里見到這樣的情形已經不是一次兩次了。

他叫：「解釦子，解釦子！」

兩個員警就解開他扣到頸下的扣子。

他又叫：「藥！藥！」

員警們並不知道要什麼藥，也不知道藥在什麼地方。只好打開了他的手銬，拉加澤里放平了汽車座椅，讓他呼吸順暢，從他口袋裡掏出常用的噴霧劑往他口裡一陣猛噴。隔了一會兒，老王眼皮動了動，再隔一會兒，老王眼皮又動了一動，然後，他深深嘆口氣醒過來了。

他們讓老王就那樣在座椅上了躺了十多分鐘。

拉加澤里重新戴上手銬，警車這才離開了機村。

老王虛弱地說：「好像做夢一樣，我從懸崖上掉下去，掉下去，老是到不了底，後來，是誰伸出雙大手把我拖回來了。」

員警們都說：「要不是剛抓的這個犯人，大家都不知道怎麼搶救。」

老王從前座上轉過頭來，笑笑，說：「我就那樣往下掉，身子飄起來，像是片從鳥身上脫下來的羽毛，那麼輕……身子一輕，人就舒服了。唉，一活回來，身子又重得要命！小子，活著都不容易，都累得很哪！」

拉加澤里沒有答話，自己還年輕，自己眼下是身體輕盈而心靈沉重。

老王就對那些員警說：「你們看見了，一個罪犯搶救一個員警，這肯定算是一件功勞。」

同車的員警都表示同意。老王笑了，又扭回頭來對拉加澤里說：「媽的，你小子運氣好，救活一個員警跟打傷一個罪犯相比，可能功比過大！」

這句話透出一個資訊，更秋家老三雖然被他像打棒球一樣擊打了腦袋，但他還活著。但他並不特別高興。他覺得自己已經很累很累了。他也希望自己能夠像老王一樣昏迷過去，也墜入一個能使身體與靈魂都飛揚起來的夢境。他閉上眼睛，果然就在搖搖晃晃的車中很快睡著了。直到鎮上，員警使勁搖晃他的身子，他才慢慢醒過來了。差不多整個鎮子的人都聚集起來了。看他被員警挾著手臂從警車上下來。員警帶著他穿過人群，穿過一張張熟悉的面孔。就在一夜之間，這些面孔都有了陌生之感。就是檢查站那些朋友和仍然手捧著茶杯一言不發的李老闆面孔也都有了陌生之感。旅館裡的小姐、貿易公司辦事處那些稱為客戶經理的小姐，還有降雨人都有陌生之感。只有機村人的面孔不給他陌生之感。這是身任鋸木廠總經理的老二陰沉的面孔。這個世界上，很多人來來去去，出現又消失，只有機村會永遠深陷在大山的皺褶之中，只有真正的機村人不管相互是喜歡還是仇恨，都會永遠待在一起。拉加澤里看到老二陰沉的面孔和仇恨的目光，他朝老二露出了一絲隱約的笑容，他滿意地看到，這個凶橫的傢伙，眼裡也透出了一絲恐懼。

終於，他們穿過圍觀的人群進到了執勤點裡面。老王上來打開他的手銬。拉加澤里有點害怕，問：「我幹的事情，你問什麼，我答什麼，不要再打我了。」他有些吃驚地聽見，自己的嗓音突然之間就嘶啞了。

「害怕了？」

他有些羞怯地一笑：「我嗓子啞了。」

「媽的，我聽見你嗓子啞了。但還是要問你話。」

「問吧。」

「坐端正。」

「好。」

「姓名？」

「你們知道。」

「姓名?!」

他馬上乖乖地回答了。

老王說：「什麼事情都有個規矩，只要依規矩來，事情就好辦了。」

其實，員警們問了那麼多話，翻來覆去就一個意思，他揮動那麼結實的木棍擊打別人的腦袋，是不是早就想好要殺人了。他們問這些話，有人在燈下做著記錄，還有一架答錄機也打開了。而老王在屋子裡踱來踱去，並不斷往嘴巴裡噴射著那霧狀的藥物。訊問結束，員警把記上紙上的話念了一遍給他聽，拿來印泥讓他按上手印，闔上本子，把答錄機也關上了。老王擦去汗水，說：「好了。」

拉加澤里就站起身來，說：「走吧。」

反而是老王問：「上哪？」

「監獄。」

「看來你還真著急啊。該去的時候會去的，現在還只是案子的調查階段。」

老王自己在床上躺下來，那些員警要去飯館裡午飯，他們就把他銬到了老王的床頭之上。呆坐了一會兒，聽著附近鋸木廠鋒利的鋸子唰唰地分解木頭的聲音，這兩三個月左右令人高度興奮的經歷夢一樣過去了，他的身體鬆弛下來，再也沒有什麼能夠去操心的事情了，他木然的腦袋膨脹，膨脹，沉沉地讓他昏昏欲睡了。

他猛然驚醒過來，不是聽到了聲音驚醒過來，而是猛然驚醒之後，側耳傾聽，才聽到了那些聲音。先是有人高聲喊叫，然後，有人奔跑，更多更高的喊叫，老王也醒了，翻身起來坐直了身子。這突然而起的聲音卻又陷於了沉寂。鎮上什麼聲音都沒有。連鋸木廠那些不知疲倦運行不止的鋸子也停下來了。靜得甚至能聽到這個季節一天天漲起來的河水的聲音。

這聲音讓他想起，沒有雙江口這個鎮子和這個名字時，這個地方老的名字：輕雷。

這時喊聲又起，更多人在奔跑，在喊叫。然後，一聲槍響，空氣震動一下，一切又靜止下來。

老王說：「不是對人，是對天開槍。」

又過了一會兒，反剪了雙手的鐵手被人推進了屋子，老二一臉得意跟在員警後面。鐵手看一眼拉加澤里，說：「完了。」

老二撲進屋子裡，喊道：「鐵手，是鋼牙指使的！」

拖拉機也被開進執勤點的院子，上面是幾段截成兩米多長的落葉松木。那木頭真是漂亮：赭紅色的皮，勻直的幹，截口上的木紋清晰圓滿。

老二得意地大叫：「這是落葉松，國家保護的珍稀植物！」

拉加澤里只覺得疲憊不堪，他對員警說：「老二說得對，樹是我砍的，我雇鐵手的拖拉機幫我拉到鎮上來。」

老王說：「小子，什麼話都想清楚了再說。」

「是我幹的，你放了鐵手。」

「媽的，你說放人就放人，你是員警還是老子是員警！」老王變了臉，轉向鐵手，「你給老子講老實話。」

鐵手別過臉，不看拉加澤里，說：「樹是鋼牙砍的，我就是幫他用拖拉機拉到鋸木廠來。」

老王又喘不上來了，他往嘴裡噴了些藥劑，把拉加澤里推進了那個沒有窗戶的房間。他把電警棍拄在拉加澤里的胸口上：「小子，老子看你打了壞人想幫你一把，你倒敢跟老子裝好漢，就不要怪我不客氣了。」

警棍一放電，拉加澤里就倒向了牆角，老王自己那臉容，也像是被電著了一般：「你不是叫鋼牙嗎？老子今天要一顆顆給你撬下來……」話沒說完，老王自己就喘得不行了。

拉加澤里說：「想收拾我，還是換個人吧，你都沒有力氣了。」

老王好不容易喘過氣來：「小子，你把我弄糊塗了，你說自己到底是好人還是壞人吧。」

拉加澤里搖搖頭，說：「我只知道自己是違反了法律的人。」

他被老王關在審訊室裡的時候，鎮子上的好些人都來看他，檢查站的本佳來了，李老闆來了，降雨人也來了。他們都讓員警擋在了外面。他們帶來的東西，也都被退回去了。機村村長也來了，把上百村民摁了手印，要求上級對這個年輕人從輕發落的請願書遞上。員警拒絕接受。他們只負責偵查，不判案，這樣的材料要遞給法院。這天晚上，他又被押上了警車，這回是往縣城的看守所轉移了。路上，坐在前座上的老王半睡半醒。坐在左邊的員警轉了臉去看著窗外，往他手裡塞了張紙條。紙條上只有一句話：「你要做個真正的鋼牙。」他認識這是本佳的字。他笑笑，像電影裡的特務一樣，把紙條塞到嘴裡吃掉了。那個員警從窗玻璃裡看著他，也笑了一笑。

到了縣城，拉加澤里建議先把老王送到醫院，老王哼哼了幾聲，卻沒有反對。於是，他們就先去了醫院。醫院裡推出來一架帶輪子的床，老王被人架上去，躺平了，又要人把大衣墊在腦袋下面，他要人把拉加澤里帶到他面前：「小子，李老闆說他沒看錯人，他說就算自己有兒子，所能做的也不過如此。他叫你放心，死前會替你家裡做好安排。」

拉加澤里沒有說話，因為這樣的時候，他實在不知該講些什麼。老王說：「小子，你進去了還可以出來，我這一進去，可能就出不來了。」

拉加澤里眼裡有了些淚光，被門廊上的燈照著，閃出不一樣的光亮，老王笑了：「這小子有點良心，記住，以後要把路走端正了。」

拉加澤里並不覺得自己什麼時候就把路走偏了。對他這樣的人來說，並沒有很多道路可以隨意地選擇，他只是看到一個可以邁出步子的地方就邁出了步子，可以邁出兩步就邁出兩步，應該邁出三步就邁出三步。他無從看到更遠的地方，無法望遠的人，自然也就無從判別方向。

二十

所有這一切都是十五年前的事情了。

十五年後，拉加澤里刑滿釋放了。他在長途汽車站買票，車站的路線圖上居然沒有了雙江口鎮這樣一個地方。拉加澤里怕自己看得不夠清楚，又掏出眼鏡戴上，把那路線圖細細看了一遍，的確，圖上已經沒有了那個名字。他想，是那個地方換了名字吧。他會看地圖，他的手指順著表示公路的蜿蜒紅線滑動，到了那個兩條河流交匯之處，那裡，連原來地圖上曾經標示鎮子存在的小圓圈也消失不見了。然後，他的手指繼續滑行，機村還在原來的地方。

他要買機村的票，售票員告訴他，要到那個地方必須多出幾塊錢，買到達瑪山隧道口的票。當然，他可以提前在機村下車。

還沒有到機村，在那個過去叫做輕雷，又曾經叫過雙江口鎮的地方，拉加澤里下車了。一道高大漂亮的斜拉索大橋同時跨越了一大一小的兩條河流，寬敞平整的柏油公路過了橋往機村去了。

只是，那個曾經的鎮子已經消失得乾乾淨淨了。那條穿過鎮子爬上雪山的公路上也長滿了淺淺的野草。野草之間，是雨水沖刷出的許多溝槽。拉加澤里肩挎著一個大包，走在這些淺草中間。公路兩邊，當年那些迅速矗立聚集起來的房子都沒有了蹤跡。路邊荒草與灌叢四合，有些地方，甚至伸展出白樺那漂亮修長的樹幹。一時間，他有些恍然，不知道是十五年時間真把所有東西消滅得這麼乾淨，還是根本就沒有過那十五年前那段時間。但他分明看到，十五年前那個鎮子，當滿載木材的卡車駛過時，立即就塵土飛揚。現在，綠野四合，輕風過處，陽光在樹叢和草地上閃爍不定，清脆悠遠的鳥鳴在山間迴蕩。但他還是看見飛馳的卡車揚起的塵土飄散，降落，鎮子上所有建築中最為低矮的那個修車店前，那個年輕的店老闆端坐著，圍著帆布圍裙，用銼刀一下下銼著手中展開的膠皮。在他前面不遠，隔著馬路，是李老闆的茶館，然後依次是某貿易公司辦事處，之間，是那間客車車廂改裝成的錄像廳。員警老王推開鏽跡斑駁的鐵門從裡面出來，有些喘不上氣來，他說：「呸！黃色錄像！」小姐們就哄笑起來。大白天，小姐們無事可幹，在旅館門口的樹蔭下擺了一桌麻將。小姐們一笑，正在露天玩著檯球的幾個附近村莊的年輕人也一齊大笑。有人笑得高興了，就把手裡剛剛喝空的啤酒瓶摔碎在地上。加油站死寂一片，兩隻加油槍斜掛在牆上。公路從加油旁邊拐一個急彎，爬上了一下子變得陡峻的山坡。加油站對面，曾經有過一個水文站。有那麼一段時間，只要天上聚集起烏雲，水文站前那輛塗著迷彩的車子就會揭去帆布砲衣，向著天上嗖嗖地發射催雨的火箭。當然，重要的是鎮子東頭的木材檢查站，那是這個鎮子形成的原因。檢查站把住鎮子的入口。兩排房子就在路口兩邊。中間，一根紅白兩色環環相間的粗大欄杆。欄杆升起來，欄杆降下去，這一升一降就決定了許多帶著發財夢想的人們的命運。他記得，失憶的羅爾依站長還會在嘴裡含著一只口哨，在起起落落的欄杆前揮動一紅一綠兩面三角形的旗幟。這鎮上還有什麼呢？對了，還有他離開鎮子前剛剛建成的鋸木廠。現在，那片草木特別茂盛的地方正是當年鋸木廠所在的地方，因為那麼多的鋸末腐爛在地下，成了最好的肥料。

這是一個奇怪的現象，在所有人類居住過活動過，然後又遺棄的地方，恢復植被後長出的草與周圍環境大不相同。這些草木更茂盛，更荒蕪，更凶蠻，更加地雜亂無章：木本的接骨木、忍冬、多刺的薔薇，草是寬葉片的牛蒡、牛耳大黃、水芹菜、蕁麻、大火草，這些都是山野中不漂亮的植物，它們也自慚形穢一樣只是生在一些偏僻的角角落落。奇怪的是，但凡人留下一個廢墟，這些草木就會在其間瘋長起來。它們在強烈的日光下散發出的沉悶氣息，讓人有些喘不上氣。他用腳上的靴子把那些長瘋的草一叢叢踩倒，開出一條狹窄的路來，走到這些草木深處去了。從這些草木底下，他看到了一點殘牆。他還找到了修車店所在的地方，的確是什麼都沒有了，只有兩只鏽蝕殆盡的輪胎鋼圈，半陷在浮土裡還保持著一個大致的輪廓。他只用腳輕輕碰了一碰，那鋼圈就像泥坯一樣垮掉了。鋼鐵腐爛了，也會散發出一點略帶甘甜的水果味道。

拉加澤里在掩沒了雙江口鎮的荒草中穿行累了，重新回到路邊。他有點激動，卻遠沒到想像中那種程度。他背倚著一株樹坐下來。閉上眼睛，就想起鎮上那些人。員警老王，失憶的羅爾依，驗關員本佳，降雨人，當然還有茶館的李老闆。想起這些，他好像聽到一聲深沉的嘆息。他睜開眼睛，除了亮晃晃地陽光，什麼都沒有看見。他閉上眼睛，這聲音又響了一下。他聽出來，這不是嘆息，這是欲起猶止的風小小地搖晃了一下樹，那些緊密的葉子互相摩挲著傳遞這小小的震盪時發出的聲音。

峽谷在炎熱的午間照例會起風，受熱的空氣從谷底上升，高處的冷空氣下來補充，風就起來了。風搖動了所有的樹，所有樹都晃動著葉片，整個山谷就充滿了大海漲潮一樣的聲響。不用睜開眼睛，就用耳朵聽聽這林濤的聲音，他就知道，也就這麼十多年時間，當人類一旦停下了刀斧，還沒有失去活力的草木不僅淹沒了曾經的小鎮，同時，也正頑強地重新去覆蓋山野。綠色的喧譁在這幽深的山谷裡重新顯得浩大無邊。

他居然靠著樹幹睡著了。睡著之前，聽林濤在周圍嘩啦啦鼓蕩，他甚至模模糊糊地想，睡著吧，睡著了就可以看見他們了。但他只是睡著了，他一個人都沒有夢見。後來，風停了。突然降臨的寂靜把他驚醒過來。他想該是回機村的時候了，當這念想湧上心頭，他又感到一陣迷惘，回機村？他想回機村嗎？只是一個人必須回到一個什麼地方，而這個地方就是機村罷了。所以，他走到那個新的漂亮的大橋頭，又倚著一株樹坐了下來，還說了聲：「我回來了。」

這話是對誰說的呢？

當年，更秋家老三死在了醫院。照理說，打死人就要判處死刑，但是，失憶的羅爾依突然恢復記憶，跑到醫院，指認在病床上奄奄一息的老三是衝擊關口，撞傷執法人員的兇犯，當天夜裡，老三就嚇氣了。人們都說，老三不是拉加澤里打死的，而是罪行暴露，嚇死了。這樣，拉加澤里才能在十五年過後，走出了監獄。

當年，判決書下來，要從看守所轉移到監獄去了。法院問人犯有什麼要求。他要求回雙江口鎮上看看，卻被拒絕了。一旦判處了徒刑，外面的人們就可以來看他了。恢復了記憶的羅爾依站長來了，他說：「好小子，老子一醒，你的命就保住了。」

本佳鼓勵他在裡面參加自考大學：「先好好表現，然後就可以提出申請。」

本佳還說：「你一去，就會收到我寄給你的教材。」

老王沒有來，老王躺在醫院裡動了手術，但也好不過來了。獄警說，省城來了大記者採訪，老王一死，就要成為鞠躬盡瘁的模範員警，成為榜樣了。經過這麼大官司的拉加澤里，已經懂得很多法律法規了，他說：「他不能當先進，他搞弄訊逼供。」

「他一輩子換了十幾個地方，都很艱苦，領導說，那樣的地方，就算什麼都不幹，只要安心待著，就是大功勞！」

降雨人來送了他一套嶄新的迷彩服。李老闆沒來，他已經起不了床了。他託降雨人捎來的口信是：「人情太大，就成了負擔，還是相忘於江湖吧。」

這時的拉加澤里，已經很懂得人應該如何通脫了。他聳聳肩，嘆息一聲：「我也真是沒有辦法報答他了。」

他沒有想到，已經在醫學院讀到二年級的前女友會來看他。看看那雙通紅的眼睛，知道來的時候她就在一路哭泣。來了，什麼話都沒有說，她又哭起來了。

拉加澤里笑了：「哭也沒有，就不要哭了吧。」

前女友就不哭了。

「崔巴噶瓦說，你有新的男朋友了。」

前女友並不回答這個問題，她一臉憂戚的神色，說：「你殺了人，晚上睡覺時不要害怕。你殺的是壞人。」

「我不害怕。」

「我都不忍心想，害怕會折磨你。」

「我真不害怕。」

一輛短途的班車停下了，司機探出頭來喊：「夥計，去什麼地方，這是最後一班車了。」汽車前擋玻璃後擺著一個牌子，寫著終點站是達瑪山隧道口。

拉加澤里沒有起身，說：「我去機村，不去你去的地方。」

司機看著售票姑娘笑了：「告訴他，達瑪山隧道口就是機村。」

「我看過地圖，中間隔著幾公里距離。」

司機覺得這個人不是有毛病，就是有意找茬，但還是耐下心來說：「那也是先到機村啊。」

拉加澤里揮揮手，又回到樹前坐下來，看著大巴啟動，過橋，轉過彎，消失在山野中間了。卡車把他的視線引向了遠處，他這才發現，被綠色掩沒的不止是當年熱鬧一時的雙江口鎮，使機村深藏其間的起伏群山，也一樣被翠綠的植物重新覆蓋了。雖然不是當年那些挺立幾百上千年的松、杉、柏、樺。但這些以灌木為主的次生林也能很好地保持水土，有了這個基礎，成材的樹木可以很快生長起來。這十五年，他在監獄裡拿了兩個本科學位，其中一個就是關於森林環保的。進監獄前掙的錢，除了給了兄長的，自己還多少存了一些。當然，他在監獄裡就聽說，現在，那樣一筆錢根本就不算什麼了。但也足夠他重新開始幹點什麼吧。現在可以辦公司了，他就辦一個公司在群山裡重新播種那些最終會長得高大挺拔的松、杉、柏、樺吧。

這麼想著的時候，天慢慢黑下來了。黃昏時分，峽谷裡熱空氣流逸，冷空氣填充，又起風了。林濤聲就在他的腦子中轟轟作響。他就頂著這一腦子轟轟烈烈的聲音坐到天黑。風停止時，天上已經滿是星光。四周的樹林與草叢中，螢火蟲飛舞，有鳥在夢境邊緣偶爾啼叫。然後，他聽到了當年鎮子的聲音。關門、開窗、招呼牌局、錄像廳裡的槍砲聲、旅館裡小姐的笑聲、警報聲、睡得最早的李老闆洗了腳往馬路上潑水的那嘩然一聲、載重卡車的喇叭聲……他睜開眼，真的有強烈的車燈晃在了臉上，好像真的是十五六年前，一輛需要修補輪胎的卡車停在了修車店前。

但這只是他恍然之間的感覺而已。是一輛麵包車開到了跟前。車子關掉了大燈，司機走到他面前，說：「你是我叔叔嗎？」

拉加澤里對這問話有些茫然。

小伙子肯定地說：「你就是我叔叔。」

他想起，十五年前出事的那天，一個剛上小學的娃娃哭得跟他沒出息的父親一樣：「你是……」

一時間，他竟然拿不準該叫那個懦弱的人是哥哥還是直呼他的名字。

小伙子笑了：「我是。他叫我來接你。」

坐上車，拉加澤里才問：「他為什麼不來？」

「他害怕，說沒臉見你，說要跑到山林裡藏起來。」

拉加澤里想笑一下，但沒笑出來，便問：「崔巴噶瓦呢？」

「還在。」

「他的林子呢？」

「你看現在到處都是林子，還退耕還林，機村以前開的地，好多都又種上樹了。覺爾郎峽谷那邊也都……」

「我問你崔巴噶瓦的林子。」

侄兒嚯嚯一笑：「看我就是管不住嘴，那輪伐的薪柴林要成旅遊景點了，那天林業局跟旅遊局專門來開了會，規定全村都要恢復以前伐薪的傳統，那些林子要開闢成生態旅遊的景點。」

「真有人來看？」

「我這車就靠拉遊客掙錢！」侄兒笑笑，「哎，叔叔，現在的林業局長是你的老朋友本佳，你去找他幫我說說情……」

拉加澤里豎起了指頭，侄兒乖巧地一笑，說：「叔叔剛回來，不能馬上就提這些事，對吧？」

車內陷入了沉默，車燈光柱所到之外，他看到眼前晃過各種帶著螢光的交通標誌牌和其它警示標誌：林區禁止煙火、禁止採摘野花、禁止捕殺野生動物，然後是高低不一的叢叢樹影。他想說，老家的山野變得漂亮了，但他沒說。就這樣一路前行，也沒有感覺時間的快慢，然後一塊牌子出現在眼前：機村。綠底牌子上的白字閃著螢螢的亮光。那樣柔和而飄忽的光亮，使機村在他心裡頓生出親切之感。車燈暗下來，星光之下，機村那些莊稼地，那些差參聚集的房子的輪廓出現在眼前。他長嘆一聲：「回來了。」

下車前，還回頭看看後面空空的車廂，後面的空間裡，只有隱約的光亮，他恍然覺得，好些當年鎮上的人都坐在後面，有員警老王，檢查站長羅爾依，當然，還有可以用胡琴聲拉出林濤聲響的李老闆。當侄子停下車拉開車門，拉加澤里又回了一次身，真的看見他們笑笑地說：「對，小子，你回來了。」

第六卷　空山

一

機村人又聽見了一個新鮮的詞：博物館。

放在過去，他們會好奇地問：博物館，那是個什麼東西？但現在，他們不再露出天真而又愚笨的神情提出這樣的問題了。這世界新事物層出不窮，沒見過真身，問到答案，只能得到似是而非的印象。還不如免開尊口，等到那事物顯出全形，不管懂與不懂，也就叫得出它的名字了。事物的懂與不懂，好像就在於能否叫得出名字。何況，現在出現的新鮮玩藝，遠不是早年間出現的馬車啦，拖拉機啦，諸如此類的那麼簡單了。有時候新詞出現還不是指一種東西，而是……而是……某種……「現象」。

當然，博物館不是現象。

這個新詞是駝子的兒子林軍從縣城帶回來的。

那陣子，這個老實人攬到一單好活，兩天一次開著小卡車去縣城給隧道工程指揮部拉一次菜蔬糧食之類的生活用品，幾百上千人的工地，每天都要消耗不少東西。

這個老實人，早上出去，一個多小時到縣城，幫著指揮部後勤主任採購，又載著貨上山，每個工程隊卸下一點，到卡車空了，就開車回家。他也不去熱鬧地方，比如村子裡這個酒吧。這是冬天將盡的時候，人們正閒得發慌，男人們大都聚到酒吧來，要個一瓶兩瓶酒，在露天的檯子上捅幾桿檯球。

這時，每天太陽升起的路線都會比前一天更靠近北方，陽光自然也就比前一天溫暖一點。山上的雪線開始升高，冰凍了一冬的地開始變得鬆軟。人們就這樣懶洋洋地喝著酒等待春天。看河上的冰開始融化，看柳樹樺樹僵硬的枝條變得柔軟。順帶也看見林軍開著他那墨綠色的小卡車來來去去。每一次，林軍把車停在村中廣場上，就快步回家。有時，他也往酒吧這邊張望一下，露出個說不上所以然的笑容，然後，還是轉身回家。這個舉止在村裡人看來，總是有點奇怪。有時，他回來得早，還會在黃昏裡，把三歲的兒子架在肩膀上走出村子，在村外田地間的小路上轉上一圈。有時，他還會突然一下猛然奔跑，嘴裡發出電視裡才有的飛機俯衝，機槍掃射的聲音，嚇得兒子在他肩上哇哇大哭。他只好把兒子從肩上放下來，坐在路坎上，露出一臉憂戚的神情。然後，手牽著兒子一臉落寞在四合而來的夜色中轉身回家。好在，當他走進村子，即便人們想看個究竟，他那一臉落寞神色也融入夜色之中，讓人無法窺見了。

在機村人聽到這個詞的這一天，林軍停好車，脫離了他慣常的路線，直奔酒吧來了。閒散的酒客們都坐直了身子，看他向大家這邊走來。有人叫大家不要看他：「他不是不想來，起初沒來，後來就不好意思來了。」

「你看現在，他有不好意思的樣子嗎？」

的確，從遠處看去，他平常總是顯得拖沓步伐這時卻一下下走得那麼緊湊有力，沒有一點猶疑不決的意思。

「那是自己給自己壯膽，不要看他。」

大家想想也是這麼個道理，就都把臉轉向別處，但眼角都忍不住不時要掃一掃他走來的身影，看他是不是半路上信心頓失，轉身回家了。但他還是邁著緊湊的步伐向這裡走來了。於是，大家也都轉過臉來，看他滿臉紅光，露出一口白牙走近了大家。

直到走到酒吧寬大的迴廊下那兩張檯球桌邊，他像是猛踩了一腳身體內部的急煞車，身體搖晃一下，很突然地站住了。拿著什麼東西的手也猛然一下子藏在了身後。

還是酒吧主人若無其事地說：「來了。」

他才放鬆了一點，突然一下把身後拿著的東西舉到大家面前，說：「博物館！我老爹進博物館了！」

「我知道什麼是博物館，上來吧。」

林軍臉孔通紅，一步一步走上了那寬大迴廊前的九級台階，等他走到廊子上的眾人中間時，那氣喘吁吁的樣子，像是比爬了一趟村後的達爾瑪山還要艱難。也有人想問他剛才說他父親進了什麼地方，卻沒有好意思張開口來。他父親已經死去好些年了，一個活人怎麼會知道死人去了什麼地方。再說，死人能去的無非是三個地方，地獄、天堂和等待輪迴轉生的中陰之地，但他明明說了另外一個地方。

除了店主人，還有一個人能聽懂他所說的那個字眼。這個人就是短暫回鄉的我。

我說：「好啊，他老人家終於進去了。」

這話一出口，林軍緊張的身子鬆懈下來，軟得都有些站立不住的樣子了。他又說了一遍：「我老爹進博物館了。」

我從他手裡接過那一摞彩色的宣傳紙，並把一杯酒放在他面前，他就慢慢坐下了。

這一來，所有人都把眼光落在了我的身上，還有好幾個人圍過來。我打開這些宣傳紙，知道縣城那座廢棄多年的寺廟改造成了一個民俗博物館，最近又在其中開闢出了一個展室，陳列紅軍長征經過這一帶時的一些真真假假的文物。這些宣傳紙，準確地說是十幾頁彩色印刷的小冊子，正是這個展室的說明書。最末的一頁，有一張表格，羅列了當年流落此地的紅軍傷病員名字，其中出現了駝子和機村的名字。上面寫的是駝子的大名，林登全。

駝子生林軍這個尾生兒子時，都年近六十了。那時，他受著舊傷與內心痛苦的雙重折磨，總是哼哼唧唧地說：「我要死了，我要死了。」但就是這個人一臉死灰的人，又讓他老婆生下個兒子。他老婆見了鄉親就說：「造孽呀，羞死人了！」

林軍激動不已：「看，我老爹的名字印在書上了。」

大家想有所反應，卻無法做出恰當的反應，因為沒有誰的名字曾經被印在書上，也就無從知道名字被印在了書上是種什麼樣的感覺，只能齊刷刷地看著他，有些彆扭地做出驚喜的樣子。林軍走到牆邊，手順著窗框畫了一個圈：「那張表掛在牆上，比這個窗戶還大，寫老爹的名字的字，一個一個，比火柴盒還大！」

眾人也無從知道如果自己的名字用火柴盒那麼大的字印在牆上是什麼樣的感覺，卻都張開嘴發出了讚歎：「嚯，嚯嚯……」

他又抓住我的手，說：「我老爹進博物館了！」

其實，我也無話可說，對於一個已經躺在地下多年的人，這又有什麼特別的意義呢？但我還是被他的情緒感染了：「是的，他老人家真的進博物館了！」

林軍卻現出了頹喪的神情：「可惜他自己已經不能知道了。」

「是啊，要是他活著時就進去，你老爹臉上會有多少光彩啊！」

林軍離開後，大家都來問我博物館是個什麼東西。我想了半天，也沒想到一個確切的說法。還是酒吧主人拉加澤里說：「博物館是一種房子，把不該忘記的東西放在裡面。」

這已經不是大家心裡總是有所忌憚的年代了，所以馬上有人說俏皮話：「我們也沒在腦子裡蓋那麼一座房子，但我們誰會忘記駝子呢？」

「我們當然不會忘記，但以後的人呢？」我說。

「好呀，政府愈來愈有錢，以後不會在每個人腦子裡都蓋這麼一個大房子吧！」

也有人很認真地發出了疑問：「以後的人要記住機村曾經有個駝子幹什麼呢？」

這句話讓大家都陷入了沉思，想起駝子的種種好處，想起駝子的種種不幸，也想起駝子好些讓人哭笑不得的事情來。唉，那人是在世道剛剛好起來的時候，傷心而死了。然後，大家都低頭去看林軍散發的小手冊。那一共十幾頁的彩印紙，除了封面封底，除了領導寫的話，關於展室內容的，也就七八個頁面。其中，紅軍長征經過此地的路線圖啊，舊駁殼槍啊，手雷啊，刻在石崖上的標語，烈士照片等等，又占去多半頁面。最後三頁，兩頁是當地藏民參加紅軍並且在解放後進了北京，或者打回來做過當地領導人的照片與介紹。最後一頁，才是讓林軍激動萬分的那張表格，表格有十好幾欄，林登全——也就是他老爹駝子的名字只在其中占了一行：林登全，一格；原紅四方面軍某部戰士，一格；因傷掉隊，一格；曾任本縣某鄉某村支部書記，最後一格。

而我眼前，卻是活生生一個愛土地愛得要死的農民的形象。當他所有行為符合這個形象時，他是令人肅然起敬的那個前輩，但只要當他的行為脫離一個老實巴交的農人的軌跡，就是可恨可笑復又可悲的人了。反正，機村沒有一個人能夠想像出駝子作為一個英勇的紅軍戰士衝鋒陷陣是個什麼模樣。他從骨子裡就不是一個勇敢的人。他兒子林軍也不是。但從他兒子生出來那一天起，他就希望他能參加中國人民解放軍，成為一個光榮的軍人。所以，他才名叫林軍。林軍是我的同齡人。我們中學畢業回鄉不久，他就因為父親身分的關係穿上了軍裝。那時，他的駝子父親是多麼光耀啊！背比過去挺直了許多，那雙總是渾濁的風淚眼，也發出明亮的光芒。而且，還從什麼地方弄了頂軍帽來神氣活現地戴在頭上。

他看見我們這些人，常說的一句話就是：「我家林軍來信了。」

他還愛說：「我們家林軍是野戰軍。」

「野戰軍？」

「就是大部隊！主力！人那個多，排起隊行軍，領頭的都爬上山頭了，尾巴還在山下原地踏步！」

機村只有兩三百號人，從來沒有全體排起來行過軍，但是看過電影，那時的電影裡，總有行軍打仗的圖像，於是就有人說：「跟電影裡一樣！」

駝子卻對這種說法嗤之以鼻：「電影布才多寬，我說的隊伍，那個長！」他甚至搖著戴著一頂大帽子的小腦袋說，「算了，跟你們這些沒見過世面的鄉巴佬，再說都是枉然！」然後，他就眯縫起永遠被淚水裡的鹽分漬得通紅的眼睛去看蜿蜒而去的山脈，好像真的看見了行行隊伍走在上面，而他兒子，就昂首挺胸走在中間。後來，我考上學校離開了機村。再後來，中國軍隊殺出南邊的國界，教訓越南鬼子去了。

假期，我回到村子裡，駝子拉住我，一雙手顫抖不止：「林軍打越南鬼子去了！」他老婆卻在一邊低聲哭泣：「我的兒子，我的兒子……」

駝子想喝止哭泣的女人，卻不能奏效，轉身背上雙手，盡量地挺直了腰背，說：「越南鬼子，越南鬼子……我兒子打越南鬼子去了！」

那場戰爭好像剛剛開始就結束了。我再次回到村子裡的時候，林軍已經回來了。那一年，我們這些年輕人從報紙，從電台聽到了多少盪氣迴腸的英雄故事！更沒有想到的是，到學校來做英雄事蹟報告的年輕軍人，竟是過去中學時代比我們高一年級的校藍球隊員。我想，也許林軍也在另外的地方作他的英雄報告吧？畢業後我分到配到比機村更為偏遠的地方，兩年後才有了探家的資格。想不到，一進村口，第一個碰見的人就是林軍。他一頭亂髮，被細雨淋濕了，亂七糟八地貼在腦門上，舊軍裝已經很破舊了。他揹著一個背簍，上面蓋著青翠的樺樹枝條，我鼻子裡聞到了新鮮蘑菇的氣息。

兩個人在狹窄村道上撞見，一時間都顯得有些慌亂。只是林軍的慌亂遠遠超過了我的程度。我慌亂是沒想到遠征的軍人會以這樣一種形象出現在我眼前。那麼，我在機村肯定顯得光鮮的幹部模樣當然也能使他更加慌亂。

我聽見自己發出的聲音猶疑不定：「林軍。」

他看我時候，臉上沒有一點表情。我又叫了他一聲。後來，我想自己叫他的時候聲音裡不該包含那麼濃重的驚訝。他一低頭，擠開我，消失在細細雨線後的濃霧中間。

弟弟告訴我，林軍提前復員，「打仗時害怕，尿褲子了。」鄰村有個跟他同時入伍同時上前線的，去年是縣武裝部用吉普車送回來的，已經當上連長了。我想再見見林軍，直到離開村子卻再也沒有看見。也是這一年吧，駝子死在了豐收在望卻沒人收割的麥地裡。村子裡還有一種說法，真正把駝子氣死的，其實不是豐收的麥子無人收割，而是他尾生兒子在部隊丟人的表現。對此，機村也很有些年輕人對此感到十分憤怒，覺得這也是丟了機村人的臉。倒是老年人們寬懷大量，對著槍口，林中之王豹子都要害怕呢。也有人說，幸好現在不搞文化革命了，不然，這個傢伙就死定了。

時間過得真快，一晃眼十多年過去，大家把這些事情都慢慢淡忘了。

二

那天黃昏的晚霞燒紅了大半個天空，太陽一落山，氣溫猛烈下降，空氣清新而冷冽。大家因為議論博物館什麼的，才一直待到這個時候。拉加澤里已經吩咐服務員一桌桌算帳，準備結束這一天的生意了。

就在這時候，村後的山根前亮起了火光。

其實早就有人看到了煙與淡淡的火光，因為不想打斷大家那麼興趣盎然的閒話，才沒有聲張。漫天彤紅的晚霞燃燒到後來，把自己也燒得烏黑的一片。天一黑下來，那一下子明亮了許多的火光就被大家都看見了。

那是駝子墳墓所在的地方。於是，大家明白過來，林軍是到墳前去告訴他老爹，那個流落紅軍的名字進博物館的事情了。大家又在酒吧裡坐了下來，等兩個腿快的傢伙前去打探。去的人很快就回來了，說見林軍正把一堆散給了大家那種說明書在墳前燒化。

去的人說完這一切，還很誇張地打一個寒噤，說：「媽呀，我好害怕。」那寒噤打得有些誇張，但他那恐懼卻是真實的。機村死了人，並不時興土葬，所以見了墳堆，就會害怕。不是害怕別的，就是害怕冒出地面來那堆零亂而淒涼的土石。在機村人的感覺裡，那麼一堆非自然的東西會生出一種特別的意味，讓人感到害怕——不是完全的害怕，而是在害怕與厭惡之間很鬼魅陰森的感受。如果機村存在了五百年，那這五百年裡，也只是在前三四十年裡才出現了表示有一個死人睡在下面的墳墓。靈魂逸出後，皮囊就沒有什麼用處了。或者火葬，在熾烈的火焰中化為灰燼，或者天葬，用肉身作此生最後的一次施捨與供養。肉身隕滅時，靈魂已經奔赴來生去了。

解放後，機村就有墳墓出現了。起初，是病傷而死的伐木工人埋在了當地，後來，機村大火，那幾個死於撲火的機村人成了機村最早被土葬的人。這樣一來，那些墳墓所在之地，就成了禁忌之地，人們一般不會涉足這種地方。機村人沒有祭墳的習俗，所以，那些土石相雜堆壘而起的墳塚也像記憶一樣慢慢在風風雨雨中日漸平復。而那些漢族伐木人的墳塚，也因為伐木場的遷移，被人日漸遺忘，被樹木與青草抹去了痕跡。只有駝子的墳還在，年年有他的家人按遠方的規矩壘上新土，有時還插上白色的紙幡。那日子過去後，那些白紙在雨水中零落黯淡，被風撕扯下來，四處飄散。

這樣的習慣，機村人並不特別喜歡。這些年形勢寬鬆了，老百姓又可以談論此生之外的存在，林家人再去上墳，就有人委婉提醒：「他不在那石堆下面了。」

「離開的人，就該慢慢忘記了。」

林家人也是機村人，自然明白這樣的勸告是什麼意思。清明也不再去堆壘被風雨剝蝕的墳塚，只是到了年關，隨大家去廟裡在佛前替亡靈點一個燈盞，請喇嘛念幾篇祝禱的經文。這就符合了機村人對於死亡的觀念。死就是乾乾淨淨從這個世界上消失，不留一絲一毫的牽絆在這個塵世。

但是，這一天，林軍又去到了父親的墳前，焚化那些彩色的，某一張上某一欄表格中印著他父親名字的紙片。

紙片的餘燼燃燒著，被風吹起，帶著火焰在空中飄舞一陣，變成一團更為輕盈的灰燼，無聲在落向了地面。不知道他從那個地方帶回來了多少這樣的小冊子，大家都張望了差不多半個小時，他還在燃燒那些紙片。

有人就不耐煩了：「媽的，這個傻瓜真的是沒完沒了了！」

酒吧主人拉加澤里說：「不能再燒了，再燒要把林子引燃了！」

大家齊齊向祭墳處跑去。但見林軍口裡念念叨叨跪在墳前。和他跪在一起的女人與兩個孩子卻驚懼不已。陰陽兩隔，他神叨叨地越界與死人說話，真好像那死人某個時刻真能拱破封土，從地下鑽出來一般。見到來人，女人與孩子都哭了起來。顯然不是對墓中死人悲痛的懷念，而是慶幸終於從怖懼的氣氛中得到了解脫。

有人也彎腰在墓前鞠了一個躬，我也鞠了一個。我住在城裡，而且，中國外國的墓地去過不少。但我還是更明白一個機村人此時的感受。我說：「好了，林軍，你要是相信人進了博物館，那就不在這裡了。」

「真的？」林軍問我，夜色很深了，他的臉在我面前模糊一片，但兩個大眼睛卻輝映著光芒。

「一個……」我遲疑了半晌，不知該說一個人還是一個鬼魂，「一個……難道你可以同時在兩個地方？還是讓女人和孩子回家去吧，別把他們嚇著了。」

「自己的親人，他們不會害怕。」

「但你看看，他們是不是害怕了。」

有人用手電筒照著他女人帶著兩個孩子解脫似的逃開的背影，林軍也就無話可說了。

達瑟已經一身酒氣了，說：「走，大家再去陪林軍喝兩杯，慶祝一下，我們機村的老支書終於搬到大房子裡去了。」

這個晚上，我給大家講博物館是什麼，費了好多口舌，歷史啦，紀念啦，記住過去就像手握著一面明鏡可以看見未來啦之類的，好多好多說法。這不止是為了讓大家明白一個新詞，我想還是出於駝子的名字給印進那個表格所引起的感慨。不是關於歷史，而是對一個小人物命運深深的感慨。很顯然，聽眾們都被酒和我的話弄得昏昏沉沉了。最後，倒是讓達瑟作了一個失之草率簡單，卻能讓大家明瞭的總結：「就是一個大房子，不是真正的人，而是他們的照片跟名字住在裡面！」

大家的酒好像立即就醒了一半，齊齊地說：「哦！」

白天被太陽曬融而變得柔軟的冰雪、土地和樹木，這時正重新變得堅硬，空氣因為冷冽而顯得特別清新。

幾杯酒下肚，林軍把手袖在懷裡，抬著迷茫的雙眼：「我就想告訴老爹一聲，我想他會高興的。」

「你這麼做沒錯。」

「我知道自己又做錯了，兩個娃娃那麼害怕。他們為什麼害怕自己的爺爺？」

達瑟就冷笑：「你不是機村人嗎？」

「我是。」

「我看你不是。」

「我是！」

「那你就該知道，他們不怕爺爺，他們怕那該死的土包！一個人的靈魂怎麼會待在那麼冰涼黑暗的地方！」

一個人想要講太多道理的時候，就會遇上自己說不清，別人也聽不明白的難堪處境，剛把我從難堪中解脫出來的達瑟自己又陷入了這樣的解說困境，並讓別人來解了圍。黑暗中看不清說話的人，但話卻說得分明：「除非他是一個鬼！」

機村人也認為這世上有鬼，但無非是某人去了，靈魂因為苦主自身的某種緣故不能順利轉入另一輪迴，就出來作祟。作祟的手法往往雷同，並且無一例外，都會被某菩薩或某活佛用了法術，收攝或超度了。而且，這些鬼都居無定所，總是陰冷的風一樣來來去去。這些比起後來傳入機村的鬼故事簡直就太不豐富生動了！

這些新傳入的鬼故事主角都住在墳墓裡。

前面說過，以前的機村沒有墳墓，自然也沒有跟墳墓有關的恐怖故事。我做過一點小小的調查，這故事最早是工作組帶來的。後來，伐木場工人們又圍繞機村四周的新墳上增添了一些。那回的工作組來，說是毛主席號召不要害怕牛鬼蛇神，而且要打倒牛鬼蛇神，方法就是學習一本書。這本書叫《不怕鬼的故事》。聽故事而不讓人鬥人，這是受大家歡迎的。每天晚上，不光是村裡的青壯年，連小孩和很久不出門的老人，都會早早跑到村小學教室裡靠近火爐的地方占一個暖和的位置，把自己安頓舒服了，來聽不怕鬼的故事。其實就是聽鬼故事。其中好多的鬼，都是月白風清或月黑風高之夜從墳地裡鑽出來的。這些鬼真是種類繁多，性格各異：哀怨的，促狹的，幽默和不幽默的，陰毒的，地主婆一樣一言不發並且始終不肯抬頭的，工作組幹部一樣喋喋不休像得了話癆的，把掉了的腦袋捧在手裡的，腸子像腰帶一樣纏在身上的，舌頭吐出來比蛇信還要冰涼的，眼珠掉在外面像是兩大滴淚水的，總而言之，那個鬼世界簡直把全體機村人都迷住了，那真是一個遠比眼下這愈來愈整齊畫一的生活豐富好多好多倍的一個世界！

過去要是念報紙上的社論，相當於半個故事那麼長時間，火爐周圍的人已經睡著了，而坐在門邊暗影裡的人早已開溜。但這不怕鬼的故事（主講的人無意中也往往把重點放在講鬼為主的前一多半，後一部分反而大同小異，不夠吸引）效果卻適得其反。講完一個故事，大家都往屋子中央擠擠，要求再講一個。

「為什麼還要聽一個？」

「好聽！」

這是老實話，也有人講出了更老實的話：「害怕！外邊那麼黑，不敢回家了。」

「沒那麼黑，出月亮了！」

「影子拖在身後，鬼一樣，更加害怕！」

「為什麼不向故事裡不怕鬼的好漢學習？」

大家都笑：「就是學習了才害怕的嘛！」

終於，還是響應號召的共青團員們壯了膽，唱著歌走出門去，大家又都爭先恐後奪門而出，怕一個人落在關了燈的黑屋子裡了。而且，村子裡開始有些稀奇古怪的鬼故事開始流傳。

所有這些都恍如夢境，都好像是上輩子的故事了。伐木場遷走後，機村再也未添新墳，過去的舊墳都漸漸平復，鬼故事流傳一陣也就偃旗息鼓了。前年，修築達瑪山隧道時，隧道塌方犧牲了幾個工人，都拉到縣城火化，骨灰則運回到各自的老家去了。電視裡播放追悼會上一個死去工人的母親哭倒在骨灰盒前，引起了機村人的長吁短嘆。

三

該說說機村人常常聚會的這個酒吧了。

我們置身其中的這個世界，不管是好的事物，還是不好的事物即將出現的時候，都是有前奏的。

馬車與公路與隧道的出現是這樣，水電站、電話、喇叭、輸電線和無線發射塔的出現是這樣，從來沒有做過的生意出現也是這樣。砍樹掙錢的時候，就有了隱隱的傳說，說是栽樹也是可以掙錢的。自己看厭了雪山與峽谷，而且隨著氣候變化，那些雪山消融得愈來愈厲害的時候，就有傳言說，遠方的人來看一眼這些雪山與被摧殘過的峽谷也可以掙錢，這些傳說一傳就傳了十多二十年，有些人不願再等待，一閉眼死去了，更多的人還活著，卻早已把傳言忘在了腦門後邊。不料有一天，城裡人真的成群結隊開始出現在峽谷中央。帶著望遠鏡、照相機、防曬油、氧氣袋，絡繹不絕地出現在這個與世隔絕了成千上萬年的峽谷中央。峽谷有多遠，他們就能走多遠。

有些人走累了，口渴了，要找個地方坐下來，解解乏，就問：「喂，老鄉，村子裡有茶館嗎？」

機村人就搖頭。

「那麼，有酒吧嗎？」

遊客沒有想到機村人會點頭，會想到機村真的有一個酒吧。

就像好多事物的出現都是必然的，但對機村和機村人來說，在這個時間和與之相關的一切突然加速，弄得人頭暈目眩的時候，沒有任何前奏，機村這個酒吧就出現了。

至今人們也想不明白，為什麼需要一個酒吧。

只要有酒，坐在家裡的火塘邊或者林邊草地上喝個一醉方休，喝得載歌載舞就可以了，為什麼要一個專門的地方飲酒作樂？如果你問這樣一個問題，不動腦子的機村年輕人會跟你急，意思是為什麼城裡人到山裡來遊山玩水，都需要人預先造好酒吧，機村就不可以自己有個洋氣的地方。有腦子的人的話會不一樣，說，有這麼一個地方麼，機村人空閒了，就可以坐下來，話說當年。

能夠有一個地方坐下來話說當年，每一個過來人都能藉著酒興談機村這幾十年的風雲變幻，恩怨情仇，在我看來，其實是機村人努力對自己的心靈與歷史的一種重建。因為在幾十年前，機村這種在大山皺褶著深藏了可能有上千年的村莊的歷史早已是草灰蛇線，一些隱約而飄忽的碎片般的傳說罷了。一代一代的人並不回首來路。不用回首，是因為歷史沉睡未醒。現在人們需要話說當年，因為機村人這幾十年所經歷的變遷，可能已經超過了過去的一千年。

所以，他們需要一個聚首之處，酒精與話題互相催發與激盪。

當我坐在他們中間，看到黑色的閃光公路從峽谷中飄逸地滑過，看到為了遠方遊客的觀瞻而把自己打扮得有點過於花俏的村莊建築，我也覺得，鄉親們關於酒吧存在理由的那些說道都是成立的。

但那都是酒吧出現後，人們才搜腸索肚挖掘出來這麼些理由。

而它最初的出現，是連它的主人都沒有想到的一個偶然。雖然，今天，關於這一地區的旅遊指南上，總是登載著這無名酒吧的大幅照片。木頭的牆，木瓦的頂，厚實的木頭地板，木頭的桌子，與硬邦邦的長條靠背椅。在這一片木頭老舊的原色中，是塗著豔麗油漆的粗大柱子與門窗。綠色的柱子，黃色的門窗。好看嗎？旅遊指南上說，這樣的配色在城裡是不可思議的，但是那麼大氣的風景中，也該有那樣不講道理的顛覆性的東西。

酒吧的主人最初是想鏟掉這些油漆的，有人告訴他這樣的用色是不協調不本樸的，但是旅遊書籍和網站上有更多人喜歡這種不講道理的東西，所以，每一年冬天一過，酒吧的主人都要拎著油漆罐子重刷上一遍，讓已經黯淡的顏色重新煥發出新鮮的光亮。油漆這東西在機村人這裡，也是一種新事物。最初，機村人沒有從美觀的角度來認識這一事物。酒吧主人最初給這些柱子刷上油漆，也只是為了防止蟲蟻。油漆刺鼻的味道使他認為可以把木頭裡的蟲蟻悶死，同時，這黏稠的汁液無孔不入，封死了蟲蟻們再次潛入的縫隙與孔道，讓它們失去了在朽腐的木頭中建立自己王國的可能。於是，這座曾經搖搖欲墜的木頭建築又日趨穩固了。

即使給門窗與柱子刷上了油漆，主人也沒有想過要在這裡搞出來一個酒吧。雖然，他這個新派人物，有空的時候，自己開上客貨兩用的皮卡，上山，穿過隧道，在覺爾郎風景區的遊客中心去坐一陣酒吧。坐在高大的落地玻璃後面，眼前展開的是峽谷壯闊的美景，面前桌子上，杯中啤酒泡沫慢慢迸散。有時，他會一口把杯中的泡沫全部吸乾，那麼，杯中就只剩下微黃色的安靜液體了。太陽西下，落日明亮的餘暈從另一面落地玻璃牆上射進店堂，他會戴上墨鏡，把椅子轉動一下，一動不動地看著眼前夕陽銜山的輝煌景象。看太陽最後的餘暈給那些大樹撐開的寬大樹冠勾勒出一道明亮的金邊。歸巢的鳥都變成一隻隻黑影投射到樹上。等到廳堂裡亮起燈光，等到疲憊而又興奮的遊客從野外歸來鬧哄哄地擠進酒吧，他就摘下墨鏡，在櫃檯上結了酒錢，開車穿過隧道回村子裡去了。即便後來自己酒吧的生意日漸紅火，他也保持著這個習慣。即便遊覽峽谷的遊客要穿過隧道專門來這裡喝上兩杯，他也會開著車到遊客中心的酒吧去坐上一陣。

總是有人問：「你到那裡有什麼好看的？」

他不會回答。

但是問話的人還是會問：「像城裡的遊客一樣看風景。」

他的眼睛裡含著笑意，但他不說話。

「看樹？你也學城裡人一樣看樹？」

「對，看樹。」

「也看天上的雲彩？」

問煩了，他說：「請告訴我哪裡沒有這麼饒舌的人。」

願意像城裡人一樣看雲的鄉村酒吧主人就是拉加澤里。刑滿釋放後，他在林業局長本佳幫助下成立了一個林木公司，這座著名的鄉村酒吧原先是國營林場的房子，已經閒置多年了。林業局鼓勵植樹造林恢復植被，把這座房子借給了他。這是一座大房子。大房子裡還套著小房子。小房子一半是倉庫，剩下一半分隔成可以住好幾個人的獨立房間。他自己占了光線最好的一個套間。外面豎著一個書櫥，是他的辦公室，裡面放一架鋼絲床，再拉上幾根鐵絲，掛上乾淨不乾淨的衣服，就是他的臥室了。拉加澤里穿鞋很講究，所以，他在臥室的牆上搞了一個架子，上面擺放著各種色澤各種質地的登山鞋和高統的軍靴。沒事的時候，他就坐在寬大的門廊上打理那些靴子。機村人說：「這個人一天洗一次臉，卻要擦三次靴子。」

穿上擦亮的靴子時，這個身上也煥發出一種特別的光彩。這時，人們才如夢初醒般地發現，他是一個美男子，結實勻稱的身板，挺直的腰身，青乎乎的腮幫，沉靜的面容，堅定而略帶憂鬱的眼神。

這是個人們總要為一些新鮮的東西而激動，而生出許多盼望的時代，而他這個人，什麼新鮮的東西都能趕上，卻像是什麼新鮮的東西都不盼望，「像是過去的機村人一樣。」就像那些新東西是自己非要找他不可一樣。

是的，從前機村人是不盼望什麼的，如果沒有上千年，至少也有幾百年，機村人就這樣日復一日，在河谷間的平地上耕種，在高山上的草場放牧，在茂密的森林中狩獵。老生命剛剛殞滅，新的生命又來在了世上。但新生命的經歷不會跟那些已然殞滅的老生命有什麼兩樣。麥子在五月間出土，九月間收割。雪在十月下來，而聽到春雷的聲音，聽到布穀鳥鳴叫，又要到來年的五月了。森林裡有老樹轟然倒下，那只是讓密集的森林得以透進一片陽光，而這陽光又讓在厚厚的枯葉與苔蘚下沉睡了上百年的種子甦醒過來，抽出新芽。

達瑟說：「真是啊，以前的人，這麼世世代代什麼念想都沒有，跟野獸一樣。」

拉加澤里說：「人就是動物嘛。」

拉加澤里的林木公司慢慢擴大，雇員也慢慢增多，特別到了春天，下種栽苗的季節，還要臨時增加一些人手，拉加澤里就在這座房子前接出了一段寬三米多的帶頂的門廊。並在門廊上布置了結實的桌子與椅子，本意裡是本公司職工休息時，有個喝點奶茶或啤酒的地方。不想，門廊搭好沒有幾天，達瑟就來了，懶洋洋地靠在椅子上，說：「老闆，機村人的房子可不是這樣。」

拉加澤里依然忙著跟手下人交代事情，驗點倉庫裡的貨物。

達瑟便劈劈啪啪敲打桌子，直到老闆叫人給他端來一杯啤酒。起身時，這個傢伙說：「你真想山上長滿好看的大樹？」

這是一個無須回答的問題，因為他已經栽下去幾萬棵樹苗了。所以拉加澤里沒有回答這個問題，而是開玩笑說：「樹長得慢，等它們都長到可以在樹上建一個樹屋的時候，我們都不在了。」

「那時，機村人不用在樹上儲備乾草了。」達瑟微微揚揚下巴，長著稀疏而零亂鬍鬚下巴所指的那個方向，公路邊的加油站出現在視線裡，「耕地的拖拉機只喝油。」

「但人們還要喝牛奶，還要吃乾酪與酥油，所以，牛還要吃草。等到杉樹長大了，上面還是要儲藏給牛過冬的乾草。」

「萬一到時候，吃的東西也由機器造出來呢？」

「這就是你盼望的事情？」

達瑟搖晃著豎起的指頭，正色說：「別對我說這個字眼。我什麼都不盼望，我就喜歡有這麼個專門喝酒的地方。」

「你是說酒吧？穿過隧洞就是風景區遊客中心，那裡有。那些三四五顆星的飯店裡也有。」

「我這個窮光蛋，喝酒都要賒帳，他們不肯賒帳，那些高級飯店，我這樣的人走到門口就叫保安攔住了。還是來你這裡來喝吧。」

拉加澤里未置可否：「反正你想喝的時候就過來吧。」

「這算什麼，像這樣，我成個蹭白食的人了。」

第二天，達瑟又帶了新的人來。來了，叫人先拍了錢在桌子上，喊：「老闆，啤酒！」

拉加澤里只好叫人上酒，卻不肯收錢。本來，天氣好的時候，這夥人都聚在村裡的小賣部前的空地上喝酒。小賣部是還在監獄的更秋家老五老婆開的。拉加澤里說：「各位鄉親，這瓶算是我請大家的，完了，還是去老地方喝吧。」

大家卻不肯就此甘休，喝了一瓶又要第二瓶。開初只有兩三個人，喝到後來，竟然有二三十個人了。再喝，連在村裡閒逛照相的遊客也走到廊子上來，一邊打開手提電腦翻看剛拍下的照片，一邊頭也不抬地喊：「老闆，酒。」

拉加澤里想解釋說這不是酒吧，卻被達瑟搶在前頭：「好，馬上，馬上！」達瑟還建議遊客不要喝城裡到處都有的啤酒，「來一點家釀青稞白酒，嘗那麼一點點。」

「好啊！」

達瑟知道拉加澤里請工人時都要備一些村裡家釀的白酒。拉加澤里只好把白酒上到客人面前。遊客端起酒杯，喝了小小一口，皺著眉頭品嘖一陣，又喝一口，皺著的眉頭舒展開來，說：「像伏特加？」

「我覺得像墨西哥甘蔗酒。」

達瑟搖頭，說：「咦，是我們機村人自己釀的青稞燒酒！」

遊客掏出張百元大鈔，拉加澤里找不開，遊客倒豪爽，說：「有找頭放著，明天還來，就喝這種燒酒。」

至此，拉加澤里的酒吧就算開張了。而且，那熱鬧的程度一天賽過一天。達瑟是每天必到的常客，他對拉加澤里說：「看看，我給你拉來了多少喝酒的客人。」

「喝吧，我不會因為你不付酒錢就往外轟你！」拉加澤里說，「想坐酒吧，哪天我們一起去景區坐坐吧，我請你！」

達瑟臉上馬上放出光芒：「好啊，明天大家都要去景區看熱鬧，我就坐你的車去吧！」

拉加澤里搖搖頭，說：「我不想去看什麼稀奇。」

四

第二天，不止是達瑟，機村差不多一半的人都擁到景區去了。景區新開了一個遊樂項目：懸崖跳傘。到時將有直升飛機和降落傘這樣稀奇的東西出現。直升飛機把人運到覺爾郎峽谷的懸崖上面，那些人就從那萬仞絕壁上縱身一躍，撲向下面的深淵，等到峽谷裡的觀眾都發出驚懼而刺激的叫聲，他們身上五彩的降落傘打開來，飄飄悠悠順著氣流一直滑翔到很遠的地方。據說那些跳傘的人要交好多錢，才能被直升飛機載到懸崖頂上那麼縱身一躍。

那天，機村有百多號人都到景區去了。

每到一個地方，機村人都習慣早起。這是以前去鄉政府所在的鎮子時養成的習慣。機村到鎮上有幾十里地。那是一個重要的地方。機村人去那裡開會，去百貨公司買東西，去衛生所看病，去供銷社賣採挖的藥材，去照相館照一張相片，或者什麼事情都不幹，就在能看到些生人面孔的街道上逛逛。每去一次，都必須天不亮就吃飽了上路。然後，在將近夜半時回到村子裡來。那時整個村子都睡熟了，但有人回來的這家人不會睡覺，火塘燒得旺旺地等著那人打開院門，給家人帶回一兩樣禮物和鎮子上新鮮的見聞。那時，我的禮物可能是父親帶回來的幾顆糖果，一隻圓珠筆，塑料皮的筆記本，當然，我還得到過一支竹笛。

如今，達爾瑪山隧洞開通過後，從機村去到覺爾郎景區只有十多公里路程了，其中，有六公里是在燈火明亮的幽深隧道中穿行。而且，現在村裡有足夠的大小不一的麵包車、卡車載著全村人去到那個地方。但他們還是很早就去了。

他們到時，直升飛機還停在草地中央一塊剛剛澆鑄成的混凝土場地上。草地上的晨露還沒被曬乾。場子周圍是塑料帶拉出來的臨時隔離圈，意思是觀眾只能站在圈子的外邊。圈子開口處，是索波和一個保安在守衛，來了人，有胸牌的就放進去，他們是領導、什麼運動協會會長副會長祕書長、記者、旅行社代表。還有直升飛機的駕駛員，兩個人走出來，戴著頭盔，小巧的無線話筒從頭盔裡伸出來橫在嘴前。他們的出現引起了一片歡呼。五六個穿得五顏六色的跳傘者出現時，也引起了同樣的歡呼。直升飛機機翼旋轉起來，然後，就那麼直直地升到空中。直升機發出巨大的聲響，在人們頭頂懸停了片刻，然後，轟然一聲，一側身子，飛往高處去了。飛機上升的同時，往下吹出一股強勁的旋風把拉成隔離圈的塑料帶吹飛了。

那個界限一消失，大家就爭先恐後地要往前擠，特別是機村人更顯得橫蠻強悍，把好些正往前擠的遊客都嚇退了。事後想想，要擠到中間去幹什麼？直升飛機已經飛起了，除了那塊濕漉漉的草地，還有草地中央那塊水泥地，中間有什麼呢？什麼都沒有。景區領導就指著索波：「你！那些老百姓是哪裡來的？是你的老鄉吧？讓他們退回去。」

問題是，一下擠進這個圈子的是好幾百人，並不光是機村人。

索波現出為難的表情，但他還是揚起手：「大家都退回去！退到圈子外面去！」

任何人都知道，遇到這樣的場面，這樣的命令或呼籲都毫無意義。

還有機村人喊：「索波，你那麼揚著手幹什麼，你把我們當成牛群在轟嗎？」

後面好事者發一聲喊，更多的人往裡一使勁，圈裡的人想站也站不住，跌跌撞撞往前又竄了好幾步。

索波只好無奈地看看領導，領導不高興地把臉別開了。

這時，突然又有人發一聲喊，精瘦的索波下意識擋在了肥碩的領導面前，但這回人們沒有再往裡擠，而像突然炸窩的蜂群一樣四散開來。原來，坐直升機上到絕壁頂端的人，伸展開四肢縱身一躍，撲向了下面霧氣縈繞的深淵。人們都發出驚懼刺激的叫聲，四散開去，各自去追逐空中的目標了。索波沒有心思去看那些表演。只要他在風景區一天，就不會缺少看到這些新鮮事情的機會。再新鮮的事情多次重複，也就像從來就與天地同在一樣，不再新奇了。

領導們還坐在臨時擺放的那一圈椅子上，他們得等直升飛機和那些跳傘的人回來，景區領導和那個什麼運動協會的會長再講上幾句，這個景區新上馬項目的開張儀式才告結束。

索波也找了張空椅子坐下來，仰頭去看藍天下撐開的色彩鮮豔的大傘。

領導更不高興了，但他不說，有下面的科長跑過來說：「怎麼就坐下了，還不去把隔離圈再拉起來？」

索波站起身來，嘴裡卻多了一句：「反正飛機下來，旋風又要吹散。」

科長說：「老頭，叫你幹你就幹，吹不吹散不是你管的！」

也許就是這句多餘的話導致了後來的事情。但這都是後來才想到的。當時他只是想，自己這些年是愈來愈嘮叨了。想想年輕的時候，哪有這麼些廢話。墾荒隊撤走後，自己孤身一人待在峽谷中，除了對著日漸荒蕪的新墾地說過心痛的話，除了對著常常遊走在湖邊的鹿群，說過羨慕牠們美麗自在的話，除了自己身上某個地方不對，說過詛咒疾病的話，他已經非常習慣以無邊的沉默來面對這個世界了。

儀式結束後，人們四散開去，領導陪著一干重要人物去遊客中心的餐廳了。科長落在後面，對他說：「領導吃完飯有話跟你談，你在遊客中心外面等著。」

他就往遊客中心去了。在那裡他還碰到了來看熱鬧的機村鄉親，好些人並不理會他。一來，是記著他以前幹的那些不招人喜歡的事情。二來，人們也有些嫉妒他一點不費力氣就在景區找到了一份工作。而機村大部分上過初中高中的年輕人，都無法在景區服務人員的招考中過關。偏偏沒人想過，他一個人待在峽谷裡差不多有十年時間；也沒有人想過，景區籌備處剛剛成立，修路蓋房，他什麼都幹過。但他沒有心思跟你去理論這一大堆事情，自己在食堂買一個盒飯吃了，等著領導出來跟他談話。

他想，肯定又是批評他對於機村人過於寬大，面對自己的鄉親不能很好地執行景區的管理規則。

他不是唯命是從的人，他多次對他們說明，這個地方，祖祖輩輩就是機村人自己的地盤，他們出出進進，都要依那麼多規矩，怕是不太合適。

「你的意思是他們就應該這樣，他們就永遠要這樣！」

「我不是這個意思。」

「那是什麼意思！」

「我是說機村人會這麼想事情，我的意思是要讓他們慢慢改。」改什麼呢？就是有事沒事，不要跑到景區來閒逛，不要哪裡熱鬧就湊到哪裡起鬨，「如果不來就心裡癢癢，能不能請他們穿得乾淨體面一點。」

他想，今天的談話無非又是這一套說辭。

這時，達瑟正搖搖晃晃地經過他面前。現在，機村的年輕人大都穿得跟遊客一樣，T恤、棒球帽、登山鞋、滑雪衫，不能穿得乾淨體面的正是達瑟這樣歲數跟境況的人了。他想叫達瑟一聲，但沒有張口，因為領導就要找他談話，他不想跟他們最不願看見的那類機村人待在一起。所以，他就任達瑟從自己跟前走過去了。他想不通，當年那樣一個書呆子，怎麼變成一個酒鬼了。但他不能想這個問題，再想下去，他就會想起自己怎樣奉命帶了民兵去圍捕他死去多年的朋友。他使勁地閉上眼睛，這樣，那些接踵而至的回憶就被擠到腦子外面去了。命運讓他對一切都不能敏感，內心與腦子都要像來來往往的人看見的那個保安的一樣表情木然。

直到聽見旁邊酒吧傳來的吵鬧的聲，他還是保持著這種木然的表情。

但爭吵聲愈來愈大，而且，很明顯聽得出來機村人用漢語跟人吵架時那種濁重凶狠的腔調。這使他不得不過去。

過去一看，是達瑟要進酒吧，卻被人擋在了門外。四散閒逛的機村人怎麼會放棄這樣的熱鬧場合呢，馬上就圍攏過來，開始起鬨了。於是，兩邊就吵起來了。雖然現在協拉頓巴家兩個兒子和一個女兒的古歌組合，每天晚上都在這個酒吧表演重新配器與精練了詞彙的峽谷古歌，雖然，景區的管理者中也有好些藏族人，但這樣的衝突一爆發，在大家的理解中就是機村人和景區人的衝突，更是藏族人與漢族人的衝突。絕大多數情況下，無論是在外來的遊客眼中，還是當地人的心目中，漢與藏，已經不是血緣的問題，而且身分的問題。身分上升成為政府的雇員，成為穿滑雪衫的遊客，就是漢，反之就是另外的族類了。比如林軍這樣的機村人，他是地道的漢族人。但走出機村，他就是藏人。他也以為自己是藏人。只有回到機村，他又感到自己是個孤獨的漢人了。閒話打住，卻說這天遊客中心酒吧門口一下聚起來很多人，而且陣營分明：景區對機村。並把索波夾在了中間。大家都懷著不太善意的企圖看他作什麼表示。

索波清了清嗓子，不是因為威嚴，而是因為緊張，才開口問為什麼吵架。

答說，這個人來過好多次，喝了酒，卻沒有錢。

達瑟已經喝過酒，膽子就偏大，硬要往裡闖，口口聲聲說這本是機村人的地方，不能因為你們在這裡圍了四面牆，就成了你們的地方。他說：「要是刨去下面的地皮，難道你們的房子可以掛在天上。那些降落傘掛在天上，不是也要落到地上來嗎？」

圍觀的機村人就轟然大笑，給達瑟叫好。

景區這邊的人就用責難的眼光看著他，好像這些不講道理的機村人都是他親自招來的。但他壓住了火氣，對老闆說今天讓他進去，喝了多少酒，我付錢，我請他客。

老闆偏偏不讓：「恰好今天不行，上面吩咐過了，要接待重要客人，他這個樣子……」說話的人看著索波臉一點點沉下來，沒有把後面的話說出來，但意思誰都明白，這麼一個衣衫不整，邋邋遢遢的人，不該進入這樣的場所。心裡一直窩著火的索波的脾氣一下上來了，說：「我請他，他是我的客人，讓我們進去。」

「你可以進去，但他不可以。」應門小姐也沒有一點退讓的意思。

「我就是要讓他進去！」

看他臉上陰沉的神情，小姐有點害怕了。就在這時，吃完飯出來的領導、跳傘者和記者一干人來到酒吧前。領導把客人讓了進去，留在後面的科長說：「老鄉們，下回吧，今天這裡是包場！客人要聽古歌演唱。」

這下大家好像就自覺理虧一樣散去，把索波一個人晾在太陽地裡了。但是科長沒有走開，拍拍門口松樹下的長椅，對索波說：「坐吧。」

索波坐下，科長自己卻站著，看一眼達瑟，又看看索波：「我看你有些犯糊塗了。」

「我只是想請老鄉喝一杯酒。」

「大家都要維護景區形象，講過多少次，你記得嗎？算了，不說這個了，你多少歲了？」

索波想想，記不得自己確切的歲數：「六十多一點點吧。」

「嚯，六十多一點點，知不知道，為了精簡機構，我們很多幹部五十歲就離崗休息了。」

索波想說自己哪是當幹部的命啊，年輕時，跟著上面的號召，幹了那麼多對不起人的糊塗事，想的就是當上幹部，最終卻成了這個景區臨時聘用的保安。如今，他瘦長的身子已經有些佝僂了，穿著一身保安服裝，整個人都顯得有些滑稽，特別是他那尖頂的小腦袋，戴上保安的大蓋帽，更增強了這種喜劇效果。

科長又拍了拍長椅的靠背：「我忙得很，這樣吧，我也不想再批評你了，再說這也是領導的意思，明天你去人事部一趟。」

在這景區這麼多年，索波當然知道這去人事部一趟是什麼意思。他馬上反應過來，上面要解雇他了。他說：「我保護了景區的鹿群……」

科長揮揮手，走開了。他又追上去幾步：「我還保護了景區的森林……」

科長再次揮揮手，進入酒吧，厚重的木門就密密實實地在他面前關上了。

五

就這樣，風景區管理局將他遣散了。當保安時，他的工資是九百塊錢。人事部告訴他，以後管理局還補貼他每月兩百塊錢。「因為大家都記著你當年保護森林與鹿群的功勞」，這句話竟讓他有些感動，因為有人記得他在這個世界竟然也有一點功勞。部長問他還有什麼要求。他的要求是再住兩三天，要去湖邊跟他的鹿群告個別。他要再去爬一次當年他和墾荒隊根據古歌探出的懸崖古道。原來，那個古代小王國的人們進出峽谷的祕密通道就是把一些山洞打通，在岩壁後面，築出了一條狹窄的隧道。如今這是景區一個熱門的景點。見他這麼容易對付，部長慷慨地說：「再給你發一個月全額工資，不用上班，想上哪裡看看，就上哪裡看看！」

其實，他也無處想去，除了爬一次古道，每天他都去看湖邊的鹿群。就像過去一樣，他對著鹿群打了一個口哨，但很多年輕的鹿都因為吃驚而跑開了，只有幾頭老傢伙轉身向他走來。就在湖邊，他伸出手中一小束剛採的嫩草，看鹿走到面前，嗅嗅他的手，然後伸出粉紅的舌頭，把青草捲進了口中。他又從口袋裡掏出鹽，攤在手上，幾頭鹿都擠過來，溫軟的舌頭一下一下掠過他的手心，心裡什麼地方被一下一下地觸動，讓他差點流下來淚水。但他沒讓淚水流出來，他只是說：「夥計們，我要走了，我要回機村去了。以後，我就再也見不到你們了。」

鹿子像羊一樣咩咩地叫了幾聲，搖著短短的尾巴悠閒地走開了。

他想不到，臨走，上面還吩咐保安隊全體跟他聚了一次餐，上了酒，還有很多的菜。讓他不禁佩服現在的領導做事就是這樣漂亮。不像過去，自己這樣的傻啦吧嘰，上面說什麼都相信的人，什麼事情都做盡做絕。但這麼想又有什麼屁用，什麼屁用都沒有了。

臨走那天，協拉頓巴家在遊客中心駐唱的古歌組合三兄妹請他在酒吧坐了一個晚上。他們在台上演唱，索波坐在台下喝他們堆在自己面前的半打啤酒。演唱完畢，三兄妹下來跟他坐在一起，告訴他，景區要資助他們去參加全國的一個歌手比賽。酒勁讓腦袋嗡嗡作響，他想，和他彼此討厭的領導做事情就是比當年的領導漂亮。

現在給自己取了新名字的妹妹說：「大叔，我們要出名了！」

「出名？」

「那時，我們就不用在這裡演唱了？我們在電視裡唱！」

「那我就看不見你們了。」

「我們送你一台電視，那樣你就可以看見了！」

「不用送我東西，我老了，掙了錢自己留著，該給自己準備嫁妝了！」

依娜神采飛揚，她光潔的額頭閃閃發光，她高聲大嗓地說：「我不要嫁人，我要歌唱，我要歌唱，」閃閃發光的姑娘站起身來，高舉起雙手時露出了豐潤腰肢上的肚臍，「我要歌唱！」

酒客們回應以熱烈的口哨和歡呼！

他是在一個有月光的晚上回來的。走進村口，就聽見全村的狗都叫了起來。但是卻沒有人因為狗叫聲出來看上一眼。要在過去，他領導的民兵，早就提槍四處察看了。那時人們很少四處走動，警惕性很高的民兵們操演的機會並不多。現在，人們開始四處走動。有事的人們四處自由走動，沒事可幹的人，也四處走動，再沒有揹槍的民兵查驗路條了。為了不讓人以後議論自己是偷偷摸摸回到村子裡來的，他想暗裡地閃出一個人，用當年民兵嚴厲的口吻喝問：幹什麼的?!

他答應一聲，機村人都會知道他回來了。有氣要出的，有帳要了的，都可以找上門來了。

但沒有人出來，狗叫了一陣，也偃旗息鼓了，有生人出現，不叫幾聲，沒有履行狗的職責，再叫，主人要罵大驚小怪了。現在，村子裡一天見到的生人的數量都要超過見到熟人的數量了。狗真要認真地叫，早把肺掙破了。他轉身看看，一個人也沒有，只有停止吠叫的狗在左右張望，然後，就看見自己拖在身後的影子。月光很淡薄，影子也很淡薄，薄到好像步子稍快一點，那影子就會被風吹散。

他回到自己家已經空置多年的老房子裡，聽見簷口的巢裡鳥在夢囈，黴臭而嗆人的塵土味充滿了鼻腔。這座石頭外殼的房子外面看起來還很堅固，但在裡面，每走動一步，那些椽子、橫梁與桁架，都在軋軋作響。他不想開燈，不想看到燈光下這久未收拾的屋子裡的破敗景象。但他還是開了燈，因為他需要讓機村人知道他回來了。他不能讓機村人笑話自己半夜回來連燈都不敢開。他開了燈，又站到窗前，把築巢在窗櫺上的一對野鳥驚飛起來。兩隻鳥撲嚕嚕飛起來，發出很誇張的驚叫，在夜空裡轉著圈子，他只好關了電燈，讓那對那麼容易受驚的野鳥又飛了回來。

他在暗夜裡站在窗前，看著外面被稀薄月光籠罩的世界，聽見那對歸巢的鳥在互相安慰。在覺爾郎峽谷那麼多年，除了花草樹木，與他終生相處的就是這些生靈了。他似乎已經能聽懂牠們彼此的交談。

那兩隻鳥，尖嗓門說：「害怕呀，嚇死人了呀。」

粗嗓門說：「不怕，不怕，這家人的電燈抽風才亮了一下。」

「該不是老太婆的魂魄回來了。」

「可她是多好的老太婆啊，天天都把新鮮的吃食擺在窗台上。」

「可她死了……我怕……」其實，那鳥婆娘並不特別害怕，已經睡意朦朧也不忘記撒嬌罷了。

鳥丈夫也睡意深重了，咕噥說：「……哦……不……怕……」

索波想再讓電燈抽一下風，但他沒有。鳥夫妻的對話讓他想起去世多年的母親。人已經去了，想有多少用處？不如不想。他這個念頭是對的，一陣音樂聲飄來讓他的注意力轉移了方向。音樂不是高音喇叭裡湧出來的，村廣播站早就消失了。

那是人在演奏。是當地說唱英雄故事的說唱藝人的六弦琴聲。一陣節奏明快的樂聲過後，歌聲響起來，那是關於覺爾郎古國傳奇的古歌。琴聲引起一個人聲，一個人聲引出更多的人聲。低沉的吟唱聲在月光籠罩的地方瀰漫開來，像一片比月光稍亮的亮光，像一陣比月光稍沉的輕煙。這些歌，有人天天在遊客中心的舞台上演唱，但那演唱與這演唱截然不同。這是機村人自己在為自己吟唱，沒有那些花俏的拔高的炫技，沒有口哨與掌聲。一段唱畢後是一片深深的帶著回想的靜默。在這靜默中，他看見歌聲傳來的那個地方，那座房子一半沉浸於夜色，一半被燈光照亮。村子，還有村子四周的山野已經深深睡去了。但那座房子燈光閃亮，沒有聽從月光的安撫，那麼激動地醒著，而且還大聲歌唱。

歌唱的間歇，那些靜默四處瀰散，走到比燈光，比歌聲更遠的地方，籠罩了山崗與河流，當然也籠罩了村莊。

就這樣，在回到機村的第一個晚上，他就被吸引到酒吧去了。當他抬腳越過月光與那片燈火的邊界時，他的感覺像過去的戰爭電影一樣。一個潛行的人突然被強烈的探照燈光所照亮。他閉上眼睛，接下來，奪命的機關槍聲該響起來了。但槍聲並未響起。他睜開眼睛，看見機村的男人們圍著一張張桌子，端著酒杯熱烈交談。

沒有人注意到他的出現。

他又試水一般淌著燈光往前走了幾步，這時，正放下手中報紙的達瑟看見了他。這傢伙先是一臉驚奇，然後，笑容慢慢浮到了他的臉上：「索波！」

他聲音並不大，但所有人都聽到了，嗡嗡的交談聲立即停下來，所有人的眼光都駕著燈光向他蜂擁而來，扎在身上像是密集的箭簇一樣。他一邊艱難地往前走，一邊想起古歌裡吟唱一個犧牲的將領：「利箭扎滿了他的身體，他伸開雙臂，顫動的箭桿彷彿要再次發射……」

人們都站起來，看這個離開機村那麼多年的人慢慢走近。慢慢走到門廊下那九級木梯前，一步步走上了門廊，臉上的肌肉緊繃，眼裡的目光凶狠又躲閃，一屁股坐在了一張椅子上面。

達瑟迎上去：「索波？」

「我不是鬼魂。」

達瑟大笑起來：「聽聽，他說他不是鬼魂，就是說他也相信有鬼魂了！」

拉加澤里把達瑟劃拉到身後，將一罐啤酒打開，放在了他的面前，他說：「歡迎你。」

「你是誰？」

「你不認識我。」

「你是機村人，我看得出來，但我不知道……」

「是，你不知道，你當大隊長的時候，我還是小孩子，我是拉加澤里，我哥哥是……」

索波舉舉手，意思是自己知道了，不必說下去了。很多人的名字，都會令他生出愧疚之情，他當然不希望別人說下去了。拉加澤里就住了口，在他對面坐下了。

坐了好一會兒，他也不開口說話。拉加澤里說聲自便，起身坐在另外的桌子上去了。

達瑟一仰脖子喝下一大杯啤酒，狠狠抹去了嘴唇上的泡沫，聲音也變得尖利了：「索波你還敢回來?!」

索波就深深地低下頭，說：「我就是機村人，我只好回來。」

「你殺死了我的朋友！」

索波抬起頭，張開嘴，想說什麼卻又嚥回到肚子裡，又把頭深深地低下了，沒有說話。

「你還帶人拆掉了我的樹屋，毀掉了我的書。」

現場一片靜默，大傢伙看著這一切，希望有什麼事情發生，但什麼事情都沒有發生。要是過去，白刀子進去，紅刀子出來，一段恩怨就了結清楚了。而索波低頭坐在那裡，也是一副引頸受戮的模樣。對方沒有回應，達瑟渾身顫抖著，叫著那個死去多年的獵人的名字，嗚嗚地哭了。

索波又坐了一陣，然後猛然起身，喝乾了啤酒，說：「我知道還有要算帳的人，我累了，明天再來。」

離開酒吧的時候，他卻覺得一身輕鬆，跟來酒吧時的情形完全兩樣了。不管是好事還是壞事，總算有了個開頭，有了開頭就行了，怕的就是事情永不開頭，而讓人心裡愁煩。

六

這四五十年來機村人常常掛在嘴邊的話題，就是盼望什麼或不盼望什麼。

最初，是來到機村的工作隊向人們宣傳，時代變遷了，祖國建設一日千里，人們應該有很多盼望。他們還一一羅列出這些盼望。有些盼望畫在宣傳畫上，有些盼望寫在文件裡。但不論這些盼望的形式如何，但承諾是一致的：當那些盼望一一實現，人們無憂無慮，生活在一種叫做「共產主義」的天堂。過去的機村人只知道一種天堂，那是佛經裡說的天堂。佛經的天堂富麗堂皇，金沙鋪地，銀汁為溪，珊瑚為樹，水晶為房，但人們除了影子一樣飄來飄去，卻沒有特別的生趣。倒是共產主義天堂的描述更具可愛的煙火氣：「樓上樓下，電燈電話。」飯食方面的土豆跟牛肉，機村人倒是吃過好幾代人了，只是頓數上還嫌稀少罷了。

這天中午，拉加澤里和公司裡的人吃了飯，坐在門廊上端起一杯啤酒慢慢啜飲，腦子裡卻想到如上這些問題。想這個問題的時候，他面前的桌子上還放著本縣上地方誌專家寫的書，那個人他認識，是他上中學時的地理老師。老師是自治州政協委員，喜歡看《參考消息》，喜歡講美國法國日本這種國家的事情。這本書是個揹了三四架相機的遊客扔在這裡的。有好幾天，那本書就讓風吹著啪啪噠噠地翻過去，又讓風吹著啪啪噠噠地翻回來，卻沒有一個人理會。他也鼓勵公司員工看書，但看的都是技術方面的書。如何測定土壤成分，松毛線蟲病的防治對策，混生與單一林木群落的優劣比較，等等。但沒有人看這樣的閒書。拉加澤里所以看了這本書，是因為他在風把那本書翻來翻去的時候看見了那個熟悉的作者名字，這激起了他的好奇心。他對侄兒說，看看那書裡寫了些什麼？他侄兒就坐下來翻看那本書，看了不多一會兒，就發出了誇張的聲音：「嗨，書裡有機村的名字！機村被寫到這書裡了！」

機村會被寫在一本書去，這值得讓一個機村人的聲音變得誇張。

「拿過來我看看！」

侄兒卻把拿書的手背在了身後，說：「現在我曉得你該給我一個什麼職務了！」他侄兒跟他在公司裡幹已經很長時間，早先，小伙子想當副總經理，他沒有吭氣，後來他又自己想了一個什麼主任的名頭，當叔叔的也沒有同意。但小伙子在這個事情上頭一直是非常堅持的。

「我幫你看了材料，我是你的祕書！總經理祕書！」

拉加澤里沉下臉，侄兒就把書遞到了他手上。

是的，這本小冊子裡提到了機村，但著重說的是隧道那一頭，那個古歌裡的王國，如今名聲愈來愈大的風景區。看了這些文字，拉加澤里想，媽的，要是沒有那個地方，機村這個地方就不存在了一樣！仔細想想，機村跟四周山野裡那多麼長久地深陷於蒙昧時代的村落一樣，沒有確切的記憶。是有一些傳說，但那些傳說，大多也是講山那邊那個早已陷落的小小古國。機村人一直生存到今天，卻連一點像樣的記憶都沒有留下。他想，要是那個時候的人也像今天這個時代的人盼望這個又盼望那個，並且因此而振奮復又失望的話，應該是有故事會流傳下來的。比如，他拉加澤里的經歷就已經變成故事在四周的村莊裡流傳了。當他走到鎮子上，人們會在後面指指點點。

「哦，就是那個發了大財又進了監獄的人。」

「就是那個失去了女醫生的男人！」

「聽說那個女醫生敢用電鑽把人腦袋打開！」

想到這些，他深深地皺起了眉頭，對侄兒說：「那麼，過去的人真的就除了傳宗接代，吃飽肚子，什麼都不想，什麼都不幹。」

「那還要幹什麼？」

「那就不會有故事流傳下來了。」他差不多得出了自己的結論。

侄兒卻搖頭，說：「這是達瑟問題。」

這是一個機村人自己創造出來，流傳了二十多年的詞：達瑟問題。意思是像過去在樹屋上看書的達瑟想的問題，也是一個泥腿子不該想的問題。這樣的問題對於一個機村人來說，造成的後果必定是：非瘋即傻。

侄兒因此有些憂心忡忡，拉加澤里丟開書本，說：「我也就是那麼一說罷了。」

這時，達瑟又出現了。

他來不奇怪，奇怪的是，他是和索波一起的。索波第一次出現，他就聲稱有帳要算，索波也承認有帳未算，人們則等著看這帳是個怎麼演算法。想不到兩個人卻朋友一樣走在一起，而且形影不離了。

想看台好戲的人們有些失望，但很快就接受了兩個仇人變為朋友的現實。這件事情固然有些離奇，但要是因此就大驚小怪，那這個時代讓人驚奇的事情就太多太多了。

雖然都是一個村子的人，拉加澤里跟索波兩個機村的傳奇人物彼此間並不熟識。所以，剛剛見面兩個人都有些生分。很長時間都沒有說一句話，要麼眼望著別處，要麼一心對付杯中的啤酒。但那只是剛開始的時候，等索波跟達瑟來酒吧多了，這種生分的感覺就消失了。

這一天，三個人坐在門廊上，氣氛早不再像開初那麼尷尬沉悶了，大家也不說話，但那種閒適鬆弛的意味就像風中起伏的麥田，那起起伏伏的美麗，不用睜眼都可以看到，就像這看花節期間四野裡流溢的花香，獵狗一樣輕輕掀動一下鼻翼就可以聞到。還是達瑟想起什麼，嘿嘿笑了：「媽的，說起來有誰會相信呢，這麼屁大一個小村子，你們兩個大男人二三十年了從來沒有講過一句話！」

拉加澤里說：「我在監獄裡。」

「我在保護區。」索波說。

兩個人同時說：「所以，始終不得見面。」

索波又說：「好多年人人都在說你在消失的鎮子上開的小店。」

「補輪胎的店。」

「那你差不多就是以前的鐵匠了。」

「你到底還是回村子裡來了。」

索波臉上突然又出現了憤激的情緒：「媽的，這個世道，但凡混得好的都離開了這該死的地方，只有我這樣的人，什麼地方都去不了，只好回來了。」

達瑟說：「不是有那麼多城裡人到這裡來嗎？」

「你他媽閉嘴吧，夥計，只有你我這樣的人才會回到村子裡來，回來把一身肉慢慢爛掉！」

拉加澤里的侄兒過來插嘴：「不對！我叔叔這麼成功怎麼也回來了！」

索波笑笑：「小子，我不想說得罪你叔叔的話，那樣我們就沒地方喝酒說話。要是連這樣的地方都沒有一個，那真是沒勁透了！」

這些話讓拉加澤里聽了，不禁有些心中悲涼。揮揮手讓侄兒幹活去了。

人們說，要不是這個酒吧開張，索波同志都不會再開口說話了。是的，他們稱呼索波的時候，用的就是「同志」這個詞，明顯的是語含譏刺。甚至當外來的遊客坐到這個酒吧來領略鄉村風味，某個因為喝多了顯得過分熱心的傢伙一一向外地人介紹機村這些人物時，介紹到他的時候，他會很鄭重地說：這位是索波同志。

遊客會很奇怪：這麼多人怎麼就一個同志？

對啊，機村就他一個同志。

即便這樣，索波也不說話。儘管他第一次坐到酒吧來是相當艱難，但他畢竟還是坐在酒吧那寬大的門廊上來了。儘管坐在被酒精，被不時變換的話題弄得激動不已的人群中間，他還是一副遺世孤立的樣子。連領他來的達瑟也不知道怎麼樣讓他融入到這種熱烈的氣氛中間。

每每遇到這種情形，達瑟就找拉加澤里：「不要讓大家把他晾在一邊。」

「沒有人能把一個人晾在一邊。」

「你的意思是他自己？」

「難道不是？」

這差不多是每次索波一臉落寞坐在酒吧時，拉加澤里和達瑟都會有的一番對話。

當然，每到這個時候，拉加澤里會叫人再給他加一瓶啤酒，還有一句話：「這瓶是我們老闆贈送的。」

這樣如此往復十幾次後，一天，等客人都散盡了，總是率先離去的索波卻還待在座位上，他掏出一捲錢放在桌子上，咳嗽了兩聲才開口：「小子，每晚一瓶，有好幾十瓶了吧，算算，這是錢。」

「那是我贈送的。」

索波突然笑了，學著風景區遊客中心的侍應的腔調，用普通話說：「先生，這是我們老闆贈送的。」

「是我贈送的。」

「少在老子面前玩這些學來的新花招，煩！」

是啊，當年雖然玩的是政治，階級鬥爭，也是學來的新花招，他真是一點也沒有少玩。於是，拉加澤里彎下腰說：「是，是，不是老闆贈送，是晚輩請前輩的。」

索波臉上的表情還有些凶狠：「要是今天你不收這錢，就每天晚上都要『贈送』了。」

「沒問題。」

這時，達瑟卻插進來拍手稱快：「好，好，索波終於跟人說話了。」

本來，索波說出那些話來，全仗著那麼一股凶巴巴的勁頭，給他這麼一攪和，那股好不容易憋出來的氣焰瞬間就消失了。他坐在椅子上，立即就顯得侷促不安。再說話時，神情已經很猶疑了：「你還是把酒錢結清了吧。以後，我不想來了，這裡是年輕人的天下，我一個老頭子來湊什麼熱鬧呢？」

「我喜歡上年紀的人來這裡坐坐。」

「？」

「上年紀的人故事多，有意思。」

「我可不想說什麼故事給人開心，算錢吧。」

拉加澤里就真把酒錢給算了。

索波起身時，似乎有些不捨，走到門廊邊，腳都踏上了那九級木梯的最高一級，卻又回身過來問道：「我去覺爾郎峽谷的時候，你還是個孩子吧。」

「我看到過你在社員大會上……講話。」

索波眼裡迅速的閃過一道亮光，警惕的也是興奮的：「你是說罵人吧？」

達瑟又插進來：「你不要生氣，他不是這意思。」

索波伸手把站在兩人中間的達瑟劃拉開：「我知道他是什麼意思。」

拉加澤里說：「那時候，你罵人可真是厲害。」

索波回到村裡，已經從一個大家記憶中的厲害角色，變成一個頭髮花白的傢伙了。他母親已經去世多年，在機村就他孤身一人了。所以，過去的事情儘管人們還耿耿於懷，但也沒有人忍心再跟他理論了。他們假裝什麼事情都未曾發生。而在機村很多流傳下來的故事中，相當大一部分就是關於復仇的故事。復仇的意思就是你幹了什麼壞事，就有人不會把你忘記，就像幹了什麼有功德的事情，上天都看在眼裡，最終會賜你福報一樣。只有像是拉加澤里兄長那樣不好不壞的人，才十分容易被人忘記。索波作好了準備，那些當年自己開罪過的人會來找自己理論。機村人的理論其實非常簡單，打上一架，或者，乾脆，鋒利而堅硬的刀從人柔軟的身體刺進去，血流出來，被刺的人以更柔軟的姿勢倒下，然後，眼睛望著天空，身子慢慢冷下去，從柔軟變得僵硬了。這個倒下的人，從恩怨當中解脫出來，而那個把擦乾淨的刀插回刀鞘的人明白，一個新的故事重新開篇，直到有一天，自己也像眼下這個人一樣倒在地上，天空的流雲在失神的眼中慢慢旋轉。

其實，機村人更願意把他忘記掉。願意他永遠地待在那個與世隔絕的峽谷裡，孤獨地看護著那些當年辛苦開墾出來的莊稼地，日復一日，與鹿群爭奪地裡的莊稼。人們願意把他當成一個因苦行而清贖自己罪過的人。這個時代，仇恨也變得複雜，變得曖昧不明了。這個人待在那與世隔絕的峽谷深處，是唯一能使事情變得簡單的方法。但是，這個時代的力量是那麼強大，誰曾想像過，設計院有那麼精妙的演算法，施工隊有那麼強大的機器，兩三年時間，就鑽出了這樣一條長長的隧道，那峽谷成了一條坦途上遊客雲集的地方。遊客一來，這個苦行人就無法待在那個地方了。

索波長嘆一聲：「是，現在我回來了，等著大家來罵我出氣，卻一個人都沒有等到，反倒有個小子天天請我喝酒。」他還說，「唉，要是過去，人家一刀把我宰了就痛快了。只是現在不興這個了。」

「現在興請喝酒。」

索波又重新回來坐下，敲敲桌子：「小子，那就請我喝一杯吧。」

喝得多了，他說：「我都想哭一鼻子。」

「那你就哭吧。」

達瑟說：「你不能哭，你是男子漢，你怎麼能哭呢？」

「你是說我是個硬心腸的人吧，是啊，那時候我的心腸怎麼那麼硬，現在卻又硬不起來了？」

「你變回你自己了。」

「呸，一個人走了背運，走在下坡路上時，反倒是變回自己了，天下哪有這樣的道理。」

「那時少數人走運，大多數人不走運，天下也沒有那樣的道理！」

「我想不通……」

「其實你早就想通了。好，好，就算你沒有想通，那也請天天過來喝酒，慢慢地想通吧。」

從此，索波再來酒吧，遇到投緣的人，他的話也就一天天多起來了。

而且，就算達瑟把他第一天回到村子裡那無所措手腳的樣子當成笑話來講，他還是安然地坐在硬木椅子上，只是做出有點生氣的樣子罷了。

七

一杯清涼的酒下肚，認死理的達瑟，說話不知輕重的達瑟對拉加澤里開口了：「對我們說說你在監獄裡的事情吧。」

拉加澤里轉臉去看不遠處的麥田。麥苗剛出土不久，罩在地上像一片若有若無的綠色輕煙：「我不想老去回憶往事，不如看看手邊有些什麼事情可幹。」他拿過啤酒瓶，把每個人的杯子續滿，「索波大叔，你說對吧。」

索波笑笑：「你在裡面念了不少書？」

拉加澤里點頭：「念了不少。」

達瑟搖晃著腦袋：「告訴你，在機村，念書是沒有什麼用處的。」他當然有資格說這樣的話，因為他曾經有過很多書。大家都知道，他有過那麼多書，把它們裝在馬車上，拉了幾百里路回到機村，然後高藏於漂亮的樹屋之上。但他並不能深入地研讀它們。那些書只是他一份特別的驕傲。這分驕傲足夠他來到拉加澤里的公司，大模大樣地坐在門廊上，敲敲桌子：「嘿，叫你們老闆賞杯啤酒！」足夠他喝了一次，又來第二次。喝到第三次時，他自己也覺得這底氣有些不夠用了，他對自己有點生氣。靠著那點憤怒的支撐，他用指關節叩著桌子說：「乾脆開個酒吧，這樣，我們就有聚會的地方了。」

拉加澤里搖頭。

「小子，不，老闆，你是怕我付不起錢？」

這個老頭可能真掏不出常來喝酒的錢。但他自己把這話說出來，就是不讓人提這個茬。再說拉加澤里不得不承認，他喜歡村裡這個前輩。於是他說：「我是種樹的公司，開個酒吧幹什麼呢？要想喝酒了，過來喝兩杯就是了。」

「你不掛個酒吧的牌子，我就不好意思常來了。」

拉加澤里說：「再說這也不像個開酒吧的地方。」

的確，除了這個後加的門廊上的幾張原色木桌和靠牆的長條靠背椅有點酒吧的味道，這座大房子本身就是一座倉庫。這座方方正正的大房子空間軒敞，支撐房頂的桁架都是上好松木，交互之處用粗大的螺栓擰緊。大房子中還有幾間向南向東開著窗戶的小房間，做了林木公司的宿舍兼辦公室。這幾間屋子最多占去了大房子四分之一的空間。剩下的空間，堆積著化肥、草簾、噴霧器、樹種……這天，他們喝酒的時候，拉加澤里手下的人正在屋子裡邊給臨時的雇工分發工具：一只籃子、一把鋤頭或一柄彎刀，外加一雙帆布的勞保手套。領到工具的人，每個人報上領取樹苗的數字：一百，兩百，或者一百六十棵杉木樹苗。管事的把數字填入表格，再發給每人一張條子。雇工們拿著條子來到門廊下面的裝滿小樹苗的卡車跟前，憑條子領取樹苗。成綑的樹苗根上圍著新鮮的黑土，稚嫩的針葉散發出淡淡的清香。機村周圍當年那些泥石橫流的山坡，早已綠意盎然，但都是自然生長的灌木與箭竹，可以保持水土，缺少的是可以成材的喬木。國營伐木場撤銷後，曾留下部分工人在採伐跡地上種植樹苗，成效卻不明顯。除了交通沿線，有些連片的小樹林作為樣板，很多年過去了，機村四周的群山中並未見他們栽種的樹木連綴成片。後來，營林隊也就無聲無息地消失了。拉加澤里下決心，自己的公司栽一棵就要活一棵，今年的計畫是三萬棵。縣林業送了一萬苗，剩下的兩萬他自己掏錢。

發放完樹苗，目送工人們上了山坡，他才拍拍手，在寬大的門廊上坐了下來。

他坐在廊子上，那座四方形的木頭房子就矗立在他後面。

這房子是他成立林木公司時，縣林業局借給他的。房子閒置多年，粗大的柱子裡已經生出了蟲子。那時，公司沒有雇一個人，除了哥哥與侄兒偶爾過來幫忙，他自己鑿開柱頭，往蟲洞裡灌注藥粉，然後，他像在監獄裡工作時一樣，用報紙折一頂帽子，手拎著一只罐子，往封閉了洞口的柱子上刷上油漆。他又用了幾天時間，借來噴霧器，撬開地板往下面的夾層間噴灑鼠藥。然後，他鎖上房門，自己也消失了。幾天後回來，這所大房子裡，不僅蟲子與老鼠消滅了，刺鼻的油漆味與農藥也消失得乾乾淨淨。只是那時，這座房子還沒有他現在坐著的這半圈帶雨棚的門廊。

現在，他的公司已經有了固定的職員，更有眼下招募來栽樹的臨時雇工，五天時間，已經栽下去一萬多棵樹苗了。

拉加澤里安坐廊子上，背後方正的木頭房子正被早晨的太陽曬得霧氣騰騰，那裡屋頂木瓦上的霜花正在迅速蒸發。

看看廊子邊沿幾張也凝結了一點霜花的桌子，他突然笑了，想自己竟然還是一個酒吧老闆。想到這個，他從屋子裡拎出油漆罐子，在黃油漆的門上寫了三個英文字母：BAR。

他想，達瑟再來的時候會問這是什麼意思。

果然身後就響起了他的聲音：「喂，小子，這是什麼意思？」

「你要的意思。」

「我要的什麼意思？」

「英語，酒吧的意思。」拉加澤里不是要顯擺他懂得一點英語，而是想，反正機村也沒人懂得英文，寫上這幾個字母，算是遂了達瑟的心願，但對別的人來說，其實並沒有打出酒吧的招牌。因為他開了酒吧後，達瑟又老是要他掛上一個正式的招牌。

「英語，好吧，英語就英語吧，旅遊的人在遊客中心有酒吧。他們坐在那裡喝著啤酒隔著玻璃……」

拉加澤里冷不丁地插上一句：「還有人鼻子上插著氧氣管……」

達瑟也笑了：「是有吸著氧氣來看風景的人，但我們這裡用不著，我們不看雪山，也不看峽谷，我們就看著這個該死的村子，這些房子，這些土地，看著公路上來來去去的汽車，而且不用隔著厚厚的玻璃。我們坐在農民自己的酒吧裡了！」

遂了他的心願，達瑟這張嘴還有說道：「當老闆就是好，手下人幹活，自己坐著消消停停地喝著啤酒。」

這話讓拉加澤里哭笑不得。自己正忙前忙後，是這個不速之客不請自到，而且要他請喝啤酒，現在卻又說出這樣的風涼話來，你說是個什麼道理！全機村的人都知道達瑟這張臭嘴，任誰都不敢輕易來招惹他。想想當年那個拉了一馬車書回村子裡來的年輕人，想想那個把這些書藏在樹屋之上，腦子裡充滿了奇思妙想的有志青年，大家都不覺得是同一個人了。

當年的青年人已經漸漸老去，成了一個話題讓機村人有空閒的時候來話說當年。

有膽子大的人問他：「當年躲樹上看書的人是你自己，還是現在才是你自己？」對於諸如此類的問題，他會翻翻眼睛，懶得作答。只有喝醉了酒，他會大聲說：「沒讀過書嗎？書上說，這就是生活！」

其實，不讀書的人也知道這個道理，一個人的變化當然是因為生活的緣故。但當個人的變化遠大於生活的變化，那也就是一道特別的景觀了。縣林業局有個愛炒股的幹部，說什麼事都拿機村人聽說過但並不懂得的股市打比方。他說，這叫股價成長超過了經濟的成長，是泡沫。他說，生活也能像股市一樣製造出泡沫。

達瑟無端地喜歡這句話，他端起杯子，一口飲盡，指著自己鼻尖上沾著的正在迸裂的啤酒泡泡說：「對，我就是這個東西。生命，你，我，他每個人的生命，都他媽的是這種很快消散的泡泡！」這一來，大家就都噤口，這個人說得似乎又是來自書上的話了。

當年，達戈死在熊的懷裡，悲傷絕望的達瑟卻還活著。人活在機村，卻像是消失了一般。一個曾經讓人注目的人消失的方式並不一定要像索波一樣隱居到山高谷深之處，最好的消失就是混同在苦渡生涯的芸芸人眾中間。達瑟不看書了，不再胡思亂想，不再把這些胡思亂想夢囈一樣掛在嘴上，跟祖祖輩輩的村裡人一樣，達瑟就這樣從機村人的視野裡消失了。直到他兩個兒子慢慢長大。在村裡上學，到縣城上學，因為考不上大學成為這個村莊新一代的浪蕩子。跟達瑟同時代的年輕人，會從這游手好閒的浪蕩子眼裡看到那種無所依憑卻又若有所思的眼神，想起他們父親年輕時的樣子。

幾年前，達瑪山隧道單線開通，慶功剪綵儀式上，在慶典上講完話的副省長從隧道口下來，見了機村的牌子就叫停車。浩蕩的車隊停下來，副省長問這是不是某某老領導的出生地。他說的那個領導就是達瑟的叔叔。大家都說是。副省長興致更高：「那我有個同學在這個村裡！」

機村竟然有人和副省長同過學！

副省長想了想，想起了他的名字：「達瑟！」

「對，有個達瑟！」

「上學上到一半跑回來的！」

「是，才上到一半他就跑回來了！」

「我去看看他！」

陪同的縣鄉幹部就有些為難，這個人生活得可不怎麼樣，不會做生意，侍弄莊稼也算不上好手，不是下面幹部願意拿出來讓上面領導看見的那種農民。不是老實恭敬侍弄莊稼的老農民，也不是腦子活絡的新農民。

副省長當下明白這個老同學可能生活得不怎麼樣，就讓祕書像逢年過節慰問困難群眾一樣備了一份禮：五百元的紅封、菸葉、大米，和一床新被子，去了達瑟家。不知此前副省長是怎麼想像自己老同學當今的生活，當他看到被人從地裡叫回來的達瑟，一雙手上糊滿了泥巴，臉上的表情激動而又木訥，熱情立即就消失了。但他還是伸出手，是達瑟自己把那雙髒手縮回去了。達瑟轉身就往家走，讓副省長一行跟在後面。來人一下就塞滿了他家的屋子。他其實記不起來副省長說了些什麼。好像說起過他已經離休並已過世的叔叔，還說了他們的同學生活，也問了他現在的生活現狀，他只記得火塘裡火老燒不旺，茶還沒有燒開，副省長一行又呼啦啦離開了。屋子裡靜下來，他聽著那一行人遠去，穿過了村子，在公路上，前導的警車拉響了警報器，一路嗚嗚哇哇地遠去了。這時，他的臉上出現了非常凶惡的表情，這個一向老實巴交對人和善的傢伙開始痛罵他老婆是笨蛋，是蟲藥婆現世，用邪惡的巫術魘住了他家旺盛的火塘，以至於沒能燒出一壺香氣四溢的熱茶，來款待他尊榮同學。

那隊汽車的聲音消失了，剩下一堆慰問品放在窗戶下面，窗台上，還放著一瓶五糧液。這是副省長個人送給他的禮品。

也就是從那一天起，消失多年的達瑟又在人們視野裡復活了。復活過來的人是一個全新的形象。過去，他是個沉默的人。沉默著跟他那些書本待在一起，當那些書本毀棄以至於消失，其沉默就失去了依憑，他當然就要從機村人的視野裡消失了。在一個人們都沒有想像到，連自己也沒有想像的時候，這個人復活過來了。那天，副省長同學離開後，他開始咒罵自己的老婆。第一句咒罵出口的時候，他自己都愣住了。如果不是這輩子，那也是這二十多年來第一次罵人。他覺得老婆會因為委屈而哭泣，會掩住臉衝出屋外，像村裡很多受了委屈的女人一樣藏在林子中不肯回家。有性情乖戾的女人，會跑到傳說中的蟲藥貓出沒之地，等待古怪刻薄的靈異附體，出來作祟人間。他女人起初也有點吃驚，隨即，她的眼中就流露出了恭敬的神情。這使他的身體有過電般的感覺一掠而過，轉而開始責罵自己兩個游手好閒的兒子。兩個兒子聽到消息趕回家來，剛剛進門，正好迎面碰上他的詈罵。自己當年那麼喜歡書，不想卻養了兩個讀不進書的不爭氣的東西。兩個兒子一個留著女人般的長髮，一個剃了光頭，露出打架留下的月牙形的傷疤。看到這對凶神站到面前時，達瑟有點害怕了。但是，沒有辦法，惡毒的話跟飛濺的唾沫星子一樣都無法收回了。他痛快的罵著，手卻老想伸出去，把那些飛濺往兒子臉上的唾沫攬將回來。兩兄弟不明所以地彼此看看，笑了起來，說：「我們老爸也是有脾氣的人啊！」

他們一說話，就像有人扳下了觀光索道的煞車，那些溜索上順暢滑行的纜車突然一下就懸停在半空裡了。

兩個兒子笑了：「罵人很舒服是不是啊，老爸！」

他想了想，是有種很舒服的感覺。

「那你以前為什麼不罵？」

他也不知道自己為什麼不罵，朋友之死讓他意志消沉了？沒有從書本裡看到這個世界真正的門道而深深失望了？知道自己離開學校回到村裡，是一種宿命安排，而且最終聽命於這樣的安排？他不知道。但他知道，一開口罵人，自己就領略到了一種特別的暢快。

「老子現在開始罵了！」

「你也打不動人，要是嗓子發癢，想罵幾聲就罵吧。」

不止是罵人，很多年不喝酒的他又喝上酒了。年輕時候，他是不大喝酒的。因為消受不起醉酒的難受勁。頭痛、噁心、在人前像條病狗一樣趴在地上嘔吐、邁開步子時如臨深淵般的一身虛汗。而且，年輕時候的酒大多都是跟他死去的獵人朋友喝的。朋友死去之後，他就不喝酒了。甚至當他的藏書拆散了，被風像雪片一樣捲在空中飄蕩不已時，他也沒有喝酒。現在他開喝了。達瑟家現在算是機村最窮的人家之一，人們嘆息說，他要再喝上酒，就指望不上有出頭之日了。酒吧沒開張的日子，差不多每天都能在更秋家老五老婆開的小賣部前看到他的身影。有錢的時候，自己買酒。沒錢的時候，就在那裡等著買酒的人。酒吧開張，他就再也不用到小賣部去了。和年輕時不同了，現今他喝醉了酒不再難受，卻有一種飄逸自由的感覺。一身正漸漸僵硬的骨頭重新變得輕靈活泛。在村子裡飄飄忽忽行走，熟悉的村子會稍顯得有些新鮮而陌生，這是因為他自己神志有些恍惚了。這天黃昏，從酒吧回家，竟碰到一個白鬍子老人站在他的面前。

老人手扶枴杖站到了一邊，結果，他還是歪著身子撞上了人家院子的柵欄。

「老人家，擋住我路了。」

他笑：「老人家，你使法術把路變窄了。」

耳背的老人們都大聲說話：「你不認得人了！」

他還笑：「我不害怕。」村裡過去有種迷信，人在日落後遇到白鬍子的一臉和善的老人家，那就是距死期不遠，是上天派來的接引，先行來把心魄攝走。所以他說：「你是接引神，但我不害怕。」

「我不是接引。」

「那你擋在路上幹什麼？」

「我在自己家門前來走走路，看看晚霞。」

那天的晚霞確實非常漂亮。每年夏天，白天下過了驟雨，天一晴開，黃昏時霞光就異常絢爛，變幻萬千。「好啊，老人家，你要不是我的接引，那就跟我來吧，我帶你去一個叫人高興的地方。」那天黃昏，天本該早就黑盡了，上天特別絢爛的霞光還把村子照耀得亮亮堂堂。那天，很多人比往常早到了酒吧，都坐在寬大的廊子上看漫天的彩霞。這時，人們看見那個白鬍子老人走在前面，而已經微醉的達瑟腳步飄忽跟在後面穿過寂靜的村子往酒吧來了。

那個白鬍子老人不是什麼接引神，是已經一年多都不出門的格桑旺堆。村子裡總是傳說，這個人馬上就要不行了。但過些時候，他又能出現在大家面前。而且，他死而復生後出現的方式總是有些突然。有時，他突然出現在橋頭，撿起一塊塊碎石填補雨水在木頭橋面與土路的介面處沖刷出的缺口。缺口深時，還需要孫子把午餐送到橋頭。他就安安靜靜地坐在一株開花的丁香樹下，喝一點乳酪，用軟和的麵餅蘸一點蜂蜜。有時，一清早打開了門窗，見一場大雪無聲地掩蓋了村莊、原野與道路，這時，早起揹水的女人發現通往井泉的道路已經被人清掃過了，又是這個老人家扶杖坐在井泉邊上，微張著掉光了牙齒的嘴巴，好像在傾聽著什麼，臉上是孩提般天真而喜悅的神情。聽到來人的腳步，他會大聲問候：「姑娘們，早啊！」

所以當望見他的身影，沒有人感到驚奇，這個老人，要是他打算在黃昏時再次現身，那當然應該是在這種因為絢爛霞光而顯得不太平常的黃昏了。

當然也有人問：「他來幹什麼？來幫助服務員清洗酒杯？」

但馬上有更多的聲音一起喝斥：「閉嘴！」

那人立馬就噤口不言了。再說難聽的話，就要被眾人驅逐了。不知不覺間，在這個酒吧，正在形成一種沒有規矩的規矩，說話做事太沒規矩，太不像機村人的傢伙，會被大家驅離這個地方。什麼樣的人是機村人呢，沒有人能說出個道理。但大家似乎心裡都知道，機村人大概該是個什麼模樣。

霞光下走著的兩個人還沒到，這裡就已經騰出來地方了。兩個人落了座，達瑟面前上的是酒，老人面前是乳酪。老人端杯吸了一口，鼻尖上沾了小小的一團白點，說：「我要酒。」

圍過來的人們都笑了，都喊：「老闆，酒！」

老人淺淺喝一口啤酒，瞇細的眼睛裡發出一星很尖利的亮光。

這時，達瑟說話了：「夥計們，來跟我乾一杯吧。我要走了，接引神來接我了。」

眾人大笑。

「你們不相信，那我給你們講個故事吧。你們曉不曉得人民公社時索波之前還有一個大隊長。」這個大家當然知道，一來，年紀大點的就是那個時代過來的人，對年輕人來說，酒吧裡百談不厭的話題，還不是這小小村莊過去那些事情。於是，大家都說：不聽了，不聽了，耳朵起繭子了。不就是正當壯年的格桑旺堆晚上出門，遇見一個不認識的白鬍子老人，立即就生病吐血，差不一點就活不過來了。達瑟睜大了眼睛，指著坐在面前，鼻尖上還沾了一星乳酪的老人說：「那就是接引神，他來了！」

眾人再次大笑，因為他醉得神志不清，認不出坐在他面前的白鬍子老人就是格桑旺堆。

老人耳背，看見所有人大笑時表情誇張的嘴與臉，也聽見一點笑聲，自己也笑了。老人這時其實也不大認得人了。只是拉了一個眼熟的人說：「大家都很高興啊。」

他拉住的人是索波：「咦，好像你不太高興。」

遇到這種高興的情形，索波自己總是無端地沉重，想起自己執掌著這個村莊大權時，這樣的聚會場合不會有這樣開心的笑聲。而且，他也使格桑旺堆大隊長很不高興。但老人已經認不出他了，只是看他眼熟，就拉住他的袖口，說：「大家都高興，你也要高興。」他又問，「他們笑什麼哪？」

「有人喝多了，不認識人，把你看成接引神了。」

格桑旺堆搖手：「咦，世道一安寧，就沒有這些神神鬼鬼的東西了！」

「那你當年真的看見接引神了？」

老人眼裡如針尖一樣的亮光就黯淡下去，搖搖頭說：「我……好多事我都記不起來了。」

見老人神志恍惚，大家的注意力就又轉移到了達瑟身上，問他大白天就在哪裡喝多了。他說是在小賣部喝的。馬上就有人說他在酒吧總是蹭酒喝，身上有了錢，也不請請大家，自己跑到小賣部喝醉了。急得他脹紅了臉辯解，說是小賣部老闆主動賒給他喝的。白酒，半斤裝的一小瓶。好酒。三十塊錢。小賣部老闆是更秋家老五的老婆。當年雖然案由不同，老五跟拉加澤里前後腳被判了刑。老五判刑後，幾兄弟就幫她開了這個小賣部。菸、酒、糖、茶、鹽。拉加澤里的酒吧生意起來後，她的酒生意就受了影響。在她看來，這真是舊仇未去又添新恨啊。但一個女人對此又有什麼辦法呢。她唯一能做的就是懷揣著刻毒的心情，念一些惡毒的咒語，常常對著酒吧方向說：呸呸！真的，這個苦命的女人臉上的表情也變得日益陰鬱惡毒了。沒有酒吧的時候，達瑟是從來不能在她店裡賒到一兩酒的。她說：「省長賞了你一瓶酒，你就可以到處喝酒了，呸！」

當達瑟從此不再出現在她小店前時，她又感到不自在了。

所以，這天，她自己叫住了經過店前的達瑟，主動賒了一瓶酒給達瑟。達瑟喝下二兩酒，人就飄飄忽忽了，剩下的酒喝沒喝完也不知道，但他知道自己欠了三十塊錢。但他還記得店主人的話，他丈夫減了刑期，馬上就要回來了。怨毒的女人還說，即然村裡人那麼喜歡酒吧，那他丈夫回來，他們也開一個。錢不能讓那個人賺光，風頭更不能讓那個人搶光了。

達瑟轉述這些事情時，更秋家老大老二的兒子也在酒客中間。聽見了拉加澤里說：要是老五回來要開酒吧，他就不開了。他說：「我就好好栽樹，現在我們這些人不去禍害，山野自己就重新變綠了，但少了大樹還是不夠好看。」

八

更秋家老五真的刑滿釋放回來了。

旁邊人對拉加澤里說，無論如何，應該跟老五見上一面。

拉加澤里自己也是這麼想的，但他確實不知道，兩個刑滿釋放犯兩個仇人該如何見面。請他到酒吧來坐坐，一醉泯恩仇，還是磨快了刀子別在腰裡等這傢伙來上門算帳。這些天，喝酒的人老在講過去的那些復仇故事。毒藥、捕獸陷阱、長途跟蹤、面對面決鬥、未能復仇者臨終囑託讓兒孫繼承復仇遺志、仇人得了善終但後人遭到詛咒，等等，等等，好像機村人的祖先們除此之外就沒幹過別的事情。喝了酒，這些復仇故事的主角的影子在血管裡竄來竄去，愈來愈快，在人內心最幽暗之處閃爍著刀光。這讓拉加澤里有些害怕。當年揮舞起結實的木棒擊打在柔軟人體上的痛快感覺早已消失殆盡了。據說老五一回來就揚言，自己也要品嘗一下這樣的手感。而且，還聽好事者說，他一直在拿刀修削一根櫟木棒子。但老五卻一直沒有露面。更秋家幾兄弟在村子裡走動時也不提他們兄弟的事情。

不想兩個人見面，卻是那樣的平淡無奇。

是鄉派出所的員警帶著老五來到了酒吧。十幾年過去了，拉加澤里沒有想到更秋家老五會是這樣一副模樣。看上去，他要比實際年紀蒼老十歲，手腳也有些哆嗦。

拉加澤里想不到自己的第一句話是：「你都這麼老了。」

「你怕我殺不了你了。」

「是。」拉加澤里掏出防身的刀子扔在了桌子上，下面人馬上就倒上酒來。

老五伸手抓過那把刀子，眼裡閃出凶狠的光芒。旁邊的員警只是伸手一拍他的手腕，刀就從他手裡掉下去，扎在杉木地板上搖搖晃晃。員警說：「你殺不了人了！法律也不允許你殺人！」

他還是說出了那個好多人這些天都在念叨的詞：「復仇。我要復仇。」

拉加澤里見了他這樣子，不禁心生愧疚，但嘴上還是不肯示弱：「我一直等著呢。」

員警說：「復仇？現在是什麼時代了！如果你在監獄裡還沒有待夠，那馬上就讓你回去！」

老五低下頭：「憑什麼他活得這麼滋潤，我就這麼倒楣！」

「憑什麼？憑他在監獄裡把自己改造好了，你在裡面的表現可不怎麼好！從今往後，不但不能再有什麼復仇的念頭，你還要向他好好學習，重新做人！」這話是向著他說的，但拉加澤里聽來卻很不舒服。自己沒有改造也是好人，坐了牢是真，可說不上什麼改造！

想不到老五突然流下了淚水，說：「我這樣子，都怪他！現在這樣，想復仇也不能夠了！」

拉加澤里心裡不忍，真覺得自己有了什麼罪過，滿上酒，嘴上還是說：「你成了這樣子打什麼緊，惡有惡報！我也坐了十多年牢，國家已經幫你家報了仇了！要是你還嫌不夠，你兒子一天天大了，等我老了，讓他來殺我吧！現在，喝酒，算我給你賠禮了！」

老五也就端起酒喝了，放下酒杯時嘆了口氣：「本來，我們是可以做朋友的啊！」

兩個員警是來對刑滿釋放犯做後續工作的，不失時機地說：「還不是當年濫砍亂伐，違法犯罪，才得了這個不好的結果嘛！」

老五說：「對，我殺不了你，讓我兒子來殺你！」

員警說：「那你兒子就要死在專政機關的槍口下了！」

「不准砍樹，不准這個，不准那個，連讓兒子報仇都不准了?!」

「現在是文明社會了，在裡面沒有講過嗎？我們從農奴社會躍進到社會主義社會，那些落後野蠻的風俗都該拋棄了！」

拉加澤里知道，兩個員警是來做工作，讓他們兩個化解冤仇，更知道他們說的都是大道理，但同情心卻偏在了老五這邊：「好了，兩位警官，這些道理我們在裡面聽了十幾年，聽夠了。」

老五當然也感覺得出來，說：「媽的，你為什麼不恨我？」

「我也很奇怪。」

「求求你恨我吧。」

「為什麼？」

「那樣我就能找你報仇，我報不了，讓兒子來報！」

拉加澤里說：「你兒子就想唱歌，當歌星，不想替他老子報仇！」

老五一臉茫然：「那就不報了？」

兩個員警聽了哈哈大笑，放下心來開上吉普車回鄉裡去了。

第二天，更秋家幾兄弟都到酒吧來了。他們全都陰沉著臉坐在那裡一言不發。拉加澤里知道是怎麼回事了。果然，老五說：「要是我不報仇，我們更秋家的人丟不起這個臉。」

「那你們肯定商量好了，現在就開始嗎？」拉加澤里說，「我不用跟誰商量，開始吧。」

老二發話了：「老五是因病才得到假釋，你知道他幹不過你。」

拉加澤里喝乾了一瓶啤酒，他把瓶子捏在手裡：「那怎麼辦？總不能我自己給自己一刀，那你們更秋家就更要丟人現眼了。老五確實是不行了，是你們幾兄弟誰替他出頭？還是等他兒子長大？」

那幾兄弟都陰沉著臉一言不發。

拉加澤里說：「老五，那就等你兒子長大吧。」

老五看看他那幾個村裡人都不敢招惹的兄弟，緩慢但卻堅定的搖了搖頭，說：「我不要我兒子再進牢房。」

拉加澤里把一大杯酒放在了老五面前：「我以為你的兄弟們會替你出頭呢。」

老五就轉身去看他那些表情凶狠的兄弟，但他們一個個都把臉轉開了。他看著他們轉過臉去，把杯子裡的酒，都倒進了喉嚨。酒吧裡的人們都聚集過來，以為要看到一場好戲上演，也有人暗暗打定主意要幫拉加澤里一把，畢竟，這幾兄弟在機村稱霸的時間有點太過長久了。都以為當他們放下手裡的酒杯，會有一個人從身上拔出刀來。但是他們沒有。他們只是放下了酒杯，卻沒有拔出刀子。老二說：「媽的，憑什麼復仇還要坐牢，要是像過去，復仇不用坐牢，這個人都已經死過三次了！」

就有人起鬨，說：「那也不合規矩，復仇只能是一次，不能三次！」

老二又說：「老五還有兒子呢，還輪不到我們。」說完，就率先走出酒吧寬大的廊子，腳上的靴子，腳底下的地板都咕吱咕吱地響。但他的話卻沒有他的腳步這麼有力的分量。老二一走，老大也跟著離開了，老四和老六卻坐著不動。也沒有拒絕拉加澤里新上的酒。拉加澤里給酒吧裡每個客人都上了一杯威士忌酒，他舉起杯子，對老五說：「雖說是時代變了，法律禁止私自來了卻舊仇，我也坐了十多年的監牢，但老五若還心有不甘，我當著鄉親們的面保證，等他三年！三年中，若他或他兒子要了我的命，大家不必報官！過了三年，我就要請求法律保護了！」

老五說：「為什麼是三年？你以為再過三年我就變得跟過去一樣強壯了？再等三年我兒子就長成壯小伙了？」

「對，三年！三年時間還不夠長嗎？你以為天天等待別人來復仇是好受的事情嗎?!」

老五說：「我答應過員警，你知道……」

拉加澤里把手中的杯子摔得粉碎，對著還坐在座位上喝酒的更秋兄弟喊叫道：「但是他們沒有聽到！老子為這事坐了那麼多年牢！現在你們聽清楚，老子就等三年！」

九

自從協拉家在景區酒吧坐堂的古歌三人組參加電視大賽得了名次，他們已經在省城扎下根，有公司出錢替他們出了唱片，村裡人好多次在電視裡看到他們參加演唱會的鏡頭了。這一來，機村好些有點嗓子的年輕人，都蓄起長髮，穿上長靴，要當歌星了。更秋家老五的兒子也是其中之一。他們也搞了一個三人組，去景區試唱失敗了，回來想到拉加澤里酒吧裡演唱。拉加澤里找了幾個人聽聽，無奈他們學著景區口味歌唱家鄉是天堂，沒來由地就歡快無比的歌並不討機村人喜歡。

「小伙子們，家鄉要有這麼好，你們就不會想唱著歌跑到外面去了！」

「天上的神仙也不會這天到晚這麼高興得要死。」

「哦，你們看，無論走了多遠多久，倒楣蛋們總是要一個個地回來，而那些稍微發達的傢伙們，有幾個走了回來？這就是可愛的家鄉？」

拉加澤里當然也是贊同這種看法的，應該說，他也是那些離開很久還要回來的倒楣蛋中的一個，他也不喜歡年輕人把歌唱變得這樣虛情假意：「這樣的歌，只好唱給遊客聽，自己人是聽不進去的。」但他還是掏錢贊助三個年輕人買了架子鼓和吉他。因為他們想離開機村的強烈願望又是他非常理解的。

這天，老五和拉加澤里一直就坐在廊子上喝酒，晚上，村裡人來了，大家又繼續喝酒，一直喝得大醉而歸。

第二天，酒吧再進酒都是從老五家的小賣部了。整箱整箱的啤酒，紅酒，後來，酒吧甚至從老五家購進家釀的青稞酒。老五在監獄待了這麼多年，當年橫蠻無理的人，身體與精神都倒了。拉加澤里這麼做，不像是一筆生意，倒像是變著法子接濟他了。這事例被一個幾次來機村考察，在酒吧裡聽了很多故事的女博士寫進了她的論文，題目叫做〈古老情感與行為模式的坍塌〉，副標題更長，叫做〈以機村為例，旁觀藏人復仇故事與復仇意識之消解〉。機村人讀不懂這樣的文章。達瑟看了，連標題也讀不通順。大家覺得拉加澤里應該讀懂，但他並沒做出讀懂的樣子。村裡人還把女博士也看成那些來自外面跟他上床的女朋友之一，但他對此不置可否。他對人家議論他跟外面女人上床不置可否，對他為什麼不成家的議論也不置可否。

這個答案很簡單，他依然對當年的女同學不能忘懷。女同學已經是有名的醫生，早已成家，她女兒假期回家來看外公外婆，也會到酒吧來坐坐，給機村人講些城裡的事情。客人們有時會故意當著拉加澤里的面問她母親的情況，但拉加澤里一點都不會顯山露水。倒是那把頭髮染成暗紅色的姑娘，把肚臍和腰都露在外面的姑娘，大大咧咧來問他：「拉加叔叔，他們說你是我媽的初戀情人，真的嗎？」

拉加澤里不說話。

「那就是真的了！」小姑娘拍著手高興地喊道。

「回去問你外公吧。」

「我不敢。」

搞田野考察的女博士好奇了：「你不是誰都不怕嗎？」

小姑娘嘟了嘴：「他像個神靈一樣。」

女博士來了好奇心，挎上裝著答錄機和照相機的包：「這麼多機村人我都走訪過，卻沒見過他老人家，走，我們去看看他。」說完，就拉著小姑娘的手離開了酒吧。拉加澤里望著這女人的背影嘆了口氣。女博士身上就是有種什麼東西都不容分說的勁頭。她要，就必定要得到。她要人開口說話，人家就開口說話。她醉意朦朧，眼睛像是月光一樣迷離時，就會向他伸出手來，他自己不會反抗，只會乖乖地跟隨，去到一個她要去的地方。但是，轉瞬之間，身體柔軟暖熱的女子又變回到女博士了，說話簡潔，眼光幹練。

「對了，那個機村故事很有意思，請再重複一遍。」

「酷！這個說法很酷，我是說你們機村人關於樹神崇拜的說法。」

「是的，中國人關於家鄉的歌唱是有很虛假的成分，但讓鄉村的農民說出來，就非常別致了！」

現在，女博士拉著小姑娘的手走了。拉加澤里就想像城裡來的一大一小的女人出了村子，上橋過河，正爬上那道夾路有著很多柳樹與幾株丁香的緩坡，然後，她們就站在了院子的樹籬跟前。他想，路上，女博士可能會問：「神靈一樣是想形容一個人什麼樣的狀態？」

但女博士之前並沒有問這個問題，在她們面前，樹籬門開著，崔巴噶瓦老人安坐在院子中央的太陽底下，其實，他已經沒有力量這麼坐著了，他是靠身子四周那些柔軟的墊子圍住，才能保持這樣的姿勢。像機村的少部分老人，他變老的時候，不是身體佝僂，一臉皺紋。他是老人們當中的另一種老法。身子好像漸漸縮小，臉上的皮膚卻愈來愈緊繃光滑，泛出銅色，表情像金屬鑄像一樣安詳。

小姑娘歡叫一聲：「外公。」

那個銅鑄般閃閃發光的臉上露出一絲迷茫的笑意。

女博士說：「老人家。」

這時，那張臉上的表情已經收回去，又像銅像般紋絲不動了。

「怎麼，你外公他聽不見了？」

「他聽得見！」小姑娘又壓低了聲音說，「我媽媽說，他得了失憶症，每天都會忘掉一些過去的事情。」

女博士說：「我來晚了。」

老人卻突然說話了，聲音中氣十足：「不晚，你們趕上了我家的晚飯。」

「吃飯前我還請教你幾個問題，老人家。」

「嚯，問題？」老人好像提起了興致，但隨即他就搖頭，「可是，我忘了。」

「我只問兩個。」

「問吧。」

女博士的問題很大，一個是機村最近的復仇事件，一個舊社會的人又不懂環保，卻又能保護森林。

老人的興趣卻已經轉移了，他的耳朵輕輕顫動，喃喃地說：「聽，要起風了。」這時還沒有一絲風，但只過了一小會兒，山坡上的樹枝就慢慢晃動起來，閃爍在片片樹葉上的陽光也隨之動盪起來。倒是小姑娘突然問女博士：「姐姐，要是拉加叔叔真娶了我媽媽，那我是不是比現在更漂亮？」

「奇怪的問題。」

「不奇怪，拉加叔叔就是比我爸爸漂亮。」

「你爸爸更有學問。」

「這我知道，所以我媽才要了現在的爸爸，但我只是說漂亮。」

「你想沒想過，那樣生下的人，就不是你了！」

「怎麼不是我，肯定是我！」

晚上，女博士做完看來已忘記與拉加澤里仇恨的老五的訪談，酒吧客人漸漸散去，月明星稀之時，她再次把拉加澤里帶到了床上。這次，她恢復女博士的姿態晚了一些。風狂雨驟之後，她沒有馬上穿衣起床。她對拉加澤里說：「打開窗戶吧，這麼好的月光。」

窗戶打開，月光不但瀉進了屋子裡，甚至還隱隱綽綽地照亮了小半張床。女博士講了白天小姑娘的問題，說：「假設我也結了婚，生了孩子，她也來這個地方，說不定也會問這樣的問題。」

「為什麼？」

「跟你的初戀情人一樣，孩子的父親肯定比你有文化有地位，卻沒有你強壯漂亮。」

「那你該跟我生孩子，再另外給他找一個爸爸。」

「我知道你生氣了。」

「我沒有生氣。」

「生氣了也不肯承認，你的自尊心太強了。」

「你還是看不起機村人，看不起農民。」

博士跳下床，動作利索地穿好了衣裳：「機村的姑娘要是這樣跑到你床上來，全村人都會罵她下賤，我不怕這個，你也可以看不起我啊，也許你心裡就是這麼想的。」博士都走到門口了，又返身回來，俯下身在他臉上親親，笑了，「我都要笑我自己，怎麼會生氣，有什麼氣好生呢？你說是不是，好了，乖乖睡吧，晚安。」

拉加澤里知道，這其實是為他這樣的露水男人不值得生氣的意思。他想說句什麼，人家已經關上門出去了。

博士在床上還告訴他，小姑娘膽大到竟敢問過自己的母親同樣的問題，要是拉加澤里是她的父親，自己是不是更漂亮一些。博士還告訴他，那當母親的總是假裝沒有聽見。拉加澤里想，除此之外，難道她還能給出未曾實現的生活以一個確切的答案。

十

我是在異國旅行時，強烈感覺到機村有事。

我想，是達瑟死了。

我不能預知生死，但是，那些日子裡，我老想到達瑟。看到什麼新奇的景象都想要向他傾訴，想要告訴給他。那是一九九六年的盛夏，我在美國訪問，一有機會就離開那些正在訪問的大學與城市，想辦法到鄉村旅行。去看異國白人的村莊，黑人的村莊，印第安人的村莊，甚至夏威夷那些島嶼深處，去尋訪當地土著民族，我是想知道，所有這些村莊終將走在怎樣一條路上；我想知道，村莊裡的人們，最後的歸宿在什麼地方？

我看了很多，想了很多，當然沒有確定的答案，倒是確實激發出連綿不絕的希望與回想。回想那個叫做機村的中國村莊。於是，我開始在一個大學校園裡動筆寫作達瑟的故事。我想，除了機村那所簡陋至極的小學校，把我引到了機村人嚮往中從未有過的狀況上來的，就是達瑟藏在樹上那些書了。我只被允許到他樹屋上去過有限的幾次，撫摸過那幾本百科全書燙金的書名，看到過書裡頭那些彩色的圖片：禽鳥、花卉、樹木、海洋與島嶼、甚至是赤裸著身子的男人與女人，加上達瑟那些聽來不知所云的話語，使我相信打開文字的迷宮，我們就會弄懂這個世界的祕密。但那些日子，在異國的土地上，我那麼強烈地想把所見所聞告訴於他，好像不馬上告訴，就什麼都來不及了。

當年，那株大樹被人伐倒，那些書從樹上摔下來，像是傾覆的鳥巢裡四散在地上的鳥卵和雜亂的羽毛。他們伐倒這棵樹，因為傳來一種製作肥料的方法：砍倒大樹，堆砌起來，從林邊鏟來的草皮覆蓋其上，再點一把火，大樹與草根都燃成了灰燼，肥沃的森林黑土則燒成了磚紅色。這些灰燼與紅木據說都是上等的肥料。民兵們並沒有把樹上掉下來的書扔進火堆，他們只是扯了些來包裹菸捲，然後，就棄置不顧了。

然後，一個晚上，那些書本就消失了。有人說，是達瑟自己將那些書本藏起來了。也有人說，是村裡的好心人趁夜黑把那些書歸攏了，悄悄放在了達瑟家門前。無論如何，那些書就這樣永遠地從我們所有人眼前消失了。

是的，當我在相距遙遠的異國，開始書寫達瑟故事的時候，突然有一種強烈的預感，達瑟要死了。我就在這樣的心境中又待了一十三天，回到國內，立即就駕車進山，回機村來了。

回到村子裡，我坐在酒吧裡，很久，中午直到下午，索波、林軍、更秋兄弟、那拔蓄了長髮想當歌星的年輕人，都相繼在這裡露面，就是沒有達瑟的身影。這時我才開口問酒吧老闆：「達瑟死了嗎？」

「還剩得一口氣，但活不久了。」

「他得了什麼病。」

「我想他沒有病，他只是自己不想活了。」

「為什麼？」

「為什麼？為什麼？你也跟女博士一樣，什麼都要問個究竟。要真是這樣的話，人老問自己這些問題，真會活不下去了。」

「你說他到底為什麼想死？」

「我說了不要什麼事都要問個為什麼！」

但我還是要問個究竟：「聽說他兩個兒子盜割電纜……」

「是啊，讓風景區坐纜車的遊客掛在半空裡兩個小時！」

「坐監獄了？」

「跑了！」

「他很生氣吧。」

「他不生氣，他早就不為什麼具體的事情生氣了。」

「他老婆出家當尼姑了？」

「可憐的女人，她對兩個兒子和達瑟都死了心，就出家了。」

要說，這些年，機村人的日子真的是一天好過一天了，達瑟家卻每況愈下。樹屋倒下，那些書不知所蹤後，達瑟就不再是當年那個達瑟了。有一種說法，讓他愛上那些書，是個小人在他腦中作怪。那個作怪的小人，沒用幾年，就把達瑟的腦力與心力都消耗得一乾二淨，活著的達瑟不過就是一具行屍走肉了。

我繼續當討厭的包打聽：「聽說本來你們還計畫做些新的事情。」

「是啊，剛商量來著。」

「那他……」

「他還能說話，你就去問他自己吧。」

這樣一來，我就無法開口說話了，我從來沒有碰見過這樣的局面，我害怕面對一個對生活絕望，只是渴望死神降臨的人。我當過赤腳醫生的表姐去看看他。表姐如今在村裡開了個小診所，她搖搖頭說：「餵他藥，都吐出來，不用去看，沒有用了。」

這話聽了讓人痛徹心扉。

表姐說：「也許你可以勸勸他。」

我勸這個可憐人什麼呢？一個對生活徹底絕望的人，一個只是一心等待著死神的人，你能勸他什麼？

我終於還是去了。

情形卻不是想像中的那麼淒慘。達瑟坐在一個從拖拉機上拆下來的座椅上，在窗戶下面那一方陽光中間。平常紛亂的頭髮掖到了圓頂帽子裡，手臉都比平常乾淨，因此也顯得更加蒼白，皮下藍色的血管清晰可見。看見我出現，他的臉上出現了淺淺的笑意。他對表姐說：「我說過，這傢伙不會不來見我一面。」

他還對拉加澤里說：「也許，這個人才能跟你一起幹點什麼？」

「可是你已經答應過我了。」

「喝了你那麼多酒，我能做什麼，就是順著意思讓你高興高興。那天，我本來是來告別的，但你提起那件事，我就只好讓你高興高興了。」他有些累了，喘了一陣，又說，「其實，我也看見，大家夥的日子是愈過愈好了，只是我累了，就像喇嘛對我老婆說得一樣，我受到天譴了。」說出天譴這樣嚴重的字眼，他的臉上反倒露出了驕傲的神情。

看來，這些日子，他說這些瘋狂的話已經太多了，表姐他們都退了出去，只留下我一個人在他跟前。他閉上的眼睛慢慢睜開，說：「嗨！」

我說：「達瑟。」

「小子，美國人是這麼打招呼嗎？」

我說：「美國人就這麼打招呼。」

他說：「那美國人就跟電影裡一樣了。我就覺得他們跟電影裡是一樣的。」

我不明白他的意思。

他說：「他們也會為一些稀奇古怪的原因惹老天爺不高興。」

「他們叫上帝。」

「他們的老天爺不反對他們看書吧？」

「你為什麼問這個問題？」

他說：「小子，給我搞點水來。」我端給他一碗水，但他搖頭，說，「不，拿個乾淨的東西，取點乾淨清涼的新鮮泉水來，我也趁這機會休息一下，雖然很快我就要永遠休息了，但我還是趁這機會再休息一下。」

我從村中那叢老柏樹圍繞著的井泉邊取水，用了一個樺樹皮水瓢。回來時，他睡著了，我甚至以為他已經死去了。但他頸子上淡藍色的血管還在緩緩跳動。睡著的他面容沒有醒著時那麼安詳。然後，他醒來，說：「水。」

我餵他喝下兩勺子水，他滿意地嘆口氣：「啊，靈魂飛出肉體，被風吹著，就是這麼清涼嗎？」這是我無從回答的問題，我讀過的書都說沒有靈魂這東西。

他說：「我要走了。」

這時，我的固執勁頭上來了，我說：「你要死了。」

「你是說其實我是沒有地方可去吧。」

我點了點頭。

他喘一陣氣，說：「我不怪你，是我那些書開的頭，把你變成了這樣的人。」

「是你那些書開的頭。」

「可你才從書裡得了好處。」他笑了，「喇嘛對我可憐的女人說，我想從書裡窺見神意，但我是凡人，所以，得到如此不好的下場。因為我沒有聽從命運的安排。」

我說：「現在凡人都從書裡瞭解世界。」

「那是現在。」

我想，那些依靠誦念自己都未必通達的各種經咒的腦滿腸肥的喇嘛們非常願意看到一個人研讀了他們門派的經卷之外也觸摸了書本，並曾試圖思考一下這個世界的人落到達瑟這樣的下場。

他又喝了一口清涼的泉水，眼神與想要表達的欲望一點也不像一個因絕望而垂死的人：「你說機村有多少年了。」

「不知道，應該有一千年了吧。」

「除了喇嘛和尚，有自己認字讀書的人嗎？」

沒有。真的沒有。甚至協拉頓巴家世代都在歌唱的覺爾郎峽谷中那個失落古國的時候，古歌裡出現了一些當時古國人所崇拜的神靈，後來也被喇嘛們強行替換成佛教的神。有個堅持按古詞演唱的歌者協拉因此被流放到了遙遠的地方。

「所以，我肯定要觸怒神靈。」

「不是喇嘛們？」

「神靈是喇嘛們的，他們當然要更加憤怒了。」

達瑟正在屋子裡靠潔淨清涼的泉水延續著生命，我們這些隨時準備為他送終的人已經暗示過他了，既然他對這個世界已無所期盼，並且早就承認世界的奧祕之門並未因為其擁有一些書本而向他訇然洞開，也就不必再苟延殘喘了。

但他說：「我知道你們的意思，但我總不能掐死自己。」他說這些話時，都十分溫順平和。

於是，又有了一種看法，說世間也有一種奇人，生時不能開悟，但樸拙固執也是一種成就，等他用泉水洗淨了腹腔內部，他會變成一個透明人，即身為神，佛祖也給這樣的人留有一條升天的門道。只不過，這條門道難得一開，即使打開也開得非常非常狹窄罷了。

十一

達瑟等死的時候，達瑪山隧道的複線工程開通了。

指揮部就在距機村幾里地的地方，那其實是一個上千人的鎮子，只不過這種鎮子迅速建起，又會很快消失罷了。但現在，這個鎮子上應有盡有，在那些巨大的工程機械之間，是略顯低矮的臨時建築。但臨時建築群裡什麼都有，禮堂、整齊的宿舍、餐廳、球場、浴室、超市、網吧、KTV、麻將館、飯館。我回機村的第二天，林軍請我去這個鎮子的飯館吃飯。我沒想到這個人會請我吃飯。但我對他卻有足夠強烈的好奇心。雖然我討厭這些短命的鎮子。這麼多年了，這種鎮子不時在機村附近的什麼地方出現，存在三五年，又迅速消失。出現的時候轟轟烈烈，消失的時候，也有種迫不及待的勁頭，好像所有一切剛剛開始人們就已經深深厭倦。那麼，永遠不動的機村呢？那些離開的人中間，有的甚至會跑到報紙和電視上去，把在這山間小鎮上的短暫生活描述成一種過去的榮光。那時，我就想問，那麼永遠不動的機村呢？當然不會有人回答這樣的問題。時代潮流滾滾向前，如果誰提出這樣的問題，那麼洪流過後，他就會像一條被水流遺棄的魚，驚訝自己為何獨自待在乾涸的河灘。

但我還是去了。我們在飯館裡落座的時候，那些巨大的工程機械正從完工的隧道複線上撤下來，轟轟作響，威風凜凜排列到鎮子進口處的空地上，把這個空地圍成一個暫時的廣場。在沒有被機械圍出的那一邊，身穿著整齊工裝，頭戴著紅色安全帽的工人們正在用角鋼裝配一個寬大的舞台。他們給那個舞台鋪上厚厚的杉木板，又在杉木板上鋪開紅色的地毯，在舞台旁邊，巨大的燈光架正在豎立起來。再過兩天，這裡，要來省裡的官員，要來報紙和電視記者，更要來很多歌星影星。熱鬧的慶典過後，這個鎮子就消失了。那些臨時建築大部分都可以拆解，裝上卡車，去到另一個需要在大山幽暗的肚子裡開出一個深深洞穴的地方。而這個地方，不出幾年，就被荒草與灌叢淹沒了。

林軍倒上酒，自己連灌了三杯。

「他們會拆得乾乾淨淨的，以前那些鎮子遷走，還會留下點東西，現在除了無用的水泥地面，什麼都不會剩下。」他說，「以前他們還留下一些墳墓，現在，他們連墳墓也不留下，都送到城裡的火葬場，燒成骨灰，送走了。」

「這樣好，留下墳墓，誰也不會回來探望，慢慢就變成一個亂石堆了。」

「還讓人害怕。」

「是，我們當地人不習慣墳墓。」

「那你看見我父親的墳墓害怕嗎？」

我終於知道他請我喝酒的目的了。我想說，我們這些認識他父親的人不會害怕，但以後不認識他的人，看見的就是一個亂石堆，他們是不是害怕，我就不知道了。但我沒有開口，我等他說話。

「知道嗎？我父親進博物館了。」

我想糾正他，說那是一個展室，還不是永久性的博物館。但我還是沒有說話。而且，我沒有搖頭，而是點頭。

接下來，我們喝了一陣悶酒。這其間，那些從隧道工地上撤下來的工程機械轟轟然絡繹不絕地開進即將舉行隆重慶功典禮的臨時會場。吊車伸出長臂，把巨大的燈具和音箱吊到鋼架的頂端。這時，林軍說：「我想請你幫個忙。」

「你說。」

「幫我寫個申請，給縣裡。」

「你說。」

「把我爸的墳遷到縣上的烈士陵園。」

我想說駝子支書不是烈士，說出口來卻是：「這個你也會寫啊！」

「你寫得好嘛！」

「好吧，要是你覺得寫得好就行的話。」

「你是說不行嗎？」

我沒有回答他這個問題，我轉移了話題：「聽說上戰場前也要寫申請，哦，就是請戰書！」

「要寫，打越南人的時候，我也寫過，用手指上的血寫。」我讓他提起了往事，使他的眼睛中布滿了迷惘的神情，「可是我不會打仗，跑起來就不會打槍，打槍時就不會跑動！我自己也不相信，我不會打仗。」

我有點討厭自己扮演的這種角色，他的眼光已經讓我因憐惜而心生痛楚了，但我還是一臉漠然地問：「不會打仗？」

「所以，部隊上前線時，我就被留下了，所以，我就早早復員回鄉了。但不是膽小，我就是不會。可這總歸是不光彩的事情吧，好多年來，村子裡人說我膽小，不敢上戰場，我也不說什麼。我寫了血書……我要說的不是這個。這麼多年，我一直在想，可能我爸爸當紅軍時也不會打仗，不然，他就走完長征了。」他壓低了聲音，說，「他不是被敵人打傷的，他自己沒有把手榴彈扔出去，自己把自己炸傷了。」

我想自己是機村惟一一個聽到這個說法的人，但我一點都不吃驚，以前，說他是紅軍，我總覺得什麼地方不像，至少是跟想像不太一樣，但是這麼一來，倒是跟他那哀戚怨懟的形象吻合起來了。

「你怎麼知道，他自己告訴你的。」

「沒有。他發燒說胡話說出來的，說一次，我們不相信，說了好多次，家裡人都相信了。」

「沒有看不起他？」

「我媽說我們要可憐他。」

「憐憫。」

「我媽也要我的女人可憐我。」

這下，我心中的痛楚與憐憫之情有些難以自抑了，我說：「好，我幫你寫申請，還幫你向縣上領導反映，把你父親搬進烈士陵園。」

為了這個林軍又跟我乾了一大杯酒，正因為這個，回村子的時候，他的小卡車衝出公路，陷到了排水溝裡。我們倆都趴在車裡休息了一會兒，才把車倒出來，繼續上路，回到了機村。把車從溝裡倒出來的時候，林軍又對我說：「我的事情只說給你一個人聽過，你不要對別人說。」

我以為他接下來會說不要寫在你的書裡，但他沒有說。如果他說了，我也是會答應的。但他只是擦去被撞出來的牙血，又繼續開車上路了。

他又說：「嗨，大家都說，只有倒楣蛋才會回到村子裡來，有出息的，出去就不再回來了，但你為什麼老是回來？」

「回來看看。」

他總是顯得遲鈍的目光一下銳利起來：「要是不寫小說，你就不會常常回來了？」

對這個問題，我無從回答，機村人怎麼看我是一回事，在我生活的城市裡，寫小說的人差不多也是倒楣蛋的同義詞。但我又該怎樣來解釋這一切。我這次回來，是因為達瑟就要死了。但我們遲早也是會死去的。生命無來由的來了，又去了。其意義何在，除了人家教給我們的那些，自己是真的要感到茫然了。

這時，車子已經開到機村，他停下車說：「好了，你就不要為我那些傻話心煩了。」

林軍在自己家院子裡停車時，我已經坐在了拉加澤里的酒吧。

我說：「後天，工程指揮部要搞竣工典禮了。」

酒吧主人說：「我知道，協拉家的古歌三人組也要到典禮上來演唱，他們家裡已經得到通知了。」

這事也早在村子裡傳開了。都說不得了，現在協拉三兄妹演唱一次的報酬是八萬塊錢。而且，身後還各有一個助理照顧侍候著。這讓村裡能唱兩嗓子的年輕人更是躁動不安了。

複線工程通車典禮那天，整個機村差不多都傾巢出動了，只有拉加澤里、索波和達瑟留在村裡。達瑟在屋子裡等待死亡。拉加澤里、我和索波三個人坐在酒吧那寬大的廊子上，眼望著村莊與原野，聽見音樂聲隨風斷斷續續地從山上會場那裡飄下來，我們三人共飲一壺現在已經很少有人飲用的家釀淡酒。這時令已是六月的尾末，沉鬱的綠意讓整個峽谷更顯得幽深漫長。達爾瑪山的主峰，在村子西北方向閃爍著晶瑩的雪光。村莊四周的莊稼地裡，風吹拂著正在拔節抽穗的麥苗，風和光在玩著光與影的遊戲。風用力把麥地變成波浪蕩漾的湖的樣子，然後，陽光降落在上面，像成群的精靈，輕輕地跳躍舞蹈在道道浪峰之上。地裡的麥浪就這樣起起伏伏，明明暗暗地晃動在三個男人的面前。其實，地裡的麥浪早就沒有他們感覺到的那麼美好壯觀了。地裡湖水一樣晃蕩著無邊無際的麥浪，那是人民公社那個一切都整齊畫一的時代的故事了。寬廣的麥浪消失已經有二十年了。當公社改為了鄉，生產大隊又改回到村，連片的地塊又畫出複雜的邊界。這些年，交通情況日漸改善。機村以及周圍的村落都是三百公里外的省城的反季節蔬菜基地了。在畫成小塊的土地上，這一塊是蕃茄，正伸展了長長的鬚蔓攀上木架，要在高處去開花結果。那一塊是洋白菜，低低匍匐在地，怕羞一樣，每一張葉片都不肯打開，而是互相牽扯著緊緊包裹。綠意深重的辣椒，淺淡的是萵苣。生產這些東西，收入是種麥子的好幾倍。但還是有人會種植記憶一樣種上一小塊地的麥子，在一年之中這最美好的季節裡，招搖在這些蔬菜瓜果中間。三個人坐在門廊上遠遠觀望的其實就是這麼一小片麥田，只是心境把這片麥田無限放大，讓記憶中的麥浪依然在眼前晃蕩。

淡酒的味道跟水差不了多少，但還頂著一個酒的名目。喝這樣的酒，能顯示出一種曾經滄海，因此對酒有沒有酒味都已毫不在乎的一種勁頭。

「呸，除了水腥味，我的舌頭上就沒有一點酒的味道。」

「舌頭上酒的味道是什麼樣的？」

「就是有好幾十根針同時扎你的舌頭。」

索波抿了一口酒，閉眼想了想，一本正經地說：「好像也有兩三根。」

三個人都笑了，但笑得都很節制，不抖動身體，不放開聲音，只是咧開嘴，揚揚眉毛，做出一個笑的樣子來就夠了。

三個人都放下手中的酒杯，嘴裡嚼著炒豌豆，高坐在酒吧的門廊上看地裡翻沸不已的麥浪。機村傳統的房子沒有這樣的門廊，這個門廊的前身也是個搞典禮時搭建的鋪過紅地毯的臨時舞台。上面有領導講過話，演員唱過歌跳過舞。有個演員唱著歌從半米高的台子上跳下去，走到觀眾中一邊歌唱一邊握手，除了達瑪山隧道指揮部的工人，覺爾郎風景區的幹部，還有幾個機村人也跟那個歌星握了手。不是自己去握歌星的手，而是伸出手等著歌星來輕輕地捏了一下。那是拉加澤里從監獄裡出來的第二年，是他造林公司成立的頭一年。慶典結束後，他把那個臨時搭建的舞台上的木料和構件都買了下來。他用這些鋼構件和結實的厚木板加寬了這個門廊。使這座倉庫變成現在這樣一個奇怪而不協調的樣子。加上那些鮮豔油漆刷出來的門窗與柱子，使這座建築有種奇怪的效果，使得好多遊客把照相機對準了它。照片拿回去放在網上，發在雜誌上，這座奇怪的湊合起來的建築變成了有名的酒吧。

我們坐在這個酒吧裡，拉加澤里指指山上，那個山腰曾經有一個湖存在的地方，說：「那個湖應該重現。」

「哪個湖？」

「那個傳說有一對金野鴨的湖。」

「那怎麼可能呢？」

「我上去過幾次，泉眼還在，只要用一道堤壩把當年炸出的缺口封住就可以了。」

「那要多少錢？」

「錢沒有問題，我想辦法。」

「有錢也該找個老婆了。找老婆就要蓋房子，生娃娃，上學，這些都是要花錢的。」

拉加澤里開玩笑：「那我就找個有錢的老婆。」

「你真的要做這件事？」

「我要你們幫我看看行不行。」

索波說：「我這個人，除了讓你的酒吧熱鬧，別的想幫也幫不上。」

「好啊，我一忙起來，酒吧這一攤子事手下人都熟了。栽樹這檔子事就請你牽頭了。」

索波伸出雙手，端詳一陣，輕輕笑了，說：「這雙手砍了多少樹，現在又要栽樹了。小子，你會發一雙白帆布手套給我？過去砍樹，我們可是光著雙手的。」

「大叔，戴上一雙白手套，你肯定就神氣多了。」

「是啊，過去砍樹的時候，工人戴手套，農民沒有手套，這身分一眼就看出來了！」

「現在我們不是也戴著手套工人一樣勞動了嗎？」

「日子是一天天好過了，但想起人要分成三六九等，到底不是叫人高興的事情啊！」索波說，「嗨，要是達瑟不這樣，就可以幫你照看酒吧了。」

「也許，我們該問問崔巴噶瓦。」

拉加澤里嘆口氣：「可惜他老人家什麼都記不得了。哎！我也是，怎麼沒有早一點想起這件事情來呢？我早就該想起來的。」

這時，隧道中的慶典結束了，從山上飄然而下，曲折蜿轉成一道新的景觀的柏油公路上出現了很多小汽車。車隊在村口停下來，縣裡鄉裡的領導們簇擁著一個大領導往村子裡走來。大家都認識這個領導。他就是達瑟早年在民族幹部學校的同學，如今的副省長。省領導興致勃勃，氣宇軒昂，他說：「這麼有特色的酒吧，如今我們的農村裡也有酒吧了。」

大家都在那寬大的廊子上坐下來。領導說：「咦，我那老同學怎麼不來照個面？」

縣長說：「肯定是他不好意思。」

「那我們去看看他！」

坐在一邊的索波說：「達瑟死了。」

「怎麼死的？生了什麼大病？」

拉加澤里說：「沒生什麼了不得的病，他就是不想活了。」

這一來，領導們就沒法接上話頭了，這是一個嚴重的話題，不宜展開的話題，一個人居然不想活下去，死了。領導們是習慣於四處解決問題的。想來肯定未曾遇到過這樣的問題。於是，全體靜默，好像在為逝者默哀，後來，還是副省長對縣領導說：「家屬有什麼困難，你們幫助一下。」

於是，一行人就這樣默然離開了。

林軍說：「達瑟還沒死呢，領導接見一下，說不定他就不想死了。」

索波說：「你以為，達瑟是你，是我啊。」

林軍想想，似乎也無話可說。

十二

那天晚上，酒吧熱鬧極了。協拉家出了名的古歌三人組結束了在慶典上的演唱，回到村子裡來了。加上村子裡正在學他們樣子的兩三個組合，架子鼓一陣緊過一陣，吉他彈得琴弦發燙，他們故意嘶啞了嗓子的演唱讓每個人都覺得自己嗓子發癢。

我坐了一陣，出來在燈光未曾照亮的樹蔭下看見了老五，我問他為什麼不去喝上一杯。他說已經喝了，喝多了。而且，他吐了。老五自己有些不好意思。他說，不是不能喝，是不能邊喝邊聽那麼激烈的歌唱，這才吐了。其實所有人都知道，他的身體垮了，差不多逢酒必醉。他問我是不是也不習慣這樣的歌唱，我沒有說我不喜歡這樣的歌唱。這樣的歌唱的粗獷與歡欣都是依從了外部世界的想像而顯得特別誇張，並且因為誇張而顯得做作虛假。但我不能說這話，那等於是阻止年輕人前行的路途。所以，我不能回答。我只是說，我想在安靜的地方四處走走。

其實，我是想去看看達瑟。我還專門去取了清涼的泉水。我才發現，已經有好幾個人在那裡了。索波也在。醉了酒的老五也到這裡來了。看到我，達瑟的眼睛閃爍一下，迅即又黯淡下去。我把清涼的泉水放在他身邊，然後才坐下來。他們在談另外的話題。索波說：「這些天，達瑟喜歡我們在他身邊談些村子裡的事情。」

「那現在談什麼事情？」

「老五讓人給他講老輩人復仇的故事。」

於是，就有人講了一個故事。這個故事就是索波家和更秋家的。那是前幾輩子的事了，並多少輩子呢，不知道。反正是前幾輩子。這個仇隔了兩代才得到了結。為什麼呢？索波家一直人丁不旺。但又欠著更秋家的命債。就叫大活佛出面，給了很多銀元，讓這單丁寄命一條。再下一代，索波家真就生下三個兒子，大兒子成人不久，就給更秋家在路上設伏幹掉了。這兩家才結了這個宿仇，又在這個村子裡相安無事了。

講完這個故事，對那個時代都又感覺生疏而久遠的人們都嘆息說：「也是有規有矩的嘛。」

老五說：「我頭痛，一想事情就頭痛。」

「你想什麼？又想報仇的事？」

「我報不了，員警讓我半個月就匯報一次思想。」老五這話不假，他是因為身體不好，給假釋出來的，派出所員警常常上他家去做思想工作。

「可是你有兒子，拉加澤里又沒有兒子。」

「他連婚都不結，我兒子找誰去，難道等他老得動不了才去殺他，讓人笑話。」

當然，更多的人指出，過去復仇是沒人管，現在政府把這些事都管起來，老百姓就不用為此勞心費神了。

這時，連眨動一下眼皮都覺得費勁的達瑟說話了：「老五怎麼能找一個自己在贖罪的人復仇呢？」

沒人想到糊塗一世的達瑟會在這時說出這麼有道理的話來，但他只是張開嘴，喘口氣，說：「水。」

有人把一碗水端到他跟前。碗裡斜倚著一枝短短的空心麥草管，他從那管子輕輕啜飲一小口，輕輕把碗推開，眼睛又慢慢閉上了。

這一來，話題又轉到了拉加澤里身上。大家替他算帳，這個人到底有多少錢。因為大家知道，這個人栽樹是不賺錢的。而且，他當年的朋友，如今的林業局長本佳告訴過他，並不是說他栽了樹，這些樹就是他的。因為山是國家的，所以山上附著的一切東西都是國家的。土地表面的草與樹與流水，下面值錢的金銀鐵礦，也都是國家的。但這個傢伙，這麼些年來，每年春天都雇人栽樹，已經栽下好多萬棵了。這些栽下的杉樹與松樹的幼苗，生長的勁頭爭不過灌木與荒草，最初兩年還要花費人工芟割妨礙生長的荒草與灌木。這傢伙有文化，還按著書上說的辦法，雇著十幾個工人給樹苗施肥，打除蟲劑，完全是侍候莊稼的辦法。

村子裡人笑話他是個賠錢老闆，同時傳說他有很多錢。傳說當年那個李老闆給他留下了很多錢。他用的就是這筆大錢。更讓人想不到的，他不想開而開起來的酒吧卻幫他天天賺錢。

「做好事的人老天都幫他，你不能再動那個念頭了，老五。」

「共產黨的天下，過去的規矩早不管用了。」

老五就捂著臉哭了起來，大家也不勸他。雖說時代變了，但畢竟是第一個有仇不能報的人哪，傷心一下也是應該的。這時，達瑟又睜開了眼睛，說：「老五兄弟，你過來。」

他就乖乖地坐過去了。

達瑟睜開眼睛，示意他喝自己碗裡的泉水。老五端起碗，一口氣喝了。喝完，吐了口長氣，便止住了哭泣。達瑟笑了，說：「這水敗火。」

達瑟還說：「這些天我老在想我把那些書埋在什麼樣地方了，就是想不起來。」

「書！你是把那些書藏起來了？」

「我把書裝進箱子，藏起來了。開初，我不去想，後來就想不起來了，找不到了。」他竟然對著索波有些得意地笑了，「你們民兵沒有想到，我把那些書藏起來了，機村沒有人知道，我把那些書藏起來了！」

「那你藏在什麼樣地方？」

「那次我也病了一場，病好過後，我就什麼都記不得了。連把書藏起來這事都忘記了。」他說，「真的，我現在想起來，我是把那些書藏起來了。」

「都曉得你沒有把書看懂，你還想它們幹什麼呢？」

達瑟好像又昏昏沉沉地睡過去了。大家又聊開了別的話題，這時，達瑟突然開口：「你們對領導說我已經死了。」

大家都把目光轉向林軍，這個老實人辯解道：「人家是副省長，總能幫上一點忙。」

有人嘆口氣：「他要幫的人太多太多，反倒顧不過來了。」

達瑟笑了：「這是句聰明的話。」他又看著索波說，「這世道真是變化大，本來該索波說你的話。偏偏如今的索波說的是我的話。」

索波說：「耐心一點吧，也許等到他們把所有該幫的人都幫完了，就該想到我們這些，我們這些……咦，林軍，你父親在世時，是怎麼叫我們這些莊稼人的？」

「泥腿子，等到把所有的人都幫完了，就該輪到我們這些泥腿子了。所以，我們得有等上兩三輩子的耐心。」

達瑟又笑了：「瞧，索波也學會說俏皮話了。」

拉加澤里把話題拉了回來，他說：「我想該告訴達瑟，我們打算把當年炸開的湖封上口子，就又有一個湖了。」

「要多長時間？」

「今年做些準備，明年春天就可以開工。」

「等水關起來，重新成了湖，山上長滿樹，那對飛走的金野鴨又要飛回來了。不過，我等不到了。」

「你可以不死，你可以等，你也可以一起來幹，我付工錢。」

「等我死了，也許我那兩個浪蕩子會回心轉意，那就請帶著他們幹吧。」

沉重的氣氛籠罩下來，大家都不再說話。外面月光很好，在從酒吧那邊傳來的激烈歡快的音樂聲中輕輕地像水波一樣顫動不已。

還是老實人林軍開口：「你是在等兩個兒子回來嗎？明天我就去找他們。」

達瑟說：「水。」

有人就把水碗湊到他嘴邊，屋子裡那麼安靜，只聽得他從麥草莖裡吸水時發出的滋滋聲響。他喝了水，喘了口氣，說：「我不等他們，我只是想趁腦子清楚，能把書埋在什麼地方想起來。」

「想起了，那些書就送給你。」他對我說，「那時，你是多麼稀罕我那些書啊！」

他又要求：「給我換碗新鮮的水。」

馬上有人下樓跑到井泉邊打來新鮮的泉水。達瑟又喝了。他臉上浮現出迷茫的笑容：「我要死了嗎？」

都知道他要死了，但當他發出如此疑問時，大家都說：「你不會死。」

這倒幫助他非常肯定的說：「我要死了。我死了，你們不要把我埋在地下，那麼黑，那麼冷，我害怕。我不害怕死，我害怕埋在地下。」他還帶著幽默的口吻說，漢族人死了，埋在土堆裡，讓蟲子吃，藏族人死了，送到天葬台上，讓鷹吃。他說：「還是讓鷹飛來把我吃掉。不要留一個土堆，讓人害怕。」

林軍很認真地說：「我們不會害怕。」

「我是說膽小的人，相信鬼的人，他們都會害怕。我知道，你其實是說你父親的墳墓。」

「你害怕嗎？」

「他是好人，我不害怕。」

「一個人經過那裡，真的有點害怕。」這話是老五說的。

「好了，不說了，我要休息了，你們都請回吧。」

達瑟下逐客令了。大家都紛紛起身，我想留下來陪他，但他說：「都走，明天再見吧。」

這是大家聽見達瑟說的最後一句話。

十三

第二天，我都走到達瑟家門口了，卻突然有些害怕。害怕突然面對的是一具沒有了生氣的屍體，便轉身去叫拉加澤里一起去看他。

在那裡，卻遇見那個從村裡人口中聽說過很多次的女博士，當然，我也讀到過她一些文化考察的文章。女博士不如我想像的那麼精悍，倒顯得有些嬌小，這嬌小使她平常的外貌也有了某種動人的味道。她去機村附近那些村子轉了一圈回來，正坐酒吧裡一邊在電腦上整理照片，一邊跟拉加澤里聊天。整理照片時她坐著，說話的時候，她把手插在褲袋裡站在桌前。見了我，也不等主人介紹，女博士就伸出手來了。雖然我跟她來自同一個城市，但她還是不自覺地流露出那種沒來由的優越感。那種表情，那種意味我並不喜歡。我們都談到了讀過彼此的文章，但言語之間難免夾槍帶棒，意味深長。弄得拉加澤里把我拉到一邊，問我為什麼不喜歡女博士。

我的答覆是反問他，為什麼要喜歡，為什麼要跟他一樣喜歡。

兩個人一來一往話語間都帶上了火氣，就在這時，行動起來總是有些遲緩的林軍這時卻急匆匆地向我們這裡奔來。我立即明白發生什麼事情了。從這裡，可以看見達瑟家的房子，我下意識地抬頭望望天空，並沒有看見什麼東西從屋頂升起，也沒有看見什麼東西在天上盤桓。只覺得陽光落在木瓦覆蓋的屋頂上有些晃眼。我一屁股坐下來。憤怒的拉加澤里順著我的目光望去，看見了匆匆奔來的林軍，說：「那人走了。」

果然，等林軍奔到了廊下，氣喘吁吁地說：「那人走了。」

從這點看，林軍也算是一個道地的機村人了。因為他沒有說達瑟的名字，而是說「那人」。機村人認為，一個人嚥下最後一口氣，就把活著時的名字也一起帶走了。他就是一個消失了的人。說起他時，就不再提這個人的名字了。如果逝者是一個非凡的人，那麼，他的名字也要很多年後，才從口傳故事和歌吟中緩緩地再次出現。所以，他說：「那人走了。」現在，他是「那人」，等把肉身打發了，名字再次轉換，稱謂再次轉變，叫做「往生者」。那意思是這個人已經投入到靈魂無窮盡的輪迴之道了。

大家都站起身來，往逝者家裡去。好奇心極強的女博士拉住拉加澤里：「那人是誰？」

這恰好是拉加澤里不能回答的問題。她又拉住了我：「這也是某種禁忌嗎？」至少現在不是滿足博士求知欲的時候，我加快腳步走到她前面去了。

「那人」走得非常乾淨，非常安詳。

他蒼白的臉瘦削，細膩，像是得到了這個世界某種答案的平靜的樣子。這讓我們大家也感到心中安詳。除了女人們細細啜泣幾聲，男人們都很平靜。索波鎮定地給年輕人分派工作，一路去尋找他的兩個兒子，一路去廟裡請喇嘛來清斂屍身並念經護佑即將往生的靈魂。也有爭論，那就是要不要派人去知會他已經出家為尼的老婆。男人們做不了決斷時，還是婦人們派出了自己的信使。信使是我略通醫道的表姐。死者生病時，得到我表姐最多的關照。大家圍著火塘坐下來，死者依然保持著昨天晚上朋友們來陪夜聊天時半倚半坐的姿勢，闔著雙眼安坐在中間。

女博士舉起相機，被拉加澤里伸手摁住了。但她很頑強，當話題展開，人們注意力稍有轉移，她就想對那個無言倚坐者舉起相機。如是幾次，人們的臉色就慢慢變得嚴峻了，都有要趕她出去的意思，因為這種場合本也不允許女人在場。還是拉加澤里說：「她是博士，她來瞭解我們的事情，往外宣傳，對我們搞旅遊有好處。」女博士的確也寫了好多文章，誇獎機村的山水與風俗，也就是旅遊和所謂小資雜誌上常見的說到邊僻之地的那種文章。當然，拉加澤里也把相機從她手裡奪過來，吩咐一個小子送回到酒吧去了。女博士只是稍微安生了一會兒，又拿出了筆記本，埋頭書寫起來。她那種固執勁，其實有某種輕藐的意思，可是，機村的男人們沒有再次憤怒，反而對她有了某種歉疚之感。

大家開始說一個人的故事。這個人已經沒有了名字。但大家都在講他的故事，講他本來可以是一個國家幹部，講他讀了很多讀不懂的書。特別是講到他失去書本後的困窘潦倒的種種情狀時，都笑了起來。

都讚歎：「那是個奇人啊！」

「奇人！」

這些年，本土佛教的崇拜慢慢有些退潮。但論到生死，人們腦子裡基本還都是佛教因果輪迴的觀念。所以，大家都相信，一個靈魂，在無盡的輪迴中以這樣的方式到塵世上來經歷一遭，是有一種特別意義在的。大家相信，這樣混沌而又超脫的活法，一定指向了生命某種深奧的祕密。佛法某些隱晦的指引可能就包含在了這樣奇異的人生中間，只是我們依然蒙昧而不得真解，而經歷者本人，在他靠喝著清淨泉水存活的時間裡，已然顯現出了悟某些祕密的樣子，但他並未與我們分享。但是，大家還是因此感到欣慰，能夠與一個奇人同時生活，也是一種難有的功德。

聽了這些言論，女博士很興奮，她奮筆疾書的同時，不斷地清著嗓子，都知道這是這個調查者將要發問的表示。這天，她清了很多次嗓子，才終於發問：「你們說他……」

「他?!」

「也就是達瑟……」

「喔——」大家用這種聲音表示抗議。

女博士明白過來，她有些不安的看了那個還安坐在鄉親們中間，卻已失去了自己名字的那人一眼，說：「對不起，是『那人』。你們為什麼覺得那人的一生可能比你們更有意義？」

大家面面相覷，無法回答。

女博士用手中的筆指向我：「都說不上來，那你來說說。」

我想憤怒，但我覺得自己也沒有足夠的力量，於是我說：「我也說不上來。」

「這麼說吧，」她移動屁股下面的坐墊，與我靠近一些，壓低了聲音說，「那人不是什麼都沒做，更準確地說是什麼都沒有做成，為什麼這樣的生命會被大家看得更有意義。」

我的憤怒有點力量了：「你覺得醫學院的教授會在葬禮過程中解剖逝者的屍體嗎？」

我以為這句話很有力量，會讓這個人羞愧難當，但她口氣很平靜，她說：「如果你認為這個時間不太恰當，那我們另找時間來討論。」

喇嘛們到來了。我們退出屋子。

我看了達瑟最後一眼。我是一個懷疑論者。雖然我也有慈悲之心，希望一個靈魂能以不同的生命形式永遠輪轉，但我同時還會想，即便真有輪迴之事，但我們不知前世，更不知後世，那這樣的輪轉對只能感知此生的我們又有什麼意義呢？所以，我可以把那個失去生命的肉身仍然叫做達瑟。而在心裡對他說再見，心裡不禁對他，而且也對我們本身脆弱無常的生命充滿了悲憫之感。

喇嘛們正在擺開神祕而古怪的法器，我對那具依然端坐不動，面容蒼白僵硬的肉身說：「達瑟，再見。」

因為，當我們回來，他的肉身就會被收拾成另外一番模樣了。我不知道他們會不會認真地清洗他，給他穿上新的衣服。因為經常擺弄屍體的人並不像我們一樣對屍體那麼恭敬。他們會將屍體盤曲成僧人們打坐的那種姿勢：雙腿盤坐，兩手下垂放在膝蓋之上，然後，用嶄新的白布包裹起來。如果這個屍身已經僵硬了，據說喇嘛掌握一種專門的經咒能使屍身立即柔軟。但現在他們處置的這個死人，本來就是坐著吞嚥下人世間最後一口空氣的，想來包裹起來不太費力。

索波對我說：「這是一種好的死法。」

「那以後你就坐在那裡，不斷給自己灌涼水就可以了。」老五是想開個玩笑，但他那張臉不會做什麼表情，一點也聽不出玩笑的味道。

索波看他一眼：「我年輕的時候，也跟你一樣，說好話的時候臉上都帶著凶狠的表情。」

然後，大家就到河邊草地上搭帳篷去了。待會兒，喇嘛們做一通法事，就會把那具屍體移到帳篷裡來。一個靈魂捐棄了肉身，那麼，這具肉身就不應該再占據活人的空間，所以要盡快從生人還要居住的房子裡搬出來。這邊剛剛搭好帳篷，他們就把那具白布包裹的東西搬出來了。

老五說：「他媽的他們也太快了。」

「太快是什麼意思。」

「太快就是喇嘛沒把該念的經念完。」

「喇嘛是念經度人的。」

「如今念經不是度人，是掙錢。」

「老五，你還是管住嘴巴，積點功德吧。」

老五說得沒錯，在帳篷裡一角安置好屍體，喇嘛們圍圈坐下，擊鼓朗吟，自有能幹人替他們安排膳食，籌措給喇嘛們的報酬。

表姐從尼姑庵回來了，達瑟的老婆沒有回來。她捎回來一句話：「這個人心地善良，卻一生受苦，須知受苦也是一種功德，惟願這對他來生是有益的。」她還捎回來幾斤茶葉和兩百塊錢，是給喇嘛們的佈施，叫他們多多念經，幫過世的苦命人早轉來世。

可是已經到了第三天，出去通知他兩個兒子的人還沒有消息。正是大夏天，那肉身再放就要腐壞，就要臭不可聞了。現在，已經需要不斷在屍體旁點燃氣味強烈的熏香，才能使討厭的蒼蠅稍微離開一點。這個晚上，全村人都來了，替達瑟守靈。天將黎明，啟明星剛剛升上地平線，那具肉身就被搬到了林軍的小卡車上。如今村子裡已經沒什麼年輕人了。能讀書的上了大學，上了中專，上了職業學校。不能讀書的，也在村裡待不住，販藥，當保安，當飯店服務員，司機，在城裡民俗村裡唱歌跳舞。最後，卡車裡坐上了村裡的十多個男人，就是這些人送那人到一百多公里外的天葬場去。

車搖搖晃晃開動了，女博士揹著一個登山包追來，非常利索地攀上了卡車。她顯得非常興奮，她對拉加澤里說：「去天葬台，這麼好的機會，我一定不會放棄。」

拉加澤里把臉別到一邊，他知道大家並不歡迎女博士也來送人遠行。

女博士也感覺到了不太友好的氣氛，她辯解似地指指倚在車廂角落那個柳條筐，說：「我也是他的朋友，他活著時，機村的事情數他跟我說得最多。」

車廂一角，柳條筐裡，那個白布包裹的軀體也像我們一樣隨著卡車的顛簸搖搖晃晃。

「他是不是就這樣搖晃著身子給你講那些他都想不明白的事情？」

這句話讓大家都禁不住低聲地笑了。

女博士很生氣：「你們這是對死者不恭敬。」

「我們喜歡他，想讓他也跟著我們笑笑。」

好像是應和這句話，車子顛簸時，白布裡的人又使勁搖晃了兩下。

大家又笑了。這時，天已經大亮，雖然是夏天，但高原的清晨，空氣相當冷冽，人們口中呼出的熱氣都變成了一股股白煙。女博士轉過身去看遠處清晰起來的風景，她有些生氣，所以，嘴裡冒出更濃烈的白煙。

駛上過去叫輕雷，現在叫雙江口的河口地方，一輛飛馳而來的越野車嘎然一聲煞在了橋的中間。達瑟的一個兒子從車上跳了下來。他攀上車幫，伸頭看看白布包裹的那個人。隨即跳下車去。他圍著車轉了一圈，又攀上了車幫，臉上驚疑與迷茫的神情交相出現：「真的？」

索波點點頭，沒有說話。

小伙子跳進車廂，眼睛誰都不看，也不去碰那個死人：「我找到工作了。我一邊給藥材老闆開車，一邊學著做生意。學會了，我就帶著弟弟一起做。」他說，「我真蠢，我以為他會一直活著，一直等到我們正經做事。」

拉加澤里拍拍小伙子的肩膀：「能這樣，我們大家都很高興了。」

小伙子終於忍不住，淚水盈滿了眼眶。

車裡的老闆也攀上了車廂，看看那筐子裡倚坐的那個包裹嚴實的人，問：「他的父親。」

老闆對著那人抬抬帽子，說：「這小伙子要是能用心，又跟著我，能學好，能學到本事！」

「那我們就把他託付給你了，死人聽了這話也會高興的。」

老闆要小伙子留下來送父親一程，但機村的風俗，親人是不會去天葬台看到親人肉身的隕滅的。

小伙子咬咬牙，哭了，說：「我還要把弟弟找回來，讓他學做正經事情！」

小卡車又重新啟動了，車開出好一段，開出了橋頭上曾經的那個鎮子，穿過群山，開往北方空曠的高地，小伙子才從車上跳了下去。大家看到，他抱著路旁的一棵樹，頭撞著樹幹，使樹上的鳥都驚飛起來。

拉加澤里對女博士說：「你會把這故事寫下來嗎？」

「我感興趣的不是這樣的題材，生離死別，浪子回頭，這樣的故事太老套，我關心文化，文化的符號，文化的密碼。」女博士回頭對我說，「也許，這是你感興趣的東西。」

不知為什麼，女博士總是讓我不太高興，所以我說：「這是生活，人的生活，人的生活大於文化。」

女博士說：「嚯。」

我沒有再說話，她又想張嘴說什麼，我把手指豎在嘴邊，也許是我的表情有些過於嚴竣，她把什麼話嚥回到肚子裡去了。

這時，那輛在橋上與我們碰面的越野車從車後的塵土中拱出來，緊緊跟隨著，車子在山道上盤旋著，旋轉，旋轉，向上，向上，直到山口。我們停下車來，過去的驛道也從這裡翻越山口，攀上這個山口的人，再往前，就算離開了家鄉。所以，都會轉過身子作短暫或漫長的回望。我們沒有下車，只是讓車子停下來，作片刻停留。後面相跟著的車也停下來。再往前，聳峙的群山漸趨平緩，幾條高大的山脈伸展出去，漸漸融入平曠無垠的草原，彷彿深長的嘆息，餘音渺遠。

小卡車又開動了，跟在後面的越野車沒有再開動，就停在山口，差不多半個小時後，我們回望山口，還能看見車窗玻璃反射著陽光。

終於登上了天葬台。出乎我們意料的是，這裡竟然聚集了這麼多身挎相機的遊客。兩個著紫紅僧服的年輕天葬師在距天葬台一百多米處畫出一條界限，讓好奇心強烈的遊客們停下腳步。我們的卡車也停下來，索波和林軍抬起柳條筐，把人送到天葬師操刀的地方。我們在草地上坐下來，風在四周振動著經幡獵獵作響。不斷有盤旋於高空的禿鷲收起寬闊的翅膀，落在天葬台上方的高丘頂上。兩個年輕的天葬師正徒勞地阻止遊客們拍照。顯然沒有什麼效果。女博士也端起了相機。

拉加澤里說：「人家不准照相。」

但女博士顯得很激動，對準禿鷲群劈劈啪啪地按動快門。

天葬師趕過來：「不准照相。」

女博士置若罔聞，跑開去尋找新的角度。

我叫住年輕的天葬師：「不是不讓外人參觀天葬嗎？」

天葬師說：「縣上批准的，他們說遊客來總要看看獨特的東西。」

「那為什麼又反對照相。」

「他們把照片放在網上，還說我們野蠻。」

「你覺得野蠻嗎？」

天葬師望著天空想了想，覺得無從回答，有些氣惱地說：「我們要開始了！喇嘛們念經的錢付過了。」對面不遠處，一隊穿紫衣戴黃帽的僧人已經開始吹號擊鼓了。拉加澤里說：「你們的錢也付過了。」

年輕的天葬師笑了：「現在是一條龍服務，很方便的。」隨即起身往天葬台去了。於是，那條為遊客參觀畫出的界限也就消失了。好奇的遊客們轟然一聲就往天葬台跑去。女博士也激動了：「我也要去。」

我們中間沒有人理會他，把人送去的林軍跟索波也回來了，和我們坐在草地上，聽風振動著經幡的聲響。

女博士對拉加澤里撒嬌：「你陪我去。」

「我不去，你也別去。」

女博士轉向我：「我們一起去。」

「這裡也看得見。」

「可是這裡看不清楚。」

「為什麼要看那麼清楚。」大家都知道，一具肉身會在那裡被開葬師一刀一刀割開，然後一塊一塊連骨帶肉被鷹吃掉。但她非得要看個一清二楚，不管不顧的衝向天葬台去了。遠遠地我們看見，天葬師正把白布包裹解開了，把那具被太陽照得白花花的赤裸肉身抬到方便操作的天然石台上。這時，人群圍了上去，我們就什麼都看不見。其實，我們也不想看見。一具失去生命的肉身，被利刃切開後，裡面有些什麼呢？其實我們身體內部並沒有什麼特別惹人喜愛的東西。然後，圍觀的人群轟然一聲散開。山丘頂上的禿鷲群一擁而下。這些生靈飛在天上的時候那麼舒展，但用腳行走時卻笨拙而蹣跚。牠們用半張的翅膀支撐著對鳥來說過於巨大的身軀蹣跚著一擁而下，就像一片灰色的濁流，片刻之間就把那具經過分解的屍體淹沒了。

是我們該離開的時候了，等這些禿鷲飛走，那個人真的就完完全全地消失了，就像從來沒有來過這個世界一樣，什麼東西都沒有在這個世界留下。

該離開了，但是女博士沒有回來。

我們又坐了一會兒，天葬師又回來了，他捎來一個口信：「你們的朋友說讓你們自己先走，晚上她到住的地方來找你們。」

離開了天葬台，我們在附近鎮上的小旅館住下來。大家都沉默無言，我推開窗戶望外面的天空，看見那些鷹正乘著氣流盤旋而上。

這個晚上，女博士沒有回來。第二天早上，我們問拉加澤里要不要再等等，他搖搖頭，對林軍笑笑：「把你的汽車開過來吧。」

路上，我和鄉親們分手，我將經過自治州州府，再回到省城。那天下午散步，我想去尋訪一下當年達瑟就讀過的民族幹部學校，但現在已經沒有這個學校了。原來是學校的那個地方是一個巨大的工地，黃昏的天幕下，聳立著好幾座高高的塔吊。回到酒店，在大堂裡我看見了一個熟悉的身影，一時間卻又想不起是誰。這個人抽著菸，和幾個常在本地電視裡露臉的人物寒暄，然後一起往宴會廳去了。這時，我想起他來了。降雨人！當年，他們住在那個已經消失的雙江口鎮上，穿著迷彩服，開著火箭砲車，向著天空中停蓄起來的烏雲嗵嗵地開砲，為的是河裡多流一點水給下游那些缺水的地方。他們還在那鎮子上建起一座水文站，每天記錄河水的流速流量，隨時觀察河流的漲漲落落。我知道他們到來的時候，卻不知道他們是什麼時候離開的。因為，我拿到大學的錄取通知書離開了，後來，那個突然出現的鎮子又突然消失了。

鎮子消失了，但鎮子上的一些故事卻在附近的鄉村流傳著。降雨人也是這些故事中常常出現的一個形象鮮明的人物。

我在大堂裡徘徊一陣，如果降雨人吃完飯出來，我想跟他認識一下。但我又問自己，見這個人幹什麼？談當年一個機村少年人對他們新奇而又神祕的印象？或者告訴他，拉加澤里已經服滿了刑期，回到村子裡來了。或者告訴他，當年他居住過的那個鎮子已經消失多年了。再想想，卻又無趣，就回房睡覺了。明早，還要趕早班車回省城呢。

早上的車站，被黎明的光線和燈光照耀著，有種特別打不起精神的味道，我爬上車，把帽子蓋在臉上，遮住那討厭的灰濛濛的燈光，又睡著了。後來，有人用手指捅我的胸膛，然後，又揭掉了我的帽子。是女博士得意洋洋地站在我面前，她說：「嗨！真的是你！」

她和我的鄰座換了位子，在我身邊坐下來。見我老不說話，她說：「我沒有想到你們對那件事情那麼在意。」

「什麼事情？」

「就是天葬呀！我想不到你的內心裡也有那麼深的禁忌！」

我沒有說話，也說不出什麼道理來。既然有這麼一種風習，讓人看看又有何妨呢？再說她也不是第一次看見的人。錄像、照片、文字，都有過了，在不同的媒體上都有過了。我能說什麼，但是，她當時的那種難以抑止的好奇依然讓人感到好像是受到了某種冒犯。

她說：「如果要我說對不起的話，我可以表示歉意。」

我說：「看不看是一回事，怎麼看又是一回事。」

「怎麼看?!我對你們的文化一直是非常友好的，我想你看過我寫的文章！」

我告訴她我的確看過她那些言過其實的文章。

「言過其實，什麼叫言過其實？」

「就是賦予事實以並不存在的意義，即便全是往美好的方向理解，我也不喜歡。比如你怎麼看天葬？」

她說：「除了過程有點殘酷，其實很環保，想想中國這麼多人，每個死人都占一塊地，太可怕了。」

「還有呢？也許你已經寫了文章。」

她的確已經寫了文章，我打開她遞過來的筆記本，看見了這樣的文字：「靈魂乘上了神鷹的翅膀——觀天葬記。」

我闔上本子，還給她，我說：「靈魂在那些切得零零碎碎的骨肉裡嗎？那靈魂也是那麼零零碎碎的嗎？」我覺得自己顯得凶巴巴的，就放緩了口氣說，「如果按本土的觀點，靈魂在肉身去到天葬台前就已經脫離了。」

她並不生氣，只是顯出很無辜的樣子：「我也採訪了天葬師。」

「他這麼告訴你的。」

「我把文章的題目告訴他，他說，這樣說很好。」

輪到我嘆口氣，說：「算了吧，這樣的討論不會有什麼結果。」

她笑了，說：「你真是一個固執的人。」

我又把帽子拉到臉上，說：「你說，這時他們在幹什麼呢？」

女博士說：「拉加澤里告訴過我，回去，他要去看看李老闆的墳，他說，這個人對他有恩，你知道這個故事嗎？」

十四

車回到雙江口時，拉加澤里叫停車，大家也都隨著下了車，站在那座漂亮的大橋上看了一陣兩河匯合處水流相激湧起雪白的大浪。拉加澤里便掉頭往以前曾經有過一個熱鬧鎮子的地方去了。在那些荒草、灌叢和殘牆之間穿行時，他告訴大家這裡過去是加油站、檢查站關口、旅館、他的補胎店、當然還有鋸木廠跟李老闆的茶館。

李老闆並沒有那麼快死去。他又掙扎著活了一年多，那時，鎮子已經開始蕭條了。臨死之前，他給監獄裡的拉加澤里去了一封信，裡面是一大筆存款的憑單。簡短的信裡說，自己也坐過牢，所以不會覺得坐牢有多麼可怕。信裡還說，這筆錢不是送給他的。自己有了很多錢才發現錢對自己沒有什麼用處，既不能拯救生命，更不能帶來溫暖。現在，那個愛錢的人就要死了，想想只能把這錢託付給他。他們在荒草蔓生的地方找到了那座差不多已經平復的墳墓。站在墓前，拉加澤里說：「我種樹用的都是他的錢。他在信裡說，總有一天人們會開始在山上栽種樹木，那時，希望我把這筆錢捐出來，捐給栽樹的人。」

他點了一枝菸放在那土堆跟前：「我現在開了公司自己栽樹了。已經栽了好幾萬棵樹，那些小樹長起來，真的是非常好看。我也不知道你能不能看見。」

大家離開那墳墓的時候，林軍說：「按漢族規矩，這時應該把這墳墓修整一下。」

「他已經不在了，留個土堆幹什麼呢？」

「好讓人想起他來。」

「想一個已經往生的人幹什麼？」

「記住他。」

「記住他幹什麼？」

這樣的追問方式，不要說老實的林軍，就是哲學家想必也難以回答。

拉加澤里說：「但願以後的人看見樹時會想起他。」

拉加澤里又去拜見崔巴噶瓦。

老人家身體還好，就是腦子裡空空蕩蕩，差不多把一生的經歷都忘掉了。他安坐在太陽下面，整個頭顱像一個銅雕一樣閃爍著亮光。

拉加澤里說：「記得山那有金野鴨的湖吧？」

老人笑著問：「你是誰？」

「要是那湖重新蓄滿水，金野鴨會飛回來嗎？」

老人看看天空：「野鴨？」

拉加澤里再去拜會另一個老人。他就是前大隊長格桑旺堆。他沒有崔巴噶瓦年紀大，但身體衰弱得出不了家門了。他一頭白色的頭髮紛披著，說：「栽樹的年輕人來了。」

拉加澤里開始說自己的計畫，老人一直保持著臉上的笑容，最後卻說：「年輕人，你說什麼我沒有聽見。」

他那同樣白髮紛披的老伴說：「老東西耳朵背，你要對他喊。」

拉加澤里想喊，但想到這麼一來，好像是事情還沒有做，就想讓全世界都聽見，讓上天的神靈都聽見，所以，始終不能把嗓門提到應有的高度。最後，他不得不喊出來：「我們要築一道壩，讓山上的湖水重現！」

這回，老人聽見了，他抓住拉加澤里的手，哭了。他的頭低下來，脖子像折斷了一樣無力地垂在胸前，他口中發出嗚嚕嗚嚕的聲音，他說：「也許我這老東西還能看到。」

第二天，拉加澤里就帶人上山了。但山上的情形並不如他們想像的那樣，只要砌起一道厚實的牆，把炸出的豁口堵上就可以了。當年，湖水飛瀉而下，把炸開的豁口擴大了好多倍，加上後來雨水不斷沖刷，已經把當年的湖盆削去了大半。兩三百米長的一面斜坡要築起一道堤壩，可不是件容易的事情。到底需要多少財力與人力，他們估算不出來。這樣的事情要請工程師來測量估算。他們下了山，一行人回到酒吧，卻見一個人迎過來，笑咪咪地站在了拉加澤里面前。

他稱拉加澤里是老朋友。

拉加澤里卻回不過神來。

「想想，雙江口，再想想，嗖嗖，放火箭！」

「降雨人！」

「對！降雨人！」

「降雨人！」

「我現在是水電勘探設計隊隊長！選地方修水電站！」

「選了什麼地方？」

「雙江口！在那裡修一道高壩，把兩條河的水都攔起來，想想能發多少電！你們縣裡就不用擔心不砍木頭沒有財政收入了！」

「你測量過了？」

「那地方我那麼熟，還用再去測量。」

「那麼大的水都能關起來？」

他得到了肯定的回答。那天，拉加澤里和降雨人都喝醉了。他說：「看來，要想幹好事，老天都擋不住！現在，老天就送你給我幫忙來了。」

降雨人問他是什麼樣的事。

「放心，我已經不幹違法的事了，是好事。明天，把你的人，你的儀器全都帶上。」

降雨人笑了：「明天星期六，我們可以幫忙。」

其實沒用到一天時間，他們就把那地方測量完了。撤下山來，就坐在酒吧裡，不等吃完晚飯，就把該挖多少土方，炸多少岩石，用多少水泥，修多高多厚的牆都算清楚了。降雨人說：「其實也不用算，只是不算出來你不心甘。」

「為什麼不用算出來？」

「朋友，你沒有那麼多的錢。」

「多少？」

「毛算，三百萬出頭吧。」

拉加澤里招呼測量隊的人吃飯，菜式很豐富，還上了好酒。降雨人拍著拉加澤里的肩頭，說：「你小子大氣，鍛鍊出來了。」

拉加澤里舉起杯中酒，一飲而盡：「我還出得起那麼多錢。」

降雨人說：「告訴我，修這個堤壩幹什麼？」

「看看，我栽的樹已經比我跟李老闆販走的樹多很多了，我要讓那裡有過的湖重現在人們眼前。」

降雨人說：「等等，我問問你的朋友們吧。」

他問林軍：「你願意幫他。」

「願意。」

他問索波：「你也願意幫他？」

「我們願意那個湖還在自己的山上。」

他問老五：「你也肯幫。」

「反正沒事可幹，就跟他幹吧。」

「我可知道你們的過節，你不恨他？」

老五摸摸腦袋：「他們說，我和他都變成好人了。」

降雨人說：「好，那我也會幫你們的！」

「你怎麼幫？」

降雨人大笑，他也喝多了，勾勾指頭要拉加澤里過去：「小子，過來。」如今的拉加澤里好歹也是個老闆了。老闆自然就有老闆的架子，沒有人對這麼隨隨便便勾勾指頭就讓他過去。所以，降雨人這種手勢讓他不大舒服，所以他就假裝沒有看見。但是，降雨人解開了妨礙呼吸的襯衣釦子，斜倚在椅子上，再次勾了勾指頭：「小子，不要假裝沒有看見，過來！」

拉加澤里就走了過去。

降雨人說：「彎下腰下，聽我跟你說句悄悄話。」

拉加澤里眼裡已經冒出火苗了，但降雨人又催了：「我叫你彎下腰聽我說話。」

「我這樣聽得見。」

「那樣的話，所有人都聽見了。」

「那就叫所有人都聽見。」拉加澤里半彎下的腰又直了起來。

降雨人再次哈哈大笑：「真的不是當年鎮上那個小子了。好，好！」

大家喊起來：「有什麼話說來大家聽聽吧。」

降雨人站起身來，叫部下發動了停在廊子下的越野車：「不，不，有些話是不能隨便對眾人講的。不過，這個拉加澤里是個有財運的人，是個人家願意給他幫忙的人，也許你們該選他當你們的村長！」他搖搖晃晃地走下台階時，還回過身來，對拉加澤里搖晃著手指，「真的，你是個有運氣的人。」

那車都開出去了，又突然掉頭開回來，兩盞雪亮的車頭燈把這酒吧照得透亮，這時，大家才發現，天正下著小雨，細細的雨絲被強烈的燈光照耀著閃閃發光。他們看不見強烈燈光背後的人，只聽見降雨人喊：「嗨，小子，把那堤壩築起來吧，圖紙過幾天就給你送來！」

然後，那車差不多是在原地轉了一個圈，眨眼之間，就消失在被細雨弄得更加濃重的夜色中了。那車的消失真的就在眨眼之間，不知是那車真的快，還是酒讓人的腦子變慢了。第二天早上起來，拉加澤里忍著宿醉的頭疼，在廊子上來回踱步。廊子下面，還留著清晰的車轍。降雨人是有什麼話要告訴他。但自己為什麼不能彎下腰去？那麼，那些話他還會告訴自己嗎？早晨起來，他就抱著胳膊這麼想。那車轍被太陽一曬，已經變得堅硬了。他走下廊子，站在那轍印上，想。第三天早上起來，那轍印又被淅淅瀝瀝的雨淋得模糊不清了。這時，一股悲傷的情緒籠上了心頭。已經有好多年，他都讓自己不要受到這種情緒的傷害。但在這麼一個空氣清冽的早晨，在他最不提防時候，這種情緒還是侵入到他心裡去了。雨依然在下，他仰起臉，讓細細的雨腳落在鼻尖，落在眼窩，他聽到自己叫了一聲「媽媽」。可母親已經在他坐牢的時候就去世了。

雨依然在下。

他回到廊子上坐下，郵車來了，開到廊子跟前，郵遞員也不下車，把一綑郵件扔在他腳前。上面派發給這個村子的報紙和學習材料中夾雜著兩封郵件：一本雜誌，一張唱片。雜誌上很多漂亮的風景圖片，他知道，裡面有一篇女博士的文章。他想，這次是說天葬，果然，他一看標題，就知道說的是天葬。看看那標題，意思是說天葬是為了讓死人的靈魂借鷹翅去到天上。他撇撇嘴，這不是真的，但總歸說的是好話。機村人都會說，是好話就行了。但他想到有一個人會生氣，那個人就是出生在機村卻又遠離了機村的我。他想起我看到這種文章時的厭煩樣子，又撇撇嘴，笑了。然後，是那張唱片，是協拉家出了名的三人組寄回來的。他們算是寄對了地方，寄給酒吧，等於是給村裡每戶人家都寄了一張。

他叫服務生過來，把唱片塞進音響。一段悠長的吉他聲後，激烈的鼓點敲起來，敲起來，又落下去時，突然爆出了一聲吶喊：

雨水落下來了，落下來了！
打濕了心，打濕了臉！
牛的臉，羊的臉，人的臉！
雨水落下來，落在心的裡邊——和外邊！

沒有再唱美麗家鄉，而是祈願，那鼓點便一下一下，落在他心坎之上。這時，奶牛正從各家的牛欄裡出來，冒雨出村，明亮的雨水從牠們聳動的肩胛上無聲的滑落下來。

十五

多少年了，機村這樣的村莊，自身已經沒有什麼能使自己激動的事件發生了。大部分時候，村莊是平靜的，但這種平靜不是一場雨水過後，太陽照亮綠樹，沃土散發熏人氣息的那種平靜，豐盈而且滿溢。如果那寧靜突然被打破，一定是自己忍俊不住，發出了舒服至極的呻吟。

陽光跳躍在麥浪之上會發出這樣的聲音。

風拂過波光鱗鱗的寬闊水面也會發出這樣的聲音。

鹽融化於茶，最後潛行到血液中也是這樣的聲音。

如今的村莊，只是通信電纜，柏油公路經過的一個地方。

一個個村莊，相對那些飛馳而過的電流和汽車而言，只是經過的一個地方，一個無須停留的地方。時代駕著電流和汽車飛奔向前，這些村莊，只是停留在那裡，被經過，被遺忘。於是，村莊自己也感到睏倦了。如今村莊的平靜，只是因為疲乏的失望。

機村這樣的村莊已經不會發生什麼能使自己真正激越起來的事情了。就是拉加澤里要修一道堤壩使曾經的色嫫措重現的消息也只是使他平常親近的幾個朋友激動起來。只有索波這個如今已頂著一頭花白頭髮的老頭，身上又重現了當年做民兵排長時那樣的激情。每天晚上，當村子裡的人都聚集到酒吧的時候，他會一個桌子又一個桌子宣說這個計畫。他說：「我很激動，我真的很激動。想想，那個消失多年的湖水又要重現了！」

「我們不激動，不就是把一些水關起來嗎？」

「那不是一般的水，那是色嫫湖！」

「既然如此，當年你們為什麼又要費那麼大的勁把它炸掉呢？」

話到如此，索波就無話可說了。但不過兩天，他又陪著笑臉，坐在桌邊開始遊說了。人家就問：

「給工錢嗎？多少錢一天？」

「人家是自己掏錢做好事，你們怎麼還談工錢？」

「不談工錢我們吃什麼？」

「喂，老人家，知道不知道，要修水電站了！」

「水電站？小子，我們修過水電站，你頭上的燈不是我們的水電站發出來的嗎？」

「是很大的水電站！」

「多大？」

「水壩比我們見過的所有懸崖都高！關起來的水，比我們見過的所有湖面都大！」

「那跟你有什麼關係！色嫫措是我們自己的！」

很多人都為降雨人帶來的大電站的消息莫名激動起來。但那電站跟機村有什麼關係呢？好像沒人想過這個問題。看見降雨人指揮的勘探設計隊帶著儀器在山上山下四處出沒，也有人攔在路上想要打探消息，但勘探隊的人都笑笑，並不回答。問得多了，人家不耐煩了，回一句：「知道這個對你有什麼用處？」

所有這些事情都在拉加澤里的眼皮底下進行，但他全不理會。他不出來阻止索波，他也不跟人談他的計畫。但他已經開始行動了。降雨人已經把幫他設計的堤壩圖紙送來了。他把那些圖紙張掛在自己那個小房間裡。有好奇心重的人溜進去想看個究竟。但沒有看到湖的重現。只是一些橫橫豎豎的線，只是那些線藍茵茵的顏色本身倒還好看。他已經在酒吧後面，蓋起了一座臨時倉庫。每天，都有卡車從縣城運來水泥，堆放在倉庫裡面。他還在酒吧前面懸掛起一個紙板，上面寫上了求購砂石的文字。馬上，就有村裡人在村子下方河道裡各自圈出了採挖砂石的地盤。此前，達瑪山修築隧道，以及公路局給公路鋪柏油路面時，他們就是這麼幹的。拉加澤里去河邊看了一圈。回來，只跟其中兩家訂了合同。另外三家不幹，晚上來喝酒，就要跟他論個究竟：「難道我們挖出來的不是同一條河裡的東西？」

「是同一條河裡的東西，我們也是同一個村子的鄉親。」

「那你為什麼不要我們的。」

他是在理的，不要的那三家，一家在橋梁下面，會挖空了橋基；另兩家靠著高聳的河岸，挖空了下面，大片山體就要崩塌到河裡。其中一家就是更秋家的。老二就來責問他。

責問不是責問，而有點威脅的意味：「你是要跟我們彆扭到底了。」

「隨你們怎麼想，我就是擔心山體會塌下去。」

「這麼大的山，塌一小塊又有什麼關係。」

「難看。」

「難看？就為這個？」

「就為這個。難看。」

「小子，你記住。」

「我記性好。」

降雨人再來的時候，拉加澤里也把心中的疑問問出來：「修那麼大的電站幹什麼？」

「防洪。蓄水。下游水多時把水關起來，下游缺水時把水放下去。當然，主要是發電。」

「發電幹什麼？」

「掙錢，很多錢。」

「誰掙錢？」

「誰投資誰掙錢。」

「那我們有什麼好處？」

「你們當地的政府有稅收。有了稅收政府就不用砍木頭了。」

「我是問你對我們老百姓有什麼好處？政府總不會分錢給我們。」

降雨人就無話可說了：「你操這個心幹什麼？」

「我沒操心，我就是想問問。」

「那我告訴你這件事對你有好處你信不信？」

「你知道我不是說自己一個人。」

「兄弟，政府的錢怎麼花，這不是你我能管的事情，但水電站修起來總是有些好處的吧。」降雨人被他弄得有些沉重的表情又變得輕鬆了，他笑著說，「反正這對你是件好事情。」

「對我？」

「我只能說這麼多，你那件事情要趕快上手。」

他說明年開春就馬上開工，今年主要是準備材料。降雨人告訴他，最好是今年開工，能弄多少弄多少。他就立即張羅著準備開工。這是一九九八年。九七年長江大水後，機村所在這一片山區，自然就成為了國家長江上游天然林保護的重點地區。降雨人離開不久，他接到縣林業局的通知，他被評為植樹造林的模範，要去省裡開會。於是，就去省城，在電視鏡頭下，走上燈光刺眼的舞台，從領導手裡接過了一座玻璃獎盃。回來，縣林業局局長本佳請他吃飯。分管林業的副縣長也來了。三杯酒後，自然會問他有什麼要求，需要上面說明解決什麼困難。

他說沒什麼困難。

本佳就說：「幹了那麼大的事怎麼沒有困難？」

他就很艱難地說出一個字：「錢。」

這個字出口，領導臉上的表情就變了，說：「唉！這就是我們最為難的地方啊！」領導說，他做的事情很好，但太超前了，國家都還沒有相關政策出台，他就幹在前面了。而且，這樹算誰得還不知道。因為樹是栽在國家的土地上。照理說，這樹就是國家的樹了。將來長大成材，栽樹的人也不一定能動一棵半棵。

「我栽下了，就不想動它們。要錢也是想栽更多的樹。」

「要不，我們也超前一點，為了栽更多樹，每年你可以從長大的樹中伐掉一點，這樣來籌措資金。」

「可是，在我們這個地方，那些樹要成材，至少也要三五十年，那時候，有錢我也沒有用處了。」

領導又舉起酒杯，說：「日子難過年年過，事情難辦天天辦。到時候總會有辦法。」

副縣長走後，本佳怪他不該給領導出這樣的難題。有難處點到為止，怎麼能一句話把領導逼到死角，連個彎都轉不過來。

「除了這個，我還有什麼困難？」

「你跟更秋幾兄弟的事情，不也需要上面給你撐腰嗎？」

但他覺得，與更秋兄弟的過節，那是一件事情，而不是一個困難。他覺得復仇的事不會發生了。如果真要發生，那也沒有辦法，這是做一個機村人命裡帶來的東西，誰也不得超脫。

他回村後，告訴下面人副縣長哪一天會來視察工作，還可能幫助他們解決困難。但是，到了那個日子，上面卻沒有來人。這個約定的日子過了十天，還是沒有見到副縣長的影子。本來，拉加澤里想好了，副縣長一來，也請他剪個綵，他的堤壩工程也可以開工了。這期間，雙江口將建一個大型電站的消息早已傳開。這個消息不是來自降雨人。而是來自村裡那些有人在縣裡，在州裡當幹部人家。那些人家，跟那些人家有至親關係的人家都一致行動起來。也就十來天時間，至少有七八家人開始擴建自己的房子了，有些人家是在兩層三層的樓上加蓋一層，有些人家靠著舊寨樓的山牆，開出新的地基，讓舊樓每層都多出兩個寬大的房間。開初，大家都不太明白這幾家人會一齊動手擴大房子。還是他們自己人在酒吧喝高了吐露出真相。雙江口電站修起來後，關起來的河水一直漲上來，機村將被全部淹掉。

「大水把機村淹掉?!」

「是的，全部淹掉！」

「那你們還蓋房子幹嘛？怕魚蝦沒有地方居住嗎？」

酒醉的人知道走漏了重大消息，馬上閉嘴再也不肯出聲了。

「天哪，機村造了什麼孽，要讓大水淹掉?!」

放在過去，人或村莊遭了什麼大的災難，紅衣喇嘛們會說，那是因果之鏈上某種宿債到了償還之期。卻無從回答是償付怎樣的宿債。而在今天問這樣的問題就更沒有人回答了。沒過幾天，大半個村子都動起來，要加蓋自己的房子。有些馬上動工，沒有動工的人家，是主人出門去遠處的村子裡請木匠和石匠去了。近處的匠人已經被人請光了，只好開上拖拉機，騎上騾子去更遠的地方。

盜伐買賣木頭的風潮過去，差不多陷於瘋狂的機村平靜下來也不過十年出頭，又一次陷入了一種特別的瘋狂。連多年浪蕩在外的達瑟家兩兄弟都回來了，給藥材老闆當幫手的那一個開著老闆的車回來，他竟然在一輛只能乘坐五個人車中塞進了八個石匠和四個木匠！還能把他弟弟擠在這些人中間。

如今在酒吧裡，每個夜晚，人們都在計算，當水電站的堤壩築好，蓄積的河水倒流回來時，每一家人會拿到政府多少錢的賠付。房子、豬圈、牛欄、土地、果樹，一項項算下來，有人舌頭伸出嘴外都差點縮不回去了。乖乖，到時候政府要賠那麼多錢！這筆帳算下來，政府要賠機村人幾千萬元！乖乖，花大錢築高壩把一個村子淹掉，等於是用水來淹掉幾千萬元！這麼一算帳，拉加澤里的酒吧生意爆好，不等晚上，就被機村人把座位占滿。那些從隧道那頭的風景區過來，來體驗一下異族鄉村風情的遊客都沒有了地方。

這麼一來，拉加澤里的工程就不能如期開工了。家家戶戶都在修房子，他已經雇不到足夠的人手了。除了他自己，唯一按兵不動的就只剩索波一個了。林軍開上小卡車去遠處找石匠去了，老五自己還沒動作，就被幾個兄弟叫來叫去，忙得不可開交了。細想起來，這情景甚至不像是真的，就這麼十來天時間裡，方圓兩三百里內四鄉八里的石匠和木匠都集中到機村來了。請到手藝人的人家，都在殺豬宰羊，整個村子突然就一派熱鬧興奮的節日氣氛了。喇嘛們也結隊出現在村子裡，雖說現在人對宗教已經沒有過去虔誠，但遇到破地修屋這樣的大事，也還要按老規矩辦上一辦。喇嘛們念了經收拾了攤子，接受了施主的供養回到廟子裡去。那些匠人晚上也往酒吧裡來。拉加澤里的酒吧真還就沒有了地方。還是更秋兄弟主意多，當下就在老五的小賣部前搭起雨篷，擺上桌子，開張賣酒了。那就成了匠人們臨時的酒吧。老五還來找拉加澤里借了一百個酒杯。

這情景讓索波很生氣，叫拉加澤里拿紙筆來，他要寫一封信給縣裡，反映這個嚴重的問題。他真的非常憤怒，他說：「要是放在以前，這是什麼？這是破壞社會主義建設！我說，你寫！」

拉加澤里坐著不動。

老頭用手敲著桌子：「你為什麼不動？」

「我不想把全村人都得罪了？你還想讓全村人都恨你嗎？」

索波嘴還很硬：「好吧，你不敢寫，我會找人寫的！」

拉加澤里給他倒杯酒，不再理會他了。他走到一邊去，明白降雨人說他修那堤壩將會賺到大錢是什麼意思了。但他舉目望望高處青翠山坡上那片傷疤似的豁口，難道將來電站的回水會漲到那麼高的地方。如果到了那樣一個高度，不要說機村，連山上的剛剛建成的隧道也要被淹沒了。他想，降雨人這個朋友也不過是給他一點暗示，讓他也像村裡人一樣加蓋房子，以便獲得更多的賠付罷了。他想，這個朋友的暗示也太轉彎抹角，讓人無法明白過來。再說，他在村裡沒有自己的房子。這個公司宿舍、倉庫兼酒吧是從林業局借來的。這些天，侄子也被叫回家去擴建房子了。他搖搖頭，說：「瘋了。」

他不太相信，這些人真的能從政府手裡拿到他們盤算中那麼大筆大筆的賠付。政府像神一樣是看不見的東西。看得見的只是政府裡的人。那些覺得自己法力無邊的人怎麼會甘心情願就讓一幫愚蠢的百姓給敲詐了呢？神是好的，給神當翻譯的喇嘛們就不一定了。政府是好的，在政府那麼多高位上坐著的人就不一定了。林軍請了匠人回來的那個晚上，拉加澤里對他說了自己的想法。但林軍說：「要是政府真的賠了呢？」

「你是說明天早上升上天空的不是太陽是月亮。」

「那你說怎麼辦？我就什麼都不幹？」

索波敲著桌子對林軍說：「想想，你父親是什麼人！他活著是不會讓你這麼幹的！」

「可是他老人家已經不在了。」林軍說，但他又轉臉來對拉加澤里說，「也許，他老人家真要不高興了。」

這意思是要讓他來拿主意了。這時，拉加澤里又猶豫了，萬一到時候真的又賠付了呢。他只能說：「這樣，你就備石料，但不要下地基，也不砌牆，等等看。要是政府不管，你再蓋。要是政府管，這些石料我買下來，反正山上建壩用得上。」

十六

工作組又來到機村了！

如今的工作組前面加了兩個字：聯合工作組。縣、鄉兩級聯合，國土、水利、農委、公安部門聯合。工作組進村居然沒有了住宿的地方。因為四鄉請來的匠人把各家各戶都擠得滿滿當當。聯合工作組又撤了回去。三天後，重新進駐機村，自己帶來了寬大的帳篷，自己帶了煤氣罐和鐵灶。兩頂帳篷四周是床鋪，中間是長條的會議桌，會議桌上還擺上兩台電腦。還有一頂帳篷是廚房兼飯堂。

不止是工作組名字跟過去不同，工作方式也大不相同。來了，也不開群眾大會。前幾天，只幹一件事情，從村口開始，一家一家給房子拍照錄相，一家一家地不管你新地基開在哪裡，拿尺子把舊房子四圍丈量了，晚上，也不去酒吧，而在帳篷把記在本子上的數字敲進電腦。這樣幹了一個星期，就已經弄得村裡人心裡七上八下了。這才通知村委會的人，也不交代什麼，就叫他們按派出所的戶籍登記本一個個點戶主到帳篷裡來談話。

談話也很簡單：打開電腦，你家有效的宅基地截止於某年某月某日前丈量下來是多少平方，你家房屋的有效面積截止於某年某月某日是幾層幾間，現在正式確認，並將據此由國土部門頒發有效證件。現在請簽字，不會漢字，會藏文也可以，藏文也不會，那就按上手印。反正簽了字的也要按上手印。簽字或手印用掃描器掃描了，清清楚楚的出現在電腦屏幕上。請確認，這是你的字跡或手印嗎？確認，請按這裡。電腦叮噹一聲，謝謝，這份記錄已經正式生效了。

聯合工作組每個人工作都一絲不苟，也不像過去的工作組要麼疾言厲色，要麼熱情洋溢，他們臉上沒有特別的表情，他們提出又一個問題：你從什麼地方什麼人那裡聽說要把機村淹沒在水庫底下？但你要不想回答，也不會逼你，還會說，關於這個問題，你沒有什麼可說的是嗎？那也就簽個字，謝謝。這回簽字是在派出所的詢問筆錄上面。接下來還有問題，而且是一個問題緊跟著一個問題：為什麼突然決定擴建房子？看見人家也這麼幹？那麼是看見誰先這麼幹？最後一個問題：擴建房子幹什麼？家裡突然人口多得住不下了？不知道？請在筆錄上簽字。謝謝。這麼一來，雖然誰都不敢在口頭上吐露一個字，擴建工程就停下來了。那些匠人整天在村子裡四處閒逛。又過了兩天，那些匠人突然就從村子裡消失了，就像他們從來沒有在這個村子裡出現過一樣。

更秋家老五來拉加澤里的酒吧歸還了杯子。

拉加澤里說：「來一杯。」

老五搖手，神情卻有些驚惶不安。他說：「我又犯錯了，他們不會把我抓回去吧。」

拉加澤里說：「是啊，假釋並不是真正的刑滿釋放。」

老五說：「請給我一杯酒。」

「你說請？更秋兄弟也會說這個字了？」

「我兩個哥哥說，你現在不像仇人，倒像個朋友。」

「哦?!」

「但是還有兄弟說仇人就是仇人，仇人不能變成朋友。」

拉加澤里倒了酒，說：「那就還是仇人吧。」

「你說他們會把我抓回去嗎？」

「你該問派出所監管你的員警，我不知道。」

「我想立個功，也許這樣政府就不會怪罪我了。」

「你他媽能立個什麼功。」

老五就放低了聲音對拉加澤里說：「有人想鬧事！」

「他們是誰？」

老五就說了某某，某某，還有某某某某，自然也有他兄弟在中間，領頭的是那幾戶在縣裡州裡有幹部的人家。「他們不在這裡鬧，他們到州裡省裡去鬧！」

「那你還怕什麼？」

老五笑了：「政府都取了那麼多證據了，還想去鬧事……我那麼多年牢就白坐了。」

「你也不勸勸你的兄弟們。」

「勸不動啊！哎，你說我該不該去向政府匯報？」

「你自己的事，我管不著。」

「就請你拿個主意！」

「這樣的事我沒有主意！」

後來，拉加澤里也不去過問老五有沒有找工作組反映過這個情況。但聯合工作組卻沒有什麼動靜。也沒見老五所說那些人走出機村去什麼地方。倒是工作組忙乎了一段時間，就消消停停地放了假，好多人回了城裡，留下的人，拿魚竿下河垂釣，遊客一樣拿了相機四處照相。晚上，放鬆下來的他們也到酒吧來坐下了。喝了酒，有那麼多人想請他們，但這些傢伙都平心靜氣地自己付帳。有人交談，也不拒絕。談酒，談天氣，也談村子裡的事：反季節蔬菜的銷售、隧道那邊景區遊客溢出到周邊作鄉村風情遊的數量、新恢復植被的長勢、年輕人在外面混世界的種種傳聞，就是絕口不提電站的事，更不提此行的目的是什麼。村裡上點歲數的人就說，現在的工作組，其實比以前那些厲害多了。並且因為他們如此的不動聲色而內心忐忑。也有會錯意的，覺得工作組這麼故弄玄虛也是沒有別的法子，以為這麼一來就把膽小的鄉巴佬們嚇住了。可要知道，如今的農民也不是他們想像的那麼沒有見識了。於是，又有話流傳出來，說：「法不制眾，大家都幹，上面把誰都奈何不了，法律管壞人，卻不是制服全體老百姓的。」

甚至有人把這話拿到酒吧裡來說，當著工作組的人說，人家也沒有什麼特別反應。

有人因此更加不安，有的人會出了另外的意：「他們出了兩招，沒把人嚇住，想不出什麼新招來了。」

索波因此很生工作組的氣，他說：「要在以前，他媽這些想占國家便宜的人，哼！」

拉加澤里不高興他這麼說話：「大叔，你還想念以前哪？」

索波不好意思了：「哪是懷念從前，是這些人把我氣昏頭了！」

見工作組半撤半留，沒有了進一步動作的意思，好像是商量好了似的，睡了一個晚上醒來，太陽還沒有升起來，有十多戶人家又一起開工了。之前，那些消失的匠人怎麼回到村子裡來的，都沒有人知道。這已經是七月近底的事情了，高原峽谷中轟轟烈烈的夏天已近尾聲。這天早晨有霜，村子裡村子外那些花草都裹上了鹽晶一樣的薄薄霜花。在如此清新冷冽的空氣裡，斧子斫伐木頭的聲音，錘子敲擊石頭的聲音顯得特別清脆，也傳得特別遙遠，連河岸對面的崖壁都起了空曠的回聲。工作組又出動了，他們臉容不再平靜，有被藐視的憤怒，有臨戰時的興奮與緊張。他們拿著攝像機照相機再次出去，把這些場面都拍攝下來了。在這個微微有些霜凍的早晨，沉悶的敲擊聲顯得那麼響亮。

不到一個小時，工作組就忙活完了。他們回到帳篷裡洗臉吃飯。整個村子也突然一下安靜下來。起了大早的匠人們到主人家裡去吃早飯。早飯都很豐盛。這是匠人們一天力氣的最初來源。整個村子也在等待，要看看工作組有什麼新的動作。直到太陽升起老高，把花草上的薄霜曬成了晶瑩的露珠，村子還被一種特別寂靜籠罩著。

索波來到了酒吧的廊子上，前面不遠，就是工作組的帳篷。帳篷門開著，裡面好像有人影在晃蕩，但他們就是不肯露出臉來。索波對站在身邊的林軍說：「你怎麼不幹了？」

林軍笑笑，說：「不能幹了。」

老五也沒再幹，他有些莫名興奮，說：「要出事，要出事，要出事了。」他還跑到帳篷跟前偷窺了一番，回來，在桌前坐下，把雙手抱在胸前：「他們都這個樣子坐在桌子跟前。」

索波不服氣：「他們就這樣什麼都不幹？」

老五鼓起眼睛：「我怎麼知道。」

這時，村子裡某個地方，錘子又落在了石頭之上，發出一聲響亮。然後，又靜止了一陣，然後，又是兩聲，三聲。就像是野獸探頭出洞，伸出來，縮回去，再伸，再縮，沒感覺危險，這才鑽出洞來伸展開肢體。接著更多的同類也鑽了出來。如此這般，一陣小心翼翼的試探後，那十幾家人就算是正式開工了。這時，卻聽得轟然一聲，像是地雷爆炸，然後，真的有一片煙塵從村子裡某幢房子背後升了起來。

全村人都往那個地方奔去，原來是達瑟家那座失修多年的老房子有堵牆，因為新挖地基而失去支撐，轟然倒塌了。兩個雇工被埋了半個身子在亂石下面，大呼小叫，那兩兄弟一身塵土，一臉呆傻。還是工作組的人指揮著把這兩個人刨出來，簡單包紮了，叫兩兄弟中的一個，再加一個工作組的人護送往城裡醫院去了。

一陣忙亂過後，人們的注意力才轉移到房子上面。那幢房子塌去的是大半堵西牆，從一樓直到三樓洞開了，就像是一個人被揭去了小半個身子的表皮，把裡面的五臟六腑裸裎在眾人眼前。而且，那些裸裎出來的部分都空空蕩蕩，就像是一個人身體打開，卻缺少了很多的東西。這房子就是個空殼，不但沒有家家戶戶這些年都添置下的電視機、洗衣機、奶油分離器，連照例有傳統家具也都破舊而且殘缺不全了。全村人都知道已經往生的男主人心思多半不在過好眼下的日子，也知道這兩個兒子四處浪蕩，未能使這個家重新興旺，但當一座裡面比外面看上去還要老舊，還要殘破不堪的房子呈現在大家面前，還是吃驚不小。

不要說外人了，就是兩兄弟站在那裡，看到房子內部破敗蕭索的景象也驚呆了。弟弟抱著頭慢慢蹲在了地上，他又突然站起身來，穿過人群，加快了腳步，然後，開始奔跑，愈跑愈快，穿過村子裡那些曲裡拐彎的石頭巷子，從圍在那座令人難堪的房子的人群眼前消失了。他奔跑著經過了村子裡的其他人，經過了村中廣場，經過了已經興旺了好幾年的酒吧。他拚命奔跑，像是逃跑，又像是追逐。他跑到那條從山上隧道口那裡飄逸而下的公路邊上，早上的太陽把路邊的金屬護欄照得亮光閃閃。他站在公路中央，伸展開雙臂，跳上急停在他面前的卡車，從機村人面前消失了。

但他哥哥站著沒動，他想說什麼，但沒說出來，只是反覆向天空舉起雙手，然後他獨自一人，不是從門口，而是從牆壁傾覆處，走進了自己離棄許久的家。突然，他又舉著雙手，張著嘴喊叫著什麼從屋子裡跑了出來。

這讓眾人都很難過，可憐這小子剛剛走上正道，遇上這麼一檔子事，瘋了。但他沒瘋，他跑出來，臉上悲喜交加。他搖晃著索波的肩膀：「書！他的書！」

「書?!」這個人不是瘋了，就是被他未曾往生的魂靈附體了。

他跑到每一個曾經對他父親友善的人面前：「書，他的書。」以後的日子裡，每一個被他搖晃過肩膀的人都在人前感到某種榮耀。林軍、老五、索波、拉加澤里都在這些榮耀的人中間。小子拉著拉加澤里的手又從缺口處跑進屋子裡，然後，大家都聽到這小子撕心裂肺的哭聲。過了一會兒，拉加澤里一頭一臉的塵土又走了出來，他手裡真的捧著一大本書。他站到陽光下，用衣袖慢慢拂去書上的塵土，書本封面上燙金的字樣又放出了光彩。

於是，很多人都想起這座房子曾經的主人，禁不住都眼眶一熱，落下了淚水。那天，所有人都斂聲靜息，從屋子一道夾牆裡把達瑟當年藏在樹上的書搬到樓上，他那痛哭得再也發不出聲音的兒子伸出手臂，想把那些書都深攬在懷中。這時索波拿起鐵鍬，往開挖的新地基裡填土。於是，差不多所有的人都加入進來。清理塌下來的碎石與木頭，從別的地方把新的石料運來，這回機村人不要請來的石匠與木匠幫忙。他們自己往腰間拴上了圍裙，拿起了匠人們的工具。那牆很快就一層層往上了。到了一定高度，另外的人們已經新做好的窗框抬來安上。各家各戶備下來招待匠人的美食都搬到了這有著莊嚴氣氛的工地上。這是不可思議的一天，不到太陽落山，那堵倒下牆就砌好了。那豁口最後封口時，大家看到，那小子已經從父親留下的那堆書旁站起來了，一本本翻看那些書。有人喊了一嗓子：「小子，你可不像你老子認得那麼多字啊！」

那小子只是看看，看牆一點點在面前升高，最後消失在大家面前。當最後一塊石頭填進了最後的空檔，最後一道縫糊上麥草拌成的黃泥，突然有人說：「好了，這不守規矩的小子也只好乖乖地從門口進出了。」

那個浪蕩子自己真的從門裡衝出來，手裡搖晃著一個縐巴巴的筆記本：「他寫的書！他寫的書！」

「誰寫的書？」

「我老爸寫的書！」

那一幕，是那奇特一天的高潮。這時紅霞染紅的天空慢慢黯淡下去，人們也就慢慢四散回家了。

十七

現在，人們說往生的達瑟那樣的奇人絕不是憑白無故出現的。

可他的靈魂已經飛走——如果人真有靈魂的話，他的肉身已經在這個世界上消失的無影無蹤。

正是有他，才讓機村好多人逃脫了一場因貪欲而起的災難。那些逃脫災難的，偏偏是他在世時候對他漠不關心，甚而嘲弄不已的人家。

據說——都是據說，工作組已經掌握了充足的材料，證明機村這次擴建房屋是一次有組織有預謀的行動；據說那天員警和武警已經開到半路上來了，時機一到就衝進村子裡，照名單對一些人採取強制措施，武警布置在村外，如果出現極端情況，就會進村支援；據說水庫將要淹沒機村的消息是在州縣政府裡工作的機村籍幹部透露的，擴建房屋以獲得政府更多賠付的主意也是他們出的。

據說——那天，這幾個機村籍的幹部都被通知到縣城集中到招待所裡，他們就曉得壞菜了。曉得要是機村人真和工作組和員警較起真來，他們的鐵飯碗就砸了。

但是，就在那個當口，達瑟家年久失修的老房子一面牆崩塌了。人們只用了一天時間，就在夜色降臨前把那堵牆重新砌起來。工作組那些出身於農村，有點體力的人也參與其中。工作組其他人員則在觀察，當夜色降臨的時候，他們發現，那些雇了匠人的人家，悄悄打發四鄉請來的匠人連夜上路了。於是，一個電話到縣裡，那幾個機村籍的幹部才被叫到食堂吃了飯，並得到通知回到各自單位反省認識。

拉加澤里、索波、林軍們又聚到酒吧。

這天酒吧很清靜，好多人家都忙著打發請來的匠人，沒空到這裡來談閒話。只有達瑟家那浪蕩子跟著幾個長輩畢恭畢敬，一副幡然悔悟的樣子。他表示，要留在村子裡好好侍弄莊稼，好好守著父親留下來的書。

「你守著這書有什麼用？它們認識你，你不認識它們。」

「那我就好好守著這房子。」

拉加澤里說：「是該回來了，把你家的莊稼地弄弄，荒成那樣子，真是丟農民的臉。」

「我想跟你幹。」

「跟我幹可掙不到錢，你先侍弄莊稼地，弄得好了，就跟我來幹。」

「可是，我……不會侍弄莊稼……」

「做莊稼有什麼難，只要把土地和莊稼都當寶貝，只要你不怕辛苦。」林軍嘆息一聲，「以前的人是沒有土地，現在的人有了土地卻不知道寶貝了。」他嘆息的時候，臉上出現了七七八八的皺紋，讓人想起了他父親怨天尤人時的表情。那倒真是一個把土地當成寶貝的人啊。弄得在場的人都有些莫名的感動。只有那浪蕩子不為所動，堅持對拉加澤里說：「我還是跟著你幹吧。」

「那意思就是說，你還是嫌侍弄莊稼辛苦。」

他低下頭去不再說話。

「那你跟我學什麼？栽樹？開酒吧？還是別的……」

「什麼都學，你讓我學什麼我就學什麼！」

「現在把你老子寫的本子拿出來吧。」

那小子就把一個縐巴巴的筆記本掏出來，放在大家面前。拉加澤里搓熱了雙手，才拿起那本子來鄭重打開。裡面的內容非常零亂。有關植物學的，只是一兩行字：「這種樹機村也有。櫟，櫟樹。崔巴噶瓦的寶貝。」

「杜鵑鳥叫，咕嘟花開了。咕嘟，我們的名字。書上的名字是勺蘭。」

也有從來沒有對人說過的想法：「很多藥草，可以發明一種藥。心痛藥。心痛，心臟痛，又不是心臟痛。」還有抄自書上的森林腐殖土的營養成分表。那些字母符號描得比小學生還要難看。

這些文字，是拉加澤里可以懂得的，但另外還有些夢囈似的東西，就是他看不懂的東西了。比如，他寫：「書和喇嘛都說，神住在天上。我看見神住在樹葉中間。太陽照亮樹葉，他就出現。風吹樹葉，他也出現過。」諸如此類，等等。拉加澤里翻看了一陣，提到了我的名字，他說：「也許那傢伙回來會看懂一點吧。」

但他馬上又說：「等等，這裡有一首詩。真是有一首詩。」

「寫的什麼？」

「雨水，雨水落下來了……」拉加澤里又說，「等等，等等……，」然後，他驚叫一聲，「我聽過這首詩！天哪，我真的聽到過這首詩。」他站起身來，原地轉了幾圈，「我聽到過，我聽到過！對，我想起來了！」他跑進屋子裡取來了古歌三人組的唱片，放進機器裡，然後喇叭裡傳出來了那三兄妹最不甜膩的歌唱——或者說，那三兄妹，一個在吟唱，一個在呻吟，一個則是在嘶喊：

雨水落下來了，落下來了！
打濕了心，打濕了臉！
牛的臉，羊的臉，人的臉！
雨水落下來，落在心的裡邊——和外邊！
蒼天，你的雨水落下來了！

如是循環往復，歌詞和本子上寫得一模一樣。拉加澤里叫人拿來那一大本名片夾，翻出來古歌三人組的名片：「打電話，我有話問他們！」打電話的人把無線話筒拿來：「是他們的經紀人接的，不肯叫他們。」果然，電話裡禮貌而固執的聲音：「先生，有什麼事情請跟我講。」

「老子不是什麼先生，是他們老家的人！」

「請告訴你我是他們什麼人，他們在休息，要知道不能隨便什麼事情都去打擾他們。」

拉加澤里差點就要摔了電話，但要是這麼隨便一摔，就不是現在的拉加澤里了。他把話筒舉到空中，示意吧檯上的人放大音響的聲音：「聽到了嗎？」

「是我們的歌。」

「那麼，讓他們告訴我這歌詞是怎麼來的？」

「先生，我可以告訴你，是他們自己的創作……」

「閉嘴，讓他們自己來說！」這下，他才摔了電話。他又示意人拿來了那片唱片的封面，裡面的夾頁上其實未署詞作者的名字，而是簡單標以機村民歌。三兄妹並未像經紀人聲稱的那樣，把這歌詞歸入自己名下，他的怒氣才消失了。他又看到了另一首詩。這是一首沒有寫完的詩：

它們來了。
我害怕。
來了，從樹子的影子底下，
來了，那麼多，
在死去豹子的眼睛裡面。
我看見了，我的朋友沒有看見。
來了，從雲彩的……
……害怕。

「他說他害怕，害怕什麼？」拉加澤里問，「你們說，他害怕什麼？」

問這話時，他有指尖掠過利刃那種痛楚：這個人居然還會生活在某種恐懼底下。

這時，電話響了。古歌三人組打來的。他們說，歌詞是達瑟念給他們聽的。是他某一天，在景區他們駐唱的酒吧喝醉後，說給他們聽的。電話裡說：「他說我們那些歌是唱給外面人聽的，不是自己的歌。」電話裡說，他問他們，歌裡唱家鄉美麗無比猶如天堂，那麼，什麼地方有羊群潔白像雲彩一樣，什麼地方花香四溢猶如天堂，什麼樣的天堂裡還裝著這麼多的焦慮與憂傷？三兄妹回答他說，那麼多歌都是這麼唱的，所以自己也就這麼唱。於是，達瑟念出了這些詩句。

這當然招來了責問：「那為什麼不在唱片上寫上他的名字？」

「那天他說是他寫的。」

「可是你們不相信對嗎？」

「我們是有點不信。」

「所以你們就不寫？」

「第二天再問他，他就什麼都不記得了。」在電話裡，三兄妹說，他甚至有些害怕，說我怎麼會寫出這樣的東西。他看著那幾行文字，雙眼發出夜裡的貓頭鷹那樣銳利的光芒，但只在片刻之間，那明亮的光芒就渙散了，他說，「我想不起來，我想不起來了。我真會寫下這樣的東西嗎？」

他對人家提出這樣的問題，而人家正是想拿同樣的問題來問他。

其實，三兄妹一直也沒拿這當回事情，直到有一天，這幾行詩讓一個作曲家看見，連聲稱好，而且，要想見這個寫作者一面。他們借回鄉的機會又找達瑟，這次，達瑟急切地問：「真是我念給你們聽的？」得到肯定的答覆後，他說，「那你們幫我想想，我有沒有告訴你們我寫了以後，把這東西藏在了什麼地方？」

三兄妹只能搖頭。在他們的回憶中，達瑟表現得非常絕望，他說，他把很多書和一個本子藏起來，藏在什麼地方卻再也想不起來了。他說：「沒有人用木棒敲打過我的腦袋，但我的腦袋還是糊塗了，我想把那件事情全部忘掉，真的就全部忘掉了。」

拉加澤里在電話裡告訴他們，那個本子找到了。

那邊興奮莫名：「裡邊肯定還有這樣的好歌詞！」

拉加澤里說：「沒有了。」

「那你們再找找！」

拉加澤里啪噠一聲放下了話筒。

幾天後，達瑟兒子拿來一張五千塊錢的匯款單給拉加澤里看。拉加澤里又給三兄妹打了電話，還是經紀人接的，不過馬上就叫三兄妹接了電話，拉加澤里問：「那是歌詞的錢？」

對方回答說是：「我們付的是高價。音樂學院的教授給我們寫歌，也就是這個價錢。」

拉加澤里沒有答話。

「那邊問，你說多了還是少了？」

他再次放下了電話。他確實不知道一首歌該值多少錢。他只是覺得達瑟的命都搭在這幾行文字裡邊，卻變成了匯款單上這麼一個數字。晚上大家來喝酒，他還對索波說：「媽的，五千塊錢！」

他不太相信，看起來有很多意味的一件事情，讓這麼一張匯款單子給簡單乾脆地了結乾淨了。

第二天，工作組找拉加澤里談話，說他在這次未遂事件中表現出很高覺悟，要他出來競選村長。

但他沒有答應：「就因為我沒有加蓋房子？」

得到肯定的回答，他笑了：「那是因為我沒有房子。」

對方又告訴他在事件向良好的方向轉化上起了很好的作用。他想對他們說，自己還有重要的事情要幹，但他沒說。

他還想說，幹一個即將消失的村莊的村長沒什麼意思，但他還是沒說。他只是站起身來，走出了工作組辦公的帳篷。

十八

機村再次熱鬧起來，這也是這個村子消失前最後的熱鬧了。

伐木場遷走留下的荒地上，又蓋起大片房子。房子前後都停滿了大型機械。那其實是一個比機村大上兩三倍的鎮子。當年雙江口荒廢了的鎮子遺址上很快就建起了一個更大的鎮子。當年，伐木場建成用了兩年多時間，雙江口鎮的形成的時間就更為漫長，甚至可以說，就在因為國家政策調整而突然消失的前夜，這個鎮子還在不斷擴展。這一回，一切都加快了，不過一個月時間，兩個比過去更氣派的鎮子就成形了。推土機隆隆作響，整平了土地，吊車豎起了水泥電桿，戴黃色頭盔，穿紅色工裝的工人被挖掘機的大鐽高高舉起，從電桿上接下電線。電燈線和電話線。山溪水被管子引下來，又分支成更多小管子，埋入地下，重新露頭時，是在每一幢組裝起來的房子裡，在房子之間的公共廁所裡，一個個龍頭鋥然有光，輕輕一擰，清涼的山泉水就嘩啦啦奔湧而出。機村人在這兩個鎮子的建築工地上來回穿梭。他們讚歎，為了這麼快，這麼精密準確地建起一個嶄新的鎮子。以前，他們說什麼不可思議的事情，說這一切就像做夢一樣。但這種景象早在他們夢境之外了。就像達瑟在筆記本裡寫的，

「這麼凶，這麼快，就是時代。」——現在，機村人處於某種難以理喻的境況下時，就會想到那個剛剛發現的達瑟的本子。就要想想，那個本子裡是否有什麼話可以援引。

兩塊牌子在鎮子中心最為氣派的建築門口懸掛起來。

一塊。雙江口電站工程指揮部，掛在雙江口鎮。

一塊，壩區路橋工程指揮部的牌子，掛在機村旁的鎮子上。

讓機村人難以理喻的是，這兩個鎮子建起不久，就要拆掉。他們問過了鎮子上的建築工人，這兩個鎮子會存在多少年。他們得到了兩個答案。雙江口鎮五年，最多六年，而機村旁邊的鎮子最多兩年。機村人的問題是，為什麼這種注定要拆掉的鎮子還要鋪上那麼平整結實的水泥路面？為什麼要建那麼寬大的禮堂，中間掛著漂亮的巨大燈盞，那些燈都打開時，還照著禮堂裡那麼寬大的舞台？

接著，電站水庫淹沒區的路橋改建工程開工了，隆隆的爆破聲打破了山谷裡寧靜。

將來的公路開在半山腰上，往下十米，就是將來水庫的淹沒線。那樣看來，將來的機村，將被淹沒在二十多米深的水下。有人在酒吧裡說，昨天晚上他夢魘了，壓在身上的讓人喘不過氣也發不聲來的，不是機村人夢魘時壓在身上的怪獸或魔鬼，而是水，很多的水，像冰一樣，一塊塊從天而降，重重疊疊要把人壓成薄薄一片。那人說，他是在被水壓成薄薄一片時才漂到水上來了。

「然後呢？」

「壓力一消失，我就醒過來了。」

林軍說：「那你發明了一種新的夢魘。」

拉加澤里說：「不是發明，是預感。」

索波深深嘆氣，說：「看來機村是真的要叫水淹沒了。」

林軍對拉加澤里說：「再幫我寫個報告，把我老爹的墳遷到縣城的烈士墓去。不能把他老人家淹在水下。」

拉加澤里點點頭，表示同意：「上面同不同意我就不知道了。」

「他們能讓他進博物館，為什麼不能進烈士墓。」

「你知道烈士是什麼意思嗎？」

林軍當然知道，但他腦子裡一旦有了一個想法，哪怕這想法再離奇，也很難改變了。

老五卻說：「你老爹已經轉生了，那下面就幾根骨頭罷了。」

「那幾根骨頭就是我老爹。」

「你還是個漢族人啊。」

「你閉嘴吧，反正我不能讓我老爹的骨頭淹在那麼重的水下。」

女博士在本子寫下些什麼，對她的同伴說：「不一樣的文化觀念真是有趣。人死後的遺蛻——對，我願意用這個詞——到底有沒有意義。在這個村子，原住民覺得沒有意義，但林軍，這個第二代移民還是家鄉的——也是我們的觀念認為具有意義。其實，說意義不準確，其實是這副遺蛻能不能代表活著的那個人。」

這話題激起了她稱之為助手的那個人的興趣：「你的意思其實是說，相信遺蛻——暫且就用你的說法——」

「夠了！」林軍一拍桌子，「等你死了，睡在地下變成了幾根骨頭，再自己去去討論吧。」

兩個人這才噤了聲，沉默了一陣，還是女博士裝出若無其事的樣子，笑笑，說：「對不起，我們不說了，雖然這件事情真的很有意思，我們不說了。」

女博士很懂得怎麼對付機村人，當她用這種逆來順受的語氣說話，機村人無論占理不占理，都要覺得慚愧了。換一個人肯定會說：「算了，你愛扯淡就扯吧。」

林軍卻依然沉著臉：「你閉嘴最好。」

女博士舉起手，向著天空作了一個這些人不可理喻的手勢，說：「好，好，只是順便說說，我們關心的是更重大題目。」她停頓一下，想要引發懸念。當她剛剛出現在機村，拿著本子和錄音筆走村串戶時，這一招每每奏效。所有正面提問會觸動他們禁忌的問題，經過這麼一下，嘩啦一下，就讓他們自己把話匣子打開了。無知的人們總是好奇的。無知的人們也總是急於展示的。但是，這一回，這一招沒有奏效。有了送達瑟天葬時那過於好奇與興奮的表現，她的那些招數就效力大減了。

大家都以為她再也不會出現，但她還是出現了。而且帶來了助手。她說：「的確是一個重大的題目。」

人們都沒有說話。有人從吧檯旁的木桶裡放了一大罐啤酒，一一地給大家滿上。杯子裡泡沫劇烈地翻湧起來，又迅疾無聲地消散了，把新鮮啤酒的香氣瀰散到空氣中間。

女博士清清嗓子說：「我想談談環保的問題。」

索波說：「環保不是問題，是事情。姑娘，不是談，要做，你就留下來幫拉加澤里栽樹吧。」

女博士又露出了要讓機村人感到慚愧的那種笑容，說：「大叔，環保不只是樹！政府要修水電站，用高高的堤壩把大河攔斷，還要淹沒這麼多地方，做過環境評估沒有？」她看兩個同伴一眼，做了一個非常有力的手勢，「沒有！」停頓一下，出一口長氣，「後果就不是幾棵樹的問題了。」

這一來，無知而好奇的機村人就被震住了，他們收斂了臉上漫不經心的表情，都朝這張桌子把身子傾斜過來。

女博士把兩個助手介紹給大家，一個是魚類學碩士，一個氣象學碩士：「大家想聽，就讓他們兩個給你們講講。」

於是一個人講了魚，先講這一帶河裡有多少種魚。其中多少是土著，永遠在某一段河裡世世代代待著不動。聽眾就點評，是機村人。還有種類不多的魚，每年一定的時候，從幾千里遠的大江裡一路洄游，洄游到比機村的河流還小，還遠的溝溝汊汊，然後，又在一定的時候順流而下，回到原先出發的地方。那個地方，江海相交，水與天連。聽眾又議論，那就是這些修路人，修電站的人嗎？不對，他們來了也會離開，但不一定回到原來的地方，更不會在一定的時候定期歸來。那是女博士這樣的人嗎？但她神出鬼沒，也沒有準確的時間。大家想想，這麼循著一定線路準時來去的，就只有郵遞員了，但也只是開著小卡車從縣城到機村不斷來去罷了。而那麼一條魚卻在幾千里路上來來去去。想想那樣的漫漫長途，機村不禁都要對那魚的宿命嘆一聲可憐。這麼來去的生靈，機村人熟悉的春秋季都會途經他們頭頂的候鳥。過去，機村半山有湖的時候，一些飛累的鳥群會落在湖上休息幾天。那個湖消失後，他們只是某個季節裡飛過村子上頭高高天空中的一些模糊影子了。但機村真的沒有人知道，在那些熟視無睹的水下，竟然有那麼多的魚悄無聲息艱苦卓絕地秋去春來。

魚類學碩士摘下眼鏡，用紙巾擦拭著，拖長了聲音說：「可惜，水壩一起來，阻斷了江流，那些魚就再也不能回游到產卵地了。」

老五說：「那有什麼，反正我們從來都沒有看見過它們。」

索波說：「這些可憐的傢伙可以少走些路了，早些轉身了。」

氣象學碩士又談了水庫修起來後，當地的氣侯會可能會發生巨大的變化。什麼樣的變化呢？他並不知道，他說，這種評估要在電腦上建立一個模型，運轉很長時間，要很多人，更要很多錢，所以，他並不知道變化的結果是什麼。但他說：「變化是肯定的。」

「萬一變好了呢？」這話是達瑟那個已經幡然悔悟的浪蕩子說的。

碩士很有力地反問：「萬一變壞了呢？」

大家笑了：「媽的，到時候，我們的村子都沒有了，還管這個幹什麼！」

拉加澤里心裡本來是靠在女博士一邊的，他也不喜歡這個水電站。因為路橋工程指揮部屬下的公司一開工，連續的爆破和機械巨大的力量，使這些年恢復了植被的山體重新變得百孔千瘡。他的小公司這些年來栽下來剛剛成林的樹，大部分都在公路線下，未及被未來的水淹沒，已經被炸，被挖，被崩塌的土石方掩埋去六七成了。剩下的那些，也被施工區裡滾滾的塵土遮掩，失去往日裡那青翠可喜的顏色了。雖然，每一棵樹都得到了賠付。前提是他要用這些賠付在將來的淹沒線上栽更多的樹。但是，他並沒有打算栽一輩子的樹，想到那些新栽下的樹還要好多年才能長大，他內心就非常焦躁了。

但他們不談這個。

他們談魚，談自己也說不準的天氣，與他心中的焦灼毫無關連。於是，他也就是一個機村人了。

女博士對他很失望：「我以為你跟他們是不一樣的。」

「我就跟他們一樣。」他說這話時，不止是對女博士，也帶上了對於自己刻薄的惡意。

降雨人卻對他這種表現大加讚賞：「這就對了，朋友！他們的話沒用。這些人我見得多，最多寫幾篇文章，出個風頭，弄點小名氣，卻什麼都不能改變。」

拉加澤里覺得事情未必就是降雨人說得那個樣子，但他也提不出什麼反駁的理由來，而且，即便有理由，他也不想反駁了。因為，像達瑟本子上說的那樣，該來的東西「這麼凶，這麼快」，連停下來想想怎麼招架的功夫都沒有，就已經不容置疑，也無從更改了。

降雨人住在雙江口鎮上，是設計隊隊長。他經過機村時特意停下車來，交代拉加澤里，該是讓那個消失的湖泊重現的工程開工的時候了。

「既然有那麼大的一個湖要出現，還要一個小湖幹什麼？」

降雨人嘆氣，拍他的肩膀：「你他媽不是個多愁善感的人哪！」

但他這陣子真的多愁善感起來了：「村子都要消失了，要個湖來給誰看？」

降雨人的口氣斬釘截鐵：「明天，你就帶著人上山開工！」

那時，工作組怕餘波未平，沒有完全撤退，還留了一頂帳篷，四五個人，沒有什麼事情，他們就聽音樂，看書，因為不受歡迎，不像剛來的時候，還到村子裡去四處閒逛。但酒吧他們是要去坐的。所以，也就東一句西一句聽見了女博士和兩個助手的談話。一天，三個人被請進了帳篷，兩個小時後，他們從帳篷裡出來，就一言不發都收拾行裝了。

然後，就是告別。

拉加澤里坐在屋子裡看書，女博士眼睛紅紅地出現在門口。

「你哭了？」

「我哭了，我為什麼要哭。」她走近拉加澤里，但沒有像過去一樣投入他的懷中，而是伸手輕輕轉動著他胸前的釦子，溫熱的呼吸絲絲縷縷吹拂著，有些幽怨地說，「這次走了，就不會再來了。」

拉加澤里想伸手摟住她有肩膀，但他終於沒有做出這樣的動作。

鈕釦還在轉動：「真是徒勞無功，誰能把你們這些人喚醒過來？」

拉加澤里心裡的柔情消褪了：「人只能自己醒來，被人叫醒，又會昏睡過去。」

鈕釦的線腳終於擰斷了：「等我老了，要寫一本書，要把你寫到書裡。」

十九

色嫫措工程開工的時，已經將近冬天，村裡人已經忙活完地裡的收成了。

如今的機村大面積種植蔬菜：這個節候下來的是萵苣、蘿蔔、土豆和洋白菜。這些都是為遙遠的省城種植的反季節蔬菜。省城說遠也不遠，三百多公里路，如今公路寬闊平坦了，也就五六個小時車程，但一旦置身於機村，還是覺得那個地方比一千公里還要遙遠。小鄉村與大都會之間那種巨大差異，心理距離仍然超過了實際的物理空間。每年到了這個時候，機村人雇車把蔬菜運到省城出賣，內心裡總有幾分為難。但今年不同了，兩個工程指揮部率幾千人馬來到機村，蔬菜還在地裡，就已經被後勤處提前認購了。工程處不僅認購了這年的收成，把未來幾年的收成的都全部預定了。這下，不必再過一個個關口去省城賣菜了，菜農們這些日子走起路來都覺得一身輕鬆。所以，拉加澤里剛帶手下人把過去到色嫫措的舊路清理出來，工程還沒有正式開始，村子裡大多數的人都到齊了。而且，各家各戶大多願意把擴建房屋未遂的材料貢獻出來。

這完全在他意料之外。開工的時候，他就準備好了要忍受鄉親們的嘲笑。就像他對降雨人說得那樣：「村子都要消失了，還要個色嫫措幹什麼！」

「什麼是湖，沒有了村子，那不就是一坑水嗎？」

可是沒有人說這樣的話。人們忙完地裡最後一點活，把一年的收成在工程指揮部後勤處領了鈔票，就都陸續上山來了。他們一整天都在原來湖岸被炸開的地方向下挖掘。中午，都不回家，大家席坐在原先是湖岸的枯黃草地上午餐。每家準備的都是最長力氣的吃食。大塊肉叉在刀尖上烤得滋滋冒油，香氣飄出很遠，惹得狐狸從洞裡鑽出來，像被迷了魂竄到人群邊上，又嚇得跑回林中，隱身不見後，這才發出不甘的嚎叫。

原先以為，炸開的湖岸是堅硬的岩石，但開挖下去，卻有厚厚的土層。大概有三米深才見到了岩石。降雨人交代過，重新封堤，基礎一定要挖到岩石。不僅如此，基礎還在盡量往兩邊擴展，要讓將來牆體與牢靠的山體有更多的聯接。一個星期以後，深挖到青色岩層的地基往兩邊延伸了。當地基往兩邊各延伸了有六十多米時，降雨人到工地上來了一次。這傢伙戴著一頂紅色的頭盔，手裡提一把長長的尺子，不斷地在地基的斷面上這裡敲敲，那裡戳戳，那模樣真是神氣活現。

他說：「還往兩邊挖，下週六休息時我再來看看。」

下週六他又來了，依然是上次來那副神氣活現的派頭。他在地基盡頭蹲下身來，對著土層左看右看。這麼看了還不夠，他又跪在地上，從尺子撬起一撮土，左右端詳，甚至放在舌尖上嘗了一嘗。看到他這副煞有介事的模樣，跟在他後頭的一群機村人都轟笑起來。但他不管這個，把鋤頭塞到拉加澤里手上：「這裡，對，往下挖。」

拉加澤里挖了幾鋤，他跪下去，把那些浮土刨開，拿在手上是一塊灰黑的碎陶片。然後，他激動起來：「小子，知道這是什麼嗎？」

不等回答，他又舉起陶片：「老鄉們，誰知道這是什麼？」

誰都知道那是一只罐子的碎片，但人家這麼一問，再這麼回答，就會顯得愚蠢了。人家發了問，要的答案肯定不會如此簡單。

還是老五楞頭楞腦地說：「一個破罐子唄。」

「說對了！是一個破罐子。誰知道是什麼時候的嗎？」

這個問題，就真的沒有人答上來了。只有索波說：「過去在覺爾郎峽谷開荒地，後來景區蓋房子修路，都挖出來過！」

「老鄉們！」降雨人用手裡的尺子敲擊那個陶片，卻是尺子發出了聲響，灰黑的陶片反而悶聲不響。

大家都笑了起來，但很快就止住了笑聲。

「這塊東西，起碼三千年，知道不知道，三千年！」

人就一世一世地活著，既不知前生，也不理未來。三千年的一塊陶片也無非是一世一世活著的什麼人使用過的。

「很可能，三千年前，用過這罐子的人就是機村人的祖先！」

說到祖先，就像是念動了一道咒語，那塊陶片就不僅只是一隻破罐子上的某一個部分了。這塊剛從厚厚的土層下刨出來的濕乎乎的陶片，就從一個人手上又傳到另一個人手上。有人撫摸這塊陶片，有人拿到這東西時，感覺自己身子都通上電流一樣哆嗦一下。這是塊被三千年前的人手賦予了形狀，又讓火燒煉得堅硬的泥巴。這塊泥巴埋回到地裡這麼多年，又重新被時光和水分浸泡軟了。每一隻手觸碰，都會讓它掉下細細的一塊。

於是，傳遞它的人都在叮囑：「小心。」

「小心。」

「小心。」

降雨人又讓人把剛才挖出陶片的地方用浮土掩埋起來。他用尺子戳著地基斷面上的土層，對拉加澤里說：「朋友，看出點什麼名堂來沒有。」

拉加澤里看見了，土是一層一層的。每一層的厚薄鬆緊與顏色都不太一樣。

「看看這一層。」

拉加澤里看了，都是細密的黃土。

「朋友，我知道你看書，但你沒看過考古的書，這層土是夯土，是人工鋪了，又夯實的。」

「說明什麼？」

「說明什麼，是牆！」

「牆？」

「說明這裡可能有過一個古代的村莊！」

拉加澤里和眾人轉身四面環顧，臉上依然一片茫然。此地過去是湖。湖的四周密布著生長了千百年，彷彿與天地同在的茂密森林。後來，湖水消失了，原始森林差不多砍伐殆盡。如今新生的樹林正茁壯成長，林下依然滿布著三四十年了尚未完全朽腐的桌面大的樹樁，很難想像在這樣的地面下曾經存在過一個村莊。

好多人都拿起了工具，要把土層打開。如果地底下掩藏著遙遠過去，那麼，就把地層打開，把那個祕密揭示出來。但是，他們的行動被制止了。

降雨人搖晃拉加澤里的肩膀：「你知道這必須由專業的隊伍來幹。」

這個道理拉加澤里是懂得的，他說了一句話：「時光的寶盒不能就這麼隨意打開。」

大家都覺得這是一句很他媽裝腔作勢，但他媽很有勁頭的話。達瑟的兒子言簡意駭，說：「這話說得好霸道。」

於是，機村人重現湖水的工程停頓下來了。消息通過工作組上報到縣裡，大家能做的事情就是坐在酒吧等待。機村有俗話：山裡的野物是狗攆出來的，肚子裡的話是酒攆出來的。酒水下肚不多會兒，閒聊聲就嗡嗡然瀰漫開來。突然有人作出恍然大悟的樣子：村子都要消失了，還要去讓湖水重現，明明是一件糊塗事嘛，為什麼偏偏是拉加澤里這樣的聰明人帶頭去幹？

酒吧寂靜下來，沒有人能夠回答，有人回答也不會開口，要聽那人自己說出答案。

「天意！」

「天意?!」

那人對著天空高擎起酒杯：「就是為了讓我們發現祖先的村莊！」

坐在初冬和暖陽光下抬頭望天。天就那麼樣的藍著，絲絲縷縷的雲彩就那麼樣的浮在天上。初冬時節晴朗天空都是這個樣子，不像有什麼特別意思要暗示或顯現。儘管如此，好多人還是把臉仰向了天空。因為他們只是受一種暗藏在內心深處的情愫的傾促，和拉加澤里去幹那件讓已經乾涸了二十多年湖泊重現的事情。村子的確是要消失了。十幾公里外的雙江口鎮上，過去機村人叫做輕雷的那個地方，那麼多鋼筋編出了水壩的骨架，澆鑄下去的水泥迅速凝固，那壩體就節節升高。那個壩升多高，關起來的水就能升多高。以後的這片天空下，這樣的陽光照耀著的就是一片銀光閃爍的浩渺大湖了。那麼，還要那麼一個小湖幹什麼？讓那些南飛的侯鳥在那裡短暫落腳？如果所有人都不能回答為什麼要如此這般，那自然就只能歸咎於上天的神祕指引了。

但是，也有人不去望天，他們覺得拉加澤里應該知道。拉加澤里說：「我和索波、達瑟閒聊時想起來的，他們也說是個不壞的主意。」

「就是讓色嫫措重現？」

「對啊，我想，那會讓重新有了森林的機村更漂亮一點。」

「但是後來……」

「後來，我也沒想過不幹。」

「為什麼？」

「我沒想過這個事情。」

他侄子湊過身子來，俯在他耳邊輕聲問道：「降雨人沒對你說過什麼？」

「他覺得我的主意很好，只是催促我早點動手。」

他侄兒哈哈大笑，宣稱自己知道了。他說，因為降雨人手裡那些勘測儀器早就照到了地下的寶貝。所以才這麼熱心，幫著畫圖，催促開工，還不失時機的出現在工地上面。侄兒終於推導出了自己的結論，得意地提高了嗓門：「我叔叔怎麼會有這麼有能耐的朋友！」

拉加澤里發現，自己不喜歡這個侄兒。過去是不喜歡自己的哥哥，而哥哥的兒子也不能讓自己喜歡。而他們是自己在這個村莊唯一的親人。一股悲涼之感襲上了內心。

侄兒又把嘴湊到他耳邊，小聲但又有意讓旁邊人聽見：「叔叔，你要小心，你的朋友是不是借我們的手挖他的寶貝。」

拉加澤里好不容易才克制住自己，沒有抬手就給這自作聰明的小子一個重重的耳光。他沒有抬手，只是心中覺得寂寞而悲傷。他坐著不動，讓達瑟的兒子回家把他爹留下的百科全書搬來。有兩三個小時，他都坐在那裡一動不動，翻看那一本本厚重的書。他手裡拿著土裡挖出來的那塊因為失去了水分而變得灰白的陶片，不斷和書中的圖片對比，翻到某個辭條時，口中還低低地念念有辭。當傍晚時分峽谷裡冷熱空氣迅速交換而產生的風開始呼呼勁吹的時候，他啪噠一下闔上了書本。然後，直起身來，走到廊前。他冷峻的目光把想湊過身來的侄子逼回去了。

還是索波問：「書上是怎麼說的。」

「他說，就算那些土罐子一點沒碎，也不是特別值錢的東西！」說這話時，他語氣凶狠，他這話是說得說給誰聽呢？

索波說：「夥計，你知道我沒有問你這個。」

他緩了口氣，說：「降雨人說得對，如果下面真有一個村莊，那可能就是三千年前的村莊。」

「也就是我們祖先的村莊？」

他搖搖頭，說：「這個我就不知道了，還是等考古隊來吧。」

第二天，考古隊還沒有出現。大家還是聚在酒吧裡，拉加澤里繼續翻看百科全書。這種書頭緒很亂。不會一口氣講一個事情。看完一段話，要回到前面的目錄，查到下一個相關的詞，在幾千幾百頁上，又翻到一段話，把剛才的話頭接續下去。書上講了，為什麼古代的村莊會在高處，而現在的村莊卻到了低矮的地方。那是因為河流，河流曾經在原先村莊下面，現在村莊上面的某個地方。後來，河流「深切」——書上就是這個說法——深切了峽谷，造就了曾經的河岸上的一塊塊「台地」，一級、兩級、三級、四級，層層向下。河流造成的台地，是山間的人們修築居所之地，更是可供農耕的肥沃之地。他大致懂得了這樣的意思，但卻無法明白地轉述給大家。他就起身走到河邊。這時的河水已經很清瘦了。但湍急的水流下，還是隱隱然能感到砂石緩慢的移動。水流沖激石頭與岸邊的樹根，飛濺起陣陣細密的水花，清新冰冷的氣息刺激得人神清氣爽。他從這裡沿河而上，經過磨坊。磨坊裡飄出誰家新磨麥麵的香味。他再往上走，走到村裡的小水電站。電站的閘口還關著。水流在閘口沖激，翻湧起來，散開成一個晶瑩冰冷的扇面。他坐在那裡，然後，猛然站起身來，拉開了閘門，那個水晶般的扇面倏然一下就從眼前消失了。變成一道尺多高的水頭，在平整光滑的管道裡嘩嘩推進，他快步走在渠上，跟著那道水頭，直到發電機房。水沖轉了水輪機後，跌入了下面的深洞。他打開機房門，等到水輪機轉速很高，機房裡儀表盤上的指針都高揚起來，用雙手推上了電閘。嗡然一聲，他感到電流疾速而去，把整個機村都點亮了。

發電員從村裡奔到電站，看到他坐在椅子上淚流滿面。

「為什麼？」

拉加澤里說：「河。」

「河怎麼了。」

這回，拉加澤里哭出聲來了。他想自己懂得了河流造就大地萬物的祕密。他突然就想起降雨人拿著鐵尺指點那些土層的神氣樣子，想到他的朋友，知道那麼多世界祕密的人該是多麼充實跟幸福啊。他還想起了達瑟，當年不厭其煩地翻看那些百科全書時，一定在某一個瞬間也曾經解開並洞悉了這個世界某一角落的祕密。

這小子子承父業，是首任發電員瘸子的兒子，他小心翼翼地問：「是你的侄子叫你傷心了嗎？」因為這句話，拉加澤里覺得這是個好小子。

那天黃昏，他在村子上方的小崗上坐了很久，當年，這裡曾經有一株樹，達瑟藏書的樹，這裡也曾經有過幾座伐木工人的墳墓。如今這些土丘都在風吹雨打中失去了輪廓，幾株白楊樹光禿禿的枝幹直刺天空。周圍是駝子支書和索波帶著全村人開墾出來的土地，已經播種好多季莊稼。就在他雙腳下邊一點，有降雨人的設計隊栽下的木樁，上面寫著紅漆大字：淹沒線。那麼，這個小丘將來會是一個島，像頂帽子浮在水上。於是，他說：「好啊。」

「什麼？」

發電的小子還跟著他。

他笑了：「好就是好。」

天黑了，如水的夜色從低處的谷底向上瀰散，節節升高，使人聯想到水也是這樣慢慢升高，一點一點，就把眼前很多景物都淹沒了。石頭、樹叢、蜿蜒的小路、立在公路旁的各種標誌牌，然後，是村莊，先是村子中央那小小的廣場，然後是房子，一層一層在視線裡消失。最後，黃昏濃重的陰影掩過幾座斜坡形屋頂上的灰色木瓦，村莊就從眼前消失了。奇妙的是，這時，已經落到了西邊山峰後的太陽爆發出這一天裡最後的耀眼光芒，把浮在如水夜色上的巨大樹冠，積雪的山峰照得透亮。明亮的光線同樣投射到了小丘頂上，他感覺到，自己被紫紅色的光線照亮，然後洞穿。

他感覺自己就是一堆塵埃，光線射來，是一股風，正將這堆塵埃一點點吹散。

二十

兩天後，來了文物局的幾個人。

他們上了山，又叫人挖出些碎陶片，又把那土層斷面錄了像，每一層土都取了樣，當天就回城裡去了。

又過了十多天，考古隊終於來了。

他們直接就在山上當年的湖盆裡紮下營盤。紮營那一天，機村全村人都出動了，幫考古隊把帳篷、測量工具、發電機、燈、行軍床、睡袋、鍋碗瓢盆、書、工作服、煤氣灶和炸彈一樣的大肚子煤氣罐搬上山。他們還搬了好些空箱子上去。這些木箱大小不一，四角上包著鋥亮的鐵皮。有人在路上休息時打開箱子，裡面只有一塊塊的泡沫板跟軟和的海綿。看來這些箱子是要裝東西回去的。什麼東西呢？一猜就知道，是地下挖出的寶貝。

「是文物，不是寶貝。」

「就是寶貝。」

「寶貝不一定是文物，文物也不一定是寶貝。」

村裡還為考古隊殺了兩頭羊。

第二天，他們就開工了。他們有一種小小的鑽探機器。這機器用一個小管子打洞。打深了，把那管子拔出來，從裡面敲出一筒筒的土。那些土樣搬在草地上，一節一節，呈現出不同的顏色與質地。十幾個洞裡鑽出來的土樣擺放得整整齊齊，然後，他們拿著放大鏡，坐在可折疊的帆布椅子上，圍著那些土樣開了一個會。很快，就把需要發掘的範圍圈定出來。考古隊長對機村人說：「我們需要十幾個人手。」

豈止是十幾個人手，機村人都出動了。光是站著就把圈定的區域站滿了。

「我們付不出這麼多人的工錢。」考古隊長說，「這種工程量，我們最多只能付二十個人的工錢，三十塊錢一天。」

機村人爽快答應，不管多少人幹，考古隊只需要付那麼多工錢。「這些錢交給我們的酒吧老闆，晚上大家有啤酒喝就可以了。」

那些日子，機村人真的是幹得熱火朝天。自從人民公社解散以來，有二十年了，機村再也沒有出現過這種全村人在一起集體勞動的場面了。特別是年輕人，真是幹得熱火朝天。索波看了這場面，想起當年集體墾荒的場景，也有些激動，說：「大家的勁使在一起，這才是一個村子嘛。」

大家都有與他同樣的感覺，都點頭稱善。

他又說：「當年常常是這樣的啊！」

馬上就有人反駁：「那不一樣！還不是餓著肚子讓你敲著鐘催到地裡去的。」

索波笑笑，自己說：「也不用晚上開會提高覺悟了。」

這個季節，地已經開始上凍了。挖開最初的表面時，那些草根與樹根交織的土塊，翻起來，已經有了凝結的霜花。太陽升起來，曬化了那些霜花，肥沃的森林黑土那種特別的氣息就在空氣中瀰漫開來了。表土挖開後，考古隊叫停，讓大家換了工具，鏟乾淨浮土，錄了像，再挖下一層。「不是一下子挖個洞，是這麼樣子，一層一層地把土揭開。」

機村人自嘲：「挖了一輩子土，還要叫人怎麼使喚鋤頭了！」

每一天，都是考古隊叫挖就挖，叫停就停，叫小心就小心。每一層土都規整地堆放在不同的地方，堆好的土還噴些水，用帆布仔細蓋上。後來很多年，機村人都會談論那場雪。那些土一層層揭開，形成了個幾畝大，兩米多深半圓的坑。考古隊的人面容嚴肅起來。他們一嚴肅莊重，天空的顏色也變了。然後，那些白色的雲變灰變黑，然後，天空變成了灰黑的顏色，慢慢從頭頂壓將下來。平時總是盤旋著升上高空的鷹也飛起來了，低飛一陣，就收起巨大的翅膀，停在了高大的杉樹頂上。

揭開最後一片土層的時候來到了。

機村的人們都從坑裡退出來，環立在四周。看考古隊員們下到坑底，戴上手套，拿手中的小鏟輕輕地刮起一點土，用一把刷子掃開。又掘開，又掃去。看他們鄭重其事的樣子，圍觀的村人卻看不出什麼門道。風聲漸漸緊起來，搖動著正在重新成林的樹，發出波浪相逐般的喧譁。那天，機村的人們感到了時間。有人說那時間太短，就像是一眨眼之間。更多人的感受是等待得太久太久，好像受了若干世的熬煎。其間，只有一筐一筐的浮土被運到坑外。

當考古隊員們直起身爬到坑外，機村人看出了分曉，兩座房屋的地基赫然出現在眼前。沒有門、窗、牆，也沒有屋頂，但所有人都看出了那是兩座屋子的遺址：四角上木柱留下的孔洞，被人踩實的地面，地面中央還半掩著木炭碎屑與灰燼的火塘，牆角上歪倒的破碎陶罐，大約是門口的地方，還有斧頭形狀的石片……旁邊也是一座房子的遺址，只是大小有些微的差別。考古隊員再次下到坑裡，小心翼翼用鑷子夾了一些破陶罐裡的東西在玻璃瓶裡，然後，封口，然後，仔細在瓶子上貼上紙條，然後，在紙條上寫下鄭重的文字。

而這兩個屋子的遺址，還只是那深坑的一角。

考古隊長說：「這的確是一個古代的村莊！」

「是我們的祖先嗎？」

「如果還能發掘那時的墓葬，做個DNA檢測，就可以知道了。」

這時，有人悄聲說：「是祖先的村莊。」這個人的道理是，今天機村人家裡都有的銅罐，正是那些雙耳窄肩的陶罐的樣子。

拉加澤里想起了自己從百科全書上看來的知識，問考古隊長：「真是的河流把山切下去了。」

考古隊長有些詫異地看他一眼，說：「對，河流曾經就在下面，就像現在的河在現在機村的下面。」

「人為什麼不一直住在這裡，而要跟隨河流到下面去？」

「原因很多，一切靠以後的發掘證據說話，不能妄加推測。」

大家都轉在坑邊，靜默無聲，像一群肅穆的雕像。無論如何，現今的機村人相信，這就是他們祖先的村莊。

這時，天空飄起了雪花。

考古隊指揮人們用帆布把那巨大的坑整個覆蓋起來，那雪就下來了。雪下得很猛，就像頭頂上的天空裡的雲絮在往下崩塌。雪不是一片一片，而是一團一團落在地上。

人們跑到山下時，積雪已經可以沒住腳面了。

女人們回家，男人們都聚到了酒吧。

那天很冷，他們發明了一種把啤酒加熱的喝法。

雪一直下。有好多年，雪都沒有這樣下過了。外面人說，這是氣象變化，全球升溫的結果。機村人的說法是，森林砍得太多，空氣乾燥了，風大了，沒有那麼多水升到天上去，自然也沒有那麼多的水從天上降下來。但這一天，十多年都沒有見過的大雪從天下不斷降落下來。雪使四野寂靜，雪使空氣滋潤，雪使人生出一種蓬鬆輕盈的感覺。

老五說：「祖先們的時候，總是下這樣的大雪吧。」

沒有人能夠回答。

有人開始哼哼地歌唱，不是古歌，是那首如今流傳甚廣的機村人自己寫，自己唱的新歌〈雨水落下來了〉：

雨水落下來了，落下來了！
打濕了心，打濕了臉！
牛的臉，羊的臉，人的臉！
雨水落下來，落在心的裡邊——和外邊！
蒼天，你的雨水落下來了！

人們或者端著酒杯，或者把互相扶著肩膀，搖晃著身子歌唱。滋潤潔淨的雪花從天而降。女人們也被歌聲吸引，來到了酒吧，一起來飲酒歌唱。久違了！大家共同生活在一個小小村莊的感覺！

雨水落下來，落在心的裡邊——和外邊！
蒼天，你的雨水落下來了！

復活了！一個村子就是一個大家的感覺！所以，他們高唱或者低吟，他們眼望著眼，心對著心，肩並著肩，像山風搖晃的樹，就那樣搖晃著身子，縱情歌唱。

就這樣直到雪霽雲開，皎潔的月亮懸掛在天上。老天知道，這些人他們的內心此時像雪花般柔軟，他們的腦子像一只啤酒杯子，裡面有泡沫豐富的液體在晃蕩。當一個人站起來，眾人都站起來；當一個人走在前面，所有人都相隨而來；當一個人伸出手，所有人都手牽著手，歌唱著，踏著古老舞步，在月光下周行於這個即將消失的村莊。

第二天，村子裡最大的幾口鍋被抬出來，架到冷寂已久的村中廣場。殺豬宰牛，全村大宴！山上的考古隊請來了，雙江口鎮上的降雨人和他的領導的設計隊請來了，留在村裡的工作組也請來了，甚至，已經升任副縣長的本佳也帶著縣裡鄉裡的人來了。副縣長還打電話請隧道那一頭風景區管理局的局長也來參加這一場鄉村盛宴。

四野一片潔白，雪後的冷風把姑娘們的臉吹得彤紅，她們在廣場和酒吧之間滑溜溜的路上來回奔忙，把新出鍋的菜肴傳遞到酒吧待客的桌上。

考古隊長心情激動：「可以肯定，這是一個新石器時代晚期的村莊！」而且，當陪座的機村男人們喃喃說那是自己祖先的村莊時，他也沒有表示反對。他漫長的考古生涯中，還從來沒有見過，一個遺址的發掘，對一群人的感情有如此巨大的震盪。他只是審慎地說：「還需要進一步的證據，不過，證據會出現的。」

他這麼一說，就有人高叫：「喝酒！喝酒！」

於是，差不多所有人都無法不一醉方休。村裡人甚至用兩只寬大的椅子把年歲最大的格桑旺堆和崔巴噶瓦抬到酒吧來了。格桑旺堆頭腦清楚，但身子虛弱不堪，被緊緊地包裹在棉衣和皮襖中間，只露出一張瘦臉，哆嗦著嘴唇，說：「我上不去了。」

崔巴噶瓦身體康健，他對每一個走到面前的人說：「孩子，親親我。」

男人們都和他碰觸一下額頭，聽他發出孩子般滿足地笑聲。

輪到拉加澤里了，大家都聽到他變了一個字，說：「兒子，親親我。」這就足夠讓心腸柔軟的女人躲到屋角去擦拭淚水了。

第二天，副縣長叫人把工作組帳篷裡的爐子生旺，把機村的人物召集起來，宣布了移民方案。機村海拔上升八十多米，遷到原先色嫫措湖所在的台地上。他說，本來計畫是等水庫的水起來，在那裡搞一個水上旅遊新村。鑒於最新的考古發現，新機村增設一個古代村落博物館，一個大的鋼鐵拱頂的透光建築把整個遺址覆蓋起來。整個機村要成立一個全體村民參加的股份公司。那時的村長就是股份公司的董事長。

宣布散會時，激動的村民們一哄而散，都急著把這消息告訴給家人。

最後，只留下不多的幾個人在帳篷裡，本佳看著拉加澤里說：「告訴我，你有什麼想法？」

拉加澤里知道，本佳是要他主動出來競選這個未來的董事長。

但他說：「我有兩個要求。」

本佳走到他身邊，坐下來，還拍拍他的肩膀：「說吧，我會幫助你的。」

拉加澤里有些惆悵，這一拍，不再有當年那種朋友情誼，而是一種領導居高臨下將要施恩於人的味道。

他說：「有兩座墳想遷到縣裡。」

「墳。」

他低下頭，有些囁嚅，但還是把話說了出來：「一座，是老紅軍林登全，他家裡不願意將來被水淹了。還有一座，是當年鎮上的……李老闆，將來也要被……」

本佳揮揮手制止了他，披衣走到帳篷門口，望著外面正在陽光下融化的雪野，說：「我以為是多大的事情。這些小事，叫下面辦了就是。今天要談的是發展，是大事！」

拉加澤里又說：「林登全的兒子想讓他父親進烈士墓……」

「你掃不掃興，你知道我要跟你談什麼事情嗎？」

「我知道。」

「你不識抬舉！」副縣長搖了搖手，放緩了口氣，「我跟你生什麼氣，來吧，我們還是來談談將來。」

拉加澤里長吁了一口氣，雖然讓領導生氣了，但他還是把將談的話談了出來，而且，縣長也沒有拒絕。於是，他坐直了身子，說：「好吧，談談將來。」

這時，大雪又從天空深處降落下來。

雪落無聲。掩去了山林、村莊，只在模糊視線盡頭留下幾脈山峰隱約的影子，彷彿天地之間，從來如此，就是如此寂靜的一座空山。

國家圖書館出版品預行編目資料

空山(下) / 阿來作. -- 初版. -- 台北市 : 麥田出版 : 家庭傳媒城邦分公司發行, 2011.5
面； 公分. -- (麥田文學 ; 246)

ISBN 978-986-120-697-4(平裝)

857.7 100004397

麥田文學 246

空山（下）

作 者 阿 來
責任編輯 林秀梅 莊文松 洪楨璐

副總編輯 林秀梅
編輯總監 劉麗真
總 經 理 陳逸瑛
發 行 人 凃玉雲
出 版 麥田出版
104台北市中山區民生東路二段141號5樓
電話：（886）2-2500-7696 傳真：（886）2-2500-1966
E-mail：bwps.service@cite.com.tw
發 行 英屬蓋曼群島商家庭傳媒股份有限公司城邦分公司
104台北市中山區民生東路二段141號2樓
書虫客服服務專線：(886)2-2500-7718；2500-7719
24小時傳真專線：(886)2-2500-1990；2500-1991
服務時間：週一至週五上午09:30-12:00；下午13:30-17:00
劃撥帳號：19863813；戶名：書虫股份有限公司
讀者服務信箱：service@readingclub.com.tw
歡迎光臨城邦讀書花園 網址：www.cite.com.tw

香港發行所 城邦（香港）出版集團有限公司
香港灣仔駱克道193號東超商業中心1樓
電話：(852)25086231 傳真：(852)25789337
E-mail：hkcite@biznetvigator.com

馬新發行所 城邦（馬新）出版集團【Cite (M) Sdn. Bhd. (458372U)】
11, Jalan 30D / 146, Desa Tasik, Sungai Besi,
57000 Kuala Lumpur, Malaysia.
電話：(60)3-9056-3833 傳真：(60)3-9056-2833

封面設計 蔡南昇
印 刷 前進彩藝有限公司

2011年4月28日初版一刷 Printed in Taiwan

上下冊不分售，特價NT$599

ISBN：978-986-120-697-4